MEMORY HOUSE
记忆坊文化

明月听风 ~ 著

记忆的诡计

THE TRICK OF MEMORY

（全两册）下

长江出版社
CHANGJIANG PRESS

图书在版编目（CIP）数据

记忆的诡计 / 明月听风著. —— 武汉：长江出版社，2024.5
ISBN 978-7-5492-9446-6

Ⅰ.①记… Ⅱ.①明… Ⅲ.①长篇小说—中国—当代
Ⅳ.①I247.5

中国国家版本馆CIP数据核字(2024)第087299号

记忆的诡计 / 明月听风 著
JIYI DE GUIJI

出　　版	长江出版社
	（武汉市解放大道1863号）
选题策划	张才曰
市场发行	长江出版社发行部
网　　址	http://www.cjpress.cn
责任编辑	向丽晖
特约编辑	张才曰
封面设计	小贾设计
封面绘图	iiiis
版式设计	小贾设计
印　　刷	三河市国新印装有限公司
版　　次	2024年5月第1版
印　　次	2024年5月第1次印刷
开　　本	670mm×970mm　1/16
印　　张	39.5
字　　数	750千字
书　　号	ISBN 978-7-5492-9446-6
定　　价	86.00元（全两册）

版权所有 盗版必究（举报电话：027-82926804）
（如发现印装质量问题，请寄本社调换，电话027-82926804）

目录
CONTENTS

001 ... 第十一章 ...... 一个人对抗全世界

035 ... 第十二章 ...... 记忆的诡计

073 ... 第十三章 ...... 重启

112 ... 第十四章 ...... 谈判

140 ... 第十五章 ...... 对峙

183 ... 第十六章 ...... 危局

227 ... 第十七章 ...... 试探

256 ... 第十八章 ...... 要挟

286 ... 第十九章 ...... 线索

第十一章
一个人对抗全世界

整整两天，众警马不停蹄，连轴查案。

掉进大坑的那个人最后被捞出来了，果然是段成华。

小楼的火灭了，排除了楼体倒塌的危险后，警方才得以进楼搜查，这一搜，居然又发现了两具尸体。尸体被爆炸和大火损坏得面目全非，辨认不出原貌，只能送检DNA。

案子太大，惊动了市局和省里的领导。那头好几个电话询问情况，市局领导和分局局长艾勇军大半夜亲临现场视察。关阳带着市局刑侦队的人也赶了过来。

众领导现场批示，责令专案组尽速破案，给社会交代。要关注网上舆论，及时排查谣言流言，维护好社会秩序。又要求关阳跟进侦查进度，如果必要，就把专案组移交市局刑侦队负责。

这话正正击中葛飞驰，他有些激动地表态他们已经掌握许多线索证据，一定能很快就查明真相。

送完顾寒山就马上回来继续参与工作的向衡闻言看了葛飞驰好几眼。

为了加快破案速度，对爆炸现场的搜证工作一直未停，对周围商铺、住户的询问工作也连夜开展。从黑夜忙到白天，又从白天忙到黑夜，葛飞驰恨不得一天就把所有事情查清楚，好证明案子在他手上没问题，不需要转到市局。

第二天，第三天，许多搜查检验的初步结果出来了。

根据对现场搜集到的证物初步判断，爆炸是由一个定时装置引爆了改装过的天然气罐引起的。那楼里还有氧气罐等一些易燃易爆装置，这才能炸出这样的效果。

在那个定时装置的碎片上，采集到了段成华的指纹。架在楼后的梯子上面，也有段成华的指纹。

所有的证据都表明，事情是段成华干的。是他布置好了现场，他知道警察要来，他逃走之前，按开了定时装置。但他被顾寒山发现，他遭遇了追逐，于是慌不择路，最终丧命。

这小白楼的情况也查明了，是个自建房，业主原来用这楼做诊所和自住，后来不干了，又搬了家，这小楼闲置挺久，因为产权的关系，还不好卖。2015年的时候，杨安志把小楼租了过去。杨安志租的时候，用途说是做医疗器械的仓库和办公室，会做一些改建。他签了十年约，租金五年一付，去年把后五年的租金也付齐了。

这楼改建完，业主来看过一次，觉得没什么问题，之后就再没来过。

警方从楼里的废墟里找到一些文件，都是前几年医疗器械出入库存的账册，签字的有杨安志，还有一个名字是刘辰。

葛飞驰马上让人调查这个刘辰，可却查不到他的信息。杨安志公司的店长姑娘并不知道有这么一号人，她也不知道在燕子岭还有一个仓库。她是2019年入职的，之前公司的事就不清楚了。

最后是法医那边有了些进展，与物证这边的线索对上了。

法医在胡磊的指甲缝里，取到了三个人的DNA，一个是新阳的清洁工陈常青的，一个是段成华，还有一个是刘辰的。

刘辰的DNA，在全国失踪人口库里。而这个DNA，与小白楼里找到的两具尸体中的一具DNA完全一致。也就是说，小白楼里烧焦的尸体，其中一具正是刘辰。

这刘辰的尸体虽然被烧焦一半，但还是能看出他的颈脖处有一道很深的勒痕。虽然还没来得及做全面尸检，但法医通过对尸体的初步检查，判断颈脖这处的伤应该就是刘辰的死因。推断下来，很大可能是胡磊逃跑的时候，把刘辰勒死了。

葛飞驰他们很快查清了刘辰的来历。刘辰是B省A市A县人，他小时候母亲因病去世，父亲再婚。刘辰与父亲以及他新组建的家庭长期不和，发生过多次激烈冲突，最后刘辰在2016年离家出走。刘辰父亲报了警，提交过他的个人物品分析出了DNA。后来一直没有找到人，他父亲也没追究，放弃了寻找。刘辰这个人就一直存在于失踪人口库里。

聂昊与刘辰父亲取得了联系。对方几乎遗忘了这个儿子，突然听到他的消息非常吃惊。聂昊将刘辰的死讯告诉了他，刘辰父亲长时间沉默，然后说他知道了。

聂昊问他什么时候方便来一趟处理刘辰的身后事宜，那位父亲又沉默，然后问过去的费用是不是警方承担。

聂昊简直无语，之后他费了半天劲，才能跟刘辰父亲了解到一些刘辰生前的情况。刘辰性格比较内向，话不多，成绩也不好，不爱出门，从小就没有离开过他们县。自从跟家里闹翻后，他就更加孤僻，经常好几天都不说一句话。离家出走那天他毫无预兆，就是跟楼下邻居大爷说了一声："告诉我爸，我走了，不会再回来了。"估计当时他身上也就只有三四百块钱。

刘辰说到做到，这一走，就真的没再回去。

刘辰父亲知道的情况就到此为止，其他的事，比如刘辰有什么朋友，他离家后去了哪里，有哪些他可能会去的地方，他可能会找的人，这位父亲一概不知道。他道："我当初已经报警了，警察都找不到人，我当然也不知道。"

聂昊无言以对。想从刘辰父亲这里找出刘辰怎么与杨安志扯上关系，怎么与段成华扯上关系的线索，看来是不可能了。

聂昊从当年处理刘辰失踪案的警局处拿到了相关的案件资料，可惜上面也没有有用的线索。刘辰没有使用过身份证买车票、机票，他身上也没有钱，没有朋友帮助，他究竟是怎么离开县城到了外地，怎么生活的，警方也不清楚。他们推测，大概只能流浪吧。

顾寒山做完笔录后就一直在等警方的消息，但警方一直没消息。

顾寒山坚持不懈每天继续发清晨问候短信，但这两天除了黎莞，以往会回复她问候的陶冰冰和李新武也不回复她了。顾寒山可以想象他们有多忙，于是她更担心，他们并不重视她的证词内容。

顾寒山等了两天，第三天干脆跑到分局去探消息去。

到了分局，葛飞驰没空见她，顾寒山打电话找向衡，向衡在外勤。向衡让她回家等，如果局里有什么情况需要找她，会联络她的。但顾寒山挺固执："我都在这儿了，也没有别的事，不着急。"

等了两个多小时，一下午就要过去。葛飞驰终于有空过来了："顾寒山啊，你是有什么急事吗？"

顾寒山道："我想跟你们强调，段成华当时精神状态不正常，他被人控制了。"

"就这样？"葛飞驰累得半死，都没力气惊讶。

"这很重要。"顾寒山道，"这关系到你们调查的方向。你们调查简语了吗？"

葛飞驰道："顾寒山，段成华的毒检药检报告出来了，没有测出有药物成分。"

"你没回答，那就是还没有调查他是吗？"顾寒山道，"段成华失踪很久了。只要从前对他进行过催眠和精神控制的训练，要再对他下手，很容易做到。不需要在那个时候用药，那是从前的事情。"

"可是他的尸检结果也显示，他没有遭受过暴力对待。而且当时小白楼里已经没有其他活人了，只有段成华自己。"葛飞驰道，"他看到警察来了，便设置了定时器，然后试图逃跑，结果被你发现。"

顾寒山道："那人不需要留在现场。他发现警车巡逻，知道警察要来了，于是给段成华下好指示，从容离开。段成华就在那里等着，直到向警官推开大门，院里的灯亮起，这是触发行动的信号。段成华看到灯亮，便爬上了楼顶。"

葛飞驰耐心道："对，你也说了，段成华看到灯亮，知道有人来，就爬上了楼顶。他行动自由，奔跑迅速，他的意识很清楚。向衡和李新武都看到他了。"葛飞驰顿了顿，道，"顾寒山，从现在的调查结果来看，我不能下结论段成华有被控制。"

"意识清楚跟被催眠不矛盾。"顾寒山道，"这是清醒与睡着之外的第三种状态，潜意识被控制和引导。"

"那怎么证明他的潜意识被控制了呢？"葛飞驰问。

顾寒山飞快道："第一，他的潜意识被接管，无法控制自己的行动，所以明明看到前方有危险，但他还是一直向前冲。第二，他的意识高度集中，无法对外界的刺激做出反应，比如我的哨声，他也无法克服催眠师的指令。第三，有可能会出现平常没有的能力。比如行动是不是比过去敏捷，奔跑速度是不是比过去快，这一点我无法判断。"

葛飞驰一时愣住，这是正好有三点总结，还是被向衡传染了非凑出三个来。

"段成华就是被控制了。"顾寒山最后强调，"幕后真凶已经逃掉，你们还没有抓到他。"

葛飞驰缓了缓神，道："顾寒山，你说的这些或许真有可能，但如果只是可能，那就意味着，同样存在着不可能。他刚杀了人，逃窜回这里，精神高度亢奋紧张。警察的出现让他受到了强烈的刺激，他慌不择路拼命逃窜，没来得及避开前方的危险。他对你的哨声或者叫喊充耳不闻是他压根就不想理会，他只想赶紧逃命。我们无法证实是哪一种可能性，因为他已经死了。"

顾寒山沉默地看着他。

葛飞驰继续道："顾寒山,这些话不是我跟你说,而是别人会跟我说。所有参与调查的警员同事,我需要向他们交代,我们到底在做什么。我的上级,我也需要报告。死者家属,也在等我们给一个说法。我需要拿出确凿的证据,这个证据不能是'我相信顾寒山',明白吗?我没有任何可以证明段成华被控制的证据。我知道你有些着急,但我们侦查还需要时间。"

顾寒山盯着他:"你害怕担责任是吗?或者你的领导害怕担责任?现在一个结案的大好机会摆在面前,如果你们承认他的死并非意外,是被人操控的,那你还得去找幕后真凶,这很麻烦,还有可能找不到。你得担责,你的结案率会受影响,是吗?"

葛飞驰无法反驳,他叹气:"你先回去休息吧,顾寒山。我们还在继续调查,如果需要你的帮助,我会找你的。"

顾寒山盯着他的表情,突然转身就走:"我会证明给你们看,怎么让对方清醒又被控制。"

葛飞驰叉上腰,想叫她回来教育几句,但实在是没心情。算了,这种事还是让向衡来。

稍晚时,向衡带着李新武回来了。其他人员也陆续回来。

葛飞驰赶紧组织人员开会。

葛飞驰先说了各方汇集过来的线索和结论。法医那边的报告已经全部出炉。胡磊指甲里查出了三个人的DNA,他应该就是在燕子岭被囚禁,逃出后去了新阳。这过程里先后与刘辰和段成华有过肢体冲突,在新阳杀害了清洁工陈常青。陈常青指尖里有胡磊的DNA,段成华的脖子上有一道挠痕,这些都能与胡磊的检查结果对应上。

胡磊与陈常青均死于窒息,颈椎脱位。只是颈椎脱位的关节不一样,脱位受力方向不一样。

胡磊手上应该有刀。陈常青小臂近手腕处有一道被利器划伤的痕迹,衣服和皮肤上的划痕一致,应该就是胡磊手上的匕首弄的。在新阳搜查时,餐厅厨房报告遗失了一把剔骨用的小尖刀,这把刀与小白楼爆炸现场找到的一把刀相符,应该就是当时被胡磊偷走,后来被段成华带走了。

根据现场情况和尸体状况分析,应该是陈常青先遇害。他脸部口鼻处、颈部都有瘀痕,说明胡磊是掩住了他的口鼻,暴力控制了他。因为他的挣扎,胡磊用力按住他,造成了右边颈动脉和气管的压迫,同时将他的头使劲往左边按,造成颈椎脱位……

"单手吗？"一个警察有些惊讶。

"单手。"葛飞驰点头，他拉过一旁的聂昊比画模拟着动作："像这样。"他单手圈住了聂昊的脖子，手掌松松地比画着按在聂昊的口鼻位置，聂昊顺着他的力道头往左偏。

向衡看着他的演示："胡磊并不想杀他，只是想阻止他发声。胡磊是被陈常青发现了。单手是因为他举着刀，他的刀……"

葛飞驰比画拿着匕首往外指的动作："冲着外边。"

向衡转头，目光对上了葛飞驰的："当时还有别人。"

"段成华？"

向衡想了想："不是。胡磊当时没跟第三者起肢体冲突。这跟他的伤对不上。"

一旁的刑警认真审看验尸报告。

向衡继续道："造成这种伤害的，我能想到的是格斗术里面那招'断头台'。"

向衡说着，冲葛飞驰招了招手。

葛飞驰会意，过来做示范。他俯身抱住向衡大腿，向衡双手穿过他的腋下，卡住他的脖子，做了个下压的示意动作，然后很快松手。

葛飞驰站了起来。向衡道："类似这样，对手为了挣脱会向下继续扭转脖子，这时候继续用力，咔嚓。用不了几秒就搞定。"

向衡道："胡磊控制住陈常青时，大脑是极度紧张兴奋的，所以他突然迸发了异乎寻常的力量。陈常青只抓到了他的手背挠了几下，毫无招架之力。如果这时候第三人面对面冲进来，胡磊不可能被他轻易制服，何况当时胡磊手上有刀。"

"如果第一现场就是那家杂物房，但没有打斗痕迹，没有血迹。"葛飞驰道。

向衡想了想："当时门外有人走过，胡磊高度紧张兴奋。外头的人走后，胡磊没被发现，他松了一口气，但他又刚刚杀了一个人，这让他沮丧。他情绪大起大落，卸了力，刀丢到了一边，人也瘫到地上。"

葛飞驰："……"

他下意识地看了一眼李新武。李新武果然两眼发光看着向衡。葛飞驰都能读懂他的心声：就是这种气势，别管对不对，是不是真的，讲出来就跟自己看到的一样。

向衡继续道："这时候凶手闯了进来，胡磊吓了一跳，他爬起来，凶手冲过来，俯身抱住了他，卡住了他的脖子用肘下压。胡磊发不出声音，也无力抵抗，咔嚓，脖子断了。"

长桌周围安静了数秒，葛飞驰问："那凶手怎么知道胡磊在那里？"

向衡没说话。

李新武道:"也许之前路过门外的人其实看到了他,但不动声色。回头看好了机会再来收拾他。"

"也有可能。"一名刑警道,"可能门外的人就是段成华。"

"不是段成华。"李新武道,"如果胡磊发现段成华已经追来了,离他一步之遥,他不可能松懈下来。"

"简语身边那个司机,宋朋,原来做警察的。他受过训练,成绩很好,非常优秀,后来执行任务时重伤,没法再做警察。后来被简语治好了。"聂昊提醒大家。

"我觉得不是他。"另一名刑警道,"如果宋朋看到了胡磊,完全可以马上动手制服他。就算不小心杀了他,那也是撞到通缉犯并遭到了攻击,被迫自卫。"

"可那就没段成华什么事了。"李新武道,"向师兄说,段成华是被陷害的,那他们肯定得把结果做成是段成华动手的才行。而且再怎么有理由,杀了人都有可能被判刑。我们也会进一步进行调查,验证他的话的真实性,那就有可能挖出其他东西来。对凶手来说,这风险太大了。不沾边、完全没关系才是最安全的。"

这语气,葛飞驰想起了向衡那个迷弟方中,他们小李李新武同学,看来也有这个趋势了。

被点了名的向衡没说话,他只是在听大家说。

聂昊看了看他,道:"可是现在所有证据都显示,确实就是段成华干的。不只脚印,胡磊指甲里的DNA跟段成华脖子上的挠痕也对得上,他们确实在新阳打了一架。如果是在逃脱小白楼时起的冲突,胡磊肯定不能这么轻易地走掉。"

李新武也不说话了。

葛飞驰见状便往下说别的调查情况。

小白楼爆炸的原因是定时器引爆燃气罐,加上汽油助燃,加大火势和燃烧范围。现场有衣物、药品、一些家具以及简单的医疗器械。两具尸体,一具是刘辰,一具是杨安志。刘辰颈脖有勒痕,杨安志头骨破碎,对应的有可能就是他们的死因,具体的细节还需要等待进一步尸检结果。

段成华尸体的药检、毒检都没有问题,死因是脏器受损失血过多。

楼里还有一辆摩托车,也被爆炸炸成了碎片。但就摩托车牌照残骸可辨认的部分,可基本判断这车是段成华的。据指挥中心调查的交通监控,确实有一个身形与段成华极相似的人,骑着摩托去了新阳方向,在新阳附近失去了他的踪影,之后又见到他骑着车回到了燕子岭。骑手在路上一直戴着头盔,看不清样貌,他车上还绑着一个大背包。

李新武道:"我和向师兄跑了一遍这路线,时间上完全来得及。这个骑手在胡磊之后去了新阳,杀人之后又离开了,回到了燕子岭。他在新阳附近没了踪影,那一片正好连着新阳的后墙方向,我们找到了摩托车轮印。他在离新阳还有三四百米的距离停了车,步行前往。"他把拍到的照片给大家看。

向衡快速翻看爆炸现场初步搜查罗列出的物品清单和现场照片,看到了那个背包的碎片。另外还有一件修路工人穿的工服碎片,一把厨房用的尖刀,木质刀柄已经烧毁,刀身也被熏得乌黑。这把刀与厨房众刀具不在一起。

工服和尖刀,应该就是胡磊的。

火场残骸中还有笔记本电脑、台式电脑、手机、衣服、家具等等一堆东西,全都成了碎片,完全辨不出原来的样子了。

葛飞驰道:"这些东西就放在爆炸物旁边,被毁得很彻底。就目前找到的物证看,段成华去了新阳,杀掉了胡磊,把胡磊的东西带了回来。他想销毁所有罪证,正在处理时,发现警察来了,于是逃跑。"

他说着,看了向衡一眼。向衡也正抬眼看他,两人目光一碰。向衡没有说话。

没人有异议,葛飞驰便继续道:"另外,对新阳的相关人员已经全部做了询问,目前还没有查到什么可疑情况。在停电混乱发生之前他们应该都在楼里办公室,混乱发生后大家一起跑出楼,相互都有证人。没人认识段成华、杨安志。"

向衡道:"他们互相能做证,也不是每一分钟都看到对方了吧?"

"那倒是。"葛飞驰道,"可也没有别的证据显示出任何人有疑点。"

向衡又问:"重症楼呢?门怎么开的?还有那个MP3。"

葛飞驰道:"MP3上没有指纹。重症楼各处排查过了,电力和网络被破坏的地方也做了痕检,没有发现。就算当初下手的人不小心留下了什么,也被跑去抢修的网管和保安弄没了。目前他们的安保设备供应商给出的结论说有可能断电断网造成了安全程序的BUG,使得门锁短暂失效。"

向衡没表情,找不到顾寒山参与的证据,也不知道该不该松口气。

"网管、保安,整个安保科,依我们目前调查的情况看,没有内应嫌疑人。"聂昊道。

"那个林玲医生呢?"向衡问。

"她的嫌疑也排除了。"葛飞驰示意,一名警员在投影上放出一张图表,"这是时间线。

"我们跟顶峰基因研究所了解了。他们跟简教授的脑科学研究中心有一个合作项目,昨天临时加急需要一份研究数据的报告,跟着报告一起的还有一份合作协议需要签,之前跟简教授说的是下周,但昨天突然出了点状况需要马上办。在这一点上,简语和林玲是没说谎的。"葛飞驰指了指投影幕布,"这上面是林玲自述的地点和时间线,人证和监控证据都找到了,每一样都能对上,她没有问题。"

向衡看着屏幕,思索了一会儿。

葛飞驰看了看他,道:"许塘和段成华埋尸的那个视频,我们没有分辨出是什么地点,也不知道死者是谁。但在视频里看到了死者的鞋和裤脚,破旧,脏,是个男性。从脚踝上看死者非常瘦。"

聂昊心里一动:"会不会是流浪汉?像刘辰这样的?像这样无家可归的人,与社会没有联系,突然消失了,没人知道,也没人追究。"

葛飞驰道:"不清楚,片段很短,没头没尾的,只能从视频里看出这么多。在失踪报案的档案库里查了查,也没有条件相符合的。"

大家都不说话。

葛飞驰看了一圈众人,最后目光停留在向衡那儿,道:"整个案子,目前查到的就这些,虽然还有细节需要查验,但是初步的证据链已经完整了。从已知的证据情况推测,许塘用这个视频威胁段成华,向他勒索钱财,段成华决定杀掉他。段成华伙同杨安志找上了胡磊,胡磊成功将许塘杀死。但之后他们内部出了一些问题,胡磊杀了两个人逃出,段成华追到新阳,这次成功灭口。他自己赶回燕子岭试图销毁所有证据,最后在逃亡过程中意外身亡。"

跟向衡之前预测的一样。

确定嫌疑人,嫌疑人死亡,结案。

向衡沉默着,没反驳。

葛飞驰便继续道:"还需要继续调查清楚案件的一些细节,杀害许塘的动机有了,但是胡磊呢?他们找一个绝症患者当杀手……"葛飞驰说到这儿顿了顿,这不合常理,但是要说不合常理的,这事情里还有不少。葛飞驰跳过去,道:"找出杨安志或是段成华与胡磊之间的联系,他们为什么会物色胡磊,他们之前有没有物色过其他人,做过其他事。杨安志租那个小白楼,改建成这样,究竟是要做什么?还有,石康顺与他们的联系,许塘和段成华掩埋的尸体是谁,这些都需要继续查。"

众警应了,葛飞驰让大家散会,单独留下了向衡。

只剩下他们两人,向衡终于说话:"第一,真凶是个跟段成华体型很像的人,他骑了段成华的摩托车,误导警方的判断。可是在杀许塘的时候他并没有出现。他可以杀胡磊,当然也可以杀许塘,他为什么不亲自动手,非要把机会给胡磊？他穿上段成华的衣服，模仿的效果会更好。"

葛飞驰一怔。

"第二，凶手追到新阳，随身携带绳子，他对新阳的环境非常熟悉，已经想好了怎么进去怎么出来。但其实他逃跑的那面墙并不是最佳路线。他摩托车停的地方，从另一个方向进出更近，更容易脱身。他爬过的那面墙，需要绕一大圈，跑挺远的路才能找到摩托车。我仍是那个观点，他在那里故意留下脚印，是想让我们追到森林公园去，拖延时间。也就是说，他在燕子岭的行动时间非常紧张，那里应该还有破绽。"

"比如？"

"比如段成华的逃跑。他明明有摩托车，可他竟然宁可炸掉也不骑它。"

葛飞驰一愣，对呀。

"他们来不及做更细致的处理，只能用简单粗暴的方式结束剧本，直接进大结局。所以有爆炸有大火，所有的东西都在，但所有的东西都被烧掉可查验的痕迹。如果当时警方进楼里搜索，遭遇爆炸，有重大人员伤亡，那事情就闹得更大。所以必须飞快破案，那压力谁都不好背。"

这一点葛飞驰太懂，他点点头。

"还有，那楼面朝大道的那边也有窗户，把梯子架到那边，跑上大道，更容易逃脱。但段成华却要往布满建筑垃圾的荒山野岭跑，因为那里有死刑场在等他。"向衡道，"我今天重新看了一遍那个地方，路是直的，如果真有人给段成华下了指令，一直往前跑，这是一个很好理解很容易执行的命令。"

葛飞驰揉了一把脸："你真的觉得一个大活人，人高马大，神志清醒，能人家让他跑他就跑，人家让他跳他就跳，人家让他去死他就去死吗？这说出去谁信呀！"

向衡道："我不知道，我也是第一次听说。"

"可是顾寒山说有，那应该就是有的，对吧？"

"是啊。"

"可光我们信也没用呀。"葛飞驰叹气，"算了算了，你接着说你的第三点。"

"第三。"向衡还真有第三。

葛飞驰双手撑着额头，这都什么毛病。

"凶手是一个团队，互相配合，互相掩护。智商高，反应快，组织周密。我觉得跟许塘之前向关队报告的什么超能力团伙有关系。许塘的说法也许有些偏差，但应该就是那一队人。许塘的死跟他想去挖这些人的线索有关系。但目前我们没有找到任何关联，因为幕后真凶把所有线索引向了段成华，让段成华背这个锅。他们想让一切都在段成华这里终结。事实上，我相信新阳内部也有他们的内应。"

"嗯，你具体说说。"葛飞驰认真听着。

向衡继续道："胡磊杀了人开走了杨安志的车，凶手就知道情况要糟了。一旦胡磊被抓，警方找到燕子岭那小楼就是迟早的事，所以他们燃眉之急是做两件事。一是找到胡磊将他灭口，二是在小白楼那里布置现场，安排段成华的行动，一旦警方到达，就把段成华潜逃杀警的戏码演完。所以，他们需要人手分头行事。再有，新阳这么大，我们找胡磊这么困难，对方怎么就找到他了？凶手破坏了监控、大楼电源，还要杀人，还要运尸，还要拿走胡磊的随身物品。他怎么忙得过来？"

葛飞驰沉吟着："你说得对，他当然忙不过来。"

向衡道："所以胡磊偷走的东西，他们并没有全找到。也就是说，还有物证留在新阳。"

葛飞驰坐直了："怎么说？"

向衡问他："新阳的地图呢？"

葛飞驰从文件夹里找出来："这儿。"

向衡拿支笔，在那地图上画了起来："摩托车停在这个地方，所以他应该是从这一面进入新阳。这里是网络被破坏的地方，这里是电源，这凶手必定对新阳非常熟悉才能行动这么快。但是他怎么找到胡磊的？"

"怎么找的？"葛飞驰顺着他的语气问。这确实是个问题。监控已经瞎了，就算没瞎，也没拍到胡磊呀。

"跟着我们警方的踪迹找。"

葛飞驰听得又是一愣。

"对方是来行凶的，他得避开我们警方的搜查。而且如果胡磊在我们的搜查范围内，他也没办法处理。所以，他挑了我们搜查的范围之外，赶在我们之前。能找到就是运气，找不到他也没办法了。"

葛飞驰懂了："我们当时是在监控室做搜查指挥的，我们需要他们的配合。"

"对，而且我们搜查，是不会避开监控的。"

"所以那个内应能通过监控，或者管理层、安保这头了解到我们的搜查进展和范围，然后他们挑我们还没搜到的地方找。"葛飞驰轻捶桌子，"大意了。"

"他们这样找，范围就缩小了很多。只能说他们运气比我们好，也许真就路过杂物间看到胡磊了。"向衡继续在地图画着，"接着他们去破坏监控，杀人，破坏电源，移尸……"

"移尸这个动作有很大的风险。"

"对。"向衡道,"移尸的目的是拖延时间。一来不让我们这么快发现尸体,因为他们还需要时间找胡磊带走的东西,还需要时间布置小白楼现场。二来如果发现了尸体,就让我们找到那些脚印,可以嫁祸段成华,可以引我们到森林公园山上追踪。毕竟那脚印在楼后墙角这么隐蔽的地方,他担心我们没找到,就错过了。尸体附近的范围肯定是会查得特别仔细。如果我们警方围着杂物间打转,就真有可能错过脚印。"

"嗯,你接着往下说。"

向衡继续道:"当凶手找到胡磊,发现他身上穿着病号服时,就知道他在新阳里面换了衣服,他们对新阳太熟悉,所以马上推测出胡磊在哪里换的,于是他们能找到那套工服。这些东西其实无关紧要,他们没必要带走。但他们多此一举,还要把这些东西摆在爆炸现场让我们看到,是想让我们觉得,所有东西他们都拿走了。这样我们就不会继续搜查胡磊的随身物件。"

葛飞驰脑子一转:"那个包?"

"是的。"向衡点头,"那个才是最重要的东西。胡磊为了行动方便,进了新阳后肯定把它藏起来了。"

"爆炸现场有很多东西,有包有电脑有衣物,各种各样。"

"都是掩人耳目。"向衡道。

葛飞驰默了一会儿:"可在新阳查了两天,就差翻个底朝天,也没查出什么可疑物品来。"

"也许藏得特别好,也许后来幕后凶手们找到了。"

葛飞驰再度沉默,过了一会儿他道:"我觉得你推理得挺有道理,但你知道问题在哪儿吗?"

"推测只是推测,那些物证、各种检验结果才是证据链里的硬通货。"向衡道。

葛飞驰叹气:"是的,推测只是推测,再有道理也只是主观判断而已。证据才是刑侦和法律审判里的硬通货。你的推测,还是建立在顾寒山的证词基础上的,但她的个人情况会让她的证词受到质疑,她的证词与物证冲突,那大家肯定是相信物证呀。"

向衡不说话。

葛飞驰再叹气:"我说她一个人对抗全世界,真的不是开玩笑。我知道她怀疑简教授,但那天晚上案发的时候,简教授一直跟别人在一起,他有很完美的排除嫌疑的证明,既不在场,也没有参与幕后指使。"

"嗯。"

"许塘这个案子，七拐八拐的，居然跟新阳和简教授扯上了关系。顾寒山当然想抓住机会，把她爸的死因调查合并立案，可这个动机就会让人对她的证词质疑，何况她说的事真的有些离谱，再加上她的病。"葛飞驰头疼，"哎，可不能说了，说得我焦虑。我太为难了。如果我支持她和你的推断，我会受到质疑，我得背责任。最后根本找不到什么真凶，就还是段成华是凶手，我扛不动。但如果我不支持你们，我也解释不通那些疑点是什么。我也得说服自己的良心。"

向衡不说话。他知道，所以他没在会上当众说这些，得给葛飞驰一些空间去做事。

葛飞驰想了一会儿："顾寒山说偶遇的那个病人，发现尸体的那个，叫什么来着，孔明。他跟许塘、胡磊、段成华八竿子打不着吧？"

"初步问过情况了，他在新阳住了五年，动过两次大手术，一直在重症楼，头两年病重都在病房里，这两年情况好转了，每天两次护士带到花园散散步，没法与人正常沟通，家庭情况是父母早亡，奶奶拉扯大，前两年奶奶生病去世了。没有亲人没有朋友，没人来探望过他，人际关系非常单纯。确实看不出他与这个案子有任何关联。"向衡顿了顿，"我觉得顾寒山想让我们知道的也并不是孔明与许塘、胡磊他们有关系。毕竟顾寒山与他们也没关系，她并不知道什么内情。"

葛飞驰叹气："可不是，麻烦的就在这里，顾寒山太想把两件不相关的事绑在一起，好争取我们调查的机会。"

向衡道："但她爸爸的死确实太蹊跷了，应该查一查的。"

葛飞驰道："那也是另一件事了。"

"也许真的都跟简语有关呢。"向衡道。

葛飞驰沉默了一会儿："算了，不管了，反正都查到这一步了，有关联没关联，都再确认一下吧。我们俩再去会一会简语和他的脑科学研究中心。"

简语工作室。

简语坐在堂厅的落地玻璃前，看着院子里的花发呆。

外头天色渐暗。

宋朋轻手轻脚走了过来，等简语转头过来看他，这才问："简教授，你晚饭要吃什么？"

简语愣了愣："晚饭？"

"对。"

简语看了看墙上挂着的时钟，默了两秒，站起来："回家吃吧。"

宋朋点点头："那我去备车了。"

"好的，我一会儿就出去。你在车上等我。"

宋朋转身出去了。

简语走到茶几那，看了看手机上的未接来电，想了想回了过去。

电话铃响了几声，对方接了。

"你好，关队。"简语道，"不好意思，我刚才在忙，没接上你电话。"

关阳应道："没关系。"

"找我有什么事吗？"

关阳的声音低沉中透着疲倦："我是想问问，你上回说，会跟顾寒山沟通沟通，看她是否认识范志远，是否跟那边的人有关联，这事现在有进展吗？"

"哦，这个。"简语道，"前两天我让她回医院做检查来着，原本想着借检查的机会跟她好好聊聊，但是新阳出了些状况。上次你跟我提到顾寒山做证的那个杀人案，行凶嫌疑人跑到新阳，死了。还有一位死者，是我们新阳的清洁工。警方正在调查这案子。这事你知道吧？"

"知道。"关阳道，"我看到通报了。"

"嗯。"简语道，"这事挺麻烦的，分局葛队那边将新阳做封锁搜查处理，我理解办案程序需要，但不是每个人都能理解。病人和病人家属，还有医生、员工，都有些情绪，很多工作安排也被耽误了。真希望葛队他们能尽快完成搜查取证，让我们研究所恢复正常工作秩序。"

"你还好吗？"

简语道："算不上好吧。我还是受了影响。那个闯入新阳杀人，最后自己也遇害的死者，曾经到新阳找我问诊，他对他的病情非常紧张，但最后他没死在手术台上，没因为癌症去世，却因为犯罪而生命终止。我觉得很感慨。再加上现在医院里里外外都被监管着，气氛比较压抑，心情确实不太好。"

关阳问："有没有我能帮上忙的地方？只要不阻碍侦查工作，有些事情还是可以通融的。我可以跟他们提一下。"

"不用。"简语拒绝了，"没什么比人命更重要的事了，别打乱葛队他们的侦查节奏。我知道你们警方多不容易，人手不够，加班加点，我们配合得越好他们的进度就会越快。要真提起要求来，那就不是三两下能解决的了。与其给葛队他们添麻烦，还不如我们自己先克服那些困难。"

关阳那边默了默，道："好的。我会去问一下那边的情况，让他们尽快。"

简语道："如果跟你的工作无关，问都别问。我知道这对你来说是件很简单的事，可我担心你这一通电话会落下了把柄。你参与进来可能会对范志远案造成不必要的麻烦。现在警方还在调查，我觉得他们可能还没有完全排除我的嫌疑。"

关阳抓住机会打断他："你会有什么嫌疑，怀疑你什么？"

"不清楚，还没人告诉我。我只是说可能。毕竟死了人，而且这人很大可能是冲着我来的。我不认识他，只是给他看过一次诊，我对他的病情挺有兴趣，但他算不上很特殊，我没有跟进。他突然杀了人，又跑回新阳，我不知道他在外头经历了什么，但这些事摆出来，警方要调查我也是理所当然。"

"这个我可以去了解一下。"关阳道，"这案子还涉及别的，我们市局是能过问的。你放心吧，不会有什么麻烦，我这边也是正常工作范围，没有越界，你别担心。"

简语微微一叹："我确实有些担心，如果最后我有嫌疑，我对范志远的精神鉴定可能会被排除。他的律师不但精明，消息也很灵通。如果范志远被判定有间歇性精神病，那就算你们找到了新证据，二审他肯定依然无罪。这一点你务必留心。"

"那样的话我们就申请第三次鉴定。"

"风险还是很大。"简语道，"我会尽快处理好我这边的事情，不拖累这案子。"

关阳道："嗯，我还是去了解一下吧，如果有什么问题也好解决。"

简语沉默了一会儿："那好吧，如果你那边没有麻烦的话。"

"放心吧。"

"好的。"简语看了看落地玻璃窗上映着的自己的身影，挺了挺肩膀，让自己更端正些。"很晚了，你早点休息，别太拼了，身体重要。好好练习冥想，好好睡觉，都会好起来的。"

"嗯。谢谢简教授。"关阳道，"那我挂了。"

"好的，再联络。"简语应着，那边关阳挂了电话。简语看了一会儿自己的影子，他再拨一个电话，打给自己的妻子，裴琳芳。

电话响了挺久那边才接起。

"琳芳。"简语语调温柔，"你在家吗？我买些菜回去一起吃个饭吧？"

裴琳芳说了什么，简语露出了遗憾的表情："你吃过了？要跟朋友出去玩吗？这样啊，好吧。不，我没什么事，就是今天有时间可以回家吃个饭。嗯，你忙你的。好的，好的。"

简语把电话挂了。

他在沙发上坐下了，沉思了一会儿，又拨了一个电话，这次拨给了顾寒山。

"顾寒山，你在哪儿？有空一起吃个饭吗？嗯，没关系，想跟你聊一聊，好的，那我去接你。"

简语挂了电话，起身关灯关门。

宋朋等得简语上车，却听简语说要去凤凰街，有些吃惊："不回家了吗？"

"琳芳不在家里，不回去了。"简语道，"我约了顾寒山，她说她在凤凰街派出所谈事情。"

宋朋皱了皱眉："她怎么跑派出所去了？"

简语道："不清楚，一会儿见到她再问。关队那边也在打听她的消息。"

宋朋问："关队打听她什么？"

"打听她跟范志远的关系。"

"可她不可能跟范志远有什么关系呀。"

简语默了一会儿："是呀。"

冯安平坐在车子里，车窗开着，他往外张望。

刘施阳十多分钟前进了前面一家便利店，他跟雪人约在了这里见面，商量执行范志远的计划。

冯安平守在路边把风。

冯安平对雪人不太熟，他只跟着刘施阳，而刘施阳跟着范志远。所以对冯安平来说，老大就是刘施阳和范志远。他不需要直接跟雪人接触，但老大范志远跟雪人的关系似乎非常紧密，紧密到如果刘施阳是左膀，那雪人就是右臂。而且因为雪人是女的，她与范志远的亲密有着刘施阳不可能相同的部分。有时刘施阳会抱怨几句。

冯安平从刘施阳的抱怨里，了解了雪人的一些情况。女性，学医的，非常聪明，有些背景，胆子出奇地大，心黑手辣，特别合范志远的胃口。

据说她是从前范志远下手的目标。范志远有些特殊癖好，他看中了目标，侵犯凌虐，然后杀死。在他手底下还从来没有活下来的。而这雪人忍得了范志远的凌辱虐待，不但活了下来，还让范志远一直保持着兴趣，能与范志远合作，赢得了范志远的信任，跟随他左右。

冯安平觉得这雪人一定也是个人物，变态的那种。人以群分。像他们这样的普通人，只能当当小弟。而那些特殊的人物，才能真正站在老大的身边。

冯安平忽然看到便利店的门开了。他赶紧收回思绪坐直。

一个身形纤长的女性走了出来。她扎着马尾，戴着棒球帽，还戴着一个口罩，休闲衣裤，看上去年轻时尚的打扮。

那姑娘在便利店门口站住，往周围看了一圈，她看到了冯安平的车子和冯安平，然后转身朝另一个方向走了。

冯安平知道，这就是雪人。

冯安平见过雪人的长相，他知道口罩下面，是一张白净清秀、漂亮的脸。

他们每个人都有代号。刘施阳是老王，而他是小李。雪人……雪人也只是个代号。

过了一会儿，刘施阳拎着一大袋吃的从便利店出来了。他上了车，冯安平启动车子。

车子开起来，刘施阳说要去五金店买点东西，冯安平这才问："谈得怎么样？"

"挺好的，她愿意配合。我们商量好计划了，要做的事挺多，一件一件来。"

冯安平道："怎么开始？先得盯着关阳吧？"

"不。关阳放最后。一动了他，就是顶天大事，警方会全员出动，我们再动其他人就不方便了。"刘施阳道，"所有带刺的花，都要打理干净，不能给老范的二审留下任何后患，所以得把关阳排在后头。在这之前，我们还得定好退路，干完就撤，别给老范添麻烦。"

"行。"冯安平道，"那我们先干掉谁？"

梧桐路，翡翠居。

宁雅拿着顾寒山给的钥匙打开了顾寒山家的门，从包里拿出鞋套罩上了鞋子，然后转身关上大门，把包包放门口边柜上，再从包包里取出一双打扫卫生用的塑胶手套。一切准备妥当，她转身往客厅走去。

刚迈步，吓了一跳。

贺燕正坐在客厅单人沙发上，冷冷看着她。

宁雅僵在原地。

贺燕如以往一样，穿着时尚干练的套装，妆容精致，气场十足。

宁雅咽了咽唾沫，掩住紧张："你好，贺女士。"

"好久不见，宁雅。"

贺燕的声音冷冰冰的，宁雅更紧张了，只得再应一句："你好。"

"你怎么会在这儿？"贺燕问。

宁雅赶紧道："是顾寒山请我回来帮她做家务的，我今天过来也提前跟她说了。她告诉我她可能不在家，让我自己进来。"

贺燕一直看着宁雅。

宁雅虽然没有说谎，但仍觉得有些心虚，下意识地道："是真的。"

贺燕忽笑了笑："我没怀疑你说谎。我挺高兴你回来的。"她指了指自己面前的沙发，"过来坐吧，这么久没见，我们聊聊。"

宁雅有些防备："呃，我还得做事呢，太晚了。"

"没事的，就聊两句。"贺燕继续微笑着说。

宁雅不好再推拒，过去坐下了。

贺燕再度看了看她，问道："你现在过得好吗？"

"挺好的。"宁雅点点头。

"你那人渣老公还打你吗？"

宁雅僵住了。

贺燕看着她的表情，又问："怎么还没离婚呢？"

宁雅不说话。

贺燕笑了笑："舍不得钱吗？"

宁雅被刀刺了一般跳了起来："你太不礼貌了。"

贺燕的笑容敛了敛："你在顾寒山家里找礼貌？你跟我们不熟吗？我可比顾寒山礼貌多了。"

宁雅咬咬牙，顶嘴道："现在你并不礼貌。而且这里是顾寒山的家，不是你的。是顾寒山聘用的我，我还可以请你出去。"

"请我出去？"贺燕笑意加深，她往后靠在沙发背上，长腿交叠，右手搭在沙发扶手上："我知道，你老公有个祖母，名下好几套房产，你老公是三代单传，也没有其他太多直系亲属，他奶奶过世后，遗产分一分，他能继承的差不多有一千万。"

宁雅脸色难看。

"对你来说那是很大一笔钱，多到就像天文数字，对吗？"

宁雅咬牙道："你查探我家的隐私，我能告你的。"

"你老公到处跟人吹牛，这算不上隐私，不然你得告很多人，而法院都不会受理。"贺燕迤迤然道，"你要装作懂法，不如自己去查一查你老公有没有让他奶奶立遗嘱。一旦他奶奶立了遗嘱，指定他为该遗产继承人，不算在婚内财产内，那你一分钱也拿不到。"

宁雅吃惊。

"你看，你不懂。"贺燕道，"你在我们家这么久，竟然什么都没学到，顾亮就是这么做的呀，他很早之前就立好遗嘱了，把能留给顾寒山的钱，全留给了她，一分都没漏出来。我跟他结婚十年，过的什么日子你也看到了，我好好一个职场女强人，牺牲工作机会，放弃旅游休闲，带他那傻子女儿玩游戏，陪她做功课，学做她喜欢吃的，我帮顾亮分担各种琐事，帮他重新出山开创事业，到最后呢，他算计我。他要是早说清楚就算了，但他丢下一切，让我独自面对这些乱七八糟的，却只留给我几个子儿。"

宁雅脸色复杂。

"不公平，是不是？"贺燕道，"不过幸好我还有工作，收入不低，足够供我自己过上好日子。我不为这些钱，我就是咽不下这口气。凭什么！我得讨回公道。你呢，情况可不如我，别犯傻了。钱在自己口袋里才是真的钱，男人画的饼，吹的牛，就是个屁，明白吗？"

宁雅迟疑了一会儿，问："他奶奶，立了遗嘱指定了继承人，就不算婚内共同财产了，是真的吗？"

贺燕道："你到网上搜搜，或者你走街上，随便看到一家律师事务所你进去问问。"

宁雅咬咬唇。

贺燕道："我跟你说，女人不能靠别人，所有的人都靠不住，只有自己。你这么努力工作，不也是想多存点钱吗？你肯定也不甘心整天被打，但忍气吞声是换不来钱的。离婚吧，对自己好一点。"

宁雅不吭声。

贺燕再次站起来，她打开包包，从里面拿出十张百元现钞，递给宁雅："顾寒山雇了你，我也雇你。"

宁雅看着那钱："雇我做什么？"

"雇你照顾好顾寒山。"贺燕道，"你来得勤快一点，最好挑她在的时候来。平常与她多沟通，多说说话，然后把她的一举一动，想什么做什么，都告诉我。"

宁雅张了张嘴，但看着那钱，拒绝的话噎在了嗓子眼。

"一千块，先拿着。"贺燕道，"我又没让你干坏事，就是多关注关注顾寒山而已。一个星期一千块，我给你现金。你老公就算查你手机，也不知道你有这笔收入。"

宁雅犹豫了一会儿，手捏得死紧。

贺燕看着她："不要吗？这么轻松就能赚到钱，你居然不要，你是傻子吗？"

"我不一定能打听到多少。"宁雅咬着唇，声音很小。

"没关系。知道多少告诉我多少。你是知道我的，我这人很大方，不会跟你太计较的。"贺燕道，"当然要努力知道得多些才好，钱也不是这么好赚的。顾寒山最近跟警察走得很近，主要是这方面的事。这屋子不大，你又在这里干活，很容易就能打听到了。"

宁雅又咬了咬唇,退了一步,离那些钞票远了点:"我再考虑考虑。"

"好的,那你再考虑。"贺燕也不在意,她把钱收回来,对宁雅笑笑,"你随时打我电话,期待我们的下次见面。"

夜间城市,车流穿梭,马路宽广,却有些难行。

司机宋朋认真开着车。

黑夜里有光,街道两旁的路灯照亮了车道,路边的小店各式招牌也让这黑夜里的光明显现出了各种色彩。车子往前开,看着光似往后退,但前面还有新的光。

顾寒山坐在后排,靠在椅背上,没什么表情。简语坐在她身边,道:"你到派出所去,是有什么事吗?"

"刚才吃饭的时候你什么都不问,我以为你不会问了。"顾寒山道。

简语温柔笑笑:"吃饭就好好吃饭,不谈有压力的事。"

"没压力,不是什么坏事。"顾寒山答,"上周末我参加了他们的反诈宣传活动,效果不错,他们还想邀请我再参加一次。今天过去谈这事。"

"新阳那个命案的事,警方没再找你调查吗?"

"没有。录了笔录就没事了。"顾寒山反问,"你呢?"

"今天给我电话了,约我明天到新阳问话,他们想了解孔明的情况。"

顾寒山点点头。

简语看着她:"下回别这么干了,顾寒山。你有什么想法就直说,我们总能找到解决的办法。你调皮捣蛋,给警察增加了麻烦,也给孔明带来危险。这次幸好没大事,但没有下次了,好吗?"

顾寒山不说话。

简语默了一会儿,放缓语调,转回原来的话题:"你刚才说,要参加警方的反诈宣传活动,所以你是打算继续参加社会活动?"

"是的。"顾寒山看了看简语的表情。

简语点点头:"那你要随时关注自己的状况,如果有不舒服,觉得哪里不好,就给我打电话。"

顾寒山爽快应了:"没问题。"

简语道:"你不要大意。要避开压力,预防胜于治疗。"

"我没什么压力,我真的感觉非常好。"

简语温和地道:"如果你想参与社会活动,我可以安排一些更安全更适合你的。

我不太赞成你与警方走得太近，这对你弊大于利。你要珍惜现在的治疗成果。"

"我很珍惜，我不会再住院的。"顾寒山转了话题，"新阳现在还被封锁吗？毕竟死了人了，是不是要封很久？"

"调查清楚就好了。"简语很沉稳。

"石院长一定很着急。"

"着急归着急，但既然发生了，就得想办法处理好。"

顾寒山看着简语："简教授似乎不着急。我还是不太能看懂表情。"

简语笑了笑："我也着急，新阳也是我的心血。但是只有保持情绪稳定才能解决问题。"

顾寒山不吭声了，过了一会儿"嗯"了一声。

简语也默了一会儿，然后和蔼地问："你是不是看到了胡磊的脑部扫描图，跟警察说了这大脑会有暴力犯罪倾向之类的话？"

"是的。"顾寒山道，"我在用我的知识帮助他们。"

简语道："但是这种话太武断了。"

"这是科学研究的结果，不是武断。只是我没有向他们详细阐述整个研究的过程而已，为了方便他们理解，我直接说了结论。"顾寒山道："是谁告诉你我说了这些呢？警察？还是那些保安？你是不是让他们把我的一举一动，所有说过的话都告诉你？"

简语没答，却道："顾寒山，无论那人的脑子结构怎么样，无论他有什么病，在他实施犯罪之前，他就是无罪的。"简语的语气很耐心，"我们人类，每天都会产生许多想法，有些想法是负面的、消极的，有些想法是危险的、邪恶的，但只要他们没做什么错事，想法就只是想法而已。不能因为可能性，或者有想法就给他们定罪。何况大脑的自我调节和保护、人的社会属性、人际关系变化和环境变化、受教育和约束等等，也会让想法有变化。很多人会检讨，会反省，会努力让自己变好。"

"可无论想法怎么变化，他们的大脑就是有暴力倾向，反社会，比一般人更容易犯罪。"顾寒山完全没被简语那些感性的话打动，她道，"我在帮助警方做判断。这样的人群，就算不是主动犯罪，就算有自我约束的想法，但他们在生活中也会显示出种种迹象，如果有人对此有研究，如果有人能看懂他们的大脑，那就有可能对他们进行诱导和控制。我说的警方也能理解，我当然不是指控所有人，我看到的脑图就是警方正在调查的人，是已经犯罪了的人，我给了他们专业意见，就是这样而已。"

简语沉默了一会儿，再开口时，态度更温和，显得更有耐心了："我明白的，顾寒山。你现在正在努力融入社会，你有强烈的社交需求，展现你的能力和个人魅力对你来说非常重要。但也正因为你太有能力，你本身就是一种权威的象征，你说出来的话，对信任和依赖你能力的人，会造成诱导和心理暗示。你有宽阔的视野界线，你有惊人的记忆力和坚定的意志，但你还说那就是个会暴力犯罪的大脑。"

简语顿了顿，看着顾寒山道："我在保护你，顾寒山。说多错多，如果你让警方认定这样的大脑一定会犯罪，你会有麻烦的。别忘了，你也有差不多的大脑。"

顾寒山不说话，她静静盯着简语。

简语继续道："我听说你的证词与现在警方掌握的证据是有出入的，你的证词真实性会被质疑。严格地说，你能被列入嫌疑人名单。那晚孔明和你出现在尸体旁边，你的嫌疑很大。虽然不清楚现在警方调查的情况如何了，但如果有案件调查的需要，警方拿出相关文件，我就得把你的病情向警方详细说明，把你的全部诊疗资料交上去。到时候，你要指着自己的脑部扫描图对警方说，这是一个会犯罪的大脑吗？"

顾寒山依旧沉默着。

简语温和地道："你明白了吗？有些话得收着说，警方问多少你答多少，说话要客观，要谨慎。我在保护你，你也要懂得保护自己。所以，我不赞成你跟警方走得太近。"

顾寒山把头转一边，看着车窗外。她脑子里瞬间涌入了向衡的许多画面，他的表情，他说的话，他的肢体动作，在她脑海中闪现。

向衡说："如果真有那么一天，提前给我一个电话，给我机会阻止你。"

顾寒山抿了抿嘴。

简语看着她乌黑的头发，道："命案是大案，警方一定会追究各种细节，你要做好心理准备。如果你有什么想法，你可以跟我说，我会尽力帮助你。"

过了许久，顾寒山终于开口，她道："可惜，上一个能对我说这么多道理的男人，已经死了。"

宋朋从后视镜里看了顾寒山一眼。

简语轻轻叹息一声。

车子一路前行，后半程终于顺畅，车子很快到了顾寒山住的小区，简语将顾寒山送到家门口，他没进去，只在门口看了看屋里的情况，而后嘱咐顾寒山注意安全。

顾寒山谢过他。简语便走了。

关上了门，顾寒山走到卧室趴到窗边往下看，简语的车子停在这栋楼边的地面停车位上,从顾寒山家的窗户角度看不到他车子,但能看到他车子离开的路径。

顾寒山看了看表,她等了十分钟,才看到简语的车子离开。

她把窗帘拉了拉,离开了窗边。

顾寒山并没有注意到,在她对面楼的同一层、斜对着她的屋子,有一扇窗户的窗帘后面,一双眼睛正看着她的屋子。

顾寒山回到了茶几旁,看到爸爸的照片被放歪了些,她伸手摆正了。她掏出手机给宁雅发信息:"打扫的时候请注意些,不要动我爸爸的照片。"

信息发出去,顾寒山在爸爸的照片前坐下了。她的手机还握在手里,脑子里又出现了画面。那是爸爸的手机通话记录,他死前接过一通电话。电话号码是她的,但她没打过。

顾寒山捏紧了自己的手机。

宁雅回了顾寒山的信息,心神不宁回到了家。

一开门就惹来了一声怒吼:"这么晚去哪里了!晚饭都不做!"

那是她的丈夫王川宁。

宁雅没防备,吓得钥匙都掉在了地上。她把钥匙捡起来,把大门关上。

"心虚什么!"掉钥匙的这个举动让王川宁更加愤怒,"你他妈的去哪儿了!我打你电话都不接!"

"我接了。"宁雅确实有些心虚,包里的一千块让她紧张,她解释着:"我告诉过你有家卫生要打扫,你最后一次打来,我在路口了,正过马路不方便看电话,然后马上就到家了,想着到家再说。"

王川宁趿着拖鞋过来,一巴掌就挥向宁雅。

宁雅下意识地躲了一下,王川宁的巴掌打在她的肩上。这让他更加愤怒,他紧接着再挥两巴掌,这次打在了宁雅的头上。

宁雅没站稳,摔在地上,肩上的包也摔在了地上。王川宁一脚把包踢远了,又伸脚踢了宁雅两下。"顶什么嘴!接就是接了,没接就是没接。最后一次没接不就是没接!你在干什么!什么人家要让保姆大晚上去打扫卫生的!啊?是不是男人!"

"时间排不过来只能晚上!"宁雅爬起来,一边躲一边解释。她没敢去捡包,不想让王川宁注意到。"是个单身姑娘的家,没有男人。"

王川宁瞪着她,想了想又吼:"谁知道你说的是不是真的。手机拿出来,我看看。"

"你喝酒了吗?"宁雅咬咬牙根,忍耐着问。她闻到他身上很重一股酒味。

"喝酒又怎么了?喝点酒又怎么了!"王川宁大声吼,非常暴躁。

宁雅靠墙站着,看着他,没说话。她紧张得胃抽搐,手机在包里,她不能当着他的面打开包。她的脑子绷得紧紧的,如果王川宁为了看手机去捡她的包,怎么办?

但幸好王川宁没有。他瞪着她,喘着气,然后转身走到沙发那边,一屁股坐下,道:"我要跟你离婚。"

宁雅一怔,有点不敢相信自己的耳朵:"你说什么?"

王川宁转头看着她,看了一会儿,冷冷地道:"我要跟你离婚。"

宁雅沉默了很久,再开口,声音哑了:"你奶奶,不行了吗?"

"快了。"王川宁对着她残忍地笑,"你忍我这么久,不就是等这个。我马上就要有钱了,不过没你的份。"

宁雅看着他的笑容,想起了贺燕的话。她很快别过头去,走进厨房,给王川宁倒了一杯水:"你先醒醒酒,早点睡吧。"

王川宁接过水喝了,有些得意:"你以为我开玩笑?"

宁雅不说话,她若无其事地捡起落在地上的包,走进卧室。

王川宁站起来,越过她,撞了她一下,比她先进卧室。

宁雅的头在门框上磕了一下,她站住,瞪着王川宁的背影。

王川宁进到房间,在床上躺下了,他对宁雅张开了双臂:"来呀,咱们过过夫妻生活。现在还没离呢,你还得履行做老婆的义务。"

宁雅的手握紧包包的带子,食指将大拇指紧紧捏住。她站了一会儿,终于还是走进卧室,她把包挂在墙上的衣钩上,然后转身出去了。

王川宁在她身后骂:"快点!不然老子还打你!"

宁雅走到洗手间,狠狠洗了一把脸。她走出来的时候,看到旁边厨房里的刀架。她忍不住走过去,握住了最大的那把菜刀。

刀很重,抽出刀架时刀身闪着刺眼的光。宁雅瞪着那刀,似乎看到刀身上映出了自己扭曲的脸。

过了好一会儿,她闭上眼睛,把刀放回刀架。

第二天,周末。

风和日丽,阳光明媚,是个好天气。

向衡开车,跟葛飞驰一起去新阳。

葛飞驰的手机信息铃音响了响,他拿出一看,跟向衡道:"我们的金牌证人又发早晨问候短信了。她真的每天都发，我感觉到了压力。"

"什么压力？"

"就好像每天被她督促工作一样。"葛飞驰，"她真的，是个非常执着的人。昨天一直等着见我，就为了跟我强调段成华被控制了，要督促我的办案方向不要有偏差。对了，昨天忘跟你说了，你有机会劝劝她，有点礼貌，提高点情商，别整天跟个机器人一样，太较劲了。"

"没机会。"向衡马上拒绝。

葛飞驰白他一眼。

向衡道："她今天参加我们所里的反诈宣传活动去了。"

葛飞驰松了一口气："挺好，有事情做，她可以少一些胡思乱想了。"

向衡道："我们所里有个女警，脑子灵做事仔细，跟顾寒山还挺投缘，她张罗的。顾寒山似乎也挺喜欢她，跟她能聊到一块。"

葛飞驰刚想说那挺好，让这位女警好好做做顾寒山的思想工作，结果向衡后半句话进了出来："但她也不是顾寒山的对手。"

葛飞驰："……"他把话咽了回去。

"有事做总是好的。"向衡道，"顾寒山确实需要多交些朋友。"

青橘小区，凤凰街派出所周末反诈宣传活动现场。

耿红星和侯凯言到了，他们还带上了一个新朋友，林美妮。顾寒山一眼就认出她来："妮妮。"

那位在奶茶店里问耿红星，什么时候才能算是他女朋友的妮妮。

林美妮大方伸手，欲跟顾寒山一握："你好，我是林美妮，听说了你的事，我很想认识你，就拜托星星和猴子让我跟来。"

顾寒山没伸手："抱歉，我不喜欢握手。很高兴认识你。"

林美妮笑笑，也不介意。

黎莞在一旁见状忙帮顾寒山打圆场。她问了林美妮的情况，林美妮给她递名片："姐姐，我是做自媒体的，在创业。以后还请多多关照。"

黎莞一看，啊，竟然是个网红大V。"你是'妮妮在说话'的那个妮妮。"

"是的，姐姐。"妮妮大方热情，个子高挑，长得又漂亮，黎莞差点没招架住。她仔细看了看耿红星，还真是一个年轻小帅哥，赏心悦目。又看了看妮妮，他们一起来的，会不会……

黎莞打量的眼神被妮妮捕捉到，她笑道："我俩不是一对，姐姐。我是事业型的。"

耿红星抱着摄像机给妮妮一个白眼:"人家没问你,解释什么?"
"怕被你沾到,掉身价。"妮妮道。
耿红星没好气:"是我带你来的,你客气点。"
妮妮牛气哄哄:"我帮你的时候更多。"
黎荛哈哈笑,妮妮这一款她喜欢。顾寒山看看林美妮,再看看耿红星,没说话。黎荛热情招呼大家往活动现场去,途中她向顾寒山挤了挤眼睛,表示她懂。
顾寒山思索了一会儿,其实没懂她的意思,但学她挤了挤眼睛。
黎荛按住她:"好了,不用学。"
"你做得挺自然挺可爱的,我不行,是吗?"顾寒山认真问。
"像抽动症。"黎荛答。
顾寒山道:"你还知道抽动症呢?"
"那是。我可是一位准妈妈,每天都要学一点育儿知识的。"黎荛后知后觉地反应过来,"哎呀,你刚才是不是夸我可爱?谢谢了。"
"不用谢。你这样有一点点的脑神经递质紊乱的情况也很可爱。"
黎荛一愣:"什么意思?"
顾寒山淡定答:"反应迟钝。"
黎荛再愣,然后哈哈大笑,她揽住顾寒山的肩,笑得眉眼弯弯:"你好会夸。"
顾寒山继续淡定:"我进步很快的。"
黎荛继续笑。
耿红星、侯凯言和林美妮看着,虽然没听清她们说的什么,但也觉得顾寒山真有两把刷子,跟警察关系这么好。
黎荛把他们引到了活动现场,那里已经专门给顾寒山准备了一张桌子。黎荛对顾寒山道:"都按你昨天说的安排好了。你看,扑克牌、不透明的塑料杯、白纸、马克笔。网上有不少人在问了,想知道反诈小仙女今天要让大家挑战什么,我们一到这儿也有人在打听呢。"
说话间围观群众已经过来了,大多是年轻人。
"顾寒山。"有人喊她的名字。上次那个记扑克牌的视频大家还记得。
"你们好。"顾寒山应得有些冷淡,但大家不介意,觉得她的人设就是走霸道酷拽炫路线。
"今天要玩什么呀?"有个小伙子问。
耿红星和侯凯言在一旁架起了摄像机:"顾寒山,稍等一下说话啊,我们马上就好。"
他们很兴奋,比这些围观群众还要期待顾寒山的表现。上回顾寒山让他们拍了踢馆超脑社,剪出来效果特别好,虽然还没播出,但陈博业和许高锐都很欣赏,对顾寒山的项目更重视了。他们还拍到了新阳脑科学研究中心,跟简语搭上了线,这是其他资深编辑没有做到的事,耿红星和侯凯言在公司里委实扬眉吐气了一把。

现在离顾寒山给的最后期限还有两天,公司里为此开会讨论了好几轮,还没有定出最终方案,耿红星和侯凯言是有些紧张的,但顾寒山在这个时候允许他们来拍她在反诈活动里的游戏,就又给了他们机会。

陈博业告诫他们,顾寒山就是想显摆,想吸引他们的注意力,抢得筹码,因此让他们在心理上不要被她牵着走。但耿红星和侯凯言觉得这不是太正常的事了吗?想合作当然是要努力体现自己的价值,争取在谈判里抢得先机。人家顾寒山确确实实就是有这个价值,他们很乐意帮顾寒山展现她的超能力。

"好了,可以开始了。"侯凯言道,他的镜头对准了顾寒山。

林美妮也选了个好位置,用手机拍。

顾寒山在桌边坐下了,摸了摸那些杯子,道:"今天跟大家玩一个游戏,猜杯子。"她把三个杯子倒扣,在桌子上轮流交错旋转了一遍。

"这个我会。"一个年轻人叫道,"就是猜东西在哪个杯子里,猜对有奖。"

"那个太简单了,我们今天玩个高级一点的。"顾寒山抬眼看那人,"我要展示一下,我能预测你们猜测的结果。"

四周安静了几秒,有人不太确定,问道:"什么意思?"

顾寒山道:"意思就是,我想让你们猜中,你们就能猜中,我想让你们猜不中,你们就猜不中。没有任何的放水,你们也非常努力,但我就是能预测出来。你们觉得所有的决定都是自己做出来的,但其实不是。"

太狂妄了。

四周又安静几秒。

"我能控制你们的大脑。"顾寒山再补一句听起来更狂妄的。

黎莞在一旁轻咳一声,顾寒山接着又说:"就像那些诈骗犯一样。"完美转回来,切入今日活动主题。

耿红星和侯凯言狂喜。林美妮也露出了笑容,她喜欢这个女生,太厉害。

人群里一个小伙子走了出来,跃跃欲试:"我来挑战一下。"

新阳精神疗养院。

葛飞驰与向衡到的时候,简语已经在办公室等着了。

简语的办公室很大,浅色装潢,绿植满屋,舒适的沙发,精巧的摆件,既有几分气派,也不失温馨。

简语招呼葛飞驰和向衡坐,还要给他们矿泉水,向衡、葛飞驰都婉拒。

向衡注意到这矿泉水牌子跟顾寒山家里的牌子是一样的。

简语也不过分客气,她把水放下,坐好,先问了他自己想问的:"两位警官,请问目前案子调查的进展如何了?对新阳的封锁还需要多长时间?我们这里是医院,需要收治病人,家属也有探视需求。我看各现场的取证已经完成了,对全院员工的问话也做完了,不知道还有什么情况没有?"

葛飞驰道:"报告已经打上去了,我们今天来是想调查一下孔明的情况,如果没什么问题,应该今天稍晚些时候就会把警员都撤走。"

简语道:"那天不是已经询问过孔明病情了吗?我们医生应该告诉过问话的警官了,孔明在我们这儿住了五年,他病得很重,没有正常沟通的能力,也没有生活自理能力。他没有亲人,也没有朋友,平常除了医生护士和这医院里的病友,就接触不到其他人。他不认识胡磊,也不认识这个案子里的任何人,他跟这个案子没有任何关联。"

葛飞驰道:"表面上确实是这样,但这后头是不是有些间接关系,我们需要全面调查之后才能确定。孔明什么能力都没有,又常年只待在病房,这么巧就出现在陈尸现场,也许不只是目击证人这么简单。"

简语微皱眉头:"葛队就直接说吧,你们还想调查什么?"

葛飞驰道:"我们需要了解孔明的所有情况,他是什么病症,怎么入院的,他的家人朋友都有谁,我们需要跟他和他的家属问话。"

简语道:"据我所知,这些问题你们警员已经问过医生了。"

葛飞驰道:"简教授应该知道我们经常需要反复询问,尤其是对不同的证人,看看能有什么新发现。"

简语呼吸了一口气,道:"孔明没有亲人了,他父母在他年幼时已经去世。他是奶奶养大的,他奶奶前两年也去世了。他生病前跟其他的远亲就没有往来,这几年也没有任何朋友来探望过他。你们可以再去调查一下他的户口本找找他的亲属。我们医生这边,确实没法提供更多信息了。"

简语的语气里带着些对病人的慈悲爱护,向衡心里一动,忽然意识到,孔明的情况,跟顾寒山有一点像。

向衡便问:"那他在这里住院的事谁安排的?他的病是什么情况?住院费用谁来支付?"

简语认真看了看向衡,答道:"孔明是五年前来新阳的。他因为车祸脑部受伤,脑部手术后他得了失语症、瘫痪、认知功能损伤等,情况非常糟糕。他奶奶找到了我,之后孔明就一直在新阳接受治疗。他和他奶奶都没有足够的积蓄支付医疗费用，所以一直是新阳在负担这些。孔明没有生活自理能力，需要24小时看护，需要长期监测病情发展和用药，所以他不可能出院，也不可能参与任何的社会活动，他跟这案子真的不可能有关系。"

向衡道："我听说孔明在新阳住院期间动了两次手术，具体是什么情况？"

"是动过手术，我主刀的。手术是在我们合作的另一家医院，明山医院做的。手术记录都可以查。"简语答，"孔明的治疗方案包括很多项目，手术、行为干预、肢体康复等等。治疗到现在，他的行动力恢复了，还会笑了。他很爱笑，对人也友善。护士和医生都很喜欢他。他有严重的认知缺陷，无法完整理解事物逻辑和别人说的话，他还有失语症，没法跟人正常交流，所以他确实不能接受你们的问话。"

那跟顾寒山也完全不一样。但向衡仍认为他俩的情况很像，像从前的顾寒山——没有自理能力。你现在看我像个正常人，但你不知道我从前的样子。

向衡沉默着。顾寒山费这么大的劲，把孔明送到他们跟前，一定是有用意的。就像她花了很多工夫去整治梁建奇一样，都是有原因的。

葛飞驰问道："简教授，新阳做慈善吗？就这样养着孔明？"

简语道："新阳有一个专项基金用来安置这类病人，在相关部门有备案的。人员和账目每年核查，都是清楚的。"

向衡问："这个基金安置了多少个这类病人？"

"目前只有孔明。"简语道，"就是因为要处理像孔明这类的特殊情况才开设的基金。"

"没有监护人，福利机构无法照顾，需要终身住院的病人？"向衡问。

"是的。"简语点头。

"这个基金会的资金来源是什么？"向衡再问，"接受捐款还是什么别的途径？"

"目前是我们新阳自行负担。"简语道，"孔明是我的病人，他能恢复到目前这个状态很不容易，我们不希望因为经济的原因中断对他的治疗和照顾。当然，以后如果遇到同类的病人，我们也会考虑接收，到时候如果超出了我们新阳的负担能力，我们再考虑扩展基金会的资金来源，目前还不需要。"

同类病人？向衡脑子里马上想到了顾寒山。她如果被剥夺了财产，失去自理能力，可不就是同类病人？那样就会被新阳和简语接管吗？

葛飞驰马上问："如果胡磊后期病情发展不好，他也没有经济条件接受更多治疗和看护疗养，简教授觉得他能享受你们基金会的支持吗？"

简语道："虽然听起来有些无情，但依我对胡磊情况的了解，恐怕他不够条件申请我们基金会的援助。"

"为什么？"

简语答："他不够特殊。我们这个基金会成立时间不长，资金规模也没那么大，没有足够的实力帮助更大范围的人群。如果以后发展起来了，经营情况良好，我们当然希望能给更多病人提供帮助。"

这话说得可真够好听的。葛飞驰看了一眼向衡，不知道向衡会不会有跟他一样的感觉，不够特殊的意思就是没太大的研究价值，不值得他们花钱养着？

"顾寒山说她有权免费终身住在这里。"向衡看着简语的表情。

简语怔了怔，道："我希望她永远不需要这项服务。她现在几乎就像正常人一样，我希望她越来越好，能像普通姑娘一样正常生活。"

这话说得，相当慈爱了。

葛飞驰道："简教授，我们需要查一查这个基金会的相关情况，人员和账目这些。"

"可以的。"简语道，"走正常的调查流程就行，我们医院会配合的。"

向衡道："我们还需要孔明的所有医疗记录，包括日常用药、每一份处方、检查结果和所有的手术记录。从他入院到现在的，越详细越好。"

简语一愣："从入院到现在？五年的全部记录？"

"是的。"向衡摆出不好意思的表情，"应该是挺多的吧，给你们添麻烦了，还请多帮忙。"顾寒山既然强调了医疗记录这一点，那就一定得查。

简语想了想，道："孔明的病情很复杂，涉及的细节也很多，他的医疗记录资料，如果包括向警官刚才说的那些，我估计得好几大箱子。这些资料对警方来说既看不懂，也可能无用。你们去查那些，恐怕会浪费时间。如果警方对他的病情有任何的疑虑，或者觉得哪些方面对侦查有用，我和他的主治医生都非常愿意配合解答。到时需要什么书面材料，我们有针对性地为警方提供，这些会更好些。我刚才说了，孔明自己因为病情的关系，是无法回答你们的问题的。针对他的调查，我建议从别的人员或者线索入手会更有效率些。"

葛飞驰心里认同简语的话，他看了一眼向衡。

向衡道："我确实还有疑问需要请教简教授。"

"请说。"

"我想请教一下简教授，孔明的大脑情况，与胡磊有相似之处吗？比如人格缺陷、暴力倾向，容易受诱导暴力犯罪什么的。从人脑的扫描影像里，能看出这人有犯罪倾向吗？"

简语答道："这是两个问题。我先回答第一个。孔明的大脑跟胡磊不一样。他车祸之前性格腼腆，为人和善，非常温顺。手术之后他有很多后遗症并发症，但性格仍然温顺。每天护士会带他出来散步两次，每次半小时，从来没有出现过他自己偷跑出来的状况。他也没有攻击性，他连蟑螂都打不死。"

向衡注意到简语居然没对他的问题感到意外，他似乎对他们会问从大脑看出犯罪倾向这一点有所准备。但之前警方问他关于胡磊大脑情况的时候，他并没有主动向警方指出这些。

简语顿了顿，又道："第二个问题，从人脑扫描图确实可以看出一些问题，结合基因及日常行为分析，可以预测出一些行为，但不是绝对的。因为这不只是脑功能的问题，还涉及环境因素、人为刺激、行为动机等等。"

葛飞驰听到这里没忍住，问："那简教授当初看到胡磊的脑部扫描图，是否看出他有犯罪的可能性？"

简语摇头："作为医生，我只能说能看出大脑生理情况及由此可能会产生的人格缺陷，但在他实施犯罪之前，我不会下结论他可能会犯罪。每个人都有可能性，个人经历、身边的环境不一样，不能只凭脑部扫描图给别人贴标签。"

这话说得可比顾寒山客观严谨多了，让人信服。但向衡也明白了顾寒山说那些话的意思。他继续提问："简教授，既然孔明对别人毫无威胁，那他为什么会被关在戒备森严的重症楼？那里不是强制约束病人的区域吗？我听说病房的墙都用软材料包裹起来。"

简语默了一会儿，道："孔明有双重人格。孔明没有攻击性，但他另一重人格，叫阳阳，那个有，而且他会自残。当阳阳出现时，他会想留给孔明一些他存在的讯息，就会自残。"

向衡脑子里灵光一闪，他在笔记本上记着笔记。果然，顾寒山会领到他们面前的，肯定不是普通病人。可简语也没藏着掖着，这是因为他觉得反正瞒不住，还是他坦荡不心虚？

葛飞驰问："阳阳这个名字怎么来的？"

"是孔明的小名。"简语道，"这个人格出现的次数并不多。可是一旦出现，对孔明的危害就会很大，需要及时处理，所以才会把他安置在人手和处置设施都齐全的重症楼里。他对那里也很适应，没什么不良反应。"

"阳阳最早是什么时候出现的？"

"孔明住进新阳的第二天，阳阳就出现了。可能是进入一个新的环境刺激了他。"

"你不是说他有失语症什么的，无法跟人正常交流吗，他怎么说自己是阳阳的？"向衡道。

"那时他奶奶还在世。他奶奶叫他阳阳时，他有反应；叫他孔明，他没反应。而且他对待我们医护人员的态度变化很大。我也是花费了挺长时间才弄明白情况，推测出他患上了双重人格。后来随着治疗的进展，他的表达有了一点好转，那时候才真正确诊。"

"他不能写字吗？"

"他的相应脑区受损，书写能力也受影响。他写出来的字我们看不懂。"

葛飞驰问："这个新的人格，是因为他被虐待，或者受了什么刺激，自我保护机制诞生出来的吗？"电视剧里都这么演。

简语摇头："这个不好说，医学上还有许多未解的谜团。他奶奶没有说过孔明以前有过什么不好的遭遇。孔明和阳阳自己也没提过，失语症让他们很难跟我们顺畅交流。"

向衡思索着，他紧跟着刚才自己脑子里闪现的灵光，问："脑损伤有可能造成这种情况吗？车祸或者手术……"

简语默了几秒，道："不能排除这些可能性。我刚才说过了，无法确认原因，医学上还有许多未解谜团。"

"简教授。"向衡道，"鉴于孔明病情的复杂性，我们还是需要他完整详细的全部医疗记录，包括书面的和影像的。"他想起来顾寒山说的那些话了，所有的技术精进都需要刻意练习，孔明的脑子、胡磊的脑子、顾寒山的脑子，许塘说的超能力团队，还有被炸的小白楼的真正用途，这些，是不是都有相互的关联？顾寒山给他委托书让他观看她的诊疗过程，那过程有录像。顾寒山做事都有目的，她想让他知道要查什么。

向衡继续道："当然如果有任何问题，我们也会向简教授和医生们请教的。"这就是简语费了半天劲，向衡又绕回去，拒绝了简语的拒绝。

简语看着向衡没说话。

空气中顿时凝结了紧张的气氛，葛飞驰看了向衡一眼。

向衡淡定道："我们需要确认孔明和阳阳的各种情况。医学上有许多未解的谜团，我们的案件侦查也需要查验很多线索信息，如果当时在现场的人不是孔明，而是阳阳呢？既然孔明的奶奶已经不在了，那谁也不能确定，阳阳与胡磊或是杨安志，究竟有没有什么关系。"

哇，这简直是胡扯。葛飞驰配合道："我们会安排好相应手续与院方这边接洽的。"

简语闻言便不再推拒，只道："好的，那请葛队走流程。"

"行。"葛飞驰应了。他再看一眼向衡。

向衡回视他一眼，对简语道："简教授，我们还有一个问题。就是在脑科学,催眠应用里,有没有可能,远程控制别人的行为?"

简语似乎有了兴趣,他问:"怎么个远程控制?"

葛飞驰道:"就是下了指令之后人就离开了,然后被控制的人,按发号施令的人的要求,完成一些行为,最终死亡。过程中没有迟疑没有挣扎,也不受第三方的干扰阻止。"

简语沉默了。

葛飞驰和向衡都看着他。

简语道:"这个在实际操作中有非常大的难度,几乎不可能。"

葛飞驰抓住重点:"那就是说,虽然微乎其微,但还是有可能的?"

简语道:"在认识顾寒山之前,如果有人跟我说人类能有这样的大脑情况,还能够不崩溃,能够长大,能够读书,能像正常人一样生活,我会说绝对不可能。但现在我对这个世界的认识和看法有改变,总有一些奇迹和事物我们凡人不能窥得全貌。所以,对于我没有听说过、没有见过、没有实践过的项目和内容,我只能说几乎不可能。"

葛飞驰语塞,这话说得,非常圆滑了。

向衡道:"是顾寒山说可以这样的。"

简语没什么表情,他冷静地道:"顾寒山不从事科研,她说话向来没有顾忌。她对这世上的一切可能性都不惊讶,她的想法非常开放和大胆。我是脑科学研究人员,我需要对我说的话负完全责任。我跟她不一样,我宁可保守一些,不要出错。我只能跟你们确认已经有研究证明,或者有过实践成果的事。哪怕实验不成功,但有人做过,有文献记载,有论文,那到法庭上都可以说道说道。如果什么都没有,我没法确认可能性。"

合情合理。葛飞驰与向衡互视了一眼。

葛飞驰最后道:"那我们明白简教授的意思了。今天多谢简教授。我们还需要与孔明的主治医生许光亮也问些话,还有孔明,我们想确认一下他的状态。当然,我们不会打扰刺激他的。"

简语客气道:"当然可以,许医生和孔明都在重症楼,我让人带你们过去。"

"不必麻烦了,我们认得路。我们就自己过去吧。"

"好的。"简语点头,"我给许医生打个电话,让他在那边好好接待你们。"

葛飞驰和向衡出了简语办公室,下了楼,这才放心说话。

"简语没有否认这种事的可能性,但又说他没有见过,没有实践过,连他都不知道,就是又否定了这种可能性的存在。"葛飞驰挠头,"那这事就等于没有呀。"

向衡道："他还提到了法庭。"

"对，就是说这种奇思妙想走到上庭那一步也会是无效推断。"葛飞驰摇头，"恐怕都上不了庭，检察那边就得给我们驳回了。何况现在人都死光了，我们连个活的嫌疑人都没有。"

向衡没说话。

葛飞驰道："没有专家支持，没有实践活动证明，我的报告怎么写？"

向衡看了看他："你就把所有情况和原话都写上去，没有结论，你判断不了，让领导自己判断，让他做决定，责任就转到领导身上了。"

葛飞驰瞪他："那领导请你来干什么的？"

向衡反瞪回去："侦查过程不是工作？领导没脑子做决定当什么领导，对吧？"

对你的头！

葛飞驰愤愤走前面，一会儿又回头催他："走快点，年轻人，腿脚这么慢的。"

向衡笑着跟上来，道："可惜不是我负责，不然我会依从内心的判断，段成华就是被栽赃的，他是被灭口的，只是真凶采取了一种我们无法复刻验证的方式。领导可以不同意，可以有别的考量，但我就是这么想的，我会告诉他们。"

葛飞驰瞪着他："然后就被调到派出所去，埋没了自己的才华？！"

向衡笑了笑。

葛飞驰继续瞪他："别笑，你这人，聪明是聪明，就是情商低，不会变通；脾气还倔，不懂低调，太显摆。有时候做人得灵活一点，不是说要推卸责任还是怎样，但先保护自己，才能保存实力。人生这么长，要走的路很多，不着急把自己所有好的坏的都亮出来，明白吗？明明大好前途，非要硬碰硬，最后吃亏的还不是自己。把自己的路堵死了，想走也走不了，不如先退开，等障碍过去了，再往前走。"

向衡看着他。

葛飞驰继续瞪："怎么，说得不对？"吼了向天笑，真是爽死了。

向衡道："说得对，所以我说你就让领导自己做判断决定，多灵活。领导指哪你打哪，多保险。"

葛飞驰转头走："这用你教吗？要这么简单，还纠结什么。"

向衡跟着走："是啊，纠结什么。"

葛飞驰抿了抿嘴，要是简语能说一句支持的话就好了，就像上次给顾寒山撑腰一样，说顾寒山的证词肯定是对的，物证对不上就查物证去。可惜，这次简语态度不一样了。

... 第十二章

记忆的诡计

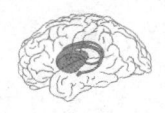

青橘小区。凤凰街派出所反诈活动宣传现场。

顾寒山的游戏桌前围满了人,一个小伙子坐在了她的面前,他是来挑战顾寒山的。

顾寒山从包里掏出一沓钞票。旁边围观群众兴奋地窃窃私语,还有人拿出手机拍。

"真要玩赌神了。"

"刺激了刺激了,在警察面前赌钱吗?"

"这一沓得有多少钱?"

顾寒山听到了,她答:"一万块。"

黎荛一脸黑线:"顾寒山。"这把她爸"珍贵的遗产"拿出来想干吗,警方活动现场不要搞事,昨天他们开会讨论的时候她可没说要拿钱的。

顾寒山看了周围一圈,问:"大家会被诈骗,大多是因为什么?"

人群里有人小声应:"钱。"

顾寒山道:"没错,因为钱。比如先让你赚钱,然后冻结,需要投入更多的钱解冻。比如说你的账户有问题,为了保护你的资产请你转账到安全账户。比如说你买的东西有问题要赔你一大笔钱,结果你一操作就套走你别的钱。太多套路了,这些套路会成功,都是因为钱的刺激。"

黎荛劝着:"玩游戏,用别的道具也行的。"

"不行。潜意识认识钞票。"顾寒山的回答引来一片笑声。

"没有足够的有效刺激,模拟不出真实的诈骗效果。"顾寒山又道,"放心吧,不需要各位群众出钱,只有我出。这是我私人行为,与警方无关。现场这么多拍摄的都可以做证,这是我个人行为,我保证他们赢不走任何一张钞票。"

周围有人起哄笑。

黎莞用力咳了咳,话别说太满,她担心最后顾寒山输了被打脸。

有人问:"要是真有人赢走了呢?"

顾寒山道:"那就是给犯罪分子一个警示,你看人民群众多聪明,天才都输了,你们也早点转行,别干诈骗了。"

众人大笑。坐顾寒山跟前的那个小伙子非常兴奋,迫不及待:"我感觉我责任重大,要怎么玩,说规则吧。"

顾寒山把一张钞票揉成球状,用一个杯子盖着,另外两个杯子空着,她给大家展示了一下,然后把三个杯子倒扣,在桌子上轮流交错推转,她停下了:"我先让你练练手,适应一下,所以这次的速度不是很快。"

旁边有人叫:"还不快吗?"

"不快的。"顾寒山看着眼前这位小伙子,"你的潜意识很聪明,反应也非常快,你信任它,把判断交给它,它能帮你赢到钱。"

小伙子抬眼,把目光从三个杯子转到顾寒山脸上,顾寒山看着他的眼睛:"你选一个,钞票在哪里?"

四周鸦雀无声,然而有个人小小声道:"左边吧?"旁边有人"嘘"了一声。

小伙子抿了抿嘴,选了最左边的那个。

顾寒山把最左边的杯子掀开,空的。

周围人一阵叹息。刚才那个说"左边"的人被旁边人捶了一拳。

顾寒山道:"没关系,游戏还没正式开始,我会给你充分的时间练习。"她看了看刚才说话的那个方向,"给你指引的那个人不是我的托,我希望你能赢,毕竟诈骗犯一开始得让你尝到甜头。"

周围人大笑。

顾寒山打开中间那个杯子,那张钞票就在那里:"只要你选中了,这一百块就归你。我知道你刚才想选中间这个的,但被干扰了。"她把右边的杯子也打开,示意里面是空的,她没做手脚。

"谁都不许说话啊。"旁边有人帮着维持秩序。

"还来吗?"那个小伙子问。

"来。"顾寒山把杯子重新盖上,她快速推转着三个杯子,手法非常熟练,不一会儿她停下了,旁边有人小声问一旁的人:"你看清了吗?"马上有人呵斥:"别说话。"

猜杯子的小伙子深吸一口气,有些紧张。

顾寒山道:"别多想,你的潜意识看得非常清楚,交给它回答。"

小伙子顺手指了指中间的杯子,顾寒山摇头:"在左边。"她把三个杯子都打开,果然是在左边这杯子里。

猜杯子的小伙子有些尴尬。旁边有人道:"要不换个人玩。"

有人应和:"对,我都猜对了,让我来玩。"

猜杯子的小伙子更尴尬了。

顾寒山对他道:"不换,别听他们的。他们能猜对,是他们以为自己能,因为他们没坐在你这个位置上,没有承担压力。换了谁坐在这里都一样,众目睽睽,压力巨大,受干扰,会迟疑。"

"就是就是。"小伙子的一位朋友道,"说得对。不换,接着玩。"

顾寒山对那小伙子道:"你听我说,相信我,你的潜意识比你的意识能更快地接收到信息,我的动作再快,它都能看到那个杯子转到了哪里,但你没有接收它传递给你的信息,你没有觉察,你得放开,把判断交给它,你就能猜中。"

"要怎么做?"小伙子问。

"深呼吸,放松,告诉你的潜意识,谢谢它,你会把判断交给它,告诉它你知道它能帮助你,你需要它的帮助,你想赢,让它帮助你。"顾寒山道,"就在脑子里告诉它就好,不用说出来。"

顾寒山说着,双手横着前后交叠,在胸前做了个怀抱的手势,双臂慢慢收紧,手掌温柔地贴向胸口:"这个手势,能帮助你与它交流,温柔地,把你的能量、你的信任,交给它。你告诉它,谢谢它。"

周围人好奇地看着,有人也开始学做。

小伙子照着顾寒山说的,深呼吸,心里默默对话,然后做了个手势,温柔地把能量和信任交给潜意识:"谢谢你。"他闭着眼睛,把最后这句话说了出口。

然后他睁开眼睛:"再试一次。"

"好。"顾寒山把三个杯子倒扣,开始转杯。她转得飞快,停下之后,道:"选吧。"

小伙子这次毫不思考,直接指向中间。

顾寒山揭开杯子,一百元钞票就在这里。小伙子绽开笑脸,围观群众欢呼。

"恭喜你。"顾寒山把钞票交给他,"再来。"

"好。"小伙子接过钞票,非常开心。

旁边有人叫道:"真的就白给他了吗?"

"他赢了就给他。"顾寒山道。

"之前不是说游戏不这么玩吗?"又有人问。

"现在是让他练习呢。"顾寒山道,"诈骗犯都这样的,先给个大刺激。"她拍拍旁边那一沓钞票,"接着再给个很自然的压力环境。"她摊手示意周围群众,再指回自己,"然后给他安全感,让他信任自己,给他甜头,刺激他继续下去,这是一个过程。"

众人都在笑,小伙子也笑。

顾寒山道:"我把手段都告诉你,你看看你最后能不能躲过。"

"行。"小伙子信心满满。他的朋友在旁边拍他的肩:"加油,我们都在旁边帮你盯着呢。"

"对,人多力量大。"

"让你多练习几次,来吧。"顾寒山道,"你需要再准备还是直接开始?"

"我再准备一下。"小伙子道,他把刚才的放松和对话又进行了一遍。顾寒山等他准备好再转杯,这次小伙子又赢了一百块。

就这样重复着,小伙子连赢了十把,拿走了一千块。顾寒山到后面杯子越转越快,但小伙子还是能猜对。

周围人连呼赢麻了,没意思了。

顾寒山这才问小伙子:"你觉得你练习够了吗?"

"够了够了。"周围人大声帮他应。

小伙子拿着钱,非常开心,点头道:"练习好了。"

顾寒山便从旁边的扑克牌里选出两张,一张大王,一张红桃A。她展示给大家看:"大王表示他会猜中,红桃A表示他猜不中。在他猜测之前,我会把一张牌扣在这里,如果我猜对他的结果,他把赢的所有钱还我,如果我猜错了,无论他猜没猜对钱在哪儿,他都能再赢走同样数目的钱。"

小伙子的朋友有些惊讶:"就是他随便指一下,只要你没猜对他就赢?"

"对。"顾寒山把两张牌在指尖旋转,魔术一般,大家看不清哪张是哪张。然后顾寒山把其中一张压在那沓钞票下面,另一张远远放到桌边。"我现在已经做了预测。"

大家非常兴奋,等着看好戏。

小伙子又开始紧张。顾寒山道:"为了确保我没有做手脚,杯子里的东西需要做个标志,钞票上不能写写画画,就用纸代替吧。"她把纸拿出来,又拿了马克,"谁帮忙在上面写个字,随便什么都行。"

有人上来在上面写了个"牛"字,还在旁边乱画几笔。顾寒山给大家展示了那个字,然后把纸片揉成团,用杯子盖住了。

"现在是诈骗的最后一步,你已经尝够了甜头,信心满满。诈骗犯说,别担心,所有风险我来承担,你只需要再投入多一点就好,而且你能赢更多。"顾寒山数出一千块摆在旁边,"这一把值一千。我猜对,你还我一千,我猜错,再给你一千。而且你可以选择不继续玩,钱你带走。"

小伙子坐直了。

顾寒山问他:"你还需要提前准备吗?"

"不用了。"小伙子答。

众人大笑。

顾寒山问:"你觉得我肯定选你能猜中?"

小伙子不说话。

"开始了。"顾寒山转起了杯子,她的速度很快,让人眼花缭乱。然后她突然停下了。

小伙子思索了好半天,指向了左边:"这个。"

顾寒山淡定向旁边的人道:"能帮我把牌掀开吗?"

旁边的人赶紧过来揭牌,是大王。顾寒山预测这小伙子能猜中。

"再把杯子打开。"顾寒山道。

那人把三个杯子都打开。纸团就在左边杯子里。顾寒山猜对了。

大家一片哗然。

"你故意想选一个错的,是吗?"顾寒山问那小伙子。

"对。"小伙子有些不甘心地点头。

"你得把一千块还给我。"顾寒山淡淡地说。

小伙子脸有些红,虽然只是游戏,但他觉得有些尴尬。他把一千块还回去。

顾寒山把那一千块跟自己摆出来的一千块放一起,成了两千块。

"还玩吗?"顾寒山问他,"这一把如果我猜错,你就拿走两千块。可以马上拿走,不需要再玩。"

"玩啊。"大家起哄鼓励。

顾寒山拿过旁边那张红桃A,直接摆了出来:"这一把我预测你猜错。"

"哇。"周围人大叫,"玩啊,必须玩。"

"你不来我就来了。"

"赶紧的。"

小伙子深吸一口气:"好,来。"

顾寒山把刚才那张写了字的纸又展示了一遍，重新揉成团，她一边揉一边道："诈骗犯这个时候会开始诱导你们付出代价，不过我是好人，又在警方的监管之下，没让你们赔钱。"

大家笑。

黎莞在一旁看着简直捏一把汗，这要是两千块输掉可怎么办？这太不利于胎教了，可她很想看看，顾寒山究竟是怎么做到的。

"你要做准备吗？"顾寒山问小伙子。

小伙子答："要。"既然顾寒山选了他猜不中，那他就得猜中。

小伙子按之前的放松和意识交流做了一次准备，然后游戏开始了。

顾寒山又开始转杯子，她转得非常快，大家屏声静气看着，看不清有纸团的杯子究竟转到了哪里。

顾寒山突然停下，手离开了杯子。小伙子丝毫不想，直接指向右边杯子。

顾寒山没再碰杯子，她示意旁边的一个人过来。那人会意，过来就拿起了右边杯子。

空的。

没有纸团。

那人再拿起另外两个杯子，纸团在中间那个杯子里。

周围有人喝彩，有人鼓掌。

小伙子有些愣。

顾寒山问："想知道为什么吗？"

"想。"旁边好几个人在喊。

"你以为你与你的潜意识成功交流，所以每次都选中，其实是我控制了它，我让它选中的。"顾寒山环视周围一圈，再看向那个小伙子："你以为选择哪个杯子是你自己做的决定，其实是我。"

简语是孔明医疗团队的一把手，许光亮是二把手。简语当然没有这么多的时间时时盯着孔明，所以平常孔明的所有医疗事务都是由许光亮来负责。

葛飞驰和向衡到达重症楼时，许光亮正在孔明的病房给他做检查。

葛飞驰向病房的护士了解情况，向衡便在病房外头，隔着门洞玻璃观察了一会儿，孔明似乎在画画，他有些兴奋地指着外头喊："苦啊，苦……"又转而指向自己，"糊五，保糊，苦啊糊……"

许光亮对孔明很耐心，像跟孩子说话一样地哄着他，后感觉到门外有人，看了一眼，起身过来把门开了一条缝。向衡亮了证件，轻声道："警察。"

许光亮扫了一眼证件，道："简教授跟我说了。但孔明没法跟人交流，不能接受问话。"

向衡轻声道："我在门口看看他，你继续做你的工作，等空了我们聊一聊。"

"好的。"许光亮点点头，把病房门关上了。

向衡隔着门洞玻璃继续看，孔明似乎看到了门外有人，稍稍安静了下来。许光亮让他吃药、睡觉。孔明乖乖吃完了药，拉着许光亮的手，口齿不清地喊着："本……本……"

许光亮微笑着，从床头柜抽出一本绘本，让孔明躺好了，这才给他念绘本。孔明看着许光亮的眼神里充满了信任和依赖。

向衡看了一会儿，估摸着许光亮差不多了，便转头与葛飞驰碰了碰。两人说完话，许光亮出来了。许光亮问清了葛飞驰的身份，看了他的证件，三个人便一起往医生办公室旁边的会议室去。

一进会议室，许光亮便用公事公办的语气严肃问："请问葛队，孔明被人带出去的事，查清楚了吗？"

那天重症楼发生混乱时，许光亮不在，后来他收到消息赶到医院，事情已经结束了。

他听说有杀人犯跑进了医院，造成了电力故障，网络也出了问题，有可能因为这样，重症楼楼门的密码锁系统故障了。接着不知道是谁打开了一个外放的播放器，还丢到了楼上天台窗檐上，放的是那种蹦迪的音乐和DJ的吆喝声，还有鬼叫声，混着命运交响曲，胡乱剪辑瞎拼在一起，没有规律，节奏也不对，让人听着非常难受。音乐的声音巨大，许多病人受了惊吓开始狂躁尖叫。

当时正有护士在病房发药、量血压，有些病房门开着，就有人跑出来了。接着好多病房门都开了，楼里乱成了一团。

因为又要阻止病人往外跑，又要去找那个特别刺耳的音乐来源，所以一时没把情况控制好，导致病人跑了出去。而一向乖巧听话的孔明也出去了，还跟顾寒山在一起，他们在陈尸现场被警方发现。

许光亮非常心疼孔明，对这件事很恼火，这几天憋着一肚子气，之前有警察来问话，也说不清调查情况，现在正好有当官的来，他也有一堆问题要问。

葛飞驰和气地道："没查出什么来。"更多的细节，他不想透露。

许光亮又问："顾寒山怎么解释的？她为什么会带着孔明在外头？"

葛飞驰道："顾寒山说她在外头遇见了孔明。"

许光亮冷笑，一脸不悦："没人带着，孔明根本不可能出去。不熟悉的人，孔明也不可能跟着走。如果孔明挣扎叫喊，一定会有人发现的。所以，只有孔明熟悉和信任的人，才能把孔明带出去。我们楼里的医护都在安抚病人，处理骚乱，只有顾寒山能带走孔明。"

向衡问他："你们同事里，是否有人看到顾寒山进来？"

许光亮不作声了。

葛飞驰道："我们问过话了，没人看到有外人进来，也没人看到顾寒山。"

许光亮一脸不高兴："顾寒山对这里太熟悉了，她知道怎么进来，知道这里每一个角落，那个播放器放在这么隐秘难找的地方，她也能干得出来。"

这位医生似乎很不喜欢顾寒山。葛飞驰与向衡互视一眼。

葛飞驰问许光亮："那你觉得，顾寒山为什么要带孔明出去？"

许光亮噎了噎，抿紧了嘴，过了一会儿不得不道："不知道。"

"除了孔明，这楼里还有什么人短暂失踪，或者有什么物品遗失、变动之类的？"

许光亮答："没听说。"

向衡又问许光亮："许医生，你刚才说，如果不是熟悉和信任的人，孔明是不会跟着走的。你觉得他会跟着顾寒山走，就表示，顾寒山是孔明信任的人？"

许光亮道："是的，孔明很喜欢顾寒山。"

向衡又问："他们怎么认识的？"

许光亮看了看向衡，再看看一旁的葛飞驰，道："顾寒山在重症楼住过一段时间。她刚进来的时候，情况还挺糟糕的。他们是那个时候互相见过。后来顾寒山情况好转，就转到普通病房去了。她经常出去散步，孔明每天也有两次外出散步的机会。有时候他们会遇上。"

向衡问："他们两人，有交流吗？"

许光亮道："孔明都没法正常思考和说话，顾寒山也不是正常能与人沟通的人。"

向衡便道："许医生，这正是我疑惑的地方。这样两个人，怎么会成为朋友？"

"不是朋友。"许光亮道，"顾寒山没有朋友。"

向衡有些不高兴了。这位医生你真是偏心得很厉害，孔明这样的难道能交到朋友？为什么要强调是顾寒山没朋友。

向衡看着许光亮。许光亮继续道："孔明的病情，让他非常痛苦，但他很勇敢，非常坚强，他努力地跟病魔做着斗争。"

向衡心里嘀咕着你夸孔明的每一点都能套在顾寒山身上。

"他平常很听话，对医生和护士都很配合，但他胆子很小。"

好吧，这些顾寒山就完全没有了。向衡能明白许光亮的偏心从何而来。孔明能得到同情怜爱，顾寒山这种麻烦，就真的需要非常有包容心才能跟她好好相处。

许光亮继续道："孔明的听话，只限于我们少数几个经常照顾他的人。顾寒山是个例外。我也觉得奇怪，曾经研究过一段时间，我觉得这可能能帮助孔明病情好转。我原以为顾寒山与孔明有相通的精神世界，互相能够理解。就是孔明的那种痛苦，我们只是知道，但无法体会。你知道这种差别吧，警官。人与人之间，痛苦与快乐无法真正相通。比如说，就算是一模一样的伤口，因为每个人对疼痛的耐受力不一样，心情不一样，个性不一样，他们对这伤口的感受就会不一样。"

向衡微皱眉头，再度想起顾寒山说的：你不知道我从前是什么样子。他努力想去理解，她能有多痛苦。

许光亮道："顾寒山，好像能懂孔明的痛苦；而孔明，似乎能感觉到她真的懂。那时候他们两个人在一起，能安静地坐很久。孔明咿咿呀呀地说几句，顾寒山回几句咿咿呀呀，没人听得懂他们在说什么，但是孔明很高兴。我问过顾寒山，她说她乱发音的，反正孔明听不懂。"

向衡："……听不懂为什么还很高兴？"

"他们有他们的世界。顾寒山根本不在乎孔明能不能听懂，因为她也没有跟孔明交流的需要，所以孔明反而能感受到那种轻松。没人给他上功课，他不会很费劲也得不到肯定。顾寒山理解他的感受。总之，孔明每次见到她都很高兴。"许光亮道。

向衡仍问："那你对顾寒山不满什么？"许光亮对顾寒山的态度简直太明显。

"她理解，但她不关心。"许光亮道，"她还不如孔明对别人体贴。孔明很喜欢她，信任她，如果她愿意，她能帮助孔明许多，但她只是在利用孔明，或者说是戏弄他。用孔明来引开医护的注意力搞恶作剧，以前也发生过。"

向衡有了兴趣："比如说呢，她具体做过什么？"

"我不知道。"许光亮道。

向衡："……那你为什么会提出这样的指控？"

"因为就是发生过，她诱导孔明转移医护注意力，然后她就不见了。等再出现，又像什么都没发生过。我不知道她做了什么，孔明没事，东西也没少，没有什么状况发生。就当她是恶作剧，但无论是戏弄孔明还是医护人员，都很不负责。"许光亮缓了缓，看了一眼葛飞驰，道，"我知道顾寒山是病人，我对她不能像要求正常人一样，但我是正常人，我的病人受到伤害，我当然会有不满。"

向衡没说话。

许光亮道:"顾寒山被宠坏了。简教授总是满足她的任何要求,她有正常的判断能力,当然知道谁能欺负谁不能,仗着简教授对她好,她真的任性妄为。"

葛飞驰插话:"简教授对她很好吗?"

"非常好,有求必应。"许光亮道,"无论顾寒山想做什么,想要什么,简教授都非常耐心,想尽一切办法满足她。"

"为什么这么好?"葛飞驰问。

许光亮皱了皱眉:"我不是他们医疗小组,我只知道顾寒山是个罕见病例。"

向衡问:"孔明的情况也不多见吧?"

"当然。"提到孔明许光亮的态度就不一样,他的语气里带着骄傲,"孔明能康复到现在这个程度,是个奇迹。"

向衡心里想着,又是个奇迹。

许光亮继续道:"顾寒山把孔明带出去了,肯定是她做的,就像从前那样,她想给我们添麻烦,戏弄大家。她才不会管有没有危险,会不会对孔明造成伤害。警官,希望你们认真侦查,找出证据,总要有人告诉顾寒山做了错事得承担后果。另外,孔明是无辜的,他什么都做不了,离开了医院,他根本无法生存。他需要全天24小时的监护,希望警方考虑他的病情。"

向衡点点头,他问了一些孔明的病情,许光亮对答如流,与简语说的一致,有些情况说得更细致和丰富些。向衡能感觉到这位医生对孔明真的非常关心。

向衡对许光亮道:"我们已经对简教授说了,需要孔明的全部医疗资料,包括手术记录和医生诊断、药单处方等等。"

许光亮愣了愣:"有这个必要吗?"

向衡不想多解释,只道:"有的。"

许光亮皱起了眉头:"好吧,反正我听院领导的安排。你们跟简教授和院长他们说好了,走好手续,我按他们要求准备材料就是了。"

向衡观察着他的表情:"行的,那就麻烦许医生了。"

葛飞驰与向衡走出重症楼。

葛飞驰问向衡:"有什么想法?"

"顾寒山确实没什么人缘。"

葛飞驰白他一眼:"她和孔明都特殊到能让新阳愿意养着他们,但是胡磊不是那么回事。看不出来他们之间有什么关联。"

"再等等呗。"向衡道,"现在你要查他们基金会的老底,要查'奇迹'的完整医疗资料,如果这里面真有什么不对,他们会给出一些反应的。"

葛飞驰想了想:"对,实在不行,申请文件把顾寒山的医疗资料也全调出来,不知道简语会怎么样。"

"这个可能不需要我们来操作。"向衡道。

"怎么?"

"顾寒山在跟第一现场谈合作,她自己就想这么干。"

葛飞驰:"……"这顾寒山狠起来,连自己都往死里整。

青橘小区,凤凰街派出所反诈宣传活动现场。

顾寒山正向围观的众人解释她如何操纵了玩游戏的小伙子的潜意识。

"在游戏正式开始之前,这位小哥从我手上赢走了一千块,那些练习的过程,就是我对他潜意识进行操控的过程。那个时候我用运杯子的手势对他进行了心理暗示。"顾寒山举着三根手指。

大家很惊讶,议论纷纷:"有吗?"

顾寒山把手指按在杯子上:"我运杯子的手势是这样。用三根手指按着的那个杯子就是有钱的,两根手指是没钱的。但因为速度很快,你们根本看不清动作,所以并没人察觉。可他如果选中这个三根手指按着的杯子,他就赢了。重复几次之后,阈下启动效应,大脑将这个手势以阈下的方式进行加工,将手势和赢这个结果做了联结。他的潜意识知道选这个手势的就能赢,虽然他并没有意识到,但他的直觉会让他每次都跟着我的手势选。"

围观的众人讨论得更热烈了。

玩游戏的小伙子努力回想刚才的过程。

"这种情况,通俗一点,用大家都明白的词语总结,也可以称之为催眠。催眠不是让你睡着,不是昏沉失去意识,不是被迷药迷失本性,而是让你全神贯注、放松、联想,启动了你的潜意识。所有的决定都是你自己做的,或者说,你的潜意识让你做的。"顾寒山道,"我刚才说过,用刺激、环境、手段,所有的一切,来完成这场游戏。"

黎莞在一旁给负责官博和宣传的同事小赵发信息:"准备好迎接我们成为网红派出所的现实吧,这么有科学技术含量的反诈宣传,只有我们所做到了。山山太牛了。"

顾寒山继续道:"这与你有多聪明没关系,与你学历高低没关系,与你读过多少书、平常为人多精明也没关系,你总有弱点,总有渴望。你的潜意识对你忠心耿耿,可你的意识感觉不到。一万块不够刺激,那么众目睽睽之下的自尊心、荣誉感够不够刺激?这么简单,手指一指,一百块到手,一千块到手,两千块到手,这会让你的大脑分泌许多多巴胺,大家的羡慕、崇拜,整个气氛,会形成双重刺激。再加上我有你们无法识破的手法,让你经历了刻意练习,这场骗局就成功了。我骗过了你的大脑,掌控了你的行为,而你一无所知。"

周围人七嘴八舌,问了许多问题。

顾寒山挑了几个重点解答,这类脑科学应用范围非常广,包括传播、营销等等。

"比如广告视频,比如洗脑文章,在选举、销售活动中经常用到。诈骗、传销、会议推销这种组织更是明白要如何精神控制,他们可能并不明白脑科学里的具体理论,但他们运用的套路,都是基于脑科学的经验行为。"顾寒山道,"为什么警察一旦发现你们接到诈骗电话,被拉入诈骗社区、诈骗群,都会让你们马上挂掉,马上删除,不要留任何痕迹,一句话都别听他们说,就是因为你们会忍不住再看看,会觉得没关系,我知道他们骗我,我就是看看,看看他们能怎么骗。别对抗大脑,别太自信,不是每一个人都能躲过去。看到别人都觉得别人傻,轮到自己就觉得不可能,但其实,真的很有可能。那些感情上受骗的,精神上受控制的,也是同样的道理。赶紧删,一眼都别再看。我今天示范的这个只是很小的一个手法,希望给大家一个警示。谢谢大家。"

葛飞驰和向衡离开重症楼后,许光亮给简语打了电话,报告了两位警官都问了什么问题,说了什么话。

简语道:"他们确实提出要调取孔明的全部医疗资料,我让他们走手续了。到时就按流程公事公办好了。"

"不是这个问题。"许光亮很不高兴,"这事明摆着跟孔明没关系呀。"

简语安抚他:"警方办案子做调查,就怕有疏漏,最后他们都是要负责任的,所以但凡有涉及的,他们都想调查清楚看看,没关系的。他们了解孔明的病情,不会与他直接问话,不会打扰刺激到孔明的。你平常注意点孔明的情况,要让他稳定,小心阳阳出现。"

许光亮只得应:"好吧。"

简语又道:"我去找石院长聊聊,这事医院出面处理,你们把病人照顾好就行,不要担心。"

简语去了石文光办公室。

石文光这几日很烦躁,员工遇害,对他们医院来说是件大事,得做家属工作,得抚恤赔偿,得安排许多事项,而警察调查还没有完,医院还被监管封锁,对医院的业务影响非常大。

简语过来，问了问情况，又说了警方今天过来调查的进展。"他们说如果没什么问题，就会把警员都撤走。"

"那可太好了。"石文光说，"但要求我们提供病人详细诊疗记录，调查基金会账目运营，这个我是不同意的。这太容易被人整治了。没事都能翻出点事吧，我们原本就招人嫉恨，多少对家盯着。或者你找找警方那边的关系，打听打听情况，如果有什么事，我们也好提前做个准备。不然闹出什么麻烦来，岂不是让我们停业整顿？那后面就完了。还是得找人帮帮忙，把事态控制住。"

简语想了想："行，我找找人。"

石文光放缓了语气："好，你打听打听，别的没什么，他们把人撤了就好。你忙你的项目，行政上的事我来处理。"

简语回了自己办公室，在沙发上呆坐着，看着窗外思考了许久。最后他把手机掏了出来，调出通讯录，找出关阳的号码，手指在拨号键上停留了一会儿，但终究还是没按下去。

简语把手机收了起来，又默默坐了一会儿，这才叫宋朋准备车。

简语去了停车场，宋朋已经在车子旁边等着他。简语上车前转头一看，看到了向衡和葛飞驰。两位警察过来与简语打了声招呼，简语很客气："还没走吗？"

"刚去看了看值岗的兄弟们。"葛飞驰答。

"辛苦了。"简语道，"今天确定可以把人撤走吗？"

"嗯，今天就撤。"葛飞驰点头。

"那就好，谢谢了。"

葛飞驰挥手："简教授你忙吧，我们也走了。"

"再见。"简语点头应了，上车挥手告别。

车子启动，在向衡身边开过。

简语从车窗朝向衡看了一眼。向衡站着目送他，两人目光在车子驶过的一瞬间交会，简语客气微笑，把头转过去了。

葛飞驰和向衡直到车子再看不到，这才上了自己的车。

"你觉得他到底有没有嫌疑？"葛飞驰问。

"不知道。"向衡答。

葛飞驰看了看他："一点直觉都没有吗？"

"这么优秀这么好的人。"向衡道。

葛飞驰觉得也是。简直让人不敢怀疑。

简语没回家,他去了工作室。他坐在堂厅里给自己泡了壶茶,一直看着,没有喝,最后他拿了钥匙,走向走廊最里面的那个房间。

工作室的每扇门上都有手绘图案,这扇门上的图中是大脑。大脑各区域是不同的白,金色的神经和红色的血管穿梭其中,透着一股诡秘的美丽。

简语将钥匙插进锁洞,咔嚓一声,锁开了。

简语把门推开。

这间屋子很大,没有窗,屋子里能听到轻微的新风机运转的嗡嗡声。墙上有空调面板,还有一个温度湿度计。

几组定制的檀木深色大柜间隔着一段距离摆在屋子里,像是一个小型图书馆。柜子里摆着一排排的档案箱,上面都有标签,写着名字、编号和主要病症信息。

靠墙的桌上有一台电脑,电脑旁边的墙上挂着医生诊室里用的那种读片子的灯箱。

简语走到第二排的柜子前面,手指在一个个档案箱上划过,最后停在了标签"孔明"这里。

简语把"孔明"的档案箱搬下来,放到了墙边的桌上。箱子里是一个个文件夹,文件夹侧面有年份编号和病症关键词。

简语把最早的文件夹——五年前的档案翻了出来,他仔细看了看资料,而后把灯箱打开,把脑部扫描图夹在灯箱上,认真看着。

都看完了,他打开电脑,调出了电子版的资料。他把电子版与纸质的资料核对了一遍。

他的眼神专注,电脑屏幕的光映在他的脸上,显得他眼睛很亮,眼角和眉间的皱纹很深,但脸色有些苍白。

葛飞驰开车把向衡送到分局,他问向衡怎么安排。

"你呢?"向衡反问。

"太累了,回家休息休息。"葛飞驰捂捂胸口,年纪大了,真觉得熬不住,"一个多礼拜没回家了,回去好好睡一觉吧,清醒一下脑子,想想报告怎么写,周一得见局长和领导们,做汇报。"

"哦。那是得好好想想。"

葛飞驰没好气地瞪他:"你呢?打算干什么?"

"我们所里今天反诈宣传活动呀,我去看看。"向衡道。

葛飞驰:"……我说,你服个软,到底管不管用呀?"

"服软?"向衡一脸无辜,"跟谁?"

葛飞驰:"……"他挥挥手,赶人了,"快反诈宣传去吧。"

一个老旧小区。

没有电梯的七层楼房,周边胡乱停着自行车、轿车,邻里各处的吵闹声、电视声隐约可闻。不远处的绿化带灌木丛还没有修剪,长得乱糟糟。旁边两棵大树,枝繁叶茂,在太阳下挡出一片阴凉之处。

有几个老人家在下棋,旁边还有一桌麻将。

关阳站在棋局旁边看老人下象棋,身形和气质与老人们格格不入,好在他很安静,没人嫌弃他。下棋的老人不八卦,一心投入棋局里,但是旁边麻将桌几个婆婆妈妈不时瞄来几眼,很有几分想搭讪的意思。

关阳就装作没看见,很耐心地等着。

终于,他看到了他等的人。一旁拉关阳来观棋的老人也道:"啊,他们回来了。你瞧,我就说吧,他们一会儿就回来。"

老人还热心地喊:"老熊,你家朋友,等你们好久了。"

"谢谢了,那我过去了。"关阳打声招呼,朝熊林夫妇走去。

缓缓朝这边走来的熊林闻声抬头,看到关阳后脸色一变,还没发作,一旁的妻子李如心上前拉了拉他的袖子。

熊林硬生生咽下了到嘴边的呵斥,低下头朝楼道走去。李如心警惕地看了一眼那群打麻将的婆婆妈妈们,勉强对关阳笑了笑:"来,来,上楼坐坐。"

李如心领着关阳进了楼道,一脱离邻里的视线,她的脸也垮了下来。

熊家在三楼,很快走到。

关阳跟着李如心进了屋。只听得"砰"的一声巨响,熊林摔门进了房间,摆出了完全不会搭理关阳的架势。

李如心也不招呼关阳坐,她只道:"关警官,你这样骚扰我们寻常老百姓,真的过分了。你让我们以后在这里怎么过日子?"

"抱歉。"关阳道,"我在门外敲门等太久,楼上那位大叔下来看到,问了我两句,拉我去看棋等一等。他说你们去附近卫生所拿个药,一会儿就回来。我并没有说我是警察。你们不愿接我电话,我只好过来找。"

李如心并没有因此觉得好过些,她又道:"关警官,这两年你一直不停地骚扰我们。我们已经说过很多次了，真的跟你们警察再没有什么可说的。英豪失踪了，他没有留给我们任何消息。我们什么都提供不了。"

关阳道："一般失踪人口的亲属，看到警察上门，第一反应都会是询问是否有了失踪人的下落消息。"

李如心一愣，眼中忽然有了光："难道，难道，你们找到他了……"

关阳摇头。

李如心眼中短暂的光芒消失了。

关阳道："在你们心里，已经认定他死了，是吗？"

李如心抿紧嘴。

关阳看着她："是什么让你们这么认为，是掌握了什么信息线索，还是只因为他让你们失望？"

李如心的眼眶慢慢红了，过了好一会儿，她道："不是你们警察说的吗？他有可能遇害了。而且，已经两年。这么久了，如果能找到，早就找到了。到现在都没有任何消息，你们还要上门来跟我们要线索，那不就是明摆着的，根本没希望了。他肯定已经不在了。"

"确实很久了，但不是还没找出真相吗？"关阳道，"我见过很多遇害者家属，就算有真凭实据，只要没看到尸体，他们都拒绝接受亲人已经离开的事实。你们明明很爱你们的儿子，不比那些家属感情少。请继续配合我们警方好吗？我们真的很需要家属的帮助。如果熊英豪已经遇害，我们很需要家属与我们齐心协力，把凶手绳之以法。"

李如心摇摇头，眼泪落了下来："你们，你们说他是同性恋，还说他自拍那种照片……"

屋里的熊林猛地推开了门，冲了出来："丢死人的东西，我们就当没生过这个儿子！以后他的事，都与我们无关。"

李如心抓住熊林的手臂，克制不住地开始抽泣："别，别这么说。"

熊林甩开她的手，指着关阳喝道："给我滚。老子赶你一次两次你还不识趣，警察了不起吗？"

关阳冷静地看着熊林的眼睛。那眼睛通红，并不完全因为愤怒。

"你们可以当没生过他，他却一直很珍惜你们是他的父母。"关阳道，"无论他的性取向是什么，他都很爱你们。我还清楚地记得他房间里的每一样摆设，跟他办公室座位的装饰风格完全不同。他在依你们的喜好过日子。他没拍什么不堪入目的照片，他偷偷拍了脚而已。他成年了，工作很好，薪资不错，他完全能够独立，但他仍然跟你们住一起，把一半薪水交给妈妈。他想得到你们的爱，他把真实的自己藏起来,假装自己是你们眼里的好儿子,他非常努力了。"

熊林喘着粗气,手握成了拳头。李如心生怕丈夫做出什么冲动的蠢事,她抱着丈夫的腰。

但熊林没有动,他瞪着关阳。

关阳冷静地道:"他很努力了,但他没办法完全做到。他很痛苦。也许他想更加努力一点,他有没有去过医院,或者向某些人求助过?他是你们的儿子,你们生活在一个屋檐下,不可能一丝一毫都没有察觉。你们仔细想一想,他去过的地方,他见过的人,任何线索,任何灵光一现,都可以。那些不是耻辱,是他很爱你们的证据。"

李如心泣不成声,靠着丈夫也站不住,她蹲了下来,手捂着脸,放声大哭。

"就像他没办法完全假装自己一样,你们也没办法假装他不是你们的儿子。他真实存在过,在这个家里住过,有人夺走了他,哪怕他很让你们失望,他也不该这样从这世界上消失。难道,你们一点都不想为他讨回公道吗?"关阳继续游说。

熊林沉默许久,猛地大喝一声:"滚!滚出去!你们警察没点屁用,什么都查不到,只会来骚扰我们,在我们伤口上撒盐。给我滚!"

他嘴里骂着,但却没推搡驱赶关阳,反而在自己落泪前,赶紧又退回了房间。房门再次撞到墙上,发出了巨响。

关阳安静站着,等蹲在地上的李如心情绪稳定了些,这才再问:"你有什么能告诉我的吗?"

李如心站起身,擦了擦眼泪,摇摇头。

关阳沉默了一会儿,拿出一张名片放在茶几上,道:"如果你有想说的,就给我打电话。还有,我会再来的。"

李如心不说话。

关阳走到门口,忽然回头:"是有什么风言风语吗?"

李如心一愣。

关阳走回来,看着她道:"你们连警察都隐瞒,当然不会对外说。我们在做调查的时候对邻里做过一些问话,但也不会提到这些。"

李如心道:"就是,就是你们调查问东问西的,大家才会议论。"

"怎么会议论到性取向上?"

李如心愣住了:"他们,他们也没明着说什么,但就是看我们的目光怪怪的,我们一走近,他们就散了。我有一次听到一句说我们英豪是那什么人。"

关阳明白了,一个失踪案,原本邻里关切是出于同情,但后来性取向的事情被传出来，越传越歪，大家关注的重点就不一样了。

"所以你们对警察的态度变了。"关阳道，"我居然疏忽漏掉了。"

关阳掏出小笔记本和笔，摊到李如心面前："麻烦你，把那些你知道议论过这事的邻居名字、楼号房号写给我。"

李如心有些尴尬："这个，找他们做什么？"

"不止你们知道了熊英豪性取向的事没对警察说真话，还有别的人。"关阳道，"不是我们警方问话引出这个话题的。那个知情人，我们得找到。"

李如心想了想，低头在小本子上写下名字和楼号房号。

关阳又道："你们知道的，就告诉我吧。别让那些碎嘴的人比你们先说出来。"

李如心手一抖，字写歪了。她没说话，默默写完，把小本子交回给关阳。

关阳点头道谢，把小本子放回口袋，转身要走。

这次李如心送关阳到门口，她等关阳出门时，终于开口："曾经有一次，英豪失踪之前挺久的时间，他说下班有工作应酬晚点回来，然后回来的时候身上有酒味，他似乎挺高兴的，我问他是不是工作上有什么好消息，他说没有。他去洗澡的时候，我拿他换下的衣服去洗，发现他口袋里有一个保险套，还有一个酒吧的券……"

李如心说到这里停了停，强忍情绪。

关阳耐心等着。

"那个酒吧叫彩虹的光，我记得很清楚。"李如心接着说，"因为他没女朋友，去酒吧又有套，我怕他找小姐，找那些不正经的女人，我就问他了。他很惊慌，他说他没乱来，套子是同事开玩笑塞给他的。我顺嘴把这事告诉了他爸。后来有一天，他爸经过了那家酒吧，就去问了，那家酒吧，很乱的，男的女的，很多同性恋。他爸回来就跟他大吵了一架。"

关阳道："其实熊英豪很早就显出迹象了是吧？"

李如心落泪："他很喜欢洋娃娃，喜欢帮她们换漂亮裙子。他爸不让，全扔了。他爸觉得这是变态，是病。"

关阳再问："熊英豪去看过医生吗？"

李如心道："他说他想去看一看，他也觉得这是病，但不知道去没去。可他越来越好了，我们觉得他挺正常的。然后他突然失踪了，我们不知道他藏着指甲油，还拍那些照片，我们真以为他好了。"

"还有别的吗？"

李如心摇摇头："没了。真的没了。"

关阳在心里默念闻一遍:"彩虹的光。"

向衡到青橘小区时,活动已近尾声,顾寒山已经走了。

向衡有些惊讶:"这么快吗?"

黎茡道:"每次都这样呀,你以为活动要办多久,我们的物资也是有限的,发完了就结束了。你要是想找山山,提前打个电话多好,我可以跟她说一声让她等等你。她也刚走没多久。耿红星他们跟她一起去吃饭了。你有事吗?"

"没事。"向衡道,"我就是来看看。"

"那正好帮着收摊。"黎茡一点没客气。

向衡便帮着收拾东西,又问她:"耿红星他们几个人来的?有没有什么情况?"

"三个人来的,两男一女。那个女生是他们同学,也是做媒体的,还是个网红,写的文章挺好,很有论点,我看过。小伙子们也挺好的,客客气气,很有礼貌。"黎茡道。

"那他们去吃饭是一起去的吗?还是顾寒山跟耿红星单独去的?"

黎茡:"……一起走的,怎么吃饭我就不知道了。"

向衡掏出手机给顾寒山打电话,顾寒山没接。

黎茡瞪着他那老父亲的样,吐槽道:"我说她爹,不至于,我觉得没什么问题。山山跟那个耿红星关系应该没到那一步,两个人都没什么肢体接触,眼神也没有黏腻纠缠。"

向衡被黎茡这么一说还真担心起来了。顾寒山当然不会什么黏腻纠缠,她就直截了当的。依她利益当先的办事风格,什么都能拿来做交换,会不会太单纯一心想讨好耿红星反而吃了亏。

向衡觉得还是得做点预防措施才好。

"黎茡啊。"

"哎。"

"你看看你有什么方法,跟顾寒山聊聊天。"

"聊什么?"

"就是,你们女生的话题。谈恋爱啊,两性健康关系之类的。"向衡琢磨这话该怎么说,又不能把顾寒山的那些念头和隐情告诉黎茡,他只得道,"就是女生谈起恋爱,容易全身心投入,判断不出男生那边的好坏。顾寒山又没个亲友长辈盯着她提醒她,万一她被骗财骗色什么的。"

黎茡愣了愣:"就是告诉她谈恋爱可以,但是别给钱别上床?我又不认识那个男生,人家山山也没到那一步吧,我跟她交情也不是能聊这种的。再说了,说句不好听的，人家二十多岁了，谈个恋爱有点亲热举动不是很正常吗？我凭什么去说人家啊。"

向衡发愁，他是男的，就更不好说了。

"要不，你找个机会，跟她沟通沟通，让她加强点恋爱中的安全意识。"

黎莞撇眉头："直接点，不然容易误会。什么样的安全意识？避孕吗？我一孕妇，跟人家聊避孕？"她看着向衡的眼神就像看个傻子。

向衡："……"他也觉得自己挺傻的。

算了，他自己跟顾寒山谈谈。

向衡帮黎莞提着东西，一起往车子那边走，他换了个话题："顾寒山今天表现怎么样，没捣乱没惹事，没跟人吵架吧？"

"没有，我一直盯着呢，完全没问题。山山今天简直是太厉害了，我跟你说，我们派出所真的要大红特红了。"

"派出所红有什么用？罪犯会因为我们所红都来主动投案吗？"向衡跟她杠。

黎莞不服气："红当然挺好的，能拉近跟群众的距离。亲民，普法，加强信任，工作更好开展。都跟你说过了，派出所跟你们以前刑侦队重案组不一样，我们要做的很多都是日常琐碎工作，家长里短……"

"好了好了。"向衡打断她，"所以顾寒山今天都干什么了？"

"有视频的，回头你自己看嘛。"黎莞道。

向衡没好气，刚要说话，忽然看到一个熟悉的身影。向衡一脸黑线，黎莞也看到了来人，她扬起笑脸唤："阿姨。"

向衡的母亲大人，丁莹女士，又出现了。

"哎呀，我今天和朋友去公园看花，路过这边看到横幅宣传了，想着就顺路过来看一眼，你们还真在这儿。"丁莹笑眯眯地看着儿子两只手提满东西，对黎莞非常体贴周到的样子。

"我们活动刚结束，阿姨。"黎莞道。

丁莹一脸可惜："错过了，没帮上忙。"

"阿姨要是有兴趣做志愿者，下次有活动我提前跟阿姨说。"黎莞热情招呼。

丁莹刚要应，向衡用力清咳两声。丁莹便改口："哎呀我还得给我家老公做饭，这两回就真是刚巧碰上。以后有机会吧，看缘分。"她看看儿子脸色，又道，"那你们忙吧，我先走了。回头有空再聊。"

"阿姨再见。"黎莞对丁莹挥手，丁莹回头再看她一眼，越看越喜欢，高兴地走了。

向衡："……"

黎荛看了看向衡，道："你妈妈是不是不放心你呀？"

"是啊。"向衡调侃自己，"我特别让人不放心。"

黎荛道："看出来了，你肯定有你妈的基因，容易操心。你看你也总放心不下山山，老查岗。"

向衡："……你是以前就这样还是怀孕了之后想象力才变得这么丰富的？"

黎荛哈哈大笑，她让向衡把东西放到车上，问他："你跟我们回所里吗？"

"你回所里还有事吗？"向衡问。

"没了，怎么？"

"要不一起去处理个事。"向衡道。

黎荛眼睛一亮："什么情况？"

丁莹还没舍得走，站得远远地观察着。

她看到向衡不知道跟黎荛说了什么，黎荛眉开眼笑地，跟别的同事打了个招呼，兴冲冲地跟向衡上了车，一起走了。

丁莹舒了口气，开心。

顾寒山接到向衡电话的时候，正在跟林美妮、耿红星他们一起吃饭。

向衡听说她正在跟别人一起，便也不多说，只道会再找她。顾寒山应了，挂了电话。

林美妮见状问她："一会儿还有别的事？"

"不算有事。"顾寒山道，"你们有什么别的要做的吗？"

耿红星道："我们一会儿回去剪片子，赶紧做出来，给许哥和陈总看看。今天的视频也特别好，播出来效果肯定很棒。"

顾寒山便问："我给你们的最后时限，后天中午12点前，你们没忘吧？"

"没有，没有。"侯凯言道，"我们几乎每天都就这个项目开会来着。我和星星都还觉得合作机会是很大的。领导们也很重视，大家也提了许多想法，很想促成这事。"

顾寒山提醒道："我的诉求，是要找出那个跳水的姑娘。希望你们提的方案能紧紧围绕这个中心，提出具体的解决方式，不要用一堆花里胡哨的包装、营销这些东西来浪费彼此的时间。"

耿红星有些尴尬，赶紧点头："记着呢，这个我们每次会上都提的。大家也都有围绕这个主题进行讨论。"但其实真相是大家讨论的结果都是这个姑娘不可能找到，得想办法跟顾寒山谈B计划，用替代方案获得顾寒山的兴趣。

顾寒山道："你们再跟领导说一声吧，方案必须有完整的寻找那个姑娘的计划，有效的，可执行的，如果没有这部分内容，就别约我去谈了。"

"好的好的。"耿红星应着。

林美妮看着耿红星这潇洒花心大萝卜在顾寒山面前乖成老实土豆，觉得挺有意思。她问顾寒山："如果就是找不到这个姑娘呢，他们的方案就是虚的，就是找不到，毕竟都过去两年了，你打算怎么办？"

顾寒山道："走一步算一步，总有办法的。"

林美妮问："其实你还有后招，是吗？"

顾寒山道："耿红星没告诉你吗？我打算每一家媒体公司都试试，谁管用就跟谁合作。重赏之下必有勇夫。"顾寒山顿了顿，"你们看到我的价值了，我就是那个赏。"

那语气，那表情，又酷又跩。

林美妮笑道："你挺有趣的。你介意我问一下吗，你刚才吃的什么药？"

"镇静剂。"顾寒山坦然答，"我跟第一现场的人在一起都很有压力，因为他们联结着我爸爸的死。我的脑子会不受控涌出许多负面刺激的画面信息内容，为了有个好的状态说话讨论，所以我吃颗药。"

耿红星："……"

侯凯言："……"

"视频报道成了意外事故的铁证，但是他们没有后续报道，事情就在他们这里终结了。"顾寒山继续无情施压，"我希望他们能负起责任来。"

耿红星："……"

侯凯言："……"

林美妮看着她："你为了追讨这份责任，需要付出个人隐私的代价？"

"不然呢？没有利益，就没有帮助。"顾寒山淡淡道，仿佛这不过是一件再简单不过的事。

"或者你能考虑考虑我呀。"林美妮道。

"嘿嘿。"耿红星不乐意了，"妮妮，同意给你介绍朋友不是让你挖墙脚的。"

"各凭本事嘛。"林美妮白他一眼，"肥水不流外人田。顾寒山的视频播出来，各平台各媒体都会找她的，我只不过是先拿个号码排上队。你们的方案如果不行，留不住人，我当然要争取机会。"

顾寒山看了看林美妮："那你有什么方案吗？"

林美妮倾身向前："要找那个跳水姑娘，我的资源当然没有第一现场多。我

056 ...

换个角度吧，我想写你爸爸的传记。"

顾寒山怔了怔。

侯凯言抚额，果然是妮妮，就是厉害。

"我想采访你，采访你妈妈，采访你爸爸生前的同事好友，采访他出事时的现场目击人员等等。"林美妮道，"我会把他的优秀，他的含辛茹苦，他的伟大，他的平凡都写出来，让人对他尊敬，对他爱戴，对他钦佩，为他惋惜。到时候，如果有对那天跳水的姑娘知情的，就会提供线索。为了凸显你爸的优秀，当然也得表现出你的特别，但有一些内容就行，不需要深度挖掘你的个人隐私，不需要拿你个人炒作。"

顾寒山认真听着。

"妮妮。"耿红星无奈地道，"这些我们第一现场也能做。我们开会的时候也提到了。"

林美妮摆摆手："不一样。你们打工的，左右不了领导，控制不了平台。我就不同了。我想怎么写就怎么写，我想怎么拍就怎么拍，我想发表就发表。"

耿红星和侯凯言瞪着她。

林美妮丝毫没有不好意思，她又道："跟你们领导说一声，竞争已经开始了。"

耿红星夹一大块排骨塞她碗里："赶紧吃吧，妮老板，多吃点，少动脑。"

林美妮哈哈大笑。

侯凯言给林美妮倒杯果汁："我也敬你一杯，妮老板，多喝点，少动脑。"

林美妮笑得不行。

顾寒山看着他们谈笑，道："谢谢你们，我会好好考虑的。目前还是希望能跟第一现场合作成功。"

"好，祝你顺利。"林美妮举起杯子，"来，干杯。"

耿红星和侯凯言也举杯："放心吧，我们会努力的。"

拘留所。

梁建奇在这里待了六天，还不能适应。他长这么大，从来没有受过这种苦，真的是度日如年。他想起顾寒山说等他出去还要继续整治他，不禁有些害怕。他左思右想想不出顾寒山还能有什么手段。但是这次这个事，要不是真的发生了，他也不会相信他会因为一次手贱就被送进来。

梁建奇惨白着脸。旁边一个"室友"碰了碰他胳膊："哎，你怎么了？"

梁建奇吓了一跳，看了看那人，这人叫鲁东，比他晚一天进来，看上去老老实实的，胆子小得很，总想找人聊天交朋友，梁建奇实在没心情搭理他，但他还就偏爱找梁建奇。他说因为梁建奇看起来跟他一样是个体面人。这让梁建奇有些触动,那种委屈的心情,似乎鲁东能理解。他确实是个体面人,他有公司,有房有车有家庭,跟那些无业小混混不一样。这个鲁东看上去是个文化人,有点素质,据他说,他是大学生。

梁建奇摇头:"没事。"

鲁东道:"我以为你不舒服。"

梁建奇再摇头。

那人道:"别难过了,我比你还苦,我出去了也不知道怎么跟我妈交代,丢死人了。在这待得生不如死,出去了也生不如死。"

这简直就是自己的心情。

梁建奇问他:"你还有几天呀?"

鲁东道:"五天。你呢?"

梁建奇道:"四天。"

鲁东苦着脸:"怎么办啊。早知道会这样,我就不要这么手贱了。真的后悔死了。"

"你做什么了?"梁建奇好奇了。

鲁东憋红脸没说话,梁建奇看着他,觉得有些猜到了。

鲁东看了看梁建奇的表情,涨红了脸压低声音道:"不是,我真的……怎么说呢,有时候就是不自觉的,你懂吧,男人嘛,摸一下又没什么,一碰就过去了,我真没意识,它就是,不由自主啊。我也不想的,我真的不想的。"

"我懂我懂。"梁建奇点头。

"你不懂的,大哥。我没干啥,我真的……"鲁东皱着脸,看着都要哭了,"太丢人了,也不知道出去了怎么跟家里说。"

"没事的。熬过去就好了,时间过得很快的。"梁建奇安慰着他,觉得心里好过一些了。

"大哥,你什么情况啊?"鲁东难过了一阵子,缓了缓情绪,问梁建奇。

梁建奇道:"我比你惨,我遇到一个神经病。"

贺燕家里。

虽是周末,但贺燕也得在家里加班,她刚刚回完一封工作邮件,刚点开一份报告准备看,手机响了。

贺燕拿起手机一看,是宁雅。

贺燕盯着那名字两秒,按下了接通键,再按了录音键。

"贺女士，你好。"宁雅的声音听起来有些紧张，她周围有些嘈杂声，似乎是在街上。

"你好。"贺燕不动声色。宁雅那边顿了顿，道："你昨天说的，我考虑过了，我同意帮你的忙。"

贺燕道："那可真是太好了，你有什么计划了吗？"

她站了起来，走到窗边，看着落地窗外。这里是繁华的商贸区，高楼林立，不见远山绿树，就连天空里的云彩，也似乎会被钢筋水泥和落地玻璃幕墙阻挡。

宁雅道："我会多关心顾寒山。是她主动找我回来的，证明她对我感觉比较亲近。她孤孤单单一个人，没有亲人朋友，她很需要关心。我给她做好吃的，帮她把家里收拾得干干净净舒舒服服，她会高兴的。我再陪她多聊聊，就像之前顾先生做的那样，顾寒山应该会愿意跟我倾诉。我会打听好情况，告诉你。"

宁雅的嘴角弯了弯，但眼中并无喜悦。

宁雅继续道："你昨天说顾寒山跟警察走得近，主要想知道这方面的事，那具体是什么，你心里有数吗？你提的要求越具体，我才越好问清楚。我除了能跟顾寒山打听，还可以观察她家里的物品，还有她的客人什么的。"

贺燕道："你能看到她的手机吗？她现在会用微信了，我想知道她跟谁通了消息，都说了什么。"

"那得等她回来，我看到她了才有机会。"宁雅道。

"行，那你就等她回来，找个机会翻一下她手机，把她常联络的那几个人的通话记录拍给我。"

宁雅那边默了两秒，又道："这事风险挺大的，如果被她发现我就完了。"

"你先试试，不行再说。"

"好吧。"宁雅道，"但你昨天说的一个星期一千块，做这些不行。"

贺燕默了几秒，冷道："你嫌少？"

宁雅的声音明显压着紧张："确实太少了。为了能观察到顾寒山，为了能多关心她亲近她，我得辞掉别的工作，把时间和精力都花在顾寒山这边。我是有经济损失的，而且损失的不止一千块。"

"那你说吧，你想要多少？"

"一个星期一千块只能是打底的钱，这是让我能有时间去顾寒山那里的保证。如果我找到了什么你需要的消息，根据消息的情况另外付费。"

"那手机聊天记录，你要多少？"

宁雅咬咬牙："我把聊天界面拍给你看，你挑人，一个人的记录两千块。"

贺燕不说话。

宁雅紧张得咽了咽唾沫，等待着。

贺燕开口问："你能拿到吗？"

宁雅赶紧道："我会想办法的。我拿到了给你看，你再付款，不会吃亏的。"

"行。"

宁雅听到贺燕的答复，悬着的心放下了，重重松了口气。她把手机放进包包里，走进了不远处的公交车候车亭。

街对面停了一辆车，车上驾驶座坐着冯安平。他一直观察着宁雅，看着宁雅一边等车一边发呆，他拨了个电话。

"刘哥，宁雅做完了上一家的工作，出来就打了个电话，看着表情有些紧张，也不知打给了谁。现在正等公车。"

刘施阳道："你继续跟着，摸清楚她的情况。她老公刚从楼里出来，可真够晚的。我去探探他家周围，一会儿上楼去。"

冯安平应了声。

公交车来了，宁雅心事重重地上了车。她完全没留意到，公交车后边，有一辆轿车跟着她。

贺燕家里。

贺燕看着窗外发了一会儿呆，然后她用手机拨号。

手机屏幕上显示着号码名字：简语。

没一会儿，简语接了。

贺燕道："简教授，我们需要聊一聊。当然是聊顾寒山的事，很重要。明天吗？行。"

向衡和黎尧去了平江桥。

向衡给贺燕打了电话，想约她出来聊一聊顾亮意外身亡的事，问一问当时情况的细节，贺燕听了他的话，只说今天太忙了，改天再约，然后直接挂了电话。

向衡转而去找了平江桥派出所当年经手顾亮意外身亡事件的民警卢江。他还叫了罗以晨和方中，交代他们做了些准备。

卢江今天不值班，但接到同事的电话，他还是赶了过来。他跟同事把向衡和黎尧带去了平江桥，以桥上的实地情况介绍了当初顾亮跳水救人的情况。

"据说那个姑娘是站在这儿，从这里跳下去的。"卢江指了指位置，又转到另一处，"顾亮是从这里跳的，隔了一个桥墩的位置。"卢江比画着，"他的车子停在这儿，应该是看到了姑娘要跳水，就停车冲了下来。看了江里，翻过了栏杆直接跳下去了，动作非常快。"

向衡想了想："也就是说，他停车的时候，姑娘已经跳下去了？"

卢江点头："我研究过那个视频，应该就是这样。他开车经过这儿的时候看到姑娘站在栏杆边上准备跳河，他就赶紧停车，但姑娘已经跳下去了。视频里没拍到那个姑娘，而且如果他下车的时候姑娘没跳，他应该是冲到姑娘身边去。我记得很清楚，他冲下车是直接奔到桥围栏边，往下看了一眼，才翻过去跳下江。目击证人也说是这样。"

"他有没有喊叫？"向衡对比着段成华的情况。段成华那时是毫不回头，没有表情，也没发出任何声音。

"他喊了，但听不清。"卢江道，"视频里因为他突然停车造成后车差点追尾，所以后车狂按喇叭，听不清顾亮喊了什么。我曾经问过现场目击证人，他们也说听到顾亮喊叫，但没听清。有人觉得顾亮在喊那个姑娘的名字，应该是认得她。"

向衡站在顾亮跳水的位置往下看。江水混浊，看不清里面的情况。黎尧凑过来一起看，问他："怎么回事，你有什么想法？"

"顾亮以为跳下去的是顾寒山。"向衡道。

黎尧惊讶"啊"了一声。

向衡拍了拍大桥围栏："顾寒山一直认为她爸爸的死不是意外，是一场谋杀。她想找出警方没有找到的证据。梁建奇就是当初拍下她爸跳水视频的那个人，第一现场接收了梁建奇的投稿，把这场意外做了新闻报道，而后没有再跟进。"

黎尧忽地恍然："所以……"

"她做的所有的一切都是为了查她爸爸的真实死因。"

黎尧抿紧嘴，压低了声音："那她当时八个屏并不全是为了找梁建奇吗？"

"应该是，但她到现在都没说究竟要找什么。"向衡道。

黎尧沉默半晌："我现在明白你为什么会操心了。"因为她也开始操心了。这小姑娘，都经历了什么？

"我们现在能做什么？"黎尧问。

"我想重演现场，看看能找出什么。"向衡道。

向衡跟卢江说了一下重演现场的想法，让卢江把视频细节和现场情况又确认了一遍，卢江倒是很配合，但最后还是道："我们当时能查的真的都查过了。"

"我知道，我看过了，记录很详细。"向衡道，"只是这事非常特殊，跟武兴分局在查的一个案子可能也有牵连，所以我们得把所有细节再确认一遍。"

卢江闻言便不再说什么。

向衡与黎尧交代了站位，他开车从桥上经过，试了试从什么地方开始可以看到跳水姑娘的位置。又让卢江站在梁建奇当初的位置，看能不能拍到当初的画面。

模拟了一番，卢江拍下了视频，但试了几次都没能完美复刻梁建奇的视频，他总是把黎莞那个位置拍进去。如果黎莞已经退开，就像那个姑娘已经跳了水，那他只能拍到向衡冲向桥围栏，拍不到向衡下车的那一刻。如果从向衡下车就拍起，那个落水姑娘的位置就还有人。最后他放弃桥面，转向向衡的车子，直接对着车子拍，才拍出梁建奇视频的效果。

这时候卢江也觉得有些不对了："关注点当然得在跳水那人身上吧。"

"你确定画面就是这样吗？"黎莞看着视频问。

"确定。"卢江道，"我当初看了好几遍，问了很多人的。不会错的。"

"可惜我们看不到原版的。"黎莞道，"拍摄角度差一点点，时间差上两秒都不一样。只能做参考了。"

向衡问："当时你没查梁建奇的通话记录吧？"

"没查。"卢江道，"他又不是嫌疑人。"

向衡点点头，走到一边。

黎莞跟了过去，向衡道："第一，他们知道顾亮要去哪里，所以顾亮回来的时候，他们开车跟踪，顾亮快到平江桥时，会给在附近的梁建奇打电话。梁建奇做好拍摄准备，等顾亮过来了，拍摄开始。"

黎莞明白了："所以梁建奇的最后一通电话是个线索。都两年了，这个得立案了走手续去运营商那儿才能拿到了。可现在的情况立不了案呀。"

向衡点头，继续道："第二，顾亮好好开着车，突然看到一个人要跳水，就算身影像女儿，甚至穿着打扮也一样，但没有人暗示指引，他的第一反应也不会觉得那是他女儿。周围这么多人，他当然不会多管闲事。"

"对对。"黎莞道，"山山确实说过，有办法对潜意识做引导的。"

"当时顾亮独自开车，他也会接到一个电话，电话里告诉他顾寒山跑出去了，要自杀。电话可能给了他一些心理暗示。"

黎莞赶紧道："那他的通话记录……"

向衡道："最后一通电话是顾寒山的手机号码打的。"

黎莞愣住了，心里一紧，天啊，如果顾寒山知道，那得多难过。

向衡继续说："还有第三点，顾亮年轻时候是游泳队的，他的水性很好。在他跳下去之后，怎么确保他的死亡。"

罗以晨和方中来了，带来了一个潜水教练，那教练带着潜水装备。

向衡给黎荛做了介绍，又将情况与罗以晨和方中做了说明。向衡很快做好了安排和工作布置，潜水教练绕到桥下做准备去了。

黎荛有些着急："等等，你打算就这样跳下去吗？"

"那还要怎么样？"向衡反问。

"可是……"黎荛看了看水面，挺高的。

"没事的，有人在下面保护我。"向衡道，"如果不小心受了伤，那正好有理由休假了。"

黎荛："……"

一切都是按卢江回忆里的那个视频内容过程进行的。

大家各就各位。这一次跳水姑娘由罗以晨模仿，他不像黎荛那样站在桥上转身躲开消失，而是像真的跳水一般，迈到了栏杆的那一侧，看到向衡的车停下，直接往下跳。

向衡冲到桥边，探头一看，果断也跳了下去。

卢江是他们当中唯一一个看过视频的人，他依旧做那个拍摄的。他的同事帮忙维持着桥上的秩序，提防着围观群众凑热闹。这次卢江有了经验，一次拍摄成功。

入水，灭顶。

河水瞬间将向衡淹没，水里的压力压迫着他全身，水流湍急，他挣扎着稳住身形，水中视线非常模糊，他只隐隐能看到水中的另一个身影，那是罗以晨。罗以晨正快速往河边的方向潜泳。向衡正欲转身朝那个方向去，忽然脚下一紧，一只手抓住了他的脚踝……

几分钟后，罗以晨和向衡一前一后爬上了岸。黎荛赶紧冲过去给他们递上了毛巾。

方中一直在桥面观察和拍摄着水下情况，罗以晨和向衡上来后，他又继续观察了好几分钟，这才过来。

"怎么样？"向衡问。

"在你游上来之前看不到你，也看不到别人。"方中说着，把手机递了过来。向衡接过认真看了一遍，确实看不清。他问卢江："两年前河里的水的颜色也是这样的是吗？"

"对。"卢江道，"那天那个时间的光线还不如现在的。"卢江把他拍的所有视频都发给了向衡。

黎茇这时候发现了："那个潜水教练呢，他去哪儿了？"

"让他潜到别的地方，找个别人不能发现的地方上岸。"

黎茇懂了。

众人收集完了资料，又讨论了几句，谢过了卢江和他的同事，大家也就散了。

方中负责送黎茇回家。向衡和罗以晨拿上各自车子后备厢的备用衣裤，找了个公用洗手间换了身衣服，聊了几句目前案子的进展。罗以晨说许塘和段成华埋尸的那个视频他们收到后也展开了调查，但也没查到地点是哪里，受害人信息也没有。目前他们在排查城里是否有失踪的流浪汉。

"很难，这些流浪汉原本就居无定所。我们几乎得是地毯式搜查，让各派出所协助，一个片区一个片区慢慢问。重点圈定之前许塘和段成华常活动的几个地方，从那里往外扩散。"罗以晨顿了顿又道，"分局那边的调查结果我们也收到了，关队在等周一葛队的报告。"

向衡想到葛飞驰那严肃愁苦的脸，苦笑："全世界都在等他的报告。"

向衡开车回家，刚驶离平江桥就接到了顾寒山的电话。

"你在哪里？"顾寒山问他。

"回家路上。"向衡看了看路，报上了自己的位置。

"你继续往前开，我在文兴路口。"顾寒山说完挂了电话。

向衡有些惊讶，但他继续向前，开到文兴路口时，看到了顾寒山站在路边。

向衡找了个停车位停下了，推开车门刚下来，就看到顾寒山走到他跟前。

"我看到你了。"顾寒山说。

"嗯。"这姑娘的眼力，他是见识过的。

顾寒山说完了那句不再说话，她只是直直地看着他的脸，再看看他的头发。向衡下意识地摸了摸，他的头发还有些湿，也不太干净，那河水挺脏的。

"你怎么了？怎么在这里？"向衡问她。

"你去平江桥了？"顾寒山不答反问。

"你怎么知道？"

顾寒山道："贺燕说你给她打电话，约她去那里谈谈我爸跳水身亡的事故。"

"对。"向衡道，"她说忙，拒绝了，说改天。改哪天就不知道了。她真难约呀。"

顾寒山没接这话，又问："你去平江桥做什么呢？"

"重现一次过程，看看推断的能不能实现。"向衡答。

顾寒山盯着他的头发，声音很轻："你跳下去了？"

向衡注意到她脸色苍白，指尖还有些打战："你不舒服吗？"

顾寒山抿紧嘴没说话。

向衡看她的表情，想象到她脑子里千军万马的画面了。他赶紧道："你缓缓，没事，不着急说话。要不要紧，要吃药吗？"

顾寒山过了一会儿摇摇头。

向衡问她："你一个人吗？先上车吧。"

顾寒山跟着他上了车。待都坐好，顾寒山道："我没事，我吃过药的，能扛住。"

向衡有些担心地看她。

顾寒山道："我对平江桥有恐惧症。我不能过去。上一次做的应激治疗，我离桥最近只能停留到上一个路口。所以刚才我坐出租车在那个路口停的。我慢慢走，想尝试着更靠近一点，但也只能走到这里。"

"我们先离开这儿。"向衡启动车子，"我送你回家。"

顾寒山没反对，她闭上了眼睛，靠在椅背上。

车子迅速驶离，离平江桥越来越远。

向衡一路小心地观察顾寒山，快到顾寒山家时，她似乎缓过来了，进了家门，她跟落难小仙女吸了灵气似的，一下子又精神了起来。

向衡跟她进了屋，看到她的状态松了一口气："你既然有恐惧症，就没必要跑到平江桥去，你可以给我打电话。"

"我打了。"顾寒山道。

向衡一愣，他看了一眼手机，还真有一个未接。应该是他准备跳水那阵子的来电。"抱歉，没接上。"

"没关系。"顾寒山很公平，"我跟耿红星他们吃饭的时候也没看手机，没接到你后来打的电话。"

这也要讲究一下有来有往谁也没亏吗？向衡趁机问她："你跟耿红星现在什么情况？"

"他说他们公司还是很重视跟我的合作，毕竟我也秀了几次实力，还是很有价值的。耿红星说他们每天都有开会讨论方案，我跟他强调了必须找出那个跳水姑娘。"顾寒山道。

话题又敏感了，向衡担心"跳水姑娘"这个词刺激到她，观察几秒，看她情绪挺稳定，就放心了。

结果顾寒山忽然反应过来："你刚才是问这个吗？"

"不是。"但是鸡同鸭讲也讲得挺顺的，向衡不介意。

"那你问的是什么？"

"我是想提醒你，利益交换这种事，是有弊端的，你不要为了拿到合作太过讨好耿红星，如果你向他发出了错误的信号，会给自己制造出麻烦，吃大亏。"向衡道。

顾寒山认真思索："我觉得我不算讨好他，我挺有主动权的。"

向衡瞪着她，不说话了。

顾寒山回视他："你是觉得没必要聊了还是在酝酿一波大的？"

向衡被噎得，还酝酿一波大的："你还挺懂。"

"我爸就这样。"顾寒山道，"他说着说着不出声，要么话题打住，要么后头就是滔滔不绝，我很有经验。"

向衡没好气，还很有经验。"行，我酝酿波大的，你给我点时间。"

顾寒山道："好的，其实我也有个重要的问题，但我也需要时间酝酿，你先来。"

这还谦让起来了。向衡差点酝酿得漏了气："行，我先来。"

"请。"

向衡一鼓作气："那种动不动就在街上向女生搭讪要微信号的男生很危险，耿红星向你搭讪的目的不是因为发现你有才，明白吗？两性关系里，女生是处于相对弱势被动的处境的。他社会经验比你多，交友经验比你丰富。"向衡顿了顿，把"你到现在还靠书本上的条目处理人际关系"这句话咽了回去，道："你比较单纯，有时候你觉得很正常的话，对有企图的男性来说可能充满了暗示。所以你要谨慎处理，保持一定距离，小心危险。"

"暗示，危险？你是说他会强奸我，然后指责我明明已经性同意了，但临到头却假意拒绝。他落入了我的欲迎还拒陷阱，他才是无辜的？"

向衡："……"

太直接了。

向衡挤出一句："不能排除这种可能。70%的强奸都是发生在熟人关系里。"

"我会小心的。"顾寒山应得爽快。

向衡噎了半天。

"你更得小心……"向衡使劲想词，"防备渣男花言巧语实施不轨企图。"

"你是说他用套路，让我对他产生好感，然后哄我心甘情愿地上床？"

向衡："……"

他错了，他到底在委婉什么！

"对。不能排除这种可能性。而且这种更难防范，常常会不知不觉就上钩了。他得手后就会把你甩了，你以为你们是情侣关系，但他却说只是炮友，你误会了。"

"那他不可能得手。"顾寒山冷静飒酷，"我性冷淡。"

向衡："……"

已经无法言语。

完败。

卒。

说什么酝酿一波大的，其实根本掀不起浪花。

顾寒山等了一会儿，没等到向衡说话，便问："还有吗？"

她还等着继续反驳他吗？向衡摇头，完全不想跟她说话。

他一个热爱办案的优秀神探，究竟是怎么会跟一个姑娘进行到这种对话上的呢！

"那轮到我了。"顾寒山道，"谢谢你，我现在没那么紧张了。"

这话说得，向衡反而觉得紧张起来。他赶紧端正姿态，他有预感，真正的一波大的要来了。"我需要坐下听吗？"向衡试图缓解一下气氛。

顾寒山自己坐下了。

向衡也跟着坐下，严阵以待。

但顾寒山只是沉默，她看上去严肃又紧张，好半天没说话，看起来这波大的需要酝酿的时间比较长。向衡看着顾寒山漆黑的眼眸，似乎看到了她脑海中的翻腾。

顾寒山忽然问："那下面……"她顿了好一会儿。

向衡的心提起来，他没听懂，却又觉得自己能懂。

"那下面冷吗？被水包裹着，很痛苦吧？"

向衡听懂了。

"砸到水里的时候，会疼吗？"

向衡看着顾寒山，她的表情仍是冰冷，但泛着粉色的眼眶透露着藏在坚强里的脆弱。

向衡不知道该怎么回答她。他觉得任何回答都是一种伤害。

向衡沉默着。

顾寒山仍问："河水是不是很脏，在水里能看清东西吗？眼睛疼吗？水流会不会很急？"她的语速很慢，就像在水里挣扎着想要透一口气，艰难又缓慢。

向衡觉得她要哭了，但她克制住了。她的眼眶更红，眼睛湿润，甚至鼻尖也泛着红，但她的表情仍是倔强，让人心疼。

向衡温柔地道:"我不知道该怎么回答你,顾寒山。"

顾寒山看着他的眼睛。

"无论我怎么回答,你都还是会难过的。"

顾寒山抿紧嘴,忍了半天才道:"我不难过。"但眼泪忽然从眼眶里溢了出来。顾寒山用指尖抹去那滴泪:"我只是想知道真相。"

向衡看着她,这是他第一次发现顾寒山也会有这么强烈的情绪。

可是,无论死者在最后时刻经历了什么痛苦,死者都已经离开了。那些痛苦,也应该离开,不该让活着的人继续承受。

向衡向顾寒山伸出了双手,掌心向上,等待着。

顾寒山看着他的双手,她能明白他的意思,她犹豫了一会儿,把手放进了他的掌心里。

向衡缓慢而用力地,把她的手握紧了。他握得很紧,加重了力道。顾寒山的手被握得有些疼,她微微皱了眉头。

向衡等了一会儿,这才道:"我知道你一定想象过无数次这个场景,我是不是没办法将它从你脑子里抹去?这件事,普通人都无法遗忘,何况世界第一的超忆者。"

顾寒山开口,声音有些沙哑:"我重病,被绑在病床上的时候,每次一有意识,就会想到这个场景。一开始水里的人是我爸爸,后来变成了我。那个落水需要别人去救的人,是我爸爸。但我每次都没能把他救下来。我那段时间,出现了很严重的幻觉。"

向衡用力收紧手掌,顾寒山吃痛,抿了抿嘴。

"是真实的,顾寒山。"向衡道,"你现在在一个真实的、安全的地方。"

顾寒山吸了一口气,再吸吸鼻子:"我后来打算,等我病好了,能出院了,我一定要去平江桥,我要跳下去,记住跳下去时候的感觉,我要带着这种感觉,为我爸爸讨回公道。我一遍又一遍地琢磨事情发生的过程,我想通了每一个细节,我要去平江桥看看,但我后来,竟然连靠近那里都不能。"

向衡问她:"你的恐慌有多严重?"

"如果抢救不及时,我就死掉了。"顾寒山平静地说。

向衡的心被狠狠一拧。

顾寒山道:"一开始发现恐慌,是简语出示了一张平江桥的照片。"

向衡皱起眉头。

"我其实对平江桥很熟悉。站在桥的正中间,远眺远处的地平线,地平线的两边是高楼大厦,晚霞会洒遍整个地平线,把楼身都染成橘色。太阳一点一点地,从那个天与河的交界处沉下去。"顾寒山缓慢地说,"许思彤,就是生我的那个妈妈,她非常喜欢那个景色。我听我爸说,他当年追许思彤的时候,就是带她去平江桥表白的。他说平江桥是他和许思彤的定情桥,因为有了这个地方,后来才会有我。我爸带我去平江桥看晚霞落日,他希望我不要恨我妈妈,他说仇恨让生命不完整。他说他就是因为接受了被抛弃的事实,从解决问题的角度去寻找新的生活,他才能过得这么好。他指着晚霞说虽然在这个美景下因为某个人而产生了不愉快的回忆,但美景就是美景,因为某个人而不再欣赏美景,才是生命的损失。"

向衡认真听着。等顾寒山不说话了,他才道:"你爸说得很有道理。"

顾寒山默了一会儿,道:"我爸自修过许多脑科学、心理学的知识,因为他有世上最难带的小孩。那个时候其实他多虑了,我根本就不在乎许思彤,所以我也不恨她。但我爸和简语都不认同,他们坚定地认为母亲对孩子的影响非常大,只是我自我逃避,没有觉察,所以他们很费了一番功夫来开解我。有段时间我身体非常不好,我跟我爸说,如果我死了,不要坟不要墓,就把我的骨灰撒在平江里。因为有平江桥这个地方才有了后来的我,我如果不在了,也应该消失在平江桥那里。我跟我爸说,彻底把我丢开,这样你的生命才能完整。他非常生气,好几天没理我。"

向衡精神一振:"你说的这话,都有谁知道?"

"许多人。贺燕、宁雅,还有简语和我的整个医疗团队。"

向衡一愣:"不是私下聊天吗,怎么都知道?"

"因为我们在家吵架,那时候我爸关于我的任何心理情绪上的问题都会通知简语,他需要简语那边做判断,对我进行疏解和治疗。"

向衡道:"所以你爸爸很介意你这样说,再加上他们觉得你母亲给你造成了很大的伤害,这两件事正好挂钩了,他觉得这是需要解决的心理问题。"

"是的。"顾寒山道,"我爸读再多书也只是个普通人,也拥有人性里的双标。他开解我可以,我开解他就不行。他想让我的生命完整,我让他的完整就不行。明明介意的、受伤的人是他,他却映射到我身上,告诉他真相他还恼羞成怒。"

向衡:"……"向衡能想象出顾寒山告诉爸爸真相时用的是什么语气,也很难怪人家生气。

"总之平江桥我很熟悉。"顾寒山把话题转回来,"但简语那次出示平江桥照片,我一时竟反应不过来,后来恐慌症状瞬间向我袭来,我心率飙到一百八十,喘不上气,血压上升,视力模糊,我就晕过去了。"

向衡紧紧握着她的手没有放。

顾寒山道："后来发现我就是对平江桥有恐慌症，我没有办法靠近它。简语他们想了很多办法来帮助我克服，我的恐慌程度减轻了，能控制了，但仍然不好。"顾寒山顿了顿，"其实我知道发病的原因。"

向衡温柔问："你觉得你爸爸是因你而死的。"

顾寒山点点头："他确实是因我而死的。我那段时间情绪非常不稳定，我爸非常担心我发病，怕我有自杀倾向。他死前接到一个电话，是我的手机打的。还这么巧，就是在平江桥。所有的元素加在一起，再有一个会计他以为是我的姑娘往河里一跳……他当然会毫不犹豫跟着往下跳。"

顾寒山抬头看了看向衡，向衡完全没有惊讶的表情，她推测出来的所有细节，他都想到了。

"向警官，这件事不是一个人能完成的，是一个团队。"顾寒山道，"我得为我爸爸报仇，为我自己讨回公道，我的恐慌才能好。"

向衡陷入了沉默。那她答应他的事呢，她说给他机会阻止她，但其实她心里明白根本无法阻止是吗？阻止了她，她的恐慌就永远好不了，这个城市里，有座屹立不倒的大桥，一直在提醒着她过往的痛苦，永远折磨她、凌虐她。

顾寒山道："向警官，我答应你的事会做到的。但你自己想做的事，能不能做到，是你的问题。"

向衡看着她。

顾寒山低头看着他们二人交握的双手："向警官，你连安抚人做出的反应都像是给人戴手铐。这确实是安抚办法的一种，用束缚和轻微的疼痛来转移注意力，分散焦虑。但我觉得你并不清楚这个办法的具体措施，你只是本能地做出了反应。而我不害怕，虽然我非常不喜欢束缚，但相对于我经历过的痛苦，这真的是微不足道的小事。"

向衡叹气："如果你越了界，做了错事，伤害了别人，你要经受的痛苦可不是微不足道。迈过去就回不了头，你一生都会背负着罪恶和压力，每一天都会受到心理上的折磨。你会坐牢，会被关在小小的囚室里。牢里头鱼龙混杂，什么人都有。没有清静，不自由，被欺负，你根本无法忍受。"

"我一点都不怕。向警官，我是精神病人，不会坐牢的。我还能找到不下十个医生为我做证，我确实从小到大都有精神问题。我会被判无罪的。"

"顾寒山。"向衡被她这话惹恼。

顾寒山没停，她继续说："就算这招不成，我也不怕。痛苦的事我经历过很多，我的耐受力很强。我的脑子爆炸过，炸得浑身抽搐，呕吐眩晕。我经受过电击,灵魂都在天上飘,我会假装躺在仪器上的不是我,只有这样才能撑下去。我的脑子里随时都有无数画面和声音,从来没有清静,不能自由。和这些比一比,坐牢能有多痛苦?"

向衡的心被狠狠抓紧。

"我听说死刑犯会被绑在死刑床上,怕他们行刑前自杀。我已经被绑过了。死刑犯大概还会知道行刑日是哪天,得到解脱。我被绑的时候,却不知道尽头是哪里。而且每一刻,每一个痛苦我都记得清清楚楚。用遗忘来躲避,重新开始新生活的这种天赋,我没有。"

顾寒山看着向衡:"我的世界早就崩溃瓦解,我什么都不怕。"

向衡沉默着,他的心被一种强烈的情绪包围着,他也看着她。

过了好一会儿,他柔声道:"我明白了,顾寒山。"

"明白什么了?"顾寒山问他。

"我明白了要真正帮助到你,是一件很有难度的事,需要讲究方法,有点运气,但我接受这个挑战。"向衡看了看两人交握的手,"谢谢你告诉我这些,谢谢你愿意把手交给我。也许你的内心也渴望得到帮助,你喜欢交朋友,你喜欢你的新生活。"

"我不喜欢。"顾寒山否认。

向衡不与她辩论,只道:"你那个已经崩溃瓦解的是个旧世界,它已经不在了。你用两年时间脱胎换骨,为自己创造了一个新世界。这个世界里有朋友,有正常生活,也会有正义和公道,尽管不完美,但它们是存在的。你选择帮助警察,你选择努力寻找着它们,你对这个新世界有期待。"

顾寒山看着他的眼睛,沉默了许久道:"我会给你打电话的,向警官。我答应过的事一定做到。"

"好的。"向衡当然也不指望说几句话就能把顾寒山执着的想法改变。他放开了顾寒山的双手,改成单手一握,道:"谢谢你。我保证,我会努力阻止你,不让你掉下去。"

这回换顾寒山用力握他的手,她力道有限,向衡不觉得疼。他笑了笑,假装疼,收回了手。

"我走了。"向衡道,"你不舒服就好好休息,休息好了麻烦你帮我约贺燕。我非常需要跟她见一面。"

"好的。"顾寒山应了。

向衡朝门口走去。

顾寒山跟在他身后,向衡注意到她在看他的赤脚,向衡忽然有些不好意思,差点同手同脚。好了好了,他想起拖鞋了,可千万不要提醒他这个。

"向警官。"顾寒山唤他。

向衡停下脚步,转身,粗声粗气:"干吗?"不要提拖鞋。

顾寒山道:"谢谢你。"

向衡惊讶。

"谢谢你愿意跳下去。"

向衡趁机道:"不只我跳了,还有我另一个同事,他叫罗以晨。还有黎荛,她帮助模拟站位,还有之前处理你爸这个案子的平江桥派出所的卢江警官,虽然这案子在他那儿立不了案,而且他今天休息,但他接到电话还是赶了过来,他拍摄视频,看能不能拍出梁建奇视频里的画面。我们推演整个过程,想找找破绽或者线索。还有别的警察,也在帮忙。"

向衡看着顾寒山的表情,学着她的语气:"这是我们警察该做的,不用谢。"

顾寒山没说话。

向衡等不到回应,觉得没意思了,他穿上鞋准备走。

走出门口,顾寒山趴在门后露了半张脸又叫他:"向警官。"

向衡再次停了脚步转身,顾寒山道:"你有点啰唆。再见。"

门关上了。

向衡:"……"

居然嫌弃他啰唆?

好不服气啊。

啰唆?!

向衡按了电梯下楼键,又转身看了看顾寒山家大门。门没开,没人探头出来说话。但向衡还记得刚才顾寒山歪着头,眼睛亮亮的可爱模样。

啰唆?!

真的不服气。

向衡脸发热。

第十三章
重启

晚上，关阳家。

房门被敲响时，关阳正歪在沙发上打瞌睡。他被声音惊醒起来开门时，脸上还残留着睡意。

门外站着向衡。他正低头看手机，手上忙着按键输入，回信息。

一抬头，与关阳两个人大眼瞪小眼。

关阳先开口："谁？"

"顾寒山。她说她会帮我约贺燕，让我等消息。"

关阳侧身让向衡进屋，道："贺燕怎么会这么不配合？"

"现在还不知道。"向衡换了鞋进屋，再看了看关阳的脸："你居然睡着了？你这么老了吗？"

关阳没好气："我三天没正经睡过一觉了。"

向衡看到沙发上散着些案件照片，还有一张关阳儿子的照片。

"别混一起，吉利吗？"向衡帮他把儿子照片拿出来，放茶几上。

"不看点开心的有点熬不住。"关阳揉了一把脸，在沙发上坐下。

向衡还开嘲讽："只能看看照片，见不着人，能有多开心？"

关阳没好气："你来干吗？"

"你找我呀。"

"你可以不必出现，打电话就行。"关阳把沙发上的资料挪开。

"那多没意思。我今天有空,你这么孤单,我来陪陪你。"向衡也在沙发坐下了,随手拿起资料里的一张照片看。他认得,那是一个年轻的失踪男人——熊英豪。他是他们警方调查范志远案的一部分。

范志远案里,因为作案手法娴熟、反侦查意识超强、作案时间和地点都经过精心策划,所以关阳他们断定凶手必定不是第一次作案。

因为秦思蕾之死没能查到更多线索,所以关阳带着专案组朝着从前未破案件和失踪人口方向侦查,希望能找出关联。

还真给他们找到了。

受害人秦思蕾失踪那晚,她离开酒吧时曾收到过一个人头号码的电话,她聊了一分钟,然后取消了网约车,步行离开了摄像头范围。这个号码她都没来得及做备注。

这也是范志远律师童元龙辩护的一个重点。他主张当晚范志远并没有与秦思蕾通过电话,这一通最后的电话才是嫌疑人。而警方一直没有找到这个号码的真正机主,也没办法证明范志远与这个号码有关系。警方的工作失职,却把错扣在范志远身上。

但关于这个号码,警方调查出与另一位失踪男性熊英豪的通话记录里的一通电话的号码一致。那通电话通了十分钟。

通话后不久,熊英豪失踪,至今没有找到人,也没有找到尸体。这个人消失了。

警方追查这个人头号码,发现它在熊英豪和秦思蕾之后,还打过其他电话,接电话的那些人之间互相毫无关联。有些人接受询问时,想起来说这通电话是广告推销的,也有人说可能是电信诈骗。

经查,这号码与一批电信诈骗号码似乎是同一批号源。这批电信诈骗号,曾被举报到凤凰街派出所,派出所接受报案,但未能抓捕到任何嫌疑人。这批号码被弃用,事情就这样了结了。

而这个可疑号码最后消失的时间,是秦思蕾遇害的那一天。

太巧合。

而且作案前费尽心思用诈骗人头号码掩人耳目,作案后却嚣张地陈尸荒野,生怕别人看不到,这很诡异,自相矛盾。

关阳找了简语帮忙做分析。

当时简语并不知道犯罪嫌疑人是谁,他看了案卷,分析凶手的人格障碍,断言他是个职业体面、衣着讲究、自恋自大的人。

凶手绝对不是第一次作案。之前犯的案没有被找到,说明这人冷静、缜密,不但有反侦查意识，而且智商很高。

至于为什么以前作案的尸体没被发现，而秦思蕾这个受害者却被这样陈尸，关阳原本认为凶手改变了尸体处理方式是觉得自己已经练好手了，打算挑战警方。而简语的结论是，因为这个受害人惹怒了凶手。

这个凶手有一套自己的杀人方式，也有一套处理尸体的方式。他对受害人提出规则，他享受受害者执行这套规则时的恐惧和顺从。享受完了，他把人杀掉，再把他们处理干净。他觉得无论是过程还是结果都要体面。

这个在囚禁秦思蕾的时候体现了出来。

根据尸检，秦思蕾死于尸体被发现的三天前，也就是失踪了七天后才被杀害。她仍穿着失踪那晚去酒吧的衣服，衣服上的污渍是在野外弃尸时粘上的，并没有捆绑囚禁摩擦地面的痕迹证据。

秦思蕾的胃、十二指肠里有少量食物残渣，有米饭、肉、蔬菜类。也就是说，在她失踪的这七天里，她应该待在一个有水有食物、环境干净的地方。她体内有微量镇静剂成分，阴道没有撕裂伤，身上也没有验出他人的DNA，无法确认是否遭受过强奸。

秦思蕾被囚禁时是换过衣服的，也进行过洗浴。她受害前穿回了自己失踪时的那套衣物，那套衣物干净整洁，由此可见凶手对受害人、环境和衣着都有讲究。

但最后秦思蕾的弃尸方式却与这种讲究大相径庭。

必定是秦思蕾惹怒了凶手，她顽强地进行了反抗，拒绝执行凶手的游戏规则。她非常勇敢，毫不顺从。

对凶手来说，这不但杀人的乐趣少了很多，而且他的权威受到了严重挑战，他的自尊心不允许这样的受害人享受死后的体面。

简语的分析给了关阳新的提示。关阳再次审讯范志远，这一次他申请使用测谎仪。

关阳用了简语的分析版本，他运用了审讯技巧，向范志远施加压力。他一句一句地说明了对范志远行为和心理的判断。

关阳从范志远的微表情和眼神里，能清楚地判断简语的分析是对的，他的审讯策略也是对的，他说中了范志远的罪行。

但范志远全部否认，而测谎仪判定他没有说谎。

关阳非常惊讶，怎么会有一个人表情摆明了在说谎，而测谎仪曲线却平稳地为他护航。关阳能确定，测谎仪没有坏。

关阳在范志远的眼里又看到讥讽。

事后，关阳再次向简语请教。

什么样的人，能这样操控测谎仪？

这一次，关阳在简语的表情里看到微妙的变化。

"脑子异常的人。"简语问，"这人是谁？"

现在。

向衡拿着熊英豪的照片仔细看。

这照片他看过很多次。照片里的熊英豪长相普通，方脸、单眼皮，笑容腼腆，看上去是个老实孩子。他也确实是家长、老师、朋友眼里的优秀青年。

向衡问："熊英豪的父母还是那个态度吗？"

"今天给了我新线索。"

"是什么？"

关阳把记事本递给向衡："一家酒吧，彩虹的光。"

向衡对关阳记事的方法很熟悉，他能看懂上面潦草简单的词句："有邻居传流言？那可能知道些什么。"

"嗯。"关阳应，"在查，得找到源头。"

向衡又问："你后来又跟简教授讨论过熊英豪吗？"

"没有。他也没有主动提过，没问过我是否还在调查熊英豪。但他有问是否有其他新线索。"关阳道，"既然他是这样的反应，我也不想引起他的警惕，就当熊英豪这条线索无效好了。"

两年前。

简语问那个能操纵测谎仪的嫌疑人是谁，关阳把范志远的个人资料给简语看。

简语这时才知道杀害秦思蕾的嫌疑人的具体身份。

他对着范志远的资料看了许久。

那时候关阳以为简语是对这个人的犯罪情况与犯罪心理有兴趣。一个脑子异常的罪犯，这正是简语的研究范围。

"他是不是，从来没有显示出害怕的样子？"简语问。

关阳把范志远的表情、举动仔仔细细地想了一遍："对，他从来没有显示出害怕的样子。"

就算明知自己说错了话，知道自己可能在警方这儿落下了把柄，就算被警察怒喝，他都不害怕。

那些紧张的情绪，在他脸上从来没有出现过。

"跟他接触过的人，都觉得他非常有魅力。就算他特立独行，就算他自我霸道，有些人觉得被冒犯，有些人会不愉快，但还是会觉得这个人充满了危险的吸引力。"简语道。

关阳想到了证人们对范志远的描述："对，确实是这样。"

简语对着范志远的照片皱着眉头。

关阳也看着那照片，那是个英俊的魔鬼。他问简语："受害者会有什么类型上的限制吗？还是随机的，看心情？性别上呢，男女都可能吧？"

简语抬头看向关阳："你这么认为？"

"我们在另一起失踪案里，找到一个有关联的线索。那位失踪人员是位男性。"

简语默了一会儿，问："是什么样的线索？"

关阳听到这个问题，心里忽然泛起些许微妙感觉。他问的是受害者类型，简语最关注的居然不是失踪的是什么样的男性，却问线索？

关阳按捺住疑惑，答道："一个电话号码。秦思蕾和那个失踪男性，在失踪前都收到过那个电话号码的来电。"

"什么人的号码？"

"人头号码。机主的身份证件被盗用，并不是本人在用那个号。"关阳观察着简语的表情，"是一批电信诈骗号码里的一个，目前没有找到真正的使用者。"

简语又沉默了一会儿，这才接着问："那个失踪男性是什么情况？"

"他叫熊英豪，26岁，在游戏公司上班，原画设计。业务水平挺高，有想法，出图快，话少，闷头干活不作妖，是公司领导很喜欢的画师。他常去画展、漫展，听讲座，写生。他与范志远行动范围有交集，很有可能见过。"

"只是可能？"

"因为没有证据显示他们认识。两人没有共同的好友，手机里没有对方的电话号码，也没有社交平台的关注。"关阳道，"这点跟秦思蕾不一样。"

简语思考了一会儿："我能看看这位熊英豪的资料吗？"

关阳找出熊英豪的个人资料给简语看。

简语看完了，问关阳："这位熊英豪有什么特殊的地方吗？"

关阳道："他只短暂交过一个女朋友。"

简语："……"这个特殊吗？他抬头看了看关阳。关阳也正看着他，现在的简语似乎才真正进入了状态。

"我们走访了他的亲朋好友同学同事,我怀疑他喜欢同性,喜欢变装,但没出柜。"关阳道。

"怎么看出来的?"

"他父母观念陈旧,家教严厉。他的房间一尘不染,衣柜整整齐齐,所有衣服都熨过。整个屋子和衣物都是黑白灰,柜子里放着钢铁侠、拳皇的手办,运动鞋,拳击手套,还有哑铃。"

"充满阳刚气息。"简语懂了。

关阳点头:"但他并不爱健身,他报了拳击课,只去了两次。在他跟父母说去健身房的时间里,实际去向不明。"

"然后?"

"我在他的抽屉最里面,找到三瓶颜色鲜艳的指甲油。每一瓶都挺新,但都用过。"关阳道,"他的云存储网盘里,有一个带密码的文件夹,里面存储了不少脚的照片。男人的脚,同一个人的,干净、纤细、骨节分明,很美的脚,涂着艳丽的指甲油。其中有三种颜色与他抽屉里的指甲油颜色能对上。我怀疑就是他的脚。"

"他父母完全不知道?"

"他父母直到我提出这个问题才想来自己从来没有留意过儿子的脚。他们只知道儿子爱干净,似乎在家都穿着袜子。"

"没有其他的了吗?"简语问。

"没有了。熊英豪的朋友同事也对他的私生活情况不了解。我们根据他生活工作的活动范围查找探访过一些娱乐场所,没人认得熊英豪。而到现在为止,我们并没有找到熊英豪,也没有发现他的尸体。熊英豪完全消失了。所以究竟是不是他的脚我们没有证据确认,只是推测。"

"这个推测他父母一定不支持。"简语道。

"是的。他父母把我们臭骂了一顿,后来的调查也不太配合了。"

简语的脸色不好看。

关阳再一次问:"熊英豪会是范志远的目标类型吗?"

简语沉默许久才反问:"你们侦查出来的情况,范志远有交过男朋友吗?"

"不好说。范志远的朋友都觉得他生冷不忌男女不限,跟男的女的都有暧昧,但我们没有找到与范志远上过床的男性证人,女性证人倒有两个。可这不能说明他没跟男的上过床。"

"能理解。"简语道,"如果案子跟自己没什么利益牵扯,一个男人出来做证说跟另一个男人有过性关系,这确实不太容易。"

"确实如此。"

简语顿了顿,道:"我的判断跟你一样。"

"什么?"

"这事不好说。"简语看了关阳一眼,"熊英豪的失踪案你们有什么别的线索证据吗?跟范志远无关的也行。"

关阳答道:"没有,没有嫌疑人,没有行踪结果,那是个悬案。"

简语道:"如果连环作案,大概率会留下纪念品,当然这也不是绝对的。"

关阳接话:"因为凶手需要延长自己作案时的快感。如果纪念品都不能抚慰他的需求,他会再去杀人。"

"对。"简语问,"范志远有吗?"

"他的画算吗?"关阳道,"这部分我也考虑过。他家里物品我们都检查过了,如果说能当杀人纪念品,我觉得画很合适。但都是抽象画,大块大块的颜色,各种线条,看不出内容来。上面只有他的签名,没有标时间。"

"我可以看看他的画吗?"简语问。

"当然。"关阳一口答应。

后来关阳把跟简语沟通的情况跟向衡说了,他需要向衡的意见。

向衡一边吃着泡面一边嫌弃:"你们讨论的时候是不是又喝了好多茶?往脑子里猛灌水。是在认真探讨吗?"

"哪部分?"

"熊英豪会是范志远的目标类型吗?"向衡道,"还用问?当然不是。"

"你说说看。"

"他长得普通,穿得普通,气质老土。"向衡比画三根手指,"三点理由,足够了。"

"嗯。"关阳同意。

向衡又重新比画手指,道:"第一,就算范志远不挑性别,他也一定会挑类型。你看他身边那些朋友就知道了。还有他交往过的女人,哪个不是高挑漂亮有气质。"

"嗯,你继续说。"

向衡就继续说:"第二,当然杀人这事未必跟性行为有关,跟交往类型不一定重合。比如随机杀人,就是手痒了想见血了,那样冲动作案的概率高,路边随便找一个就行,犯不着还打个电话费劲勾搭。如果是因为憎恨厌恶,熊英豪跟秦思蕾也不是一个类型。秦思蕾自信,熊英豪自卑,秦思蕾跟范志远有一段暧昧的欲擒故纵,熊英豪没有。一个异性恋,一个同性恋。"

"嗯。三句断现场同志,你还有最后一句的机会。好好把握,挑最重要的说。"

向衡挑挑眉头，伸出第三根手指："第三，连父母都不知道的秘密，范志远怎么会知道？熊英豪在这样的环境里生活，他对自己的状况很不安，他会觉得自己是变态吗？会去求助医生吗？"

关阳道："跟我想的一样。"

"呵。"向衡把方便面碗捧起来喝汤。

关阳继续道："当我问熊英豪是不是范志远的目标类型，简教授想了很久，最后没有直接回答，他问我是否查出范志远有男朋友。"

"就是往性关系方面引导，但最后也没给出别的具体思路？"

"是的。我说说不好，他也附和说跟我判断一样。"关阳道，"后来我提议让他跟范志远见一面，好让他能多了解范志远，好更准确地做判断。他虽然答应了，但点头之前表现出了一点点的犹豫。"

关阳用手指捏出一个一点点的手势。简语那表情稍纵即逝，但还是被关阳的目光抓到了。

醉心研究脑科学的人，对能见到一个可以操控测谎仪的脑子，不欣喜若狂就算了，居然还不怎么热情。关阳的多疑，让他对简语起了更深的疑惑。

现在。关阳家里。

向衡一边刷手机一边问："简语给你打电话了吗？"

"没有。"关阳道，"所以我昨天打给他，他拒绝了我的帮助，说有困难他们自己能克服，又解释死者是他看诊过的一个病人，恐怕警方在调查他，我过问会惹来猜忌，怕被范志远那边抓到把柄，影响范志远案的二审。"

向衡笑："他真的可以，话术非常强，滴水不漏，还让人觉得他为人特别好。"

"他承认他现在情况也不算好，也受到了案子的影响。他说胡磊对自己的病情非常紧张，但最后他没死在手术台上，没因为癌症去世，却因为犯罪而生命终止。他觉得很感慨。这句话我印象很深，他的语气，充满了医者的慈悲。"

"你觉得他是真心的？"

关阳叹："我希望他是。"

"也有可能他已经在防范你了。"向衡道，"他跟你提起过我吗？有没有问过我去派出所的事？"

"当然有。你可是我事业上遭受严重打击的源头。"关阳道，"他要开解我，帮我走出低谷，当然就得了解清楚情况。"

"正好借机打探你是否适合，然后下结论——不适合，不能拉入伙。"向衡道，"所以那之后他跟你的关系反而没之前那么亲近了。"

关阳回想起整个过程，琢磨简语的态度，似乎真的是这样。但这种判断有他们自己的主观情况在，还真不能做准。"范志远一审被判无罪后，简语非常重视，他主动联系了我，他很肯定范志远就是凶手，出来后会再次犯案，他问我还有什么是他能做的。我觉得他是真心希望能把范志远定罪，关死在牢里。"

"他对人还真是太好了，什么都能包容。顾寒山摆明了怀疑他，他也一点不介意，还在我面前为顾寒山说话。他关心病人，关心警察，关心罪犯，像个圣人。"向衡撇嘴角，"他人真是太好了。我跟你不一样，我对太好的人都没什么好感。"

"你是叛逆，对有本事的人都不太服气。"

向衡确实不服气："对简语的怀疑是你先提出来的好吧。我只是对他没好感，你比较变态，对自己的偶像都能怀疑起来。"

关阳对向衡表示怀疑简语的时候，向衡是很惊讶的。他觉得关阳真是个狠人，铁面无私，称得上说翻脸就翻脸的典范。

关阳道："疑惑堆积起来，当然就会怀疑。他在隐瞒着什么。我不确定他是否有犯罪嫌疑，但也肯定撇不清关系。如果你看到他与范志远见面的情景，你也会怀疑的。他认识范志远，范志远也认识他。"

但这两个人都不承认认识对方，他们会面时，言语间显示出初次见面的样子，如果都在演戏，那默契也太好了。

关阳对自己的判断很有信心。这可骗不了他。

"而且这次我故意告诉他范志远认识顾寒山，他眼里的惊讶和戒备，我觉得他既意外又不意外。"关阳道，"他答应会在咨询中问问顾寒山认不认识范志远，但一直没给我消息。我用这个理由打电话问他，他很巧妙地转移了话题，而后再没说到这事，最后也没告诉我结果。"

"他根本没问顾寒山。"向衡道，"咨询的时候我在，他有无数次机会问，但他提都没提。他们的提问不是随性的，是拿着笔记的，每一个问题都不会漏。也就是说，他根本没把这个问题列入准备好的谈话笔记里。"

"他并不想向顾寒山提起范志远？"

"他不想让顾寒山知道这个人。"向衡道。

关阳思索着："因为顾寒山会去调查吗？"

"很有可能。他知道顾寒山怀疑一切，他还知道顾寒山跟警察走得很近。"向衡道。

"嗯，我回头再试探一下他的反应。"

"这么久了，你一点眉目没试探出来吗？你的官职和在案子里的重要位置在这儿摆着呢，根本就是拉拢利用的头号目标。你又正逢人生低谷，四面楚歌，极其需要温暖，这么脆弱容易攻破，这样都没拉你入伙，要么简语是无辜的，要么就是你露馅了。"向衡说着说着对关阳很是嫌弃，"我觉得后者可能性更大一些。"

关阳没好气："你在凤凰街派出所也没什么进展。"

"我凭实力赢得了尊重，结交了小伙伴，盘查好了区域情况，可以随时研究旧案档，行动力已经铺垫好了！"向衡不服气，"我还救了许塘一次，是你这边给了他漏洞，让他把自己作死了。"

提起这个关阳就气："他知道的肯定比我们以为的要多，所以才没稳住。"

"别找借口！"

关阳听向衡这语气就更气了："你抓他的时候，没发现什么别的？"

"没有。我把监控看了好几遍，什么都没看出来。"

"那就是时间和地点范围没找对，事发前十分钟这个范围太少了。猪脑袋吗？"关阳训他，"回头张望观察不代表身后就有人追踪，还有可能是在确认身后已经没人追踪了。"

向衡一愣："对。"他想了想，"然后风险还在，那地方一时也等不着出租车，坐个警车离开会快一点。"

关阳冷道："可不是。"

向衡瞪着他："你不也是刚想到吗！"不然早就提出来了，或者他自己也能找到监控查。

"对。"关阳承认，"骂一骂你，就有灵感了。"

向衡懒得理他。

"时间不多了。"关阳道，"你顶多只能待两个月，赶紧的，抓紧时间。那里头肯定有人认得诈骗团伙，给他们网开一面，甚至是不是同谋都不一定。把人揪出来，把号源找到。那些一连串失踪的、死亡的，都是用的人头账号号码，诈骗集团手法。哪有这么巧，他们从哪里拿的号？"

"我把许塘抓回去那次留意了，没看到特别可疑的。"

"特别？"

"就是一般可疑的挺多。因为我比较引人注意，抓了人回去，一堆人盯着，也不知道盯我还是盯许塘。"

关阳："……其实你真不是卧底最佳人选。可惜，只有你被贬职才有人信。"

只有这位一贯怼天怼地怼领导的向天笑同志跟领导闹翻了才显得合情合理。其他人还得铺垫培养些矛盾出来，计划里没这个时间。

"可不是只有我吗？我要是还在市局撑场面，你坐在一旁喝茶就好，落魄个屁。"

落魄失意、精神脆弱，才能成为目标。

当初关阳和向衡设想了各种情况，这个是最佳方案。

而需要这么做，是为了范志远案。

他们断定，这不是一个单一案子，这会是一个系列大案。

事实也证明，他们的判断是对的。这案子牵连之广，越挖越是触目惊心。

范志远案，是关阳从警多年，最无法释怀的案子。明明确定他就是凶手，人也抓了回来，证据也找到了，但就是全都差了一点。

一审检方败诉，关阳有心理准备。正因为有所准备，所以他们的侦查才会提前计划，进行到了现在这一步。

秦思蕾这个受害人，在关阳看来，非常了不起。她用自己的勇气与生命，将范志远这个魔鬼送到了他们手上。

他们受此重托，当然不能轻言放弃。

关阳对向衡道："你继续在专案组里盯着，派出所那边也别松懈，幕后人压力越大，露出破绽的机会就越大。但也别太嚣张，不是每个领导都像我这样对你这么包容的。"关阳对向衡让人抓狂生气的能力太了解。

"什么叫嚣张？"向衡不乐意了，"我这人做事都是有理有据的。"

关阳不搭理他的自夸，继续道："葛队这边不用担心，他这人信得过，而且罗以晨和小方也在跟进进度，他们会配合你的。"

向衡道："葛队是个好警察，他现在压力最大。"

"看他周一的报告怎么写吧。"

"他证明不了段成华被人控制，医学理论和技术执行层面，简语也没给个支持。"

关阳道："没事，如果他那边推进不下去，我们用范志远案继续查。如果能找到两个案子的关联就合并侦查。现在的案子线索交集，在简语身上。范志远跟他有关系，胡磊跟他有关系，顾寒山也跟他有关系。"

"我们今天给了简语另一个压力，要求他交出孔明的全部医疗资料，要查他的基金会。"向衡道，"就是面上给他松绑，转头挖他老底，他当然不是很乐意的样子，但他还是同意了。先看看他交出什么东西来，接着医疗审查、财务状况、项目资质、宣传广告之类的全都来。使劲铲他们摇钱树的根，他们熬不了多久肯定急了。"

"行。你就放手去捅蜂窝，有事我兜着。"关阳道，"简语跟石文光的人脉资源都很好,当然直接找我最方便,但如果他们有别的策略,直接找上头给你们施压,我来抗。"

"当然你抗。到时你悲壮点,让简语觉得你彻底混不下去,说不定就信你,把你招募过去。你脑子虽然不行,但在他的团队里做个工具人还是很好的。"

"我脑子不行?"关阳不乐意了。

"跟顾寒山这种天才比起来,我们普通人确实入不了简语的法眼。"向衡继续拿起手机刷起来。

关阳问他:"罗以晨说你们今天下午去平汀桥了,做了现场模拟。"

"对。"

"结果是推测完全可行是吗?"

"是的。"向衡应道,"如果真的是谋杀,那么顾亮落水后肯定遭遇了袭击。"

"潜水员?"关阳道。

"提前安排好,在水下等着,得手后潜到远处悄悄离开,神不知鬼不觉。"

关阳道:"现在事情到了这一步,我觉得可以安排顾寒山跟范志远见面了。"

向衡摇头:"时机还没到。"他眼睛都没离开手机屏幕。

"要等什么时机?"

"顾寒山还藏着许多秘密,那些都是线索。她得把线索交出来,我们才能把范志远透露出来。而且还得再观察简语的表现,他在忌惮什么。"

关阳一把夺过向衡的手机:"到底在刷什么?"

向衡没防备,手机被抢走了。

"拖鞋?"关阳没好气,把手机丢回给向衡。他看了看向衡趿在脚上的拖鞋:"我家拖鞋哪里让你不满意了?"

"丑。"向衡非常嫌弃的语气。

关阳对他更嫌弃:"那你多买几双,把我家的都换一下。"

"不行。"

"跟范志远见面当然不是马上就能实现。到看守所提审都得申请,走手续,顾寒山并不在可以见范志远的范围里,我还得提前安排,打报告。但工作都得提前做。我们两边同步进行,你把该做的工作做好,总之得尽快。让范志远看到顾寒山,冲击范志远心理防线,也许还可以冲击简教授的防线,我们才有机会抓到突破点。"

"那也得好好计划,顾寒山这样的人不是随便就能控制的,你闹不清楚她脑袋里想什么。她看上去傻里傻气耿直得很,实际一肚子的狡猾。我先跟她聊聊,确认她认不认得范志远。如果安全,再安排吧。"

"当然安全。"关阳不爽，"我只是让范志远看到她，没打算让她遇害。"

"不是，我是怕范志远遇害。"

关阳："……"

向衡捞起手机想继续选拖鞋，却忽然有些担心起来，顾寒山还好吧，跳江的事，会不会一直占着她的脑子不肯走？她还会恐慌吗？她这种情况还独居，真让人不放心。

这晚，顾寒山做梦了。

她今天做了很多事，经受了很多压力，她很累了，吃了药早早躺下，但她睡得并不好，一直沉在半梦半醒的状态里。

她看到了爸爸。

各种各样的画面，爸爸不同时期的音容笑貌，缓慢地，一层一层将她包围。她一开始只是看着，但渐渐发现看不清楚了，像隔着一层水雾。然后她突然发现，真的在水里。

冰冷的混浊的河水灌进了她的鼻腔，她没法呼吸，胸腔像是要炸开，所有的爸爸的画面也沉在了水里，越沉越深，离她越来越远。

顾寒山伸出手，想拉住爸爸，但河底深处有个黑影，那黑影紧紧拉着爸爸，将他拖向另一方。

顾寒山奋力游去，她无法呼吸，但似乎又可以呼吸。胸腔的剧痛并没有让她完全丧失行动力，虽然艰难，但她能游，她拼命挥动双臂，河水的力量越来越大，爸爸渐渐看不清，她知道他就在那里，但她看不清。四周越来越暗，最终一片漆黑，而她就要没了力气。

顾寒山的心跳很快，快得要跳出胸腔。但是胸腔被一股气压着，也压着她的心跳。极度的不适让她几乎昏厥。

没关系，就沉下去好了。

没关系，她不怕黑。爸爸还在那里。

忽然有人握住了她的手，紧紧握着，力道很大。

那人拉着她一直往上冲，光亮重新进入了她的眼帘，她看到了光，看清了拉她的人。

是向衡。

他拉着她，在跟她说话。

在水里为什么能说话？她听不清，但她又很清楚他说了什么。

"记得给我打电话。要给我打电话。"

是啊，要给他打电话。顾寒山记得，她也记得她心里的复仇列表。

第一位，跳水姑娘。

是她让爸爸以为跳下去的是顾寒山，是他心爱的女儿。

一定要找到她，要亲眼看一看她到底什么样，要当面告诉她，她为什么会死，要让她很痛苦地、窒息地死去，像自己的爸爸一样。

顾寒山的手被紧紧握着，她冲出了水面，睁开眼睛，她发现自己躺在卧室床上。她的神志还有些不清楚，一半意识在梦中水里，但她的大脑仍在翻腾着复仇列表。

第二位，藏在水里的那个人。

是这个人实施了杀人这个动作。虽然顾寒山还不知道他是谁，但她会找到他的，一定能找到——就像她会找到那个跳水姑娘一样。

第三位，宁雅或者简语。

是宁雅用她的手机给爸爸打了电话，是她执行了诱骗和心理暗示这个环节。她是凶手。而她若无其事，仿佛她什么都不知道。另外，指导宁雅的，除了简语，还能有谁呢？

顾寒山的神志渐渐清明，还有谁呢，她想不出来。

杀人，总是要得到好处的。她爸爸死了，她就变成了孔明。简语当然得到了好处。

"给我一个阻止你的机会。"向衡的脸和他说的话冲散了名单列表，顾寒山也不着急。没关系，她很有耐心。现在她谁也不会动，因为她还没有找出第一和第二位。她要找到他们，必须找到。

顾寒山坐了起来，打开灯，脑袋更清醒了一些。她拿起手机看了看时间，半夜3点34分。

手机上还有一条未接来电，是昨晚9点多向衡打来的，那时候她把手机关静音睡觉了。顾寒山看着向衡的手机号，想起了梦中的情景。

向衡被电话铃吵醒，他摸到了手机，看了看来电名字，顾寒山。

向衡困倦，再看看床头柜上的闹钟时间，6点零5分。

这么早，一定出了什么事。向衡吓得彻底清醒，赶紧接通电话。

"向警官，早上好。"顾寒山的声音清脆冷静。

向衡怔了一怔："……顾寒山，什么情况？"

"你昨晚给我打电话。我回一个。"

向衡倒回枕头上，手捂着眼睛："要选在6点多回电吗？"

"我3点多就醒了。"顾寒山道,"我等了三个小时才回电的。"

那你还真是体贴。向衡想。

"你对我特别好,我要回报你。"顾寒山道。

向衡无力吐槽,他翻个身,闭上眼睛聊电话:"我昨晚没什么事,就是想确认一下你后来有没有再发病。"

"没发病,但我做梦梦见你了。"

向衡有些兴趣了:"梦见我什么了?"

"梦见你在河里。"

向衡失笑,原来超能力也会日有所思夜有所梦:"你是被梦惊醒的吗?"

"应该是吧。"

"嗯。"向衡道,"那你能试着再睡一会儿吗?"

"不睡了,我醒来之后就一直想着你。"

向衡又清醒了:"你等等哈,我先去洗把脸。"半梦半醒的状态下招架力都比较弱,他还是振作一番再来迎战顾寒山同学的花言巧语。

向衡放下手机冲向洗手间,飞快地洗了个冷水脸,看了看镜子中的自己,精神抖擞,眼睛有光。他杀回床边,拿起手机,却看到微信上有消息,先点开,看到是顾寒山发的,一张黑猫警长的表情包。

黑猫警长举着枪,严肃正气,旁边一看就是顾寒山加上去的字:"向警官,帅气!"

向衡:"……"

原来不止普通人半夜睡不着会胡思乱想、搞东搞西,超能力者也一样。

向衡把手机举到耳边:"顾寒山,你睡不着就制作表情包吗?"

"我还给贺燕打了电话,约她跟你见面。"

向衡:"……给我打电话之前?"

"一个小时之前。"

向衡扒了扒头发,我真是谢谢你了,让我多睡了一小时:"约上了吗?"

"那必须约上,不然我还给她打。"

向衡:"……"你真的厉害。

向衡心里叹气,这样约上的,不知道谈话会不会顺利:"你约到了什么时候?"

"周二晚上她下班后。"顾寒山道,"贺燕说今天周末,她休息,不想看到我。周一晚上她有活动,所以周二。"

向衡忽然有了一种微妙的感觉:"你也去吗?"

"我要过去给你撑腰。"

向衡："……好吧。"他得琢磨一下这事。

手机又传来了微信的声音，向衡点开一看，顾寒山又给他发了好几张黑猫警长的表情包。什么"本人神探，火眼金睛""帅与威严并重""制服帅气人英俊""让罪犯闻风丧胆的霸气"……

向衡看得一脸黑线。

顾寒山在电话里说："特意为你制作了表情包，聊表心意，不用谢。"

我谢你的头。

向衡问她："我能发给谁？"

顾寒山反问："你都没有朋友吗？"

"我朋友都不吃这一套。"

"要不发给犯罪嫌疑人？"顾寒山真诚建议。

向衡无语。

"其实这种事我不擅长，但书上说这招特别好，我就照办。也是第一次，希望你喜欢。"

向衡内心狂吐槽，他就知道，这到底看的什么书呀："书上怎么说的？"

"不要直接夸对方，可以用一些小礼物，能表现出对方的特质和优点，夸那个礼物，表明优点，再找机会夸对方像那个礼物。绕个圈子表达，会有惊喜的感觉。"

向衡心道这本书的作者有毛病。

"我还给你存了歌曲片段。"顾寒山又发来一条微信，这次是一段小视频，黑猫警长主题歌。顾寒山道："我觉得歌词特别合适你。就眼睛瞪得像铜铃，侦探家的精明，威武矫健的身影这些，就特别像。"

向衡不说话。

顾寒山问他："你觉得怎么样？"

什么怎么样，这个马屁怎么样吗？向衡道："你把原图发给我，我自己加字。"

"然后呢？"

"然后可以发给你。"

"懂了。你等一下。"顾寒山一顿操作，不一会儿把图发过来了。图片上，黑猫警长威武地手指着屏幕，旁边加了字："记得给我打电话。"

向衡："……"

意思他懂，事是这么个事，但怎么这么暧昧呢，情境完全不一样啊。

顾寒山的电话又来："向警官，你是想要这个吧。我自己做好了，送给你，别客气。"

向衡:"我谢谢你了。"

"我也谢谢你。"顾寒山认真回,"我没想过有人会愿意为了验证真相跳下去,从前梦里黑漆漆的河底只有我,但今天有你,我觉得好过多了。"

向衡的心又温柔起来,原来是这样。

"你能把罗以晨警官的微信给我吗?"顾寒山忽然道。

向衡一愣。

"罗警官也下河了,我想向他表示感谢。"顾寒山说着。

向衡没好气:"不用加微信,你都不认识他,不就是一套表情包,我来替你转就行。"都是警察,黑猫警长还真通用。向衡心里颇有些不是滋味。

"其实我是想先认识一下再看怎么感谢,但你觉得表情包也行,那就更省事了。你等一下。"顾寒山一会儿又发给向衡一张表情包,同样的图,换掉了一个字——举着枪的黑猫警长,旁边文字:罗警官,帅气!

向衡手机差点脱手。

稳住手稳住情绪,向衡唤一声:"顾寒山。"

"哎。"

向衡道:"你还是去睡个回笼觉吧。"太气人了。

新阳精神疗养院。

许光亮一早到了医院,先给孔明做检查。

昨晚孔明的情况也稳定,阳阳一直没有出现。孔明除了之前的过度兴奋之外,并没有什么不良状况。

许光亮稍稍有些放心,但也疑惑警方究竟想做什么。这件事肯定就是顾寒山做的,警方不处理顾寒山却追究盘查孔明,这让许光亮挺生气。

他曾试图让孔明在情绪稳定的情况下交流沟通一下当晚的情形,如果孔明能指认顾寒山,那可就再好不过了。可惜,奇迹并没有发生。孔明愿意与许光亮交流,但许光亮并不能完全听懂他说什么,只能根据经验推测出"顾寒山"和"砰"这个拟声词。这肯定与当晚发生的事有关,但说明不了任何问题。

孔明在逐渐平静的过程里还写写画画,这是一种疏导的方法。孔明丧失了书写的能力,他写出来的字与他想写的完全是两回事,就像是他觉得他写了字,但在外人看来,是一堆没有规律的乱糟糟的符号线条。

孔明的画也一样难懂,他可以画出简单的线条,形似的程度也需要医生长久沟通的经验去帮助理解。

许光亮陪了孔明一上午。孔明今天状态不错,他一直画画,画的好几张都类似,都有些波浪般的起伏线条,还有扭曲的形状,像是圆形长出了翅膀。波浪上面还有一个弧形,感觉像是月亮。

许光亮问孔明:"画的是山吗?顾寒山?你见到她了?"

孔明胡乱点头,并指向外面。

许光亮指着画上的那个有弧形的线团:"是月亮吗?你没有在晚上出去过,看到月亮高兴吗?"

孔明挥舞双手,指了指天花板,喊道:"况,况……"

"光?"许光亮很耐心,指了指自己,"许光亮,我叫许光亮。月亮有光亮,是吗?"

孔明点头,对许光亮笑了笑。他信任地上前抱住许光亮:"况……"

许光亮拍拍他的背。

孔明放开许光亮,指了指自己的画,展开双臂:"砰……"

"人摔下去了?"

孔明点头,他像鸟一样展着臂膀,转了个圈,做了个往下摔的样子:"砰……"

"好的,有人摔下去了。"许光亮道。

孔明点头,又笑了。

"我听懂了,可你不能再玩了。"许光亮柔声道,"你今天画了很久的画,很累了,你需要好好休息,我们吃药,好好睡一觉好吗?"

孔明很乖地爬到了床上。

许光亮看着孔明吃了药,看着他躺下,确认都没问题,这才走出病房。

他拿着孔明的画仔细再看了看,认真想想,走到了走廊打电话。

许光亮拨给了简语。

简语很快接了,他问:"孔明有什么情况吗?"

"没有。"许光亮把孔明的病情和用药介绍了一番,"最糟糕的时候过去了,阳阳没有出现。后头出现的可能性也不大。"

"继续观察,不能掉以轻心。"简语嘱咐。

许光亮又道:"孔明的病历资料,我今天整理了,但不确定要给警方多少。如果全部的都给,那就太多了。我觉得他们也看不懂,要来没用吧?"

"挑重点的给就行。孔明入院后的几次重大诊断,确诊的那些,还有手术的记录。"简语道,"我们收治的手续没问题,治疗过程无误就行。警方其实看不懂诊治的细节,他们就是想查查孔明有没有被超出正常范围地治疗,有没有被做一些不必要的实验之类的。"

"嗯,今天院长也是这么跟我说,挑重要的给,其他能不给就不给。主要还是担心有人借题发挥，闹到上头来审查，没问题也弄出问题来。他让我务必认真审核清楚，走齐手续。"

"没关系。"简语安慰他，"你不用紧张，你整理后我最后也会看一遍。院长和审核小组肯定也会过目，出不了事。"

许光亮道："嗯，我跟警方说最快怎么都得三四天，得下周了。"

"可以的。到时外联那边跟警方接口，你只要审核完交上去，什么时候给警方就是他们的事，你做好你的分内工作就行。"

许光亮点点头，他看到常鹏在楼外，便对他招了招手算是打了招呼，继续道："还有一件事，教授。"

"你说。"

"孔明一直在说顾寒山和那两具尸体。具体细节听不懂，但他肯定说的是顾寒山。"许光亮道，"我感觉他的语序表达，是他先看到了顾寒山，然后才看到尸体。"

简语那边安静了几秒，问道："什么意思呢？"

"可警方说，顾寒山说是她在电梯井旁边找到了孔明。当时顾寒山把人喊过去，孔明趴在电梯井旁边看。但孔明的语序表达不是这么回事。"

许光亮等了等，没等到简语说话，于是他继续说："顾寒山对新阳可太熟悉了，她比孔明了解新阳。她也很了解重症楼，她到处逛，以前还来重症楼跟医生护士玩牌，孔明也很喜欢她。那个恶作剧的MP3，楼里的病人可没有。当时也没有探病的家属，警察已经封院了。"

简语打断他："警方有证据表示那个MP3是顾寒山放的吗？"

许光亮语塞："警方没说。"

"那你自己猜测什么呢。"简语的话说得温和，但让人很有压力感。

许光亮一噎，他顿了顿，道："我只是觉得这件事太奇怪了。孔明说看到顾寒山，看到有人'砰'地摔下去。他还画了画。他的说法跟顾寒山的说法有出入。"

"他画了什么画？"简语问。

许光亮看到常鹏走到他身边，他便顺手把画交到常鹏手里，小声道："帮我拿一下。"

常鹏帮他拿着。

许光亮跟简语道："稍等，我发给你。"他把画拍了照片，给简语发过去了。

然后许光亮继续跟简语道："就是这画，几张都差不多。晚上，看到了山，看到了有人摔下去。最上面那个应该是月亮，曲线是山，圆有点乱，像是长翅膀的，就是摔下去，像鸟一样摔下去了。"

常鹏看着画，脸上没有表情。

许光亮道："教授，我知道你很重视顾寒山。但警方找我问话了，他们要求我有任何线索都要告诉他们，我不能说谎的。以后他们还会找孔明问话，虽然我们已经跟他们说了孔明无法正常沟通，但他们还是希望能见一见孔明。我不确定孔明会说出什么来，万一他跟今天这样，让人能猜出意思来，警察也不是傻子，他们能懂。我是说，这种情况，我必须得实话实说。至于真相怎样，就像你说的，警方会去查的，我不能乱猜测。"

这话里很有几分要告发顾寒山的意思。简语握着手机，思索着。

此时他坐在车上，正赴贺燕的约。

宋朋看着前方车流，又从后视镜看了看简语的脸，没说话。

简语对许光亮道："好的，你正常做你该做的就行。警方问话，你知道什么就答什么，不知道的别瞎说。别前言对不上后语，让警方以为我们搞鬼。他们问话会反反复复，打乱问题和时间线，验证你答案的真实性。你想好再说，不记得就说不记得，什么大概、可能、我猜这种的别说。不然他们绕几圈再回头问，你会忘掉之前自己说过的话，很容易说错。可他们全都记录着，会抓住漏洞，认为你在说谎。"

"明白。"许光亮道，"我不说谎，当然就没什么前言不对后语。"

简语又嘱咐："该让外联和法务处理的，你就让警方找他们谈，别自己扛下来。"

"这个我知道。院长跟我们都谈过了。"

"好的，那就没问题了。"简语道，"你把孔明的画收好，我回头过去看看。"

许光亮应了。

常鹏见许光亮挂了电话，这才出声："简教授？"

"对。"许光亮把手机放进口袋，"你怎么来了？"

常鹏道："你们楼出大名了，又是闹鬼又是犯病，听说有人吓得要辞职，我来打听八卦来了。"

许光亮笑了，把画从他手上拿回来。

常鹏也笑了笑，问道："这是孔明画的？"

许光亮点头："对。"

"就这样警察怎么找他问话。"常鹏道。

许光亮道："最好就别问话，反正现在我都挡着呢。现在孔明的状况不算太稳定，我还真怕他有个好歹，阳阳又出来闹。"

"你还真心疼他。"常鹏笑了笑。

"太不容易了。他能活到现在这个质量,真的不容易。"许光亮拿着画往值班室走,"人体的求生本能和自愈系统,真的强,没法解释。我觉得他坚持训练,再过几年说不定能恢复说话能力。"

"嗯,是啊,说不定。"常鹏跟在许光亮身后。

许光亮走了两步回头看他:"你真来聊八卦的?没正事?"

"没有。"常鹏一脸坦然。

"去,去。"许光亮挥手赶他,"我们忙得很,没工夫跟你八卦。你回去吧。等我们忙完了,你过几天再来。"

常鹏道:"过几天八卦就没热度,过了新鲜劲了。"

许光亮没好气地瞪他。

常鹏哈哈笑:"行,行,不打扰你们。我开玩笑的。"

许光亮也笑了笑,挥手跟他告别。

常鹏目送许光亮走远,这才转身出了重症楼。

常鹏若无其事地回到办公室,坐下了,脸色也沉了下来。他用座机拨了个电话:"喂,是我,我刚去了重症楼,孔明没事,但他画了些画,他可能看到我了。"

常鹏脑海里浮现了那晚情形,李海顺利得手,隐入树林,而他转身欲走,却与孔明打了个照面。孔明眼神干净单纯,如月光般皎洁。常鹏迅速躲在了楼体后面,紧接着他听到脚步声,还有顾寒山叫孔明的声音。

常鹏惊得一身冷汗。当时他想,幸好没被顾寒山看到。只是孔明而已,没关系。

现在看来,还是有些关系的。

"应该没看到李海,当时他走了。那路上我就不清楚了,李海走的时候我也没跟着。是,对的,我再观察一下。那些画怎么解释都行,就怕别人多想猜出什么来。反正今天许光亮没明白。好,就这样。"

常鹏放下电话,皱了皱眉头。

简语到了贺燕家附近的一家咖啡厅。

贺燕已经在那里等着了,她不是很耐烦的样子。

简语坐下,没有点任何东西,也不跟贺燕客套,直接问:"是什么重要的事?"

贺燕道:"最近顾寒山麻烦事挺多,你知道吧?"

"知道。"简语道,"她前几天来复诊了。我给她做了检查。"

"检查结果怎么样？"

"还好。"

这个回答让贺燕沉默了一会儿，接着她道："警察找了我几次。他们在调查顾亮的死。"

"也问过我。"

贺燕道："不单是顾亮的死，还有别的案子。据说顾寒山目睹了一起凶杀案，成了警方的证人。她现在跟警方走得很近。"

"我知道。"

贺燕盯着简语："所以现在顾寒山很危险。"

"她跟你说过什么吗？"简语问。

"她跟我关系就那样，连在同一个屋檐下都不愿意，她还能跟我说什么。"

简语道："是你搬出去的，是你说受不了她。"

"是她让我受不了的。这个主动被动关系请搞清楚。"贺燕压低声音咬牙，"我会被她逼疯的。"

"你应该多包容她一些，她是病人。"简语用医生的口吻说话。

贺燕哼道："我包容她够多了。她怀疑我的时候，你就说，这是很正常的，她会怀疑身边任何人。她是病人，她失去了至爱亲人，有任何过激反应都是正常的。"

"确实是这样。而且你是她的继母，你有经济上的利益，她怀疑你当然很正常。"简语道，"只要真心待她，她会懂的，这需要时间和耐心。"

"时间？"贺燕笑，"时间对顾寒山不管用，她不会遗忘，两年和二十年对她来说是一样的。"

简语沉默不语。

贺燕又道："她也怀疑你。这也正常，对吧，因为你也有利益。她爸爸不在了，谁是最能亲近她倾听她心声的人？不是你吗？你的治疗方案也不需要给顾亮过目了，不需要接受他一大堆的问题，不是方便很多吗？你再等个一两年，顾寒山真正融入社会生活，你把她炒作一下成了名，获得她的信任，给你签好授权，然后你发表论文，带着她巡回世界演讲什么的，不是也有可能吗？"

简语盯着贺燕，好半天才道："我答应过顾亮的事，我一定会做到。"

贺燕讥笑："我又不是警察，随便你怎么说。"

简语不理会她的态度，道："你是担心顾寒山的健康状况，还是担心她给你带来麻烦？"

"她已经给我带来麻烦了。我说了，警察找过我了。我没搭理，但我觉得他们后头还会找我的。你呢？你要怎么处理？"

简语道："配合警方的调查，还有，好好安抚顾寒山，让她情绪稳定，保持健康。"

贺燕笑了，笑容里有些嘲讽。

简语道："我觉得你也应该这么做。好好配合警方的调查，让顾寒山安心。有机会你跟她聊一聊，拉近与她的距离，重塑你跟她之间的关系，这很重要。她现在胡碰乱撞，确实很危险。她身边得有人看着她。"

"我们一见面就会吵架，没法重塑关系。我突然关心她，劝她这个那个，她只会觉得我要害她。"

"她其实还是尊重你的。她住院的时候，你去看她，她虽然冷淡些，但还是愿意跟你说话。她其实不在乎钱，她只是在乎她爸爸的东西，对她来说那是她爸爸的。你不缺钱，工作体面，收入不错，你就不要跟她打遗产官司了。还有，你搬走就算了，还把顾亮的遗物全拿走，她当然会生气。这些矛盾点你能解开，自然就能与她搞好关系。"

"她还会生气，我都感动死了。"贺燕讥道，"顾亮是她爸，也是我老公。我的青春全花在了他的身上。为了他的孩子，我都放弃要孩子。最后换来什么？他得对我公平点。我拿走他遗产和遗物有什么问题？顾寒山还有脸跟你告我的状，神经病。"

简语默了默，等贺燕缓了缓情绪，这才道："你社会经验这么丰富，处理过这么多的事情，你应该很清楚，这世上没有绝对公平。有时候所谓公平不过是心里一点小欢喜。高兴了就觉得没问题，不如意就觉得不公平。贺燕，你把顾寒山安抚好，把她照顾好，对你有利无害。你一心想着清算，不做付出，当然不行。再怎么说，你都是顾寒山的继母，如果她出了什么事，你自然也不得安宁。她现在的状况确实有些危险。她对自己的恢复状况太自信了，她进入社会的速度太快，还没有打好基础、练好基本功就直接冲进高级玩家活动区域，她会撞得头破血流。媒体、警察，这些人只要达成目的取得工作成果就行，不会顾虑太多。这些对顾寒山的刺激很大，她很容易受煽动，她会过激的。"

"这就是我想跟你说的。"贺燕道，"你是她的医生，你有跟她咨询面诊的机会，你要劝阻她，离警察远一点，安静养病，好好读书。"

简语皱皱眉："警方调查的案子跟我们医院还有一些牵连，顾寒山对我的信任不够，我恐怕劝阻不了她。你来办会比我合适。"

贺燕盯着他的眼睛，道："我也没办法。但我已经找人看着她了，也会盯着警方那边的动静。如果顾寒山有什么情况，我会知道。"

简语一脸警惕："谁？你找的谁？"

贺燕道："可靠的人，能接近顾寒山的，也是顾寒山信任的人。这个你就不用管了。"

简语皱眉头："你最好说清楚，你要干什么？"

"我没干什么，我就是不想让顾寒山给我们惹麻烦而已。"贺燕道。

"你别自作聪明，反而自己给自己惹麻烦。"简语警告贺燕，"跟顾寒山在一起的那个警察，向衡，原来是市刑侦队的，别小看他，他很厉害。"

"不是派出所小民警吗？"

"不是。"简语皱眉头，"他只是一时落魄。他原来是重案组组长，未来的刑侦支队副支队人选，后来因为一些变故被整下来的。现在他遇着了机会，如果破案，他就能在领导面前争回颜面，事关前程，他一定会全力以赴。在他面前玩花招，你是觉得日子过得太轻松了？"

贺燕道："你这么担心，我倒是有个办法。"

"什么？"

"现在最大的问题就是顾寒山跟这些警察走得太近了。你说得对，警察给了顾寒山信心，她会受到鼓励，会被煽动，最后做出什么事来就不一定了。你给顾寒山开的药，她会吃的，你看能换成哪种？"

"什么意思？"

"我的官司暂时没什么进展，顾亮的遗嘱很铁，我律师说很难办。"

"那跟我没关系。"简语打断她。

"哦，那我就不解释了。简单地说，就是让顾寒山回医院，或者让她离警察远一点就最好。所以，让她身体或者情绪暂时出现一些问题，比如狂躁、胡言乱语，比如嗜睡、疲倦……这个你是行家。总之，让她的身体状况不能再参与更多的活动，让那个向衡不再信任她。一个疯疯癫癫的人给出的证据，只会拖警察后腿。这种情况，她就需要回医院再静养一段时间。"

简语看着她，没说话。

"静养对她最好，不是吗？"贺燕也看着他，压低声音道，"换一些外表一样的药，她不会怀疑的。我可以出入她的屋子，换药这种事，我可以去办。"

简语依旧不说话，他盯着贺燕看。

贺燕迎着他的目光，道："你觉得呢？或者你有比离间向衡和顾寒山关系，把顾寒山弄回医院更好的办法？"

简语突然站起来，转身走了。

贺燕在他身后道："行，还是不行，你好好考虑。"

简语没回答，他大踏步地离开了咖啡厅。

贺燕冷冷看着他的背影，拿起咖啡喝了一口。

一幢洋房外。

一辆轿车开了进来，停在了门前位置。

简语下了车，跟司机宋朋告别。宋朋看着他开锁进了门，又等了一会儿，确认他无事，这才启动车子离开。

简语走进家门。妻子裴琳芳正坐在沙发上，看到他回来有些意外："你不是要出门办事？"

"办完了。"简语过去坐在妻子身边，"中午我来做饭吧，你想吃什么？"

裴琳芳站了起来，离简语稍远，道："不吃，我要出门。"

简语露出失望的表情："那晚上呢？回来吃饭吗？"

"不回，我约了朋友。"裴琳芳道，"你等一下。"她转身走进了客厅右边的卧室。

简语便坐在沙发上等着。

不一会儿裴琳芳出来了，丢给简语一个透明文件袋："你看一看吧。"

"什么？"简语很惊讶。

"离婚协议，我想跟你离婚。"裴琳芳平静地道。

简语伸手想拿文件的手顿时一僵。他抬头看了看裴琳芳："怎么回事？"

"这回不是你的问题。"裴琳芳道，"是我的问题。我在外面有人了。这样，可以离婚了吗？"

简语彻底愣住了。他没说话，过了一会儿，往后靠，靠在沙发上，看着裴琳芳。

裴琳芳坦然回视他："我知道你最近很忙，挑这个时机说这事不太合适，但我想不到还有什么合适的机会。只要你愿意离婚，我可以配合，我不对外宣布，也不会跟媒体乱说。亲戚朋友那边我也会瞒着，直到你觉得可以。"

简语还是没说话。

裴琳芳道："你看看吧，条件我都列好了，你一点都不亏。"她站起来，"我出门了，你抽点宝贵的时间，好好考虑一下。"

裴琳芳说完，也不待简语回应，转身走了。

简语看着关闭的大门，没什么表情。他转头，看到客厅多宝格柜子上，放着的儿子简熠的照片。

长得很帅气的孩子，生命定格在了八岁那个灿烂的年纪。

简语对着照片发了好一会儿的呆,然后起身,没碰沙发上的文件,上楼回到自己的卧室。

卧室里相当清冷,所有的东西都是独居的摆设。简语脑子里还有着儿子的音容笑貌,站在门口看着房间时有一阵子的恍神,最后他走到床边坐下了。

简语盯着雪白的墙,思虑了好一会儿,拿出手机,看了看时间,然后在通讯录里搜索名字,调出电话号码,按了拨号键。

"嘟嘟嘟"的接通音响了一会儿,对方接了。

简语深呼吸一口气,道:"你好,是许思彤吗?你好,我是简语,顾寒山的医生。是的,很久没联络了。嗯,确实是顾寒山这边出了点问题。我觉得,作为顾寒山的亲生母亲,你有必要了解她现在的情况。是的,你最好能回来一趟,她很需要你的帮助。"

葛飞驰家。

葛飞驰撑着下巴,看着桌上的电脑,右手划动着鼠标。

葛飞驰老婆郭蓓收了衣服回卧室,一件一件折好挂好,干完家务转头看一眼葛飞驰的电脑:"你干什么呢,看了一天了。催眠?你失眠了?没有吧,每次都是沾枕头就着。"

葛飞驰给老婆科普:"催眠不是睡着,催眠是睡着与清醒之外的第三种状态。"

"哟,很懂呀。"郭蓓笑话他,"你要转行当科学家?"

葛飞驰沮丧地趴桌上:"我要写报告。"

郭蓓推他肩:"你出去看看你闺女,她写作业要赖就是你这个姿势,一模一样。"

"那她作业最后交上没?"葛飞驰平常没时间管女儿,想起来便有些愧疚。

"交啊,然后老师找我,说错题太多,让我好好给她检查。"郭蓓道。

葛飞驰便道:"对呀,你为什么不好好给她检查了再给老师。"

郭蓓理直气壮地:"是我的作业吗,我干吗给她查?自己的作业自己做,批改作业那是老师的工作。"

葛飞驰想起向衡说的,全写出来然后交领导自己判断,便瞪老婆:"你们怎么都这样呢?"

郭蓓瞪回去:"谁们?怎样?"

葛飞驰看了看桌上的钟,晚上9点了,一闭眼一睁眼,就又要上班了。葛飞驰重新趴回桌上:"那我也不管了,就这样吧。"

第二天一早,凤凰街派出所。

向衡刚迈进办公室，黎莞就一脸喜色凑了过来："师父，我们派出所果然不负众望，超级红了。"

向衡失笑："不负众望？你一人代表全所了？"

徐涛也过来："向衡，我们真的红了，开心。"

另一个同事也凑过来："一早就有市民给我们所送花，感谢我们的反诈宣传。"

黎莞道："有网友总结出应对诈骗六'不'原则：不听不看不想不贪不信不逞强。"

"哇。"向衡配合地感叹一声，问，"我们做什么了？"

徐涛拿出手机调出视频给向衡看："顾寒山啊，我们所的反诈小仙女。"

向衡这周末还真没怎么上网，他接过一看，这是青橘小区反诈宣传现场，顾寒山在与人玩猜纸杯游戏。顾寒山旁边摆着那一沓钞票还挺刺眼的，"她把珍贵遗产拿出来了？"

其他同事不明白问的什么，只黎莞应："对，你往下看，超级酷。"

向衡往下看了，一直看到最后，顾寒山说："我骗过了你的大脑，掌控了你的行为，而你一无所知。"

黎莞、徐涛等几个脑袋挤在向衡身边一起看，看到这里大家异口同声一起道："我骗过了你的大脑，掌控了你的行为，而你一无所知。"

向衡看看他们，一脸黑线。

那几个还兴奋地"耶"了一声，互相击掌庆贺。

向衡："……很厉害。"

"有人以为是魔术，解释半天不是。还有人说是摆拍，演出来的。"黎莞哈哈笑，"我能理解，要不是亲眼看到，我也差点不信。"

"不信的怎么都不会信的，能给大多数人传播到就行。"徐涛拿回手机，招呼众同事，"走走，干活了。有了荣誉更有干劲哈。"

黎莞也精神抖擞回座位："心花怒放，动力满满。"

向衡简直无语，你们这群人呀，真想给你们发黑猫警长表情包。

向衡坐到座位上，黎莞忽然又划着椅子过来了："师父，山山特别有进步。她今天的问候信息不错，你看。"黎莞把微信亮出来，"警官早上好，今天预报有雨，记得带伞，降温添衣别感冒，祝你一天顺利。"

黎莞道："这次的内容比较贴心，有具体内容，不是干巴巴的口号没感情了。"

向衡不说话，他也收到了问候信息，这次终于不是群发。顾寒山说的是："报告向警官，我今天状态很好，没有犯罪意图。祝你一天顺利愉快。"

向衡很愉快，懂事的顾寒山真让人高兴。向衡有一种孩子有点长大了的感觉。

武兴分局。

葛飞驰也在看顾寒山的问候消息。

"警官早上好，今天预报有雨，记得带伞，降温添衣别感冒，祝你一天顺利。"

葛飞驰叹气，他此刻和聂昊站在局里会议室门外，准备跟领导们做案件报告。他把手机亮给一旁的聂昊看，聂昊也亮出他的，他也收到了，一模一样。

葛飞驰道："我是不是该说说她，小姑娘家家的，不要每天给我们这些大老爷们发这种信息。是不是有点暧昧？多不合适，人家不知道的还以为咱们局里有作风问题。哎，不过我说她也不合适，还是让向衡跟她说，向衡脸皮厚一些。"

聂昊看他颇有些滔滔不绝的架势，便插话打断他："你看看这门。"

葛飞驰愣了愣："这门怎么了？"

"里面坐满各路老大，你马上就要做汇报、等批示，琢磨什么小姑娘短信呢。"

葛飞驰抿抿嘴："这不是可以分散点注意力嘛。"

聂昊问他："你想好怎么说了吗？"

葛飞驰皱了眉头，刚要说话，艾勇军带着市局的三个人过来了，其中一个是关阳。一名小警察赶紧过来开门，艾勇军看到葛飞驰和聂昊了，便道："进来吧。"

葛飞驰和聂昊应了，等局长和领导们进去了，这才挪步跟在后头。

聂昊小声道："要不还是保守点，反正还有疑点要继续查的，我们查出新证据了再报。"

葛飞驰抿紧嘴，那完全不一样了，那是两个调查方向，能得到的人力和资源的支持很不同。拖久了，恐怕还会有变数。

葛飞驰和聂昊进去了。

会议室里坐了七八个人，全是领导。

葛飞驰和聂昊跟各位领导打了招呼，艾勇军让他们坐。

两人坐下了。葛飞驰把带来的报告放在桌上，双手按着，里面的每一个字似乎都在跳跃，呼啸着要跳出来，有千言万语要表达。

艾勇军道："你们的报告我们初步都看了，现在，具体说一说情况。"

于是葛飞驰开始说，他把从发现许塘尸体开始的调查工作一五一十地汇报，虽然只有短短十天，但中间发生了一系列的新案情，涉及不少人，错综复杂的线索，千头万绪的疑点，这些，葛飞驰每一样都记得。他不需要看报告，也能把每一部分的细节都讲得清楚明白。

在座的领导们不时提问，葛飞驰对答如流。

终于一切报告完毕，艾勇军问他："那么现在案情已经清楚，嫌疑人也已经在逃窜过程中身亡，其他后续的调查你们有什么计划没有？你之前提到还有一些问题没有找到答案，你有什么安排？"

葛飞驰有些迟疑，他看了看关阳，关阳正翻着报告看。

葛飞驰知道他下面的回答很重要，这涉及后续调查的方向。是以段成华死亡为终结，把前面那些没查清的枝节补充清楚就好，还是以段成华的死亡为开始，寻找那个影子都没摸着、仿佛不存在一般的幕后真凶？

如果是后者，会受到质疑吗？会被否定吗？案子会被移交到市局吗？

可如果是前者，那是以结案收尾为目的，他能得到的资源和支持就完全不一样了。况且等到新证据再报，岂不是他从前的工作没做好有漏洞？

葛飞驰默了几秒，他看了聂昊一眼，再转头看向众位领导们，道："段成华的死很有可能涉及高智商强技术型的犯罪，段成华是受害者，真正的凶手还没有找到。我希望领导们批准，我们专案组以这个为前提继续调查。"

有领导露出惊讶表情，有人翻报告寻找线索依据，关阳放下了报告，认真看着葛飞驰。

聂昊松了一口气，紧张没有了，心里踏实起来。他抬头望向领导们，摆出自信的模样，给葛飞驰支持。

艾勇军直接问："怎么判断段成华是受害者？有什么证据支撑吗？"

"顾寒山说过，而且她还一再强调，希望我们能重视。"葛飞驰咬咬牙，自己打自己脸，"我相信顾寒山。"

大家盯着他看。

聂昊继续抬头挺胸，用气场支持自家队长。

葛飞驰则是继续咬牙："这是一起非常特殊的案件，真凶是一群有组织、高智商、具备很强专业知识的人。许塘是关队的线人，他失踪的时候正在努力打入一个超能力犯罪团伙内部，现在虽然有证据显示许塘与段成华因为埋尸，或者还有杀人事件而起了纠纷，但也不能排除这些纠纷与许塘的卧底没有关系。顾寒山是一个非常特殊的证人，她拥有超强的记忆力和专业的脑科学知识，她看出了这个案件里面使用的脑科学和心理学的手段。"

艾勇军道："我看了报告，顾寒山是大脑有些异常的病人吧，简语教授的病人。"

葛飞驰知道艾勇军这些领导们也都知道简语，认识不认识的，交情深或浅的，总之简语在他们这里的人脉和声望，是真的强。

葛飞驰便道:"是的,她是简教授的病人。这里面几个人,都跟简教授有牵扯。我们已经向简教授确认过顾寒山的状况,她的证词是有效的,简教授对顾寒山的证词也非常有信心,他说过如果物证与顾寒山的证词有冲突,建议我们再去查查物证,这是他原话。"

众人皆沉默。

葛飞驰在心里松口气,想不到得把简语搬出来给顾寒山的证词撑腰,若最后查出简语真的有问题,那这情况也太好笑了。

葛飞驰的手机振了一下,接着又振了一下,但他没看,因为关阳在说话。

关阳道:"你们仔细调查过顾寒山吗?除了确认她的精神状况及个人能力能够做证外。这姑娘走到哪里哪里出事,还真是都挺凑巧。许塘被杀她路过,胡磊被杀她在现场,最后段成华被追捕途中摔死,她正好也在。她还猛吹哨子在后头追赶。"

关阳的语气态度真的让人不得不认为他是在找碴。葛飞驰替向衡不平的情绪按捺不住了:"是都挺凑巧的,但除了许塘那次,其他时候向衡也都在,难道说向衡也都是凑巧吗?没那么凑巧,这都是因为顾寒山的特殊能力给我们提供了线索,加上向衡敏锐的洞察力,整个专案组的协作,从线索分析判断,找到了正确的方向,我们想抢先赶在罪犯前面,但可惜差了一步。虽然差了一步,但也能证明,我们的调查方向是正确的。至于顾寒山猛吹哨子追赶,是具备的专业知识让她能判断段成华的状态异常,所以她才吹哨子想干扰段成华的状态,阻止他逃窜,但最后没有成功。她给了我们重要提示。"

这话合情合理,葛飞驰想给自己点个赞。

艾勇军问:"那顾寒山说段成华是被控制的,你们能找到什么证明吗?我看尸检报告上,一点问题没有。一个没被下药没吸毒,神志清醒,行动自如的人,你要说他被控制,总得拿出什么依据来。"

葛飞驰一噎,只得把顾寒山说的那些话搬出来,什么当场不需要药物控制,因为段成华失踪了一段时间,很可能已经被进行了催眠操作和高强度刺激,使用药物和其他手段那是那个阶段的事情了。行凶时真凶下好指令,设置好开关就能离开,段成华被院子里的灯触发了指令,就发生了那一系列的行为。

"艾局,我相信背后仍有真凶。只有这样,之前那些解不开的疑点才合理。如果我们把案子结束在段成华这里,我们就会中了幕后真凶的圈套。这个团伙能把案子做成这样,他们肯定不是第一次作案,这背后肯定牵扯到更多的案子和情况,必须查下去。"葛飞驰撑起脸皮,"我需要更多的人手和时间,需要领导们的支持,我愿意承担这个案子的一切责任。"

葛飞驰的手机又振了两下。

艾勇军问:"你跟简语教授咨询过顾寒山说的这个可能性吗?"

葛飞驰心一紧:"咨询过。"

"简教授怎么说的?"

"简教授说有很大难度,几乎不可能,但他也否认了绝对不可能。"葛飞驰如实重复简语的话,"他说他是脑科学研究人员,需要对他说的话负完全责任,所以他宁可保守一些,也不要出错。他只能确认已经有研究证明,或者有过实践成果的事。"

一位领导道:"也就是说简教授都没见识过这种手段?"

葛飞驰道:"是这个意思。"

几位领导互相低语商量,葛飞驰悄悄在心里给自己抹了一把汗。他喝了一口水,看了聂昊一眼,聂昊趁着这工夫正在看手机,葛飞驰也拿起手机看一看信息,给自己定定神。

刚扫一眼,还没看清,聂昊把他的手机递过来了,葛飞驰仔细一看,他差点跳了起来。

李新武给聂昊和他都发了同样的信息。

"顾寒山在派出所反诈活动现场示范如何控制人脑。周六,青橘小区。"

下一条是个视频,时长挺长。

后面又是两条信息,还是李新武发的:"这版是剪辑过的精华版。"

下面又是一条视频,时长短了很多。

葛飞驰心狂跳,道:"局长,收到重要视频,也许能证明怎么控制人脑。我出去看一看。"

艾勇军挥了挥手:"重要视频,放出来一起看。"

葛飞驰:"……"

有小警察过来帮着调试投屏,葛飞驰无奈,只得把视频发过去了。

"看那个剪辑精华版吧,那个时间短点。"葛飞驰不知道里面究竟是什么,怕耽误了领导们的时间让他们不乐意,先挑个短的。

"行。"小警察一顿操作,视频在投影大屏幕上开始播放。

画面一闪,顾寒山一脸冷漠酷帅地对着镜头道:"我骗过了你的大脑,掌控了你的行为,而你一无所知。"

热血背景音乐响起,大字划过屏幕:天才少女的示范。没有特效,没有演戏,完全真实。

包装浮夸,气氛很燃,领导们的目光转向葛飞驰。

葛飞驰的座位上像有针在使劲扎他，他痛苦地坐着，按捺住不要捂脸，拼命对自己催眠：没什么丢人的！

一旁的聂昊仍旧抬头挺胸，精神抖擞。

"这是什么节目？"有人问。

聂昊道："凤凰街派出所上周六在青橘小区的反诈活动宣传，顾寒山去做宣传员。"

视频继续往后播，后面的内容看着现实了许多。顾寒山与一个年轻人玩猜纸杯游戏，一开始的两局年轻人都猜错了，周围有人起哄，但顾寒山让年轻人继续玩下去。后面每一局年轻人都猜对。视频把过程剪掉不少，从开始转杯子到显示这一局结局，中间有几局还跳过，直接用字幕表示，年轻人连赢十局，拿到了一千块。之后就正式进入了游戏环节，由顾寒山来预测这个年轻人能不能猜对，要把那一千块赢回来。最后这两局是关键，字幕音乐又开始包装情绪，但因为大家看了前面的内容，都对结果好奇，所以就没一开始对这浮夸风格反应那么大。

顾寒山连赢两局，真的把钱要了回来，最重要的是她的一番讲解，是什么样的条件让年轻人陷入了陷阱，她是怎么做的心理暗示，怎么操控了年轻人的选择等等，她非常自信地说："你以为选择哪个杯子是你自己做的决定，其实是我。"

葛飞驰差点激动拍桌，顾寒山，你牛。他看了一眼聂昊，聂昊比他淡定，但也在笑。

"我骗过了你的大脑，掌控了你的行为，而你一无所知。"

太嚣张了，但是这一次她嚣张得让人喜欢。葛飞驰笑容灿烂。

视频结束了，众领导全都看向了葛飞驰。

葛飞驰赶紧收敛了笑，正襟危坐。聂昊也赶紧调整状态，抬头挺胸。

"艾局，各位领导，大家都看到了，顾寒山确实懂这些。运用脑科学到犯罪行动里，用来杀人，这是极少数的人才会去研究和实践的事，其他学者和专业人士不清楚、没见过也是合理的。简教授说了，这世上什么可能性都有，顾寒山胆子大，什么都敢想，什么事她都不会惊讶，而简教授自己身为科学研究的专业人员，说出来的话得负责，所以他对自己的要求更严谨，他说了很难，不太可能，但他也没说一定不可能。"

葛飞驰看了看屏幕上定格的顾寒山的脸，觉得不那么紧张了："各位领导，顾寒山虽然并没有复刻完全一样的事件行为，但她的这个小游戏证明了理论基础，那么用来杀人，就不能说绝对不可能。"葛飞驰挺直腰杆，"这个案子没有结束，我相信背后仍有真凶，我们必须查下去。我需要更多的人手和时间，需要领导们的支持,我愿意承担一切责任。"

葛飞驰说着,偷偷瞄了一眼关阳,他看到关阳嘴角似乎带着一丝微笑,但那笑容一闪而过,他不能确定。

"葛队打算怎么查呢?"关阳问。

葛飞驰道:"从新阳和顾寒山开始查。"葛飞驰此时充满了信心,"这个团伙一定不是第一次犯案,我们现在能明确调查方向,之前的疑点就有机会查明。这伙人高智商、懂脑科学或者心理学,他们反复做研究、做实验,他们需要仪器、把人囚禁,这样的团伙与普通犯罪团伙区别很大,非常特殊。胡磊能去新阳找简语问诊一定不是巧合,这个团伙诱骗胡磊杀人,胡磊得手后他们并没有马上灭口,这应该是想用胡磊做研究。所以这次案子里有两类受害人,一类是被灭口的,一类是被用来研究的。"

关阳点点头:"第三呢?"

葛飞驰:"……"把他当向衡了吗?但他还真有第三点。哎呀有点生气。

"第三点,顾寒山是一个非常值得研究的脑病患者,在这个案子里又起到了重要的作用,不能排除这个团伙对她是否有想法。他们既然对新阳这么熟悉,就一定对顾寒山也很熟悉。也就是说,很大可能是顾寒山认识的人,但她还不知道。加上顾寒山自身的能力和掌握的专业知识,我们非常需要她的帮助和配合。"

众人听着觉得挺有道理,互相协商了一番。

葛飞驰赶紧又说:"还有第四点。"

大家的目光转向他。

葛飞驰道:"顾寒山的父亲意外身亡事件也有很多疑点,但目前也没有确切证据证明,而且暂时还不能确认与许塘、段成华的案子相关联,这中间同样涉及新阳和简语,我建议合并调查,可以先让凤凰街派出所的向衡处理顾寒山爸爸的案子,他也是我们专案组的,凤凰街派出所也在配合我们这案子,若能找到任何相关联的证据,我们也好同时跟进。"

提到向衡,葛飞驰特意看了一眼关阳。关阳没什么表情,只回视了葛飞驰。

领导们短暂沟通后,艾勇军道:"好,情况我们都了解了。案子里还有许多疑点需要查清,那你继续侦查。如果是朝着脑科学犯罪这个方向走,许塘的死与他之前要去卧底超能力组织事件有关,那需要跟关队那边好好配合,联合调查。你听听关队的安排。"

"好的。"葛飞驰忙应。

"这案子影响很大,目前告一段落,要做好各处的案情通告和舆情监管。后续侦查要加紧,如果幕后真的隐藏着真凶,那他们现在一定观察着警方的反应,要小心处理。目前人手紧张,暂时不能调派更多人手给你,如果后续侦查里发现新的情况确实有需要的,再议。"艾勇军继续说了一番交代,嘱咐了葛飞驰许多事项和要注意的细节,葛飞驰一一应了。

葛飞驰和聂昊出了会议室,很克制地没在楼上表现出喜悦。他们奔下楼回了办公室,这才绽开笑容。

聂昊把李新武拉过来揉脑袋,使劲夸:"视频发来得太及时了。"

陶冰冰在一旁喊:"是我先发现视频的。"

李新武嚷道:"那你怎么不发呢,你怕被骂,坏人我来当了。"

葛飞驰哈哈笑,把大家都夸了一番,然后他把好消息跟兄弟们说了,案子并没有结束,幕后真凶没有得逞,他们要继续侦查。

"哇。"李新武两眼发光,这是他当警察以来遇到的最有挑战的案子了。

葛飞驰看他那天真样给他泼冷水:"别忘了我们面对的可是穷凶极恶的歹徒。那些人不但心思缜密,计划周详,行动起来也非常冷静从容。他们杀人不眨眼,这才几天就死了多少人了。别觉得是个大案落在自己手里就忘形了,一定要注意安全。"

李新武点头应是。

聂昊道:"这种高智商高阶知识手段还是第一次遇上啊,脑科学,感觉起点我们就低了一步。"

李新武喊道:"我们有顾寒山啊,还有向师兄。向师兄什么都能猜中,只要把情况仔细跟他说,他一二三就把情况给你推演出来。脑门上还刻着:听我的准没错。"

葛飞驰:"……"

另一个警察也道:"对对,真的是神算子,让大家少走好多弯路。然后要找证据,他就喊……"

"顾寒山。"几个警察异口同声。

大家都笑起来。

葛飞驰:"……"

聂昊也笑,学着葛飞驰的语气:"我相信顾寒山。"

葛飞驰一脚踹他椅子上,椅子轮子一滚,聂昊滑着飞出好远。

聂昊笑得停不下来,李新武飞奔过去把他推回来。"昊哥,什么典故啊?"

葛飞驰没法阻止,聂昊说了:"艾局问葛队有什么证据支撑,葛队说,我相信顾寒山。"

众人笑:"艾局什么反应啊?"

葛飞驰恼羞成怒:"那我能怎么说啊,你厉害你来说。"

聂昊又道:"后来就收到你们发的视频呀,救了老命了那个。葛队说想出去看一看,艾局说放出来大家一起看。于是视频被投到了大屏幕上。"

大家又笑:"是那个加了特效特别燃的精华版吗?"

"对,对。"聂昊想起来还觉得太好笑,"葛队说我相信顾寒山,然后人家顾寒山就对着屏幕说'我骗过了你的大脑,掌控了你的行为'……"

大家异口同声一起学顾寒山的语气:"而你一无所知。"

李新武还要感叹一句:"哇,这配合打得。"

大家一起笑。

葛飞驰瞪他们:"怎么就这么皮呢,人民警察都这德行怎么行。"

陶冰冰忙喊:"昊哥,快布置工作吧,我们下一步怎么查?"

一众人假装非常忙碌的样子。

葛飞驰无力吐槽,拿了手机出去了,给他们的偶像向师兄打电话去。

向衡跟徐涛正在出警的路上。

徐涛开车,向衡坐在副驾驶座上看报案的详细情况。

某某小区,楼上砸下来一个花盆,把地面停的一辆车的挡风玻璃砸坏了,没有人员伤亡,没有监控和其他证据,没有找到嫌疑人。

正看着,葛飞驰的电话打来了。葛飞驰劈头就问:"你干吗呢?"

"在出警路上,高空抛物。"

葛飞驰有些无语,向天笑的才华用得可真是地方。他清了清嗓子,把今天报告的事跟向衡说了,完了给出小总结:"我们继续侦查,你也还在专案组里。顾寒山她爸爸的事,合并侦查,先交给你们所,由你负责,要是有确切证据和线索,就汇总过来。"

"行呀。"向衡挺高兴。

葛飞驰又问他:"顾寒山今天做什么?"

"她跟第一现场谈合作,今天中午11点有个会。"

葛飞驰一愣:"好事坏事呀?"

"对我们不算坏事,可能还有帮助。但对顾寒山不一定。"向衡答。

葛飞驰想起顾寒山年轻单纯的外表和牛烘烘的内在,道:"那你怎么不跟着去盯着呢。"

"我一警察，上班时间，跟个小姑娘跑到人家公司去开会谈小姑娘的私人合作，我什么身份呀。"向衡吐槽。

"确实不行。"葛飞驰道，"那你盯好她呀，反正她的案子交给你了，你得背责任的。"

"知道了。"

葛飞驰道："一定要盯好她，我可是跟艾局打了包票，我还说我相信顾寒山，还用她的视频来做依据，她可别最后打我的脸。"

"那可保证不了，顾寒山谁管得了啊。"

葛飞驰想给向衡一个白眼，可惜他看不到。葛飞驰又道："我会跟你们所长说一声，你的工作重心放在专案组里，其他的工作尽量少给你安排。顾寒山的案子，你们所也配合一下。"

"行啊，你去说呗，我反正是听领导安排的。干什么工作都是干。"向衡那语气，让葛飞驰想从手机里伸手出来拍他脑袋一下，装什么装。真有这么听话就不会被流放到派出所去了。专长不能好好发挥，还有脸装。

葛飞驰挂了电话。

向衡看了看表，10点50分。顾寒山给第一现场的时限是今天中午12点前，第一现场就约她11点到公司，很有些不甘示弱的意思了。

虽然已经交代过顾寒山了，但现在有了新情况，向衡觉得还是需要再沟通下。

向衡拨了电话，顾寒山很快接了。

向衡直接问："你在哪儿？"

"朝阳步行街，第一现场楼下。"顾寒山答，"在你第一次见我的那张长椅上坐着。"

很好，别急着上楼，大家都卡着点呗，不能让第一现场拿捏了。

向衡道："我告诉你一个好消息。"

"嗯。"顾寒山应得很冷静。

"高兴点。"

"什么好消息？"顾寒山很配合地扬高了声音。

向衡听得笑了。一旁开车的徐涛忍不住看了他一眼。

向衡道："葛队刚才给我电话了，他用了你的理论做支撑，给领导们看了你猜杯子控制潜意识的视频，他说段成华的死是被人控制的。虽然这个说法匪夷所思，但领导们已经批准按这个侦查方向继续调查。"

"那可真是好消息。"顾寒山道,"我以为葛队不认同这个观点。"

"别着急,总需要一点时间。"向衡道。

顾寒山应着:"我不着急,我很有耐心。"

"我还没有说到好消息的重点。"向衡继续道。

"是什么?"

"虽然还没有确切的证据,但葛队提出了将你爸爸的案子合并侦查,交给我负责了。"向衡说到这儿停了停。

顾寒山在电话那头很安静。

向衡给了她时间反应,继续道:"你知道这意味着什么,我们警方有更多的资源可以投入到侦查里,名正言顺,许多地方许多人,我们都可以查。"

"谢谢你,向警官。"顾寒山终于说话,"这确实是个好消息。"

向衡道:"所以根据这一最新进展,你与第一现场的合作可以调整一下策略,不必牺牲掉自己的隐私。"

"我会看情况处理的。"顾寒山道。

"好,我就是想给你点底气,不要委曲求全,不要为了查那个姑娘答应任何不合理的条件,知道吗?"

顾寒山道:"嗯,知道。"

居然这么乖。向衡有些意外,还没有来得及给顾寒山夸奖,顾寒山的下一句就来了。

"我这辈子就没委曲求全过。"

向衡把到嘴边的话咽了回去。还真是,这方面真用不着他教。

顾寒山道:"我愿意做的事就全力以赴,多困难都行。但我不愿意的事,谁也不能强迫我。"

"是,是。"向衡应着。

"我刚才接到了耿红星的电话,他们被他们领导支走了。今天一早跑个外采,以为11点能赶回来跟我开会,但快到时间又被通知让他们去另一个原本并不需要他们帮忙的现场。"顾寒山向向衡透露。

向衡愣了愣:"什么意思?"

"他们不想耿红星和侯凯言参与。"顾寒山解释道,"前期接触找料跑腿的杂活耿红星他们都干了,到了要谈判合作条件的时候,却把他们踢走。"

"他们俩做了什么让领导不高兴的事吗?"

"没有。耿红星说昨天他们还加班发我那个片子,运维宣传来着。还跟小组开了会,确认今天跟我谈判的内容。他们收到消息不能回来也很惊讶。"顾寒山道,"这种情况我爸以前做项目的时候也遇到过,这是一种比较老套的方法,试一试你的合作底线。如果先搞出一点小变动,你愿意让步,那么后头会有另一些需要你让步的事等着你。"

向衡趁机道:"那正好别去了,你回家去,我现在出警,回来空了告诉你,你到派出所来处理一下你爸的案子,做个正式的笔录。"

顾寒山不同意:"不行。我不能放弃第一现场这个机会。我要上去教育教育他们怎样诚信合作。我能处理好,你放心吧。"

"你还是要多小心,不要以为耍个酷摆个威风就能行。人家是大公司,有资本有人脉,一公司整治你一个还不是轻而易举的事吗。还有耿红星,也不要太相信他,什么他也很惊讶,被排挤,说不定也是苦肉计。"向衡完全忘了是顾寒山先算计耿红星的,他继续道,"搞媒体的心眼都多,他们那种公司多的是钩心斗角,你爸是很有经验,但你没有。你只是从你爸那里看到了一些皮毛,半吊子不好跟他们拼的。耿红星肯定得听他领导的,谁发他工资谁是老大,必须言听计从,知道吗?"

"不一定。"顾寒山居然顶嘴,"你也拿工资的,你怎么不言听计从呢?"

向衡真是被噎住,他没好气道:"我怎么没有言听计从,我听话得很。"

徐涛忍不住瞥了他一眼。有吗?

向衡又道:"总之,耿红星他领导肯定教过他了,一套套的。你别以为自己聪明,又看人家长得帅气,一有好感就容易上当,我们做警察处理这种诈骗处理得多了,人心险恶你是不知道。杀猪盘你听说过吗……"

向衡说着,感觉到徐涛又看了他一眼,这看的次数有点多了。向衡终于察觉到自己的语气太过于老父亲,他顿了顿,清了清嗓子:"我的意思是说,你社会经验太少,要清醒地认识到自己跟这些搞媒体的社会人士在谋划利益设立骗局上的差距,去就去吧,但什么都不要答应,他们说什么你就听听,完了我们回头再商量,知道了吗?"

"行。"顾寒山应得非常干脆乖巧。向衡一点不放心,乖这个字跟顾寒山一点不沾边。她这么反应只说明一件事:她懒得跟他说。

徐涛又看了向衡一眼。

向衡对着电话道:"好了,就这样,记住什么都别答应,什么都别签。我先忙了。你有什么事就给我打电话,我没接你就给黎莐打电话,她有空。"

"好的。"顾寒山继续乖巧,爽快挂电话。

这真是,挂得也太快了。向衡没好气转向徐涛:"我很唠叨吗?"

"还行。"徐涛硬着头皮说。不是唠叨的问题,但他也总结不出来到底是什么问题，反正就是让人忍不住瞄两眼。向衡气势很足，徐涛不能跟他说实话。

向衡不说话了。他开始拨电话："喂，黎茏，你给顾寒山打个电话。她一会儿要跟第一现场开会，我让她有什么情况可以找你。你给她打声招呼。"

黎茏那边问了问情况，应了。

徐涛心说这情况还真像是老父亲没空，就给安排了个老母亲。

向衡挂了电话，看了徐涛一眼，徐涛赶紧收回八卦的心，道："快到了。"

"嗯。"向衡靠在椅背上，想着顾寒山的情况，她对第一现场的计划能实现吗？他觉得不行。恐怕还是得从梁建奇这边下手，毕竟梁建奇才是最直接的当事人。

拘留所里。

梁建奇与鲁东正交谈着，自从上次两人好好沟通之后，友谊迅速升温。在这种条件的环境下，梁建奇终于找到了朋友能互相倾诉互相鼓励，压力似乎也没这么大了。

此时两人正憧憬着出去之后的新生活。

"我出去之后，跟我爸妈好好道个歉，我爸妈最疼我了，他们知道我是个老实孩子，我就说我一时鬼迷心窍，还没做什么，就被逮了，我其实有点冤枉，我下回再不敢了。我肯定不再犯了。"鲁东道。

"就是的，其实一点都不刺激，特别没意思。我也是鬼迷心窍想看看有什么不一样，其实一开始都没事，就是被疯子缠上了没办法。"梁建奇道，"我不用跟我老婆道歉，我老婆靠我养的，都听我的。"

鲁东面露羡慕："我什么时候也能这样有底气。"

梁建奇道："你出来之后打我电话，有什么事我会帮你的。"

"谢谢，谢谢，谢谢梁哥。"鲁东很高兴。

梁建奇又道："我出去之后得赶紧搬家，万一那疯子还来纠缠就麻烦了。"

"很快就能出去了，还有三天。梁哥你出去就剩下我一个人了。"鲁东道。

"我们不是人？"旁边另一个室友说他，"我们会好好照顾你的。"其他人都笑了。

鲁东往梁建奇旁边缩了缩。

梁建奇低声安慰："没事，你也只比我多待一天，很快的。"

"嗯嗯。"鲁东猛点头。

第十四章
谈判

顾寒山去了第一现场办公室。

踏进大门的时候正好11点。

她对前台指了指墙上的时钟,道:"你好,我是顾寒山,我跟耿红星约了11点来开会。"

前台早已经得了陈博业的指示,就在等着顾寒山,闻言打了个电话,然后把顾寒山往办公区的会议室方向领:"请走这边。"

顾寒山跟着前台姑娘过去,进了会议室,里面没人,顾寒山随便找了个位置坐下,前台姑娘客客气气让她稍等一会儿,说陈总一会儿就过来,又问她喝什么,顾寒山摇头说不用。

前台姑娘便留她在会议室里,自己出去了。

顾寒山等了八分钟,来了三个人,打着招呼在顾寒山对面的位置上坐下了。

两男一女。

"你好,我们是耿红星、侯凯言的同事,我是他们的部门经理许高锐。"左边的男子开口道,他指了指中间的男子,"这位是我们的副总裁陈博业陈总。这位我们的资深编辑宋欣。"

许高锐一边说一边站起,掏出名片递给顾寒山。

顾寒山没接,她明知故问:"耿红星和侯凯言呢?"

"他们上午临时有别的工作安排,赶不回来。所有的事情我们都非常清楚,我们开过很多次会,对你的合作要求也进行了深度研究。我们先聊吧,你有什么想法都可以提,陈总负责整个资讯业务,他是我们业务资源需求申报的最高层级,什么事都能拍板做主,你放心吧。"许高锐见她不接名片,脸色有些不好看,但仍保持了风度,他坐下了,假装没在意顾寒山的举动。

顾寒山冷道:"不是放不放心的问题,是有没有受到尊重的问题。你们的座位离这间会议室有多远,需要走上八分钟?耿师兄和侯师兄是有什么紧急重要的任务,要撤下一早约好的重要会议放我鸽子?你们当我是个小姑娘,好欺负是吗?觉得我在这次会议之前,积极地给耿师兄介绍简教授,让他们拍摄我与超脑社的切磋,拍摄我在反诈活动的游戏,就认为我迫不及待,特别想跟你们合作,是在求着你们吗?"

那三个人愣在那边,没想到顾寒山会这样突然发难。

"我展现我的实力和价值是因为我有实力和价值,你们展现你们的怠慢和失信,是因为你们无礼和傲慢。很遗憾,服从性测试,我不吃这一套。我之所以耐心等了你们八分钟,就是想当面跟你们说清楚。"顾寒山说,"我有病,我不跟陌生人打交道。如果与我合作的接口人不是耿师兄和侯师兄,听清楚了吗,耿师兄和侯师兄,两个人,不是一个,如果对接负责的人不是他们,那我没法配合,不能合作。"

陈博业等三人脸色均难看,第一现场这么大的平台,他们就算遇到过拒绝,也没有这么没礼貌,说话这么不好听的。

"我给你们的时限是今天中午12点前,现在时间还没有到,如果你们还想继续谈这个合作,那就请尊重我的条件,让耿师兄和侯师兄联系我。"顾寒山站了起来,"我到楼下步行街逛逛,12点前没有接到他俩的电话,我就走了。另外,你们的手段我学习了,多谢。"

顾寒山说完,也不等那三个人有反应,走出了会议室。

宋欣等会议室门一关,忍不住骂道:"什么人呀,真当自己是根葱吗?"

许高锐看向陈博业:"陈总。"

陈博业没马上答话,宋欣叫道:"陈总,她欺人太甚,我们要是还跟她谈,面子往哪儿搁。现在八字没一撇她就这么嚣张,以后怎么能好好合作,她肯定动不动就搞事,给我们添麻烦。"

陈博业道:"也没那么严重。你现在说的,不就是她刚才说的吗?你想的,就是她想的。我们的表现对她来说,确实不友善不是吗?"

宋欣一噎,辩道:"当然不一样,两个实习生,做什么工作难道不是上司安排吗?陈总你亲自来谈,已经很给她面子了,我们是有诚意的。难道把她丢给两个实习生才好？实习生能做什么，最后还不是我们来做，而且还是要陈总拍板决定，一层一层上报，既没效率也容易在传达上出错。当然是直接跟陈总谈最好。等了几分钟又是什么了不得的大事，她当她是公主吗？"

"宋欣。"许高锐阻止宋欣继续往下说。

陈博业道："老许，给耿红星打电话，把他俩叫回来，让他们给顾寒山打电话，稳住她。等他们回来我们一起跟顾寒山吃顿饭，赔礼道歉，吃完了饭，下午再开会。"

"陈总。"宋欣差点跳起来。

"宋欣，她没说不跟我谈，她只是说接口人必须是耿红星他们。承认我们的行为没有取得我们想要的效果没那么难，你不必这么大反应。我们确实故意支开耿红星和故意拖了几分钟，一般人都会像你说的，大概不觉得是什么问题，但顾寒山不接受，她实话实说而已，如果你的心态摆不过来，那就很难跟她合作。"

宋欣顿时一噎。她看了一眼许高锐，许高锐对她使了个眼色，宋欣忙道："对不起，陈总，我刚才是着急了。"

"给耿红星打电话吧。"陈博业对许高锐道，"大家都冷静一下，把情绪调整好，刚刚真正认识了顾寒山，中午好好谈，做了一周的准备，加班加点的，最后因为这点小事错过了，那也太不值了。而且顾寒山确实有两把刷子。她借我们的平台，一周把自己捧红了，然后转头用这个筹码跟我们谈判，我们乐颠颠为她服务，没理由最后给别家做了嫁衣。你们懂吗？"

"明白，明白。"许高锐点头。

宋欣也忙道："知道了陈总。"

陈博业点点头，转身出去了。

宋欣与许高锐互视一眼，许高锐拿起手机，给耿红星拨了过去。

顾寒山坐在朝阳步行街的长椅上，看着第一现场的办公大楼。她翻了翻自己的包，之前上楼她已经吃过药了，不能太频繁地吃，于是她选择了一颗糖。

糖在她嘴里融化，香甜的滋味稍稍安抚住了她的大脑。第一现场用的那些，不是什么新招，她也会。她在脑子里梳理了一遍学习过的社交和谈判技巧，回忆从前爸爸的应对和处理办法。吃完了一颗糖，她的手机响了。

来电的是耿红星，他跟侯凯言打了辆车正赶回来。

"许哥跟我们说，你非常坚持一定要让我俩做项目接口人，刚才你们在公司谈得挺不愉快的，让我赶紧再跟你沟通一下，都是误会。他们并没有怠慢你的意思。"

"他们是想先给我个脸色看看，看我这人是不是能把心里的不舒服咽下去，我如果好说话，愿意退让，那后头他们谈判和操作起来空间就大一些。"顾寒山直接戳穿了第一现场的真实想法。

"呃，有可能。"耿红星没法否认，事实上开会的时候许高锐和宋欣确实讨论过想谈一些比较苛刻的条件，比如把顾寒山签下独家，限制她的其他活动，让她按他们的要求来做内容，包括与其他签约博主的互动，完成广告发布任务之类的。耿红星当时就说了不可能，顾寒山的性格是不会愿意做这些的，许高锐说什么都可以谈。后来他们没再继续讨论这个，耿红星没想到还有临到头了把他们调开这招，看来是许高锐、宋欣他们这些公司老人私下里也有开会，不带他们这些实习生新人玩。

"我答应过你们的事，就一定会做到的。只要是有我这个项目，他们绝对不能踢走你们。"顾寒山果断肯定的口吻，很有大佬的气势，"我是孤儿，你们是实习生，看起来很好欺负似的。可他们怎么不想想，我是看在你和侯凯言是我的同校师兄的份上才这么配合的，我们认真积极地做事，他们就以为我们跪着求他们了。见我们姿态低就上来踩一脚，实在是恶心人。"

顾寒山一口一个我们，把自己跟耿红星他们绑在一起，当成一体的，这让耿红星也很有代入感，他们今天也确实是受委屈了，听到临时给他们加工作，不需要他们回来开会，他们就很有被过河拆桥的愤怒，但他们人微言轻，不好发作，现在被顾寒山这么一说，可真是太触动。

顾寒山又道："你们是怎么打算呢，如果我坚持必须让你俩做接口人，你们在公司会被刁难吗？日后工作中会被欺负吗？如果你们觉得为难，不想这样，那我也不会让你们难做。我去找别家合作，我也会跟你们那个陈总说清楚，是他们的问题造成了这个局面，你们有劝我，但我不答应。你们怎么看，我听你们的。"

顾寒山狂踩了一把"共同的敌人"，又把主动权交到耿红星他们手上，这让耿红星很受用。

"我们当然还想做。"耿红星非常真诚地道，"那你呢，你还跟我们合作，怕不怕他们还这样？说真的，确实像你说的，我们只是实习生，左右不了领导的决定。但如果你还愿意合作，我们一定会维护好你的利益，不辜负你的信任。"

侯凯言在一旁听着，也插话："我们就是之前会议里头反驳了他们太多的苛刻想法，才被他们流放的。我们也很不服气，我们不怕什么穿小鞋，到哪儿都有这种事，不是你的事也会有别的事，但如果不是你这个项目，我们可能就一直是帮前辈打杂，实习期结束就被踢走。这项目对我们来说是一次很好的机会，就算以后公司踢我们走，我们履历上也有漂亮的一笔。我们也不跟你讲虚的，这项目对我们有好处，我们也真心当你是朋友，希望你相信我们，我们一起好好做。"

耿红星道："是的，顾寒山。这是我们的想法。我们今天上午接到通知也很蒙，当时给你打电话我很不好意思，觉得很尴尬。没想到你还能坚持让我们回来。我们很意外，也很感动。谢谢你。我们想做这个项目。"

"好的，耿师兄、侯师兄，我等你们回来。"顾寒山道，"我就在楼下那个长椅那儿坐着。"

顾寒山挂了电话，搜索了一番，然后做了表情包，给耿红星发过去了。那是海贼王的漫画图片，顾寒山加了字："一起出发吧。"

不一会儿。耿红星回了一张图片，也是海贼王里的，那是小伙伴们伸出了手，手掌并着手掌，围成了一个圈，耿红星也在上面写了字："团结一致，不惧大浪。"

顾寒山看了，把手机放回包里。

看看人家的反应，多正常，跟书里说的一样。向警官真的不行，该跟人家多学学。

二十多分钟后，耿红星和侯凯言急匆匆地赶到了顾寒山面前。

"对不起，对不起。"耿红星和侯凯言一起道。

耿红星又道："刚才许哥又给我们说了，说是订好了餐厅，中午先请你吃个饭，解释一下误会，赔礼道歉，然后下午大家再坐下来好好谈一谈。"

顾寒山点点头："行，你们回来了，那我也没问题。"她顿了顿，问道，"你们呢，有什么具体想法我们先聊一聊，一会儿再跟你们公司谈的时候也好心里有个数。"

侯凯言道："我们也不清楚他们今天会来这招，真的，之前都挺正常的。你的超脑社挑战和反诈宣传猜杯子领导都很喜欢，觉得你特别有潜力。我们也趁机说了你是我们同校学妹，配合度很高，也跟我们说了希望这个项目一直由我们俩负责与你对接。当时许哥和陈总也没说什么，我俩还觉得没问题呢。今天一早安排的工作我们算了时间也是来得及回来的，结果快完成了，突然临时又给我们加了新任务。"

"谁给你们加的呢？"顾寒山问。

耿红星愣了愣："那肯定是许哥呀，他是我们部门领导。"

"加的什么任务？"顾寒山又问。

"四组有个热度话题街采，不太顺利，下午要出片的，让我们赶紧过去帮忙。"侯凯言答了。

"那你们现在回来了，这四组的街采怎么办？"

"听说四组派了别的人过去。"耿红星道，"我们知道，这就是故意给我们找事干，不让我们回来。"

"重点是，这个决定是你们直属领导许哥下的吗？"顾寒山道，"他不是你们二组的领导吗？他还能从四组给你们找活干呢？然后完了甩手不管了，又让四组自己处理，这不是给四组添乱吗？"

耿红星和侯凯言反应过来了："是陈总。"

"所以，现在你们还决心要跟我合作吗？这真的很有可能会给你们惹上麻烦的。"顾寒山道，"你们是我目前遇到最合适最可靠的合作伙伴了，年龄相仿，有同校渊源，有缘分，你们也不嫌弃我有病，不嫌弃我这人不会交际、说话不好听，一直挺包容我的。但正因为这样，我不想连累你们，让你们工作不愉快。"

"嘿，可别这么说。"耿红星道，"其实这事并不完全是你的关系，以前多多少少有些小教训，今天是真的大教训。以前我们都是给前辈打打杂，有什么好想法转头也是前辈们做了，完了还说是我们没经验做不了。但一直打杂坐冷板凳，能有什么经验呀。你这个事吧，就是资源太好了，所以他们还想拿走。"

侯凯言道："对，就是这样。我跟星星今天聊了不少，你看我们公司，之前摆出的样子多重视这项目，多夸奖我俩，转头就把我们甩了。我们之前特别看重这里，很想留下，好好干，升职加薪，做个厉害的媒体人。可这些也不是我们能控制的，我们看明白了，我们个人虽然是站在公司这个团队里一起向前进的，但不能随波逐流。不能坐冷板凳就摆烂，干活还是要好好干，努力干，因为干出来了就是自己的资历。经验到手了，离开这里，去别的地方，也能行。"

"是的。"耿红星道，"我们是为自己工作。我们为公司提供劳力和脑力，为公司创造价值，也要用公司的资源和平台为自己创造价值。绝不能摆烂，不能光坐冷板凳看着。"

"你们有这样的决心，我会帮助你们的。"顾寒山道。

耿红星闻言笑了笑，顾寒山自己的事还没弄出着落呢，但人家语气就是如此坚定，一直都这么自信霸道，他们得好好学，对职场人来说，这心态太重要了。

"我们现在就是一个团队了。"顾寒山道，"一起进退。跟你们公司谈判，我肯定就是个坏人，还会有一些不愉快的情况出现，公司会让你们来协调来说服我，而我不会答应。这算是丑话说在前面，做我的接口人非常不容易。"

"我们知道，我们尽力而为。"

顾寒山点点头，又道："还有一点，必须跟你们说清楚。我爸爸跳水救人意外身亡，可能不是意外，是谋杀。我今天刚接到警方的通知，他们正在做调查，要立案了。"

耿红星和侯凯言愣住了。

顾寒山看着他们，没说话，给他们时间反应。

侯凯言道："谋杀？可是不是说拍了视频吗？我们平台还播了，如果有什么不对劲，早爆出来了吧？"

顾寒山道："那个视频，就是当初事情发生后，警方断定这是一起意外的有力证据之一。"

耿红星和侯凯言对视了一眼，总觉得似乎哪里有什么问题。

耿红星道："这事警察找过我们公司呀，关于那个被删除的视频的事。我们开会的时候还讨论过这个问题，当时是一位叫柳静雨的责编处理的，她已经离职了。而且许哥跟她联系过，她说她不记得这个视频的事了。许哥说，陈总已经跟警察沟通过了，都说清楚了。"

顾寒山道："肯定会说不记得了，这个理由特别好用，不好查证，没法反驳。但这里头肯定还有别的事。总之，我是想说，跟我的这个合作，天赋后头隐藏着犯罪，你们还敢做吗？"

耿红星与侯凯言再次对视一眼，他们在好友的眼里都看到了肯定。

"敢呀，为什么不敢。刚才不是说了，我们工作的目的就是这个。"

"而且我们想做的就是社会新闻，做些有价值的东西。市井奇葩、鸡毛蒜皮那些事，我们没兴趣。"侯凯言道，"有什么需要我们帮忙的地方，你尽管说。"

"我现在也没什么需要帮忙的。调查的事情是警方去做，我就是想找到我爸爸跳水事件的当事人。这个立案的事，你们觉得要不要跟你们公司说？我担心他们听到有风险就不愿意做了。我其实并非你们公司不可，但我非常希望能跟你们合作，我信得过你们。"

耿红星忙道："我觉得还是别跟公司说，说真的，今天这样被摆一道，我们也还不知道后头会发生什么，你不要把自己的底全漏了。公司平台大，平常谈合作的时候都是别人紧着公司的要求去做，他们已经很习惯掌握主动权。现在虽然让步了，把我们叫回来，但接下去开会谈的情况还不知道会怎样。如果跟我们一起开会时说的内容一致，我们倒是清楚，但显然他们自己也有开小会，决定了什么事，我们就真不知道了。"

"对，先听听他们怎么说吧。"侯凯言道，"警察只是调查，还没结果呢。走一步算一步。"

"好，听你们的。"顾寒山试探完毕，心里有了底，"那你们自己也要小心，穿小鞋事小，别被别人陷害了。我得先声明，我对你们公司不会客气。这不是针对你们俩，请不要往心里去。我获得了你们的帮助，一定会回报你们的。我身边总有一些离奇特别的事，有合适的事件素材，我会告诉你们。"

"好的，放心吧。"侯凯言应着。

顾寒山道："那你们跟公司联系看看，现在要做什么，是回你们公司还是怎样？"

耿红星便给许高锐打了个电话，许高锐说让他们直接到旁边的餐厅去，菜已经点好，去了先吃点餐前小点，招呼好顾寒山，他们现在马上下楼过去。

耿红星转述了。两人带着顾寒山到旁边的一家高档餐厅去，报上了许高锐的订餐电话，服务员把他们领进了一个包间里。

待坐定了，服务员上了菜和小点，出去了。

侯凯言道："感觉公司这边的态度还是有软化的。一直让我们跟你好好说，又是请客吃饭又是道歉，还是很想做的。"

耿红星仍然有些不高兴："明明超脑社和反诈现场的两个视频市场反应这么好，拉了多少流量，他们也特别兴奋，结果临到头了来这么一出，简直莫名其妙。"

侯凯言叹气："应该就是顾寒山说的，想测试一下我们的底线，看看顾寒山会不会忍气吞声，到时谈判的时候好谈；也测测我们会不会听话，敢不敢质疑顶嘴。"

耿红星瞪眼："我俩还用测试吗？打工狗乖得很。"

侯凯言自嘲："可不，我们都没敢反驳，乖乖给顾寒山打电话道歉，然后事情有变化了，又是我们打电话道歉。我们一句怨言没有，可太乖了。"

耿红星转向顾寒山："顾寒山，我给你出个主意。如果，一会儿公司这边跟你谈了一些特别苛刻你没法接受的条件，或者他们一定要把我跟猴子排除在外，你别着急，稳着点，你说的情况我明白了，你跟别家合作不会比跟第一现场更好。视频是这里发出去的，负责的编辑也曾经在这里上班，就是在这家公司发生的事。所以如果实在不行，你可以找妮妮。妮妮虽然只是自媒体，但她粉丝很多，还是有一些影响力的，而且她比我们自由太多，她的劣势就是她自己没平台，但她跟各家平台的人都还算熟，有一点人脉。你找她，她帮你评估跟哪个平台谈，怎么谈，由她代表你出面再杀回第一现场谈合作也是有可能的。我们被隔离开，那你也退开，让妮妮上，这样换个方式，大家别硬碰硬，事情容易办成。你是要找到事件相关人，那个跳水姑娘，对吧？"

顾寒山点头："对，我要找到她。"混沌冰冷的河水忽然瞬间将她包围，顾寒山吸了一口气，缓了缓状态，待稳住了，这才道："或者别的知情人也可以。"

"好的。"耿红星道，"我们开会的时候仔细讨论过，一会儿你听听他们怎么说。"

正说着，陈博业、许高锐和宋欣过来了。

三个人的态度都很好，陈博业表现得很大气，主动跟顾寒山道歉，又解释说这真是一场误会，之前在公司会议室气氛不太好，没机会解释，大家一起吃个饭，心平气和聊一聊。他说他们第一现场是很有诚意合作的，又说顾寒山是个非常特别和优秀的人，对媒体来说，遇到这样一个好的专题，实在是可遇不可求，而他也相信只有他们第一现场这样大的平台才能够托得起顾寒山的项目。双方是很好的互相成就的对象。

顾寒山就听着，没多说什么。

陈博业又说他们第一现场绝对是拿出了十二分的诚意，做了许多的前期工作，但就在这些小枝节上疏漏了，没有考虑周全，没有意识到会引发误会，没照顾好顾寒山的感受，他们觉得十分抱歉。

陈博业说着，服务员很快给上了菜。

陈博业让服务员再拿菜单过来，让递给顾寒山："我们先点了几个他家的招牌菜，不知道合不合你胃口，你再点些自己喜欢吃的。"

顾寒山把餐牌推开了："可以了，不用加菜。"

陈博业也不介意，让服务员把餐牌拿下去了。陈博业又道："总之我们第一现场是很有合作的诚意的，希望顾同学理解，我们后头在工作里会多注意，不会再发生今天这样的事情了。"

顾寒山的脑子里仍被漫无边界的冰冷河水困扰着，她努力稳定状态，淡淡地道："陈总的意思我听明白了，我接受。合作我们继续谈，日后如果还发生这类事情，我会提醒陈总今天说过的话。"

陈博业哈哈笑："这个监督就很给力了，我先说声谢谢。那我们就先吃饭，工作上的事，我们一会儿吃完饭回公司再好好谈。"

许高锐和耿红星他们附和着，大家客客气气吃起饭来。

席上许高锐像模像样地问了几句耿红星和侯凯言上午外勤工作的情况，耿红星他们一一答了。宋欣跟顾寒山扯家常，顾寒山身体不适，对这话题完全没兴趣，不太回应。宋欣有些不高兴。

陈博业见状与顾寒山聊了些她在超脑社的表现和反诈活动里的猜杯子游戏，

顾寒山话仍是少，耿红星察言观色，便问她："顾寒山，你是不是不太舒服？"

顾寒山确实很不舒服，她顺着这个台阶下："我得去一趟洗手间。"

顾寒山说完推开椅子便走，屋里的人互相看了看，陈博业对宋欣道："你去看看她。"

宋欣并不乐意，但还是跟着去了。她远远看到顾寒山真的进了洗手间，便跟到了门口。顾寒山手撑在洗手台前，与脑中翻腾的画面和窒息感做着斗争，转头看到宋欣堵在门口，她冷道："你在看什么？"

宋欣被她狠厉的表情和语气吓了一跳，心里更不高兴，道："陈总让我来看看你需不需要帮助。"

一个白色的女子身影在顾寒山的脑子里进了出来，就在河里，看不清样貌，还离得很远，触碰不到。那是她要找的人，那个落水姑娘。那姑娘那天肯定穿着与她一样的衣服，然而整个身形和打扮如此清楚，却是一个无脸的人。顾寒山吸了一口气，声音更冷："不需要。走开。"

宋欣生气，转头便走，嘴里念叨着："什么人啊，莫名其妙。"

顾寒山没听清也不在意宋欣在说什么，她撑了一会儿，看了看时间，离她上次吃药的时间没间隔太久，太频繁吃药会让她的脑子有些迟钝，她并不想在这么重要的谈判时刻迟钝，但脑子太活跃她同样也没法思考。

顾寒山往嘴里塞了一颗糖，待糖完全融化，她给向衡打了个电话。

向衡和徐涛正一家一家排查阳台和花盆，要找出砸花盆的人家。此时刚从一家出来，向衡看是顾寒山来电，便抓了这个空当，说他先接个电话。

向衡接了电话，顾寒山缓了一会儿才说话："向警官。"

向衡听得她声音不太对，吃了一惊，又想起她对他的承诺，更惊了，他站远了一些，压低声音问她："你怎么了？"

"我特别想听听你的声音。"

向衡："……"哇，你你这本行走中的泡妞情话大全，干什么突然拿他练手？向衡耐心指导："好好说话。这种情况就直接说原因，不必说结果。"

"我跟第一现场的人在吃饭。我在河里，很不舒服。"

"嗯。"向衡懂了，问她，"吃药了吗？"

"之前已经吃过了，最少还得三小时才能再吃。"顾寒山道，"我还吃了糖，但我还是想听听你的声音，要是你在我身边就好了。"

向衡："……"你还真是吃了糖了。

向衡问她："我能怎么帮助你呢？我说什么能帮到你？"

"不用特意说什么，我就随便听听。"

向衡无语，正想随便说点什么，顾寒山又道："要不唱首《黑猫警长》？"

向衡没好气，听起来这姑娘一点都没有特别难受特别需要帮助的状况，他道："我在出警呢，没那么多时间。"

"有时间的时候你就会唱了？"

"不会。"向衡答得果断。

"那你直接说不唱多好。"

向衡道："这不是多跟你说了几句话嘛，你赚到了，不用谢。"

"谢谢你，向警官，我觉得好点了。"顾寒山道。

向衡："……随便说几句你就好多了？"唠叨这么有用要医生干吗？

"你说话的时候，我脑子里的画面会被你的内容替换，就像梦里一样，你来了。"顾寒山道。

"好吧。我也在河里，我拉着你呢，我们一起游上岸去。我水性很好的，你不用怕。别回头，别管河底有什么，我们就一直往前游。"

"嗯。"顾寒山应着。更多的画面涌来，梦里出现过，现实里也出现过。向衡戴上了警帽，手指微微扣着帽檐往下压了压，明亮的眼睛看着她："走吧。"

向衡这边继续说："不止我，还有很多别的人，我的同事们，也在水里，大家都在帮助你，带着你一起往岸边游。"

"嗯。"许多警察的脸在顾寒山的脑子里涌出来，"还有罗以晨警官。你应该给我看一下他的照片，我肯定见过他的。"

向衡："……"罗以晨都出来了？他道："黎莞就算了，她是孕妇，别让她在河里游了。"

"没有她，有陶冰冰警官。"

向衡："……还有葛队是吗？"

"是的，还有小李警官。"

向衡："……"人可真多，河里全是警察。"

"你一喊，他们就都来了。"顾寒山道。

"行吧。"人这么多，好像没他什么事了。向衡颇有些不是滋味："那我要去处理公务了，你觉得自己可以吗？不行就离开那里，到派出所找黎莞。"

"不用，我可以。"顾寒山道，"我下午还开会呢。你干活去吧，我有事会找黎莞姐。"

这最后一句说的，那你现在找的谁呢。

向衡道："你自己小心点。觉得不舒服就赶紧吃药，叫医生，找黎莞。"

"好的。"

"我这边办完事了就联系你。"向衡又道。

"行。"

"发病特别严重特别紧急就打110，留下报案记录，打120，然后找简语，找黎荛，黎荛会马上去接应你的。这样简语也不会怎么样。"

"知道。"顾寒山的语气相当精神了，"你到底要不要挂电话？"

向衡挂了。他仿佛听到顾寒山说"你有点啰唆"。

他哪里啰唆，他说的都是非常必要的话。

向衡想了想，把顾寒山发给他的一堆黑猫警长图片调出来，加上了字，做成了表情包，给顾寒山发过去了。

顾寒山把手机放进口袋，闭着眼睛缓缓神，手机响了，她拿出来一看，是向衡发来的表情包。

黑猫警长一手叉腰，一只手掌向前推，像是拒绝什么似的。配字是："病痛都散开！"

后面一张，是黑猫警长威武地用手指指着屏幕："你能行！"

最后一张，是她发给向衡的，黑猫警长威武地手指指着屏幕："记得给我打电话。"

顾寒山弯了弯嘴角，然后意识到她出现了这个表情，虽然不知道她的眼轮匝肌有没有动，但她感觉还挺好的。

向警官学得也挺快，看来他喜欢。书上说得一点没错。

顾寒山回到包厢，大家面色如常，关切了几句顾寒山的身体状况，顾寒山趁机说她因为脑子的关系，自幼身体欠佳，遇到压力的情况下会有些负面反应，今天她遇到这样的事，压力就非常大。

"从前我爸爸在世的时候，所有的事情都是爸爸在处理。我是没有生活自理能力的人，虽然过目不忘，脑力超群，但却连正常上学读书都做不到。我爸爸去世之后，我住了两年院，现在才慢慢像个正常人。我不太会处理弯弯绕绕的关系，这会给我造成很大压力，所以我做事情的方法能多简单就多简单。条件一二三，答应就做，不答应就算。"

陈博业点点头："明白了，谢谢你跟我们说明，我们在合作里会多考虑你的身体状况的。来来，先吃饭。"

一顿饭吃得不算欢乐，但所有人都维持住了礼貌。顾寒山身体不适吃得少，饭局中间她还接到了黎荛的电话。黎荛奉向衡之托打听顾寒山的身体状况，听得她没事便放了心，又让她隔一两个小时就报个平安。顾寒山答应了。

陈博业听得顾寒山讲电话，笑着夸顾寒山人缘不错，警察也很关心她云云。

顾寒山点点头没说话。

一顿饭终于吃完，陈博业等人把顾寒山带回了第一现场办公室。

陈博业并没有着急与顾寒山提方案谈条件，而是让耿红星与侯凯言作陪，自己亲自带着顾寒山参观了一遍第一现场的办公环境，也跟她讲了第一现场的发展史，分析了现在的媒体市场和状况，以及他们第一现场做新闻做专题的流程和管理办法。

顾寒山没有拒绝，跟着陈博业到处转，认真听他讲，时不时还会提问，显然是真的听进去了。

后来陈博业又安排了下午茶甜点，说顾寒山中午没吃什么饭，补充点能量，再开会。但顾寒山也吃不下去，只喝了点水，又听着第一现场这些人说了二十分钟他们的成绩。

向衡一直忙到下午1点才回到派出所。

高空抛物这个案子耗费了挺多时间。那个场地没有监控，砸下来的是个花盆，把楼下停的车子前挡风玻璃砸坏了。

路过的群众也没能看清是哪层楼砸下来的。向衡他们只能拿着那个花盆的碎片，由物业带着，一层一层一家一家敲门询问，比对花盆。

花盆没比对出来，但向衡从家里陈设凌乱像打过架，还有屋主的神情等方面推断出了嫌疑人。

之后就是苦口婆心、耐心劝解——这事是徐涛来干。

可嫌疑人拒不承认。于是向衡说要验花盆上的指纹，取家里其他花的土壤检验对比，总之最后还是会查到，赖不掉的，而且到了那一步性质就不一样了。主动坦白，从宽处理。

徐涛又一轮攻势，让嫌疑人认识到了问题的严重性，最后终于松口，承认是吵架心情不好，砸了花盆。向衡和徐涛把这两口子带回派出所进一步调查问话。

问话笔录又耗了老半天，向衡下午2点多吃上了午饭。

黎荛对这个师父很"孝顺"，给点了豪华菜色外卖，还主动承担整理电子案卷和填表写报告的工作。

徐涛见着了大呼黎荛偏心："你不能这样。虽然向衡是帅了点，聪明了点，但你好歹也是我们三队一枝花，你的骨气就是三队的尊严，为了孩子，挺直腰杆啊。"

"我这可不就是为了孩子才努力点巴结。向衡这么聪明这么帅，他的孩子肯定也优秀，万一以后我家跟他家能结个儿女亲家……"

徐涛："……"很有道理，很远大的目标。

向衡直接被一口水呛住了，好半天才缓过来。

什么？这就惦记上他的孩子了？他老婆在哪儿呢？

"师父。"黎荛忽然很八卦地凑过来，"你是不是有对象瞒着我们呀？"

向衡把手上的水杯稳重地放下了。刚吃完饭，乱喷水真的不合适。

徐涛帮向衡发言："肯定没有呀。这不是本市警界都知道，向衡铁杆光棍，领导介绍都搞不定。"

向衡不说话，真是谢谢你的解释了。

"不一定。"黎荛跟徐涛讨论了起来，"本神探从向妈妈的态度里看出来了一些端倪。上周在小红花社区反诈宣传的时候我不是跟阿姨一起工作了半天嘛，我夸向衡特别好，特别能干，要是遇上合适的女孩子一定给向衡介绍。阿姨但笑不语啊，哎呀，那表情，一看就是背后很有内容，稳操胜券，对向衡一点不愁似的。这显然是向衡已经有对象了。"

向衡："……"他母亲大人，真的很优秀了。

"你们这些人啊。"向衡一副长辈语气，"不要用警察的目光去审视普通群众，太不合适了。"

徐涛在一旁插话："黎荛你这话说得，没对象就没对象，向衡妈妈为什么要发愁啊，我妈都不愁。"

"不是，那能一样吗。"黎荛很顽强地维护自己师父，"徐涛你得搞清楚，不愁和放弃是两个概念。"

徐涛："……"这天是聊不下去了，同事爱就不指望了，同事友情都很脆弱。"我再去泡碗泡面。"徐涛端着泡面出去了。

黎荛看了看向衡。

向衡失笑："别八卦了。"

"好吧。"黎荛一脸不甘心，"但是我特别想帮助你。"

"帮我找个老婆，生个孩子跟你结娃娃亲？"向衡吐槽。

"那也不错啊。万一呢。"

向衡笑起来："是不错，挺好。毕竟亲家是公安局局长。"

"那是。以后我罩着你。"黎荛吹起来也是毫无边界。

"你当上局长的时候我退休了吧？啊，好像那时你也该退休了。"

"你嘴怎么这么损呢，这样聊天怎么行。不过话说回来，虽然到时候你老了，可是你孩子还在啊，不论男孩女孩，肯定像你，可能也是警察，对吧。到时黎茭阿姨罩着他。"

向衡想象了一下万一自己生儿子,然后像他一样皮,算了吧,估计都不能慈祥地等他长大。但是当警察不错啊,如果他像自己一样,从小就喜欢推理,从小就擅长认脸,记忆力好……

他忽然想起顾寒山。记忆力就不要像顾寒山那样了,太好了遭罪。

"顾寒山怎么样了?"向衡问黎茭,他一通忙,顾寒山后来也没给他打过电话。

黎茭赶紧报告:"放心吧,我每隔一小时跟她联系一次,她都很乖地回复了。她说身体没什么状况,然后后来她要开会了,她让我别担心,开会的时候不方便通电话,等她忙完了她再打给我。"

向衡放下心来:"那就好。"

黎茭压低了声音又道:"师父,我查了监控,有发现。"

向衡问:"什么监控?"

黎茭道:"我按你说的,把许塘命案现场的监控申请过来了,我把围观群众的那部分都看了一遍,觉得石康顺有些奇怪。"

"看看。"向衡示意,黎茭带着他到座位那。她把视频调了出来。

泡面回来的徐涛听他们聊案子,也凑了过来:"是什么情况?"

黎茭道:"那个被抓的石康顺,不是除了袭警之外没有找到他的其他问题嘛,我看了一下,他在现场,好像并不是因为徐涛要抓他才跑的。"

徐涛惊讶:"啊,真的吗?"

黎茭把视频片段打开,拖到了她标记的时间段那儿:"你们看哈,就这个时间点,这边是徐涛正在走近他,这个记录仪没有拍到,但别的记录仪拍到了。我们不管徐涛哈。"

黎茭比画着画面之外,示意这个时间点徐涛所在的位置。

"你们看石康顺,他一直张望着那边。"

"那边是我和钱威在跟证人问话的方向。"向衡道。

"对。"黎茭说着,"然后他的脸转过来了,往周围看了一下……但是徐涛在这边,他转头看这个范围,头还往上抬了一下,我觉得他是看不到徐涛的。然后他突然开始跑。"

徐涛回忆了一下当时的情景:"我也觉得他应该是没看到我的,他跑得挺突然,我还没靠近他。"

"我顺着他的视线方向找了一下,没有什么特别的。也没人跟他对视线,也没特殊情况,再这边就是楼体了,一堵墙。"黎茭继续道。

向衡抱着双臂看着屏幕:"当时现场我们控制得挺好,确实没什么太特别的。"如果不是顾寒山提到这个人,他们也不会知道人群里还有这么一号人物。

但顾寒山离石康顺还有一段距离,石康顺也不可能听到他们在说什么。他自己当时特意没回头看,就是避免被石康顺察觉。

黎莞道:"他往上抬头,难道是看墙?但我们的执法记录仪没有拍到墙上,那一片区域也没有监控。我早上上班的时候,特意绕到那里看了看,那墙上挺正常,没有什么特别的标记,就是很普通灰扑扑的旧建筑的墙。我今天重新又看了一遍监控,确认了我没看错,他确实往上看了看,就是不知道到底看的什么。"

向衡想了想,道:"行,你做得很好。"

"这个有用吗?"黎莞问。

"现在还不知道。"向衡道,"我会跟葛队那边再沟通一下看看。"

黎莞有些失望:"那我再查查许塘被捕那天的监控?"

徐涛嚷嚷:"黎莞你这么上进我们很有压力啊。"

"有压力是对了。有压力才有动力。"黎莞白徐涛一眼。

"嗯,好,从许塘那里找找线索。还可以再看看电信诈骗的旧案。"向衡给黎莞指了一个调查方向,"许塘和段成华从前都是做诈骗的,为这还坐过牢。咱们辖区以前抓过挺多诈骗犯。那些案件资料,你要是有空可以再看看。"

"好呀。"黎莞很高兴。

"可是那些资料分局不是都调走了吗?当初抓到诈骗团伙的案子,也都移交分局了。他们那边比我们这儿的档案全。"徐涛道。

"没事。就跟这记录仪和监控影像一样,这不是多看几遍就看出了新东西。"向衡道。

"没错。"黎莞很有干劲。

徐涛挠挠头,走回位置,坐下了又再转头看看黎莞,对她道:"那诈骗案的档案,我跟你一起查吧。"

"行呀,你等我整理出来分分工,再找你。"黎莞道。

向衡看了看黎莞,黎莞会意,赶紧问:"还有别的事?"

向衡点头:"分局那边今天通知我,想将顾寒山爸爸意外身亡的案子合并侦查,前期调查的工作先交给我负责,需要咱们派出所配合。"

"太好了。"黎莞很高兴,"我那天还跟卢江聊了聊,他说他们平江桥派出所当初做了很多调查,确实是起意外,所以最后没有立案。除非山山有别的确凿证据,达到立案标准,他们才能再开始调查。这摆明了没希望啊,现在能合并到分局案子里一起侦查,那可太棒了。"

... 127

"对，顾寒山做了这么多事情，这么努力，就为了这个。这事确实也有很多疑点。但同样的，没有确凿的证据，光靠猜的，也不行。所以我们先做前期调查吧，总比顾寒山自己瞎撞好，这样太不安全了。"

"好的。我来帮忙。"黎荛自告奋勇。这可是个疑难案子，跟着向衡一起查，那简直是手把手指导。

"确实需要你帮忙。"向衡道，"顾寒山的个性和处事方法，不是人人都能适应和理解的。你跟她投缘，她会比较配合你。这里头细节很多，顾寒山还藏了一些她自己的线索不肯透露，得慢慢做她的工作。"

黎荛眼睛发亮："明白，那八个屏1.5倍速。"

"还有一个诈骗号码。"向衡道，"她曾经跟我说过，想让我帮查一个诈骗号码，后来又不肯说了。我猜那跟她爸的案子也有关的。"

"放心吧，人际关系是我强项。"黎荛道。

向衡默默看她。

黎荛道："虽然你是师父，可我不能违心夸你，这确实不是你强项。"

向衡不太服气，顾寒山这么古怪的人他都能搞定，他的人际关系简直是宇宙第一强好吗？算了，现在不是争这个的时候。

"我会把所有调查资料都给你一份，你先看一看，回头需要她到所里来做做正式的笔录。"向衡道。

黎荛忙点头："行。我一定好好努力。"

向衡又道："你把标记好的石康顺的视频发我一份，我跟葛队说一声，看他怎么安排，回头我们再碰。"

"好咧。"黎荛精神抖擞。

向衡回座位，打开电脑接收了黎荛的资料，又把顾亮案子的调查资料给黎荛传了过去。

葛飞驰接到向衡电话，听清了情况精神一振，他们正顺着之前的疑点摸索，没有突破口，石康顺这个还真是挺让人惊喜的。

葛飞驰马上把向衡发来的视频看了一遍，确认石康顺的视线方向确有疑点。

聂昊带着李新武跑了一趟现场，那个视线方向应该是墙上，但那墙就是个普通的墙，什么都没有。他们把周围环境重新转了一圈，这个地方他们非常熟悉了，已经搜查了很多次，这一次也并没有什么新发现。

石康顺看了墙，为什么？

李新武小心建议："要不要，问问顾寒山？"

武兴分局，葛飞驰也正给向衡打电话："这情况，问一问顾寒山呀，她当时也在现场。"

奇创大厦，第一现场办公室。

会议室里，顾寒山的合作会议正在进行中。

会议一开始，双方都拿出了保密协议，要求对方对签约前的所有商议内容，获得的信息和资讯进行保密，未经对方书面许可，不得对第三方披露。顾寒山对第一现场的保密要求没什么反应，看完了没问题直接签了。她似乎非常习以为常，而第一现场众人对顾寒山也拿出一份保密协议要求他们签署相当意外，这是他们接触到的个人合作方里，第一次会准备保密协议的人。而且协议条款非常严谨，比他们公司的内容还多。

陈博业当场看了顾寒山的保密协议，又传给律师马上确认，飞快走了个流程，这才签下了。

前面的流程和寒暄互动花费了一些时间，拖拉了一阵，这才进入正题。

顾寒山问："之前我提出的合作条件没有变，我需要找到那天平江桥上跳河自杀的那个姑娘，也就是我爸爸跳水想救下的那个姑娘。你们有什么找人的具体计划？"

宋欣抢着答："突然跳出来找人会有些奇怪，理据不足，动机不明，容易被人质疑。现在的网络环境，大家的安全意识都很强，很难得到配合。所以我们讨论的结果是，先做一个系列专题，叫作'从前未完成的报道'。其中一个重点报道会是你父亲的内容。你父亲当年跳水救人意外身亡，后续我们平台没有再跟进报道，我们会假装做企划时提出继续追查，给那些没结果的报道追查一个结局，然后正巧发现之前挑战超脑社、反诈宣传活动里那个爆红的姑娘，就是这个未完成报道里的见义勇为救人者的女儿。"

跟顾寒山坐在一边的耿红星注意到顾寒山放在膝上的手用力握成了拳头，他看了看顾寒山的脸，她的表情没有变化。

耿红星与侯凯言对视了一眼，侯凯言小声问顾寒山："你要不要再喝点水？"

宋欣正说到"这样两件事凑在一起，容易形成热点"，话被打断了有些不高兴。

顾寒山对侯凯言道："没事。"她用力捏了捏手，拆了一颗糖丢进嘴里。

宋欣不说话了，许高锐便补充："你和你父亲都很有话题性，我们会借着你现在的热点对你做一些采访，采访内容里会涉及你的家人，比如你父亲死后，你的家庭状况等等。听说你在那之后生病住院，情况非常不好，这些都是加分项。

不知道你妈妈的情况怎样，能不能也接受采访。"

顾寒山紧紧闭着嘴没有说话，脸冷得像冰。

大家都不说话，气氛有些尴尬。

顾寒山缓了好一会儿，道："我妈妈在我四岁的时候就跟我爸离婚了，我爸独自照顾我，我十二岁时我爸再婚。我继母没什么好采访的。"

顾寒山的声音很冷，会议室里的气氛更尴尬了，耿红星试图解围，道："这挺好的，很惨很悲情，有宣传点。"

一屋子人转头看他，怎么这么会说话，合适吗？

结果顾寒山继续冷冷地说："挺好就行，我无所谓的，你们看着做。"

耿红星低头猛做笔记，他已经尽力了。

侯凯言配合着说："耿红星的意思是说这样故事性很好，我们做报道的时候容易出效果。有了效果，后面找人就会更容易。"

顾寒山又点头，冷声道："行啊。"

陈博业观察着顾寒山，不知道顾寒山现在的情绪到底是怎样，觉得合适还是不合适。

顾寒山忽然从包里掏出了手机，调出一张图片。

大家眼尖，看到是一张黑猫警长，图片里黑猫警长用手指指着屏幕："你能行！"

众人："……"

顾寒山拉过一旁的杯子，把手机架在杯子上，屏幕对着自己，然后道："你们继续说。"

众人无语了几秒。

耿红星和侯凯言跟顾寒山坐在同一侧，忍不住又看了几眼那手机屏幕，一时也搞不清顾寒山是不是用屏幕在跟他们说话。

你能行！

耿红星和侯凯言都感到了一些压力。

耿红星清了清嗓子，道："我们讨论的方案是，把两个报道的主角联系在一起后，追查顾亮先生意外身亡事件后续时，我们会安排一个假的跳水姑娘来认领身份，她来感谢顾寒山，鼓励她好好生活下去。然后我们的报道会揭穿她是假的，于是这位姑娘就说她看到报道后特别心疼顾寒山，而当初那位跳水姑娘竟然一声谢谢都没说过，她觉得看不过去，所以她想帮助我们了结这个报道，别让顾寒山再经受感情上的折磨，才会认领身份，把那个姑娘应该做但没做的事做了。"

侯凯言接着说："这样就能带动一波舆论，大家一起寻找那位姑娘。"

顾寒山看着屏幕上的黑猫警长，问道："如果有了舆论之后，还是没人报料呢？毕竟都过去两年了，事情发生太快，很多人都没反应过来，也许没人看到那个姑娘。如果没人报料，你们还能怎么查？"

耿红星道："这只是我们的初步方案，后续我们会根据情况做调整，一定会尽最大的努力去找人。这个已经是目前最佳方案。我们也需要做很多工作，协调许多人力，最大化使用营销资源，把流量炒起来。我们会把事件铺到每个人的手机上，让大家都看到，肯定能调动起公众情感。要相信网络的力量，如果真有知情人，一定会报料的。"

话说得挺自信，应对也得体，但顾寒山道："调动公众情感有什么用？情感是靠不住的。"

这话说得，让耿红星抿了抿嘴。宋欣看了看许高锐，许高锐脸上也有同样的表情。这也太不好说话了。

陈博业道："顾同学，做媒体，我们比你有经验。"

顾寒山不管他们的经验，她道："知情人一定是跟那个姑娘有关系的人——她的家人、朋友，或是其他比较亲密的人。讲感情，他们跟你们的感情深还是跟那姑娘的感情深？如果那个姑娘跳水这事产生了恶性后果，他们怎么可能报料。"

耿红星有些被打脸的感觉，但他既然是项目接口人，他就得接这话。他道："细节的部分我们在撰稿时会再研究，一定会在导向上做好工作。"

顾寒山道："用情感煽动，再加上悬赏奖金吧，十万块。"

她这豪迈的语气仿佛在说十块。

所有人均是一愣。

陈博业开口："如果你有这个想法，我们得再开会商量一下怎么执行。给钱这事也得有名头，给得太生硬反而会冲抵掉情感方案的效果。"

"生硬吗？还会冲抵效果？"顾寒山皱眉头。给利益当然比讲感情管用。

许高锐道："是的，悬赏也是要讲方法的。给得好是好人好事的奖励，给得不好就是硬广炒作，效果完全不一样，吸引到的受众群体也不一样。如果你想做成悬赏的活动，方案需要重新讨论。目前听起来，我觉得还是我们刚才的那个提案更合适。"

"我觉得有钱拿当然会更有动力。这是人性。包装那还不简单吗？比装成道德圣人更容易让人接受。做好事能拿钱，正常人的大脑看到十万块，会自动帮他们想好接受的理由。他们会觉得自己不是为了钱，而是因为善心道义。"

众人:"……"要这么直接吗?

顾寒山又道:"而且不是我悬赏,是你们悬赏,这笔钱由你们出。"

众人:"……"大家一脸蒙。哇,你这个更直接,还过分。

你找我们平台合作帮你找人,没收你钱就不错了,还要帮你出钱。

耿红星和侯凯言也很意外,之前完全没想过这个。

陈博业看了一圈大家表情,把话头接过:"这个方案我们没有讨论过,但如果涉及出资,我们倒是讨论过合作的另一个部分,就是我们与你签经纪约,代理你日后的所有业务。那样就不只是十万了,还会有更多收入。"

顾寒山摇头:"我不打算做网红,我对金钱和物质的需求不高,我不签经纪约。我用我的隐私,全世界独一份的大脑构造、特殊经历授权你们做节目,你们能赚取巨大的流量和收入,你们从中拿出十万块,根本就是九牛一毛。而且按行规和市场情况,你们拍摄我的专题纪录片,也是需要付我费用的。这笔钱我不要了,转为找人的赏金就好。"

众人听得愣愣的,说得真是大方,这空手套白狼。

许高锐与宋欣看向了耿红星和侯凯言。

耿红星超级尴尬,忙道:"这个,我们之前没有谈到钱的部分。"

"所以你们开过这么多次会,是打算分文不付,白拿资源的?"顾寒山问得众人一阵沉默。不然咧?

陈博业更老到些,他沉稳应道:"确实可以有一些费用补贴,毕竟占用了你的宝贵时间。但金额多少,我们得再沟通一下。十万太多了。"

顾寒山平板板道:"十万很便宜了,我知道价格。既然你们想做我的纪录片,想报道我爸,你们还可以再做做功课。我爸,顾亮,在公关界企业危机处理方面很有名气。他跟媒体打的交道太多了。我甚至记得你们第一现场参与企业公关事项中的每一笔收入和支付明细,如果需要,我可以背给你们听。"

一屋子人无语,真是从来没见到这种人。

顾寒山环顾一圈,开口念了个表格名目,还真打算背起来。陈博业一听她说的内容,就知道是哪个项目的内容,他赶紧打断顾寒山:"不需要背。"

顾寒山看着他的眼睛,道:"看来陈总心里有数。十万,真的很便宜。你们糊弄不了我,我不是小白,我身后站着我爸。"

第一现场众人再度陷入沉默。

除了耿红星和侯凯言这两个第一现场新人,其他三个老员工,尤其陈博业,心情相当复杂,第一现场在业界称雄多年,还没见过在他们地盘这么耍威风的人。

屋子里陷入沉默，弥漫着尴尬的气氛。

陈博业被顾寒山点了名，好像他欺负了一个丧父孤女似的。旁边的许高锐想解个围，一时也没想到该怎么说。

听上去顾寒山说得也不是完全没道理。

这就更让人尴尬了。

陈博业和许高锐心里也明白，有些合作，确实不止十万，这个数目不大。但就是顾寒山这事一开始是她主动送上门的，谈判的局面一直是他们掌控啊。

耿红星这时候扛起了接口人的责任："顾寒山，费用这个细节我们需要再开会讨论一下。这次开会也是我们双方第一次的正式洽商嘛，主要是沟通一个意向。刚才我们说了我们的方案，你在方案里加上了悬赏金这个条件，我们记下了。"

侯凯言打着配合："还有经纪约你拒绝了，我们也记下了。你也明确了在个人专题节目和纪录片合作里不收任何费用，但寻人的悬赏金由我们公司支付。你看，是这些条件吧？"

"对。"顾寒山点头。

"那你看，还有什么别的问题吗？"耿红星再问。

顾寒山道："六个月之内找到那个姑娘，我签给你们三年制作节目的时间，做出多少是多少，节目版权归你们。三年之内足够拍完我的所有素材，其他的内容你们需要拍的，与我无关。这期间我参与帮助你们策划撰写的科普文本等等，你们还可以继续使用。我配合你们宣传，参与你们的线下活动，五年。合同期满我不再参与任何活动。但六个月之内找不到人，或者不是由你们找到的，合作终止。在这期间拍到的所有内容，比如超脑社、比如反诈游戏，又或者后期还有一些新内容，总之，拍到的都归你们使用。你们也不会吃亏。"

侯凯言飞快地做着记录。

顾寒山道："不用记，我记得我们说过的每一句话，我会给你们一份记录的。"

大家沉默了一会儿。

顾寒山问："你们呢，还有什么想问我的吗？"

陈博业开口了："我们确实还有一些顾虑。就如同之前所说，时隔两年，突然跳出来找人确实有些奇怪，从前也有一些人基于不良的动机寻人，有一些潜在社会危害，这类事容易被人质疑。我需要顾同学详细说明真实的原因，以及之前是否用过什么方法。因为一旦我们大张旗鼓开始运营这项目，节目上线，就会有铺天盖地的留言和网友反馈，如果因为你之前做过什么，或者你真有什么不良动机，到时拖累了我们平台，造成的损失可不是钱能衡量的。"

顾寒山的脑中又出现了父亲落入水中的画面，水里有个姑娘，看不清面貌。她捏紧了拳头，盯着黑猫警长的图片看，有一点用，但并不完全支撑她应付这些问题。

顾寒山看了看时间，然后拿出了药瓶，就着矿泉水，吃下了一颗药。

众人有些吃惊。宋欣和许高锐甚至本能地往后仰了仰，似乎下一秒顾寒山就得变身。

顾寒山吃完药又盯着黑猫警长看了一会儿，药效还得有一会儿才能起来，但她现在好受一些了："抱歉，我得按时吃药。"

"没事，没事。"耿红星帮她圆场面。

顾寒山再缓了一会儿，道："拖了两年才找人是因为我在住院。我出院没多久，做不了什么事。我现在是警方的证人，在帮助他们破案，我给过你们警方的电话，给过你们我主治医生的电话，你们随时可以查。我没法为我没做过的事做证明，也没法为未来没发生的事做证明。做媒体的担心网民的反应，是我听过最奇怪的借口了。"

陈博业被撅了这一下，也不介意，和气地解释道："因为我们公司曾经受过警方就你父亲死亡事件进行的调查，虽然目前还没什么问题，但我们不清楚这后头是否有什么负面情况。我们是上市公司，不能只看获得多少利益，还得全盘考虑风险有可能造成的损失，总不能最后得不偿失。"

顾寒山回道："警方的调查那你应该去问警方。"

陈博业摇头："我们要求，在合作里，你必须定期如实汇报你父亲案件情况的进展，警方没有透露的除外，当然对这些消息我们会严格保密。如果你故意隐瞒、撒谎，对我公司造成利益损害，我公司有权终止协议，你需要赔偿全部损失。"

汇报全部案件进展？耿红星看了一眼陈博业，再看看顾寒山。

"没问题。"顾寒山答应得非常爽快。

"那我们就没什么问题了。"陈博业道，"费用方面，以及节目方案、寻人计划这些，我们再开会商议，出了具体方案后再与你协商。"

"策划案和合同一起弄吧，再给你们一个星期。下周一中午12点。这中间有任何问题，让耿师兄和侯师兄联络我。另外，他们两个是项目接口人这事也要写进合同里。"

许高锐和宋欣脸色不太好看，陈博业一口答应了。

顾寒山出了奇创大厦，疲倦地坐在了路边的长椅上，看了看表，都已经下午5

点了，这点事居然耗了一天。

顾寒山坐了好一会儿，她想起来应该给向衡报个信："报告警官，开完会了。"

她把信息发了出去，又给黎荛发了信息报平安，没一会儿向衡的电话便打了过来。

"你在哪儿呢？"向衡问她。

"朝阳街。"

向衡道："那你在那儿别走，我去接你。"

这正合顾寒山意，她觉得很累："好的。"

二十分钟后，向衡找到了那张长椅，远远看到顾寒山闭眼坐着，向衡刚过去，顾寒山便睁开了眼睛："你好，向警官。"

"我以为你睡着了。"

"然后你打算教育我不要在大街上睡觉，有危险。"

"是的。"向衡故意板起了脸。

顾寒山弯了弯嘴角。

向衡看着她的表情："你会笑了，顾寒山。"

"没有皮笑肉不笑了吗？"

"没有。"

"眼睛也会笑了吗？"顾寒山再问。

向衡默了下："刚才笑太浅了，没注意到眼睛。"

顾寒山又笑了一下，这次动作大了些。

向衡笑了："这次不行了，太假。"

顾寒山恢复了冷淡脸："我回家再练练。"

"每天都练吗？"

"是的。"顾寒山道，"练到找到真凶为止。"杀死他们的时候要笑给他们看。

向衡探究地看她的表情，顾寒山回视他："别担心，我答应你的事会做到的。"

向衡坐到她身边："我会很努力的，让你不必打这个电话。"

顾寒山不说话，她是不会放弃的。

两个人默默坐了一会儿，顾寒山道："向警官，我今天对自己的表现非常不满意。"

"怎么？"

"我没法控制大脑，不够从容，如果不是我原本就没什么表情，可能我已经输了。我搬出了我爸爸，因为我确实什么社会经验都没有。但是我爸爸已经不在了，他们会知道，我不过是虚张声势。"

向衡道："你不必担心这个，这世上除了时间，所有的人和事都会虚张声势。"

顾寒山认真看他。

向衡被看得有些脸热，装一装人文气质不行吗？他清了清嗓子，回到自己强项："你有他们想要的资源和内容，你说话的表情语气特别能唬人，他们也肯定虚张声势，现在大概也在公司里复盘今天谈判的失误。"

"你说得对。"顾寒山道，"这也是我遗憾的地方。如果是我爸，或者是你，就能看出来他们究竟怎么想，就能把握住他们的心态，牵着他们鼻子走。我明明有他们很想要的东西，却还这么被动。"

向衡有些意外，他一直认为顾寒山是自信满满的，却原来对自己要求这么高，这么不满意。

顾寒山又道："我虽然不能马上学会表达情绪和表现表情，但我至少应该像我爸那样，谈笑风生，从容不迫，把握全场节奏，轻松风趣，但是让对方很有压力。"

向衡道："你跟他虽然风格不同，但效果是一样的。"

顾寒山看了他一会儿："你跟我爸一样，都很会夸人。学习了。"

向衡："……"

顾寒山又补一句："我会好好练的。"

向衡无语，转了话题："有件事要问你。"

"你说。"

"当初在许塘命案现场，你指认了一个胡磊的同伙，说他跟胡磊在一辆车上。"

"太华路巷口，黑色丰田卡罗拉，从东往西数第二格停车位。灰色带帽长袖卫衣，胸口有个兔子的图案，黑框眼镜，黑色短发。"

向衡点头："是的，就是那人，他叫石康顺。我们现场要抓他的时候，他突然转身就跑。但他并不是因为发现警察要抓他逃跑的，我们怀疑在现场还有情况，需要你再仔细想想，看看还能想出什么来。"

向衡记得顾寒山说的心理暗示和引导，为了不影响顾寒山的回忆，他没有说"看墙上"这么具体的细节。

"还有情况？"顾寒山看着向衡的脸，但她的目光并不聚焦，向衡知道，她的思绪已经回到了那个夜晚。"没有别人了，我没见到其他人与他有视线交流。"

"或者是什么东西？"向衡提示她，"石康顺逃跑的时候，你与我面对面站着,你告诉我这个人是同伙,我通知同事靠近他抓捕他,在那个时候,你一直在观察石康顺的那个方向吧?你还看到了什么?"

顾寒山沉默着,向衡耐心等待。

"楼上有孩子的哭声。"顾寒山过滤着脑子里排山倒海的讯息内容,"有对情侣在人群外头吵架,有辆车停在了街边,车牌号XXXXXXX,有人提着行李箱下车,应该是辆网约车……墙上有道光束闪过,有人拿手机拍摄被警察阻止……"

向衡等她多想了一会儿,没听到什么特别需要注意的,这才问她:"你刚才说,墙上有什么?"

"有道光束。"顾寒山道,"圆形的,像是手电筒的光,闪了几下。"

"什么时候闪的?"

"在石康顺跑掉之前。"现场的画面在顾寒山脑子里重演了一遍,细节清清楚楚,"石康顺看了看墙,墙上光束闪了三下,石康顺转身跑了。跑之前还推了旁边一个大妈,大妈大叫了一声,踩到了旁边一个小伙子,小伙子后退一步,撞到了另一个中年男人,那男人也叫了一声。徐涛警官追了过去,你也转身追了上去。"

向衡马上掏出手机拨给葛飞驰:"葛队,顾寒山看到墙上有束光,像是手电筒的光。石康顺是看到光跑的。他跑之前推了旁边一把,制造混乱。"

葛飞驰听得差点跳起来。

果然最灵的还得是顾寒山!

"带她去燕山路,重演一次现场。"葛飞驰挺激动,缓了缓,冷静了一些再道:"哎呀现在这个时间天还不够黑,让她先吃个饭,不着急哈,好好吃一顿,我请客。我们也得准备准备。你带她吃完饭了过来,我们在燕山路等你。""好的。"向衡挂了电话,告诉了顾寒山。

顾寒山晚上没事,愿意去帮忙,但她今天这顿不要葛飞驰请客:"我今天不舒服,没什么胃口,等我哪天准备好吃大餐他再请吧。"

向衡:"……"你怎么就这么不会客气呢。"饭总得吃吧。"

顾寒山犹豫着。

向衡又问她:"你今天都吃了什么?"

"早餐是一个三明治和一杯奶。"顾寒山把一天吃的食物全都报一遍,向衡听得一脸黑线,最后就记得了药配糖。

向衡瞪着顾寒山。

顾寒山想了想:"要不,去喝粥?我知道那边有家粥铺还不错。"顾寒山指了指方向。

向衡拉她起来，领着她朝那个方向去。

顾寒山却扯他衣袖往另一边去："先去买糖。"

向衡又转身，陪她去买糖。

顾寒山熟门熟路地进了零食铺，不逛不看，直奔放糖的货架，拿了就走，买东西的效率向衡自叹不如。

付了款，出了店门，顾寒山把糖包装拆了，分了两颗给向衡。

"我不吃糖。"向衡推辞。顾寒山二话不说收回去了。

向衡被她的举动噎住，实在没忍住，他给顾寒山提了建议："你可以跟我再客气一下。"

"为什么？"顾寒山把糖收好。

这问题问得，向衡没好气："因为我也只是客气一下。"

顾寒山微歪了歪头看他，看得向衡脸有些热。怎么了，不能客气？你再坚持一下我就收了，不行吗？

顾寒山伸手在包里掏了掏，又把两只手背在了身后，摸索了一会儿，然后两手握着拳伸了出来，摆在向衡面前："你猜哪只手里有？猜中就给你了。"

好幼稚。

向衡脑子里闪过顾寒山在反诈活动里说的"你以为是你做的选择，其实是我"，还真有些不服气，这么牛？他认真看了看两只手，肌肤雪白，手指纤细，拳头把糖全掩盖住了，完全看不出来。

向衡指了指右手："这边。"

顾寒山把右手亮出来给他看："没有。"

向衡："……"

没等向衡说话，顾寒山再把左手也亮出来给他看："也没有。"

向衡："……"

顾寒山弯了眼睛，背着手走了。

向衡愣在原地，顾寒山，你真的会笑了。

向衡回想了一会儿顾寒山刚才的表情，那微弯的眼角，眼里浅浅的笑意。向衡吸了一口气，赶紧跟上了顾寒山。

"顾寒山，你很高兴吗？"

"又高兴又不高兴。"顾寒山答，"我爸的案子能够合并侦查很高兴，但是跟第一现场谈判不高兴。你来接我很高兴，葛队需要我帮忙我也高兴。"

向衡有些想笑，顾寒山你有点啰唆你知道吗？

向衡的手机响了一声，他伸手进口袋拿手机，却摸到一颗圆圆硬硬的东西，他拿出来一看，是颗糖。

向衡举着这糖，对上了顾寒山亮晶晶的眼睛。

"你开心吗？"顾寒山问他。

向衡不答，把糖放回口袋，拿了手机看信息，不是什么重要内容。他按灭手机。顾寒山跟在他身边迈着步子："你开心的，你笑了。"

确实藏不住笑容，向衡干脆夸张假笑一个给顾寒山看。

顾寒山道："一会儿见了葛队，我也这样给他送颗糖吧，他也会开心的。"

向衡的笑容收了回去。

顾寒山还问他："你说是上回捡到钱变颗糖好玩，还是这次猜不出糖变颗糖好玩？"

向衡不想搭理她。

"葛队人很好，他帮了我，他愿意承认段成华是被控制的，他让案子能合并侦查，我要感谢他。"顾寒山道。

"你感谢他还要等吃大餐的时候才让他请客？"向衡揭穿她这小心思。

"一码归一码。"顾寒山振振有词，"请客是他感谢我。送糖是我感谢他。"

怎么这么有道理。向衡吐槽她："那你这颗糖也太礼轻情义重了些。"

顾寒山道："送糖两秒钟，台下十年功，你说重不重？"她重又握拳，再打开，有颗糖，又握上，再打开，没有糖。"有趣吗？你行吗？"

向衡："……"显摆什么？看来今天心情真的不错。

"书上说会点小魔术有助于增进感情赢得好感，幸好我从前就练过。那句机会是留给有准备的人的，确实很有道理。"

向衡真是没好气，你还真是练过好本事了："就是太有趣了，葛队年纪大了，受不了这刺激。"

顾寒山看了看向衡，不是太相信："真的吗？"

"真的。你不如送他个罪犯。"

顾寒山想了想："行吧。"

还行吧，跟真的似的。

第十五章
对峙

天色微暗,路灯亮起。

向衡与顾寒山吃过了晚饭,跟葛飞驰联络好,大家燕山路会合。葛飞驰他们已经做好了准备,就等顾寒山这个目击证人到。

开出了两条街,顾寒山忽然道:"葛队的礼物!"

向衡吓一跳:"什么?"他的车子刚刚拐弯。

顾寒山喊道:"快绕回去。"

向衡没明白:"什么情况?"

"绕回刚才路过的那个红色屋顶餐厅。"顾寒山一边说一边掏出手机,按了免提,给葛飞驰打电话。

葛飞驰很快接了:"顾寒山。"

"葛队。"顾寒山道,"我不是个管闲事的人,这次全都是为了你。"

向衡:"……"

葛飞驰显然也被镇住了,这甜言蜜语,有点吓人,他咳一声,问:"向衡在哪儿呢?"

"在开车。"向衡幽幽答。

顾寒山不管他们的反应,只道:"我看到了吴凯乐。"

向衡在脑子里过了一遍,没想起来这人是谁。

但葛飞驰的语气变了:"吴凯乐?"

"就你们办公室墙上贴着的好几张通缉令，上面那个吴凯乐。"顾寒山道，"我路过你们办公室的时候看到过。"

"我知道他是谁。"葛飞驰道。

"是谁？"向衡问。

"H省的，G市人。偏执，暴力，反社会。他女朋友要分手，他不干。严重伤人，谋杀未遂，在G市犯的案。他从前当过兵，反侦查意识特别强，非常危险，到现在还没抓到。他女朋友一家从G市搬到我们这躲着呢。"

"搬到了江南路吗？"向衡问。

葛飞驰一愣："妈的！"

向衡一踩油门："把他资料发我手机，我正拐回去，一会儿做确认。"

顾寒山插嘴："我已经确认了。"

向衡继续道："通知指挥中心，马上派人来！"

葛飞驰叫着："别挂电话。"他转身叫上聂昊，让他拨通指挥中心："顾寒山他们发现了吴凯乐。"

电话里传来聂昊和其他的警察惊呼。向衡稳稳地开着车，心想这通缉犯很可能是个人物。隐隐又听到有人说顾寒山简直是罪犯追踪雷达。向衡不出声，但顾寒山却对着电话道："不是我，这条路是向警官开过来的，我是被动路过。"

向衡："……"为什么要解释？罪犯追踪雷达这个名头不好吗？

葛飞驰听得顾寒山的话回道："是，是，你和向衡都很厉害，谢谢你们。"神探加神犬，真的没冤枉你们。

这边指挥中心已经接通了，聂昊说了基本情况，葛飞驰喊道："向衡，顾寒山，已经派出巡警了，你们说说详细情况和位置。"

顾寒山便道："江南路红色屋顶餐厅，外屋檐全刷成红色，名字就叫红色屋顶。吴凯乐就站在这餐厅外面的一棵树旁。戴着帽子、黑框眼镜，灰色T恤，左胸有个白色商标LOGO，我不认识这个牌子；浅蓝色直筒牛仔裤，黑色球鞋，白鞋底，商标N字母；斜背着一个黑色的肩包。"

非常好，一如既往地详细靠谱。葛飞驰与指挥中心说清楚了，那边马上与巡警通报。

"盯好他，向衡。一定要盯好他，不能让他找到那姑娘。我们现在也过去。"葛飞驰一边跑一边道，"这回一定要抓住这个王八蛋，他砍了那姑娘八刀。姑娘手没了，脸上留了疤，捡回一条命。我印象太深了。那姑娘叫婷婷，还跟我一个姓。"

顾寒山看了看向衡。向衡面色沉沉。顾寒山这次能看懂，他生气了。

向衡问："没详细地址没电话是吗？"

"对。"葛飞驰应着。保护计划，没在内网资料里写受害人这些信息。"都大半年了，一直没抓到他，我们市里也没收到通报说这人到本市了。就是之前G市那个负责这个案子的支队长出差过来，说过一句那姑娘在我们这一片，所以我们分局就把这协查通缉贴出来让大家特别留意。"

"联络那位队长，要详细地址要电话，赶紧找到那姑娘，示个警。"向衡道。

葛飞驰正有此意："这就打，我挂了。我现在出发，见面说。"

向衡打着方向盘，拐回了江南路。

这条路与几分钟前没什么区别，向衡交代顾寒山："一会儿再路过那个餐厅，你用手机拍下那人照片发给葛队。要小心点，别让那人发现。我们的任务就是确认这人的身份行踪，盯好他，然后等分局和巡警过来把他抓住就好。"

"可他现在不在了。"

向衡远远也看到那树旁似乎没人了。"等我开过去你仔细再看看。"

"他没在这街上了。"顾寒山道，"我现在一眼能看到的整条街里，没有他了。天不算太黑，路灯和店铺灯光够亮，我能看清，他不在了。"

向衡："……"

"我意识通达的带宽比一般人大很多，我视线范围内的细节都能进入意识。信我，他不在了，不在这街上。可能进了某个店里，或者转到楼后面，有障碍物挡着他，或者他已经离开。"

向衡皱了皱眉，他的手机响，有信息发进来。

向衡小心地看车前，一手迅速点开手机，是分局那边发过来的吴凯乐的照片和通缉资料，紧接着指挥中心的电话打进来了。

向衡把手机接通，按了免提："向衡。"

"指挥中心，汤荣。"汤荣迅速切入正题，"武兴分局葛飞驰报告你们看到了吴凯乐，江南路。现在是什么情况，确认了吗？"

"没有，我拐回来了，没看到人。"向衡答道，他现在驶过餐厅，没有看到吴凯乐。向衡把车子停下。

"我们现在正盯着江南路安全监控，这路口两边都设了天网。"指挥中心大屏幕上密密麻麻播着各路段天网监控，另一边的屏幕上江南路的监控画面被分成了九个小屏播着，几个技术员正在审看。屏幕上红框跳跃着。

"人脸识别没有找到吴凯乐，也没有符合你们说的衣着特征的。你们发现他的地方没有监控摄像，我们还没有找到他怎么越过路口监控到达路段中间的餐厅。"

向衡默了默："他有帮手。大摇大摆是不可能从这个省跑到那个省还躲开天网的。"

顾寒山忽然道:"手没了,脸上有疤是吗?"

向衡一震,下意识地往前方扫视:"你看到她了?"

"粉红色开衫,白色打底衫,马尾辫,右手戴着白色长手套,右脸鼻翼旁有道浅浅的疤。黑色长裤,棕色平底鞋。我们车子拐进这条路的时候,她刚走进那里。"顾寒山指了指斜前方两栋居民楼之间的窄路。

他们刚拐进来,那得是差不多半分钟之前?

向衡有些惊疑:"这么远你能看到脸上的疤?"还是浅浅的疤?

"不是刚才看到的。更早之前我们的车子驶过路口拐进江北路时,她正从天桥走下来,当时离我们最近距离不到两米。衣着和步态全都对得上,你信我。"

向衡信。

他差点跳了起来。

这就是吴凯乐从这街上消失的原因,他等到他要找的人了!

"巡警三分钟就能到!葛飞驰他们在路上了!"汤荣迅速道。

"来不及了!"向衡抄起手机,推开车门,对顾寒山道:"你在车上等着。注意安全。"

"我们的任务不是盯好嫌疑人的动向,然后等警察来吗?"顾寒山没慌,她冷静问。

"情况有变,随机应变。"向衡急匆匆丢下一句,"我就是警察。"

向衡跑了,迅速奔向顾寒山说的那条窄路。

顾寒山静静看着他的背影。

指挥中心,技术员对汤荣道:"没错,搜到了,是有这个姑娘。"

汤荣看向屏幕,那是三分钟前的画面。一个穿着粉红色开衫,马尾辫,右手戴着白色长手套的姑娘从路口天网监控摄像头跟前走过。

她的右手僵硬,摆动不如左手自然。她的右脸上,鼻翼旁有道浅浅的疤。

"厉害。"技术员感叹了一句。

汤荣赶紧道:"通知巡警,马上。"

他自己打给了葛飞驰。葛飞驰听到消息,吓了一跳,这是谋杀进行时了?!

"向衡挂电话了。他什么状态?"汤荣问。

"什么状态?"葛飞驰也反应过来了,"他之前跟我说他下班了,去接顾寒山。完了!"

一个下了班的派出所普通民警。

那就是赤手空拳啊。

"快,踩油门,快点!"葛飞驰猛拍驾驶座椅子靠背,他再次拨打了G市负责案子的警察电话，急得吼道："你他妈的接电话呀！"

向衡跑进窄路，寻找灰色T恤和粉红色开衫，他竖着耳朵，判断是否有异常的响动。

没有这样衣着的人，没有人喊救命，没有尖叫挣扎打斗声。

向衡没有停，他一边跑一边判断地形。

天还没全黑，有路灯，有行人，在哪里动手合适？

没有当街就行凶，表示吴凯乐还是冷静的，他并没有冲动到打算同归于尽。况且他来到这里是有帮手的，他是否还盘算好了退路？

那么，他会先控制住她，逼她带他回家……

他这么辛苦才找到她，这么深的恨，不能轻易就让她死掉。她的家人保护了她，她的家人也是他的仇人！

向衡忽然看到一盏路灯下的地上有枚方形的"福"字戒指，再过一段，另一盏路灯下，是块女式手表。向衡加快脚步，然后他看到了一把钥匙，上面挂着一个小吊饰。继续往前，在一个楼道门口附近，看到了一个白色长袖手套。

她不敢挣扎，但她仍然心存着向家人示警的一线希望。

多么勇敢的姑娘！

向衡打开楼道门，看到电梯显示屏的数字：6。

停在了六楼。

向衡从楼梯往上跑，跑到五楼时听到了哭声，越靠近六楼那声音越大。向衡停在六层楼梯间的防火门后，悄悄向里看。

"没有钥匙，我忘了带了，打不开门。"那姑娘哭着。向衡看到了她的模样，脸上有疤，右手是义肢。这就是葛婷婷。

"别耍花样！"吴凯乐压着葛婷婷，两个人紧紧挨着，向衡看不到他手上拿的什么凶器。

向衡掏出手机，做了设定，然后把门开了一条缝，把手机在地上推了出去，手机滑向楼道那一端。葛婷婷和吴凯乐对峙中，都没注意到。

向衡站直了，从口袋里摸出一支笔，在门后做好准备。

"你杀了我！杀了我！"葛婷婷大声叫着，她忽然豁出去了，大声喊，"救命啊，救命啊！"

吴凯乐伸左手捂她的嘴，葛婷婷用力挣扎，这时候吴凯乐看到了她的右手。右手上的手套没有了。

吴凯乐愣了半秒，意识到发生了什么。他举起右手，露出匕首，也大叫起来："那你就去死。老子先杀你，回头再送你妈下地狱！你以为……"

"哇儿哇儿哇儿……"楼道里忽然响起了尖锐的警车警笛声响,吴凯乐吓一大跳,他下意识转头一看,没看到任何人。

这一瞬间,他眼角余光看到有个人影扑了过来,他还没来得及反应,那人已经狠狠将他撞开。

吴凯乐的背撞到了楼道墙体,但他本能地把匕首握得更紧。

他不管不顾,手腕一转,抡起匕首朝面前的人就扎过去。

那人错步一闪,右手迅速朝吴凯乐持匕首的手腕扎来。

"哧哧"两下,吴凯乐手腕中招,他本能往后一退,后背再次碰到了墙。

"跑!"向衡大喝一声。

葛婷婷从地上爬起,冲进了楼梯间。

"你妈!"吴凯乐见状便要冲过去拦,他的匕首狠狠刺向葛婷婷的后背。

向衡迅速踏前两步,旋身一转,以肩背顶住了吴凯乐的右肘。他的右手一松,圆珠笔自由落体向下掉,左手已经顺势接住。他用右手紧紧握住了吴凯乐的右手腕,挡住了他对葛婷婷的攻势,移到左手的圆珠笔顺畅地扎向吴凯乐的肚子。

一串动作行云流水,闪电般完成。

葛婷婷成功冲进了楼梯间。

吴凯乐被扎中痛叫一声,但圆珠笔并不能对他造成太大伤害。他左肘一屈,挡下了向衡的下一击,左腿向向衡下盘攻去。

向衡早有防备,他预判了吴凯乐的动作,左手圆珠笔这一击是假,趁着吴凯乐缩腹往后躲的力道,右肩一顶,胳膊一抡,腰腿一个用力,将吴凯乐过肩摔抡到了楼道墙上。

"砰"的一声巨响,吴凯乐往墙上一撞,摔在地上。

地上手机的"哇儿哇儿哇儿……"刺耳警笛声终于停了。

有邻居终于耐不住开了条门缝偷看,只一秒便"砰"的一声重重关上。

吴凯乐手持匕首站了起来,他立了个标准的格斗预备姿势。

向衡的格斗姿势同样标准,他故意晃了晃手里的圆珠笔,就像是对吴凯乐的嘲笑羞辱。

"妈的!"吴凯乐骂了一句,狠狠朝向衡扑来。

向衡全神贯注。

吴凯乐唰地一刀袭来,向衡后退闪身躲过。吴凯乐第二刀紧逼而至,向衡身后已无退路,他矮身错步,旋身贴着与吴凯乐绕开。在与吴凯乐擦身而过时,迅速往他腋下一刺，人已经转到了吴凯乐的后方。

吴凯乐受此一袭，痛得闷哼一声，但一个回旋踢动作毫无停滞，迅速朝向衡头部扫去。

向衡双肘交叉，胳膊拼成十字挡住了这一脚，但也被踢得噔噔噔后退几步。

吴凯乐一击得手，迅速扑向楼梯间，刚拉开门时就被向衡从背后扑倒。吴凯乐倒地一边护住头部一边反手就要给向衡一刀。

向衡握住他手腕，架住了那把匕首。吴凯乐拼全力紧紧握着匕首奋力向向衡刺去。向衡一时夺不下刀，脚一扭在地上一蹬，腰一用劲，拉着吴凯乐在地上一个翻转，他想将他压制成俯趴地面的姿势。

吴凯乐大吼着屈腿向后踢，踢向向衡的后背，要把他从自己身上踢下去。

两人在地上再滚一圈，扭打到了电梯门口。向衡握住吴凯乐握匕首的手腕往地上砸，吴凯乐痛叫着用额头猛击向衡鼻梁。

"叮"的一声，电梯门开了。

向衡侧头躲开了鼻梁，但眼眶被撞击了一下，剧痛从眼角炸开。电梯门开，两个孩子笑闹着冲了出来，看到眼前情景开始尖叫。两重效果让向衡略一分神，吴凯乐趁机屈腿给了向衡腰际一脚，将他踢开。

吴凯乐抓着一个孩子就往向衡方向的墙上砸。

在孩子和他奶奶的尖叫声中，向衡一个飞扑，挡在了孩子和墙中间，把孩子救了下来。但就是这么一会儿，吴凯乐已经拉开楼梯间的门跑了。

向衡被这一撞撞得后背和胳膊生疼，有些缓不上劲。惊恐的老人抱着哇哇大哭的孩子往后退。向衡撑着身体跳起来，对他们道："我是警察，快回家关好门。"

他说完头也不回，也朝楼梯间冲去。

吴凯乐已经冲下了楼，他狂奔着，没有看到葛婷婷，他心中暴怒。警察马上就要来了，他没有时间了。

"啊啊啊啊！"吴凯乐不甘心，他好恨！好恨！

仅剩的一丝丝理智催促他赶紧往约好的退路去，要来不及了，他得逃！留得青山在，下次还有机会杀她！一定要杀掉她。

吴凯乐朝楼后通往另一条路的巷口跑。跑到路口的时候他居然看到了葛婷婷，还有她那个死鬼老娘。

"葛婷婷！"吴凯乐咆哮！

葛婷婷刚跑下楼就遇上了刚下班回来的母亲陈玉。陈玉看到路上葛婷婷丢在地上的东西，吓得把从食堂打回来的饭菜撒了一地。她正又惊又疑不知所措，却见女儿冲出楼道。

母女俩惊恐相拥，葛婷婷语无伦次说："他来了，他来了……"她指着被吴凯乐劫持时的方向，又指指楼上，陈玉不再问，拉着葛婷婷朝着反方向跑。

两人跌跌撞撞，几欲摔倒，跑出好长一段，陈玉正要说"我们报警"，这时却听到吴凯乐的大吼。

噩梦一般的声音。

葛婷婷脚下一绊，摔在地上。陈玉要拉她起来，但吴凯乐转眼已经冲到了跟前。

陈玉转身面对吴凯乐，手无寸铁，只得握紧拳头，挡在了这个魔鬼和女儿中间。

吴凯乐嘶吼着，看也不看，一把将陈玉推开。

葛婷婷已经爬了起来，她拔下了右手义肢，当作武器，猛地朝吴凯乐的眼睛挥去。

吴凯乐刚推开陈玉，眼前一花，眼睛被击中。

这一击出乎他的意料，他毫无防备，而陈玉舍命扑起，用力撞开吴凯乐。吴凯乐眼睛正痛，平衡不稳，被撞得退了好几步。

葛婷婷拉起母亲，两人拼命奔跑。

"救命啊！救命啊！"

葛婷婷与陈玉奔跑哭喊。

吴凯乐极度愤怒，他捡起掉落地上的匕首，追了上来。

一辆轿车冲上了人行道。

吴凯乐抓住了陈玉的衣领。葛婷婷尖叫着把义肢砸向吴凯乐的脸，用力抱住了母亲的腰把她拉开。一旁有个大叔提着个扫把冲过来挥向吴凯乐："滚开！"

吴凯乐一把抓住大叔的扫把，一个用力，大叔被甩倒在地。

葛婷婷抱着陈玉往后退。

那辆轿车冲了过来，朝着吴凯乐直直撞了过去。

吴凯乐正红了眼杀意腾腾，忽见一辆车撞过来吓了一跳。他往旁边一躲，但那车子灵巧摆头，将他和葛婷婷母女隔开。

吴凯乐待绕过去，那车子打转横扫，依旧将他们隔开。

"你妈！"吴凯乐猛踢车子一脚，那车子竟然毫无顾忌朝他撞了过来。

吴凯乐大惊，迅速后退。

"砰"的一声，吴凯乐被撞倒扑在车子引擎盖上。

吴凯乐抬头怒骂，看到了司机。

... 147

那是一个年轻女孩子。肤色白净，长发披肩，看上去弱质纤纤，像个学生，但她的眼神很冰冷。

吴凯乐愣了愣，感觉像看到了同类的眼睛。

顾寒山撞倒人并没有停车，她还在往前开，车速并不快，但吴凯乐被顶着走，无法脱身，车子向前移动，将吴凯乐压在了路边围墙上。

四周有人惊呼。葛婷婷与陈玉互相搀扶着，站在车子旁边，惊疑地看着顾寒山。

吴凯乐疯了一样挣扎，他捶着引擎盖，大声怒骂，指着顾寒山叫道："老子杀了你，杀了你！"

他把匕首朝着顾寒山射去，匕首狠狠砸在车前挡风玻璃上，周围有人尖叫，顾寒山眼睛都没眨一下。

她转头，看了看一旁惊恐的母女，看着葛婷婷脸上的疤，再看看她的断臂，她问："要他死吗？"

葛婷婷吓得说不出话来。陈玉紧紧抱着女儿。

吴凯乐疯了一般地骂脏话，他用力挣扎想挤出去！

顾寒山踩在油门上的脚蠢蠢欲动，她血管里流着复仇的血，可她的仇人还没有找到。但是现在……

远处有警笛声响，越来越近。顾寒山的心跳跃着，她忽然有了高兴的感觉。

"顾寒山！"一声急切的大喝让顾寒山转头。她看到了向衡。

向衡全力飞奔，冲到自己车子边，他看着顾寒山的眼睛，喘着气，平复些许心跳，好一会儿才稳住，轻声对她道："松开。"

顾寒山听懂了，她看了他一会儿，默默把脚从油门上挪开了。

向衡没看到动作，但看到她的眼神，放心了。

"你还好吗？"顾寒山看到向衡眼角的伤，衣服上也有被划破的地方，血痕印了出来，衣服脏了。

顾寒山的脚很想再踩住油门。

"如果我追击罪犯的时候没有看到我的车子在跑，那就很好了。"向衡道。

他听路人指点往这边追时，从楼与楼的空隙间忽然看到了自己的车驶过，吓得他跑得飞起，快要冲破百米冲刺奥运纪录。

顾寒山挺淡定："就是，你的车为什么在跑？"

向衡瞪着她，帮她问了："有趣吗？"

顾寒山看着他表情，觉得那应该是"没有"的意思。

巡警赶到。向衡拍了拍车顶，招手让顾寒山下车。

顾寒山抿抿嘴，下来了。

向衡对巡警出示了证件："凤凰街派出所，向衡。"

巡警已经收到通知，也正要找向衡。他们快速与向衡沟通情况，双方商定配合，向衡上车把车子退开，巡警抓住吴凯乐，将他铐上了警车。

吴凯乐受了伤，仍旧拼命挣扎。他路过葛婷婷身边时狠狠地瞪着她咒骂，陈玉把女儿紧紧抱在怀里。顾寒山安静看着他们。

周围群众纷纷开始给巡警讲看到了什么。葛婷婷终于彻底放松，痛哭出声，坐在了地上。她指着向衡对母亲道："他，他救了我。"

陈玉扑通一下跪下了，对向衡磕头："谢谢你，谢谢你。"

"别，别。不用谢。"向衡吓一跳，赶紧把人扶起来。

陈玉转而又向顾寒山磕头，顾寒山看着她。

"顾寒山。"向衡唤。

顾寒山看了他一眼，然后也道："别，别。不用谢。"那语气那动作，跟向衡刚才一样。

向衡真是没好气，礼貌客气也要跟人学吗。

巡警跟向衡和顾寒山问话，问明了细节情况。葛飞驰紧赶慢赶终于赶到，他一下车就冲了过来，待看到向衡没事，顾寒山没事，旁边那个断臂姑娘应该就是葛婷婷，她也没事。葛飞驰紧绷的那根神经终于松开。

葛飞驰再拨电话，打给那个最后终于接通电话的G市刑侦支队队长："抓到了！抓到了！她没事，救下来了！"

他妈的！有点激动！

葛飞驰没空多聊，挂了电话抹了把脸，走到向衡身边，感激地拍了他胳膊一下。向衡痛得龇了龇嘴，葛飞驰笑了笑，又拍一下。

顾寒山忽然道："车牌号XXXXXXX，黑色大众桑塔纳。"

外地牌照？

葛飞驰和向衡都看向顾寒山。

顾寒山继续道："向衡不是说这吴凯乐有帮手，监控没有拍到他怎么从路口飞到路中段的餐厅旁边，那肯定就是有车子偷偷送他。"

"所以？"葛飞驰很想讲一句是不是见证奇迹的时候又到了，神探做判断，神犬嗅踪迹。

"我们第一次路过江南路的时候，靠街这边停着二十六辆车。我们第二次回来的时候，只停了二十四辆车。第6格、第20格停车位的车不见了。其中一辆就是车牌号XXXXXXX，黑色大众桑塔纳。"

... 149

葛飞驰:"……"果然啊,他就知道。

他看了看向衡,向衡一脸淡定,看来是相当适应了。

顾寒山道:"我有点怀疑这两辆车,反正事没干,就想转一转找找看。结果到了这边又看到了那辆桑塔纳。"她指了指位置,现在那里已经没车了,跑掉了。

"那辆车我们第一次经过的时候车上就坐着司机,到了这边司机还坐在车上。我觉得就是他。但我没来得及报告,就看到吴凯乐在杀人,所以我就开车过去了。"

"嗯嗯,你做得很好。"葛飞驰道,"我这就报告,让他们搜查这车。"葛飞驰打电话,很快把事情交代完。

顾寒山又道:"我把吴凯乐撞伤了,还能算见义勇为吗?"

葛飞驰忙道:"你放心,人证物证都有。葛婷婷和她妈妈肯定会为你做证,还有许多路人,刚才他们都说了情况,你是为了救人。向衡的车也有车载监控,都能为你证明。"

"那……"顾寒山还要继续问,向衡喝止她:"顾寒山。"

他担心她下一句是"那要是撞死了还算不算"。

顾寒山看了看向衡,闭了嘴。

葛飞驰也看向衡,怎么回事?

向衡给自己圆话:"葛队很忙的,现场还有许多要务要处理,你不要拿这些琐事烦他。"

葛飞驰:"……"向天笑你这么体贴真的吓人,中邪了吗?

三个人一时都无语。

葛飞驰也确实是忙,他问向衡:"你这边还有什么情况吗?没的话稍等我一会儿,我处理完这边,咱们就回燕山路重演现场,把墙上光束的事确认了。"

"行。"向衡应着,然后他道,"我感觉还有件重要的事,但忽然想不起来。"

"什么?"葛飞驰问。

向衡摇头:"感觉好像丢了什么,但就是想不起来了。"

"很重要的东西吗?"顾寒山问。

"对,重要。"

顾寒山道:"那就没丢,我还在呢。"

葛飞驰:"……"好冷的笑话。

向衡插上了腰,白了顾寒山一眼,恶声恶气:"又是在泡妞书里学的?"

"嗯。"顾寒山点头。

向衡板起了脸："别在我这儿瞎练。"

顾寒山不惧他的脸色，丝毫不知反省："又不用花钱。"

向衡真是一口气噎住，是不用花钱，还不花感情。

顾寒山又转向葛飞驰："葛队，抓到了吴凯乐，你开心吗？"

"开心。"葛飞驰谨慎回答。

"你开心我就开心了。"顾寒山一脸从容地说。

葛飞驰："……"

向衡想走远一点。

葛飞驰忽然叫道："向衡你手机？"

"啊，对。"向衡差点跳起。还真是，手机！他赶紧抬腿往葛婷婷住的那栋楼走。

葛飞驰也想走，顾寒山的话太难接了，既然成功转移话题，此时不撤更待何时。

但顾寒山还跟着葛飞驰："葛队……"

"顾寒山。"向衡停下脚步。

"干吗？"

"跟我走，别打扰葛队。"

葛飞驰太感动了。以后谁说向衡不好相处，不会搞人际关系，他一定要狠狠反驳。向衡简直太善解人意太体贴温暖了！

葛飞驰对顾寒山道："你先去帮向衡找手机，一会儿我们燕山路见。"

顾寒山跟着向衡走了。

葛飞驰看着他们的背影，越发觉得这俩太有气场了，神探和神犬。

向衡领着顾寒山走远了，问他刚才开车撞吴凯乐的时候，留下什么麻烦没有。

顾寒山默了一默，然后道："我问葛婷婷，要他死吗？"

向衡气得不说话。

顾寒山道："我知道错了。"

向衡更气了，他故意问："错哪儿了？"

"我不该问的。肯定被你车里监控录下来了。"

他就知道！向衡脸都黑了。她的认知里，不是不该有这念头，而是不应该暴露。

"你放心。"顾寒山对向衡道，"我没有查清我爸的死，就不会干傻事。刚才就算你没叫住我，我也不会杀他的。我不能坐牢，我还要做调查。我就是想了解一下，别人是怎么想的。这个吴凯乐，不会死刑的。他砍断了她的手，很执着要杀死她，但他不会死刑的。她真的不想他死吗？"

"顾寒山。"

顾寒山闭了嘴。过了一会儿她又道："好吧，我刚才确实似乎感觉高兴了一下。"

"刚才是什么时候？"

"一脚下去就能让垃圾完蛋的时候，听到了警笛。"

"你高兴什么？"

"不知道。"

向衡皱了皱眉，过了一会儿他又问："还有什么事吗？会留下麻烦的？"

"有的。"

向衡停下脚步。

"我没有驾照。"顾寒山道。

向衡："！！！"

这一刻向衡对顾寒山是由衷佩服的，真的太牛气。你永远都不会料到她下一秒能给你整出什么新花样来。

没有驾照！

谁能想到这个呢。当初查她资料的时候都没注意到这个。

她开车开得这么从容潇洒，飞上人行道，还能挡罪犯，还有"一脚下去就能让垃圾完蛋"的气魄。

说真的，"一脚下去就能让垃圾完蛋"比"几脚下去还弄不死他"容易多了。她控车能力很好，就这水平，谁能料到是个无证驾驶。

"你爸教你开车的？"

"嗯。"顾寒山点头，"我十岁的时候就开始学了。一开始是卡丁赛车，那个太简单，后来玩越野障碍，再后来才开的轿车。"

很好。向衡无力吐槽。年纪这么小，起点还挺高，从越野障碍开始的。

"因为那时候车子开起来两边视线的影像对我脑子压力很大，我坐车都得戴着眼罩。但是开车得集中注意力，这对我来说就是个转移关注点的训练，还是有一点效果的。后来我就能坐车了。"

"那怎么不把驾照考了？"

"很麻烦的，要凑够学车时长，考试还要排长队，跟一群人挤一起等很久。我不需要花这么多时间学车，也不愿意排队。那时候不是还要考大学嘛，那个也是人山人海。那时候我并没有现在有耐心。而且……"顾寒山顿了顿，"我以为等我爸年纪再大点，我去考也来得及。到时换他坐副驾位置，我带他去兜风。谁知道会没有这一天呢。"

这最后一句话又把向衡给噎住了，想骂她的话说不出来。他沉默着，一直走回他与吴凯乐交手的六楼，他的手机还躺在角落。除了在地上被磨出的划痕外，其他看上去完好。

向衡用手机给葛飞驰打了个电话试了试，手机能通。

葛飞驰告诉他指挥中心已经通过天网找到了顾寒山说的那辆帮凶车辆桑塔纳，交警把车扣下了，现在巡警去抓人。他们这边正准备带吴凯乐和葛婷婷母女回去做笔录。

"我都安排好了，先走一步，一会儿见。"

向衡应了，挂了电话。

向衡领着顾寒山溜溜达达往回走，准备去取车。

路上顾寒山道："明天晚上跟贺燕见面你还记得吧？"

"记得。"

"要取消吗？"顾寒山问，"延后几天。"

"为什么？"

"你的脸受伤了呀。"顾寒山指了指他的脸，"明天肿起来，颜色黑黑紫紫的，会更丑。你不要等脸长好了再约吗？"

"……脸长好了？"向衡用手机调出镜子照了照，他的脸不过是眼角有些撞伤，脸颊上有些小擦伤，还沾了些尘抹了些灰而已，找个卫生间洗一洗依旧是市局最靓的崽。哦，不对，依旧是凤凰街派出所最靓的崽。

顾寒山趁他照镜子的时候戳了戳他衣服上被刀刃划破的口子。

向衡低头看了看："我后备厢有备用的换洗衣裤，一会儿洗把脸，换个衣服。"

"那明天呢？"

向衡不高兴了："我又不跟你阿姨相亲，脸上有点伤有什么关系？"

"贺燕颜控，还矫情、瞎讲究。"

"不是你？"

"不是。我看你这么久也没嫌弃。"

向衡："……"这话听着真的让人太不爽了。他真的是市局兼凤凰街派出所最英俊的警察。

"你相过亲吗？"没等向衡回过味来，顾寒山已经转移了话题。

向衡顿时警惕："为什么问这个？"

"因为你第一反应不是脏兮兮不体面，而是又不是去相亲。听上去相亲在你心里留下了创伤。"

向衡："……"这个你又知道了？你不是情感缺失、反应迟钝的吗？

顾寒山目光清澈，看着向衡的表情似是完全不知道他内心的吐槽。

向衡清清嗓子："相过几次。"

"都没成功？"

向衡："……"

哦，你确实是情感缺失、反应迟钝的，因为你都没顾虑到别人的自尊心。

向衡嘴硬道："我的工作很危险，又很忙，要维持一段感情不容易。我心思也没在这上面，等以后做好准备了再说吧。"

"你害怕？"顾寒山问。

"别把书上学的那些在我身上实验。"向衡恼羞成怒。

"那就是害怕了。"别人生不生气对顾寒山完全没影响。

向衡憋着一口气。

是啊，他会害怕。恋爱啊、婚姻啊，跟抓罪犯不一样，他还没有做好准备。感觉就像接下一个连环杀人大案，什么线索都没有，他明知道很难抓到凶手，不知道如何跟受害者家属交代，却硬着头皮说谎。

太心虚了。

找个女朋友，然后总跟她说在加班，审犯人的时间都比跟她约会的时间多。那时候怎么办？勉强结个婚，两口子手术室排隔壁，一间生孩子，一间取子弹……

算了，这不能多想，那时候他会两头顾不好。他可不想像关阳那样焦头烂额过日子。

"你是正常人，不能一直单身的。"顾寒山还在火上浇油。向衡瞥她一眼，怎么就能这么幸灾乐祸呢。

"不像我，完全没负担。"顾寒山很自豪的语气。

这有什么好得意的！向衡气。

"你！"向衡运起气势，"没驾照的事自己别到处说，我来处理。"

"好。"

"别想着利用我。"向衡继续教训，"我也会按法律法规办事。你不要有侥幸心理，不要总是试探边界，我不是跟你开玩笑。法律确实不是完美的，甚至对某些人来说，某些法律条款不公平。但无论你对它有什么情绪，它都是维护安定和进步的行为规范、硬性标准和手段。如果法律不受尊重不被执行，这个社会就会完蛋。你、我、所有人，都会是受害者……"

向衡说着说着惊觉自己老毛病又犯了。对顾寒山说教是没用的。

果然，看顾寒山一副八风吹不动的样子，就知道她对这番话完全没感觉。

"总之你记住,这次情况非常特殊,你救了人,走运没有闯什么别的大祸。但你要分清性质,不要觉得每次都可以越界冒险。到时真出大麻烦谁也帮不了你,我也只能公事公办。"

"嗯。"顾寒山点头。

向衡又道:"我给你找人安排下,你去考个驾照回来。"

"那不是得混时长?还要排队?"

"你很忙吗?"向衡凶巴巴。

"挺忙的呀。"顾寒山振振有词,"一天天的,都跟着你打转了。"

向衡:"……"哇,这人真是,向衡气得要打转了。

"好吧,我听你的。"顾寒山又改口。

向衡不搭理她了。

两人已经回到了车子旁。现场还有两个警察在与目击者问话,处理后续事宜。向衡看了看,拉开车门让顾寒山上车。他自己打开后备厢,拿了衣服裤子,与顾寒山道:"我去换衣服,你在车子里待着等我几分钟。这次不要再让它跑起来了,可以吗?"

"可以。"

向衡进了旁边一家餐厅,借用洗手间。

他把自己打理好,仔细照照自己的模样,丑吗?不丑,帅呆了。不比耿红星差。

一家小餐馆。

耿红星、侯凯言和林美妮聚在一块吃晚餐。三个人谈论的是顾寒山今天到第一现场开会的情况。

林美妮听完了啧啧称奇:"顾寒山挺有意思的呀。你们上午给我打电话的时候这么生气,我还以为这项目没你们什么事了,没想到顾寒山居然这么倔。你们公司也真是低级,玩这么一手。"

"可不,今天真是丢死人了。"侯凯言道,"老大前辈们那脸皮,真是没法说。幸好顾寒山也不是普通人,看起来是打成平手了。"

耿红星道:"我感觉陈总有些奇怪。"

"怎么?"侯凯言问,"哪里怪?除了资本家的嘴脸外,还有哪里有问题?"

"具体说不好,我就觉得有点反复。"

侯凯言道:"要我说,宋欣姐更让人不舒服。感觉她生怕我们有成绩似的,总想方设法地打压我们。许哥也站在她那边。"

"对，你说这个，我知道怎么总结陈总哪里怪了。"耿红星道，"宋欣姐觉得我们两个小朋友拿到好资源，但又没经验做，活都是她干了，然后她还不能做项目经理，觉得我们卡在中间，她不爽。"

"对。"侯凯言道，"许哥也许也这么想。"

"那陈总怎么想？"耿红星有些疑惑，"你要说他特别想跟顾寒山合作吧，他又搞出这种低级手段来，惹顾寒山不高兴。今天顾寒山提醒我们了。四组的活，许哥才不会管呢，那就是陈总安排的。他要是真想给顾寒山下马威吧，可态度最好的又是他。你要说他不想合作吧，他最后又让步。这么优柔寡断的。"

林美妮道："人家这就是心机，这种人才能上位。看人下菜，知道吧。先试试你好不好欺负，你要是好欺负，就拼命打压你。你要是特别刚，他就厌了。"

"可怕可怕。"侯凯言猛摇头，"幸好是顾寒山，换我早就服软了。其实顾寒山特别想跟我们公司合作，因为视频是在我们公司平台发的，她真的很想找出那个要跳河自杀的姑娘。我觉得陈总是看穿这一点，所以想拿捏顾寒山，结果顾寒山牛气烘烘，陈总肯定没想到这姑娘这么轴。"

"其实也没太轴，顾寒山也服软了。她开会的时候特别紧张，举止古怪，陈总都看着呢。"耿红星道，"现在才刚开始，后头还有好多条款得磨呢。陈总说要签顾寒山经纪约，我觉得他的合作目标是这样。其他的条条框框这么麻烦，只要经纪约签上了，那就是想让顾寒山做什么，顾寒山就得做什么；不让她做什么，她就不能做什么。这才是一劳永逸的。"

"可顾寒山拒绝了。"

"拿钱砸呗，资本家最会这个了。"

"可顾寒山说了不稀罕钱。"

耿红星没好气："顾寒山还教育了我们一番人人都爱钱，是人性记得吗？用金钱再推动一把善良道义，成功率高。"

侯凯言悟了："所以一开始不答应，但多砸几次，既能拿钱又能找人，不拿白不拿？"

"拿了就付出点自由代价，不拿就找不到人。大概是这样。我乱猜的。"耿红星道。

"那你们公司真的会帮顾寒山找那个姑娘吗？"林美妮问。

侯凯言道："反正开会的时候是有认真研究方法的，但能不能找到真不好说。"

"那个离职编辑怎么说的？"林美妮问。

"那编辑叫柳静雨，当初三组的组长，现在的组长吕明是她的副手。许哥问过了，吕组长说不清楚这个视频，他没经手，也不了解，完全都没印象。柳静雨也说不记得了，她在职期间签过这么多内容，这种毫无水花没有业绩的，她不记得了。"耿红星答。

"没了？"

"没了。"耿红星道，"那人家不记得了，还想怎样？"

"我有兴趣，把她联系方式给我。"林美妮道。

"怎么？"

"当初别管是不是意外，死了人，警方会调查的吧。毫无水花没有业绩的内容太多了，不记得很正常。但这事死了人，有警方调查过，还一点不记得，这脑子干什么媒体，还能坐到组长位置？"林美妮道。

耿红星与侯凯言对视一眼："对呀。"

"这事你们当不知道。"林美妮说，"我会用别的理由接触一下这位柳静雨，不影响你们。就今天我们聊的那些，工作嘛，跟自己三观合干得顺，就当事业做；三观不合不太顺，就当踏脚板用。别跟公司翻脸，第一现场这个平台这么牛，你们镀好金学到本领再出来，到哪都不愁。"

"对。"侯凯言道，"到时我们给妮妮老板干。"

"没钱，请不起。"林美妮笑。

"太伤感情了。"耿红星和侯凯言同时故意摆出失望脸。

三个年轻人举杯笑。

向衡和顾寒山来到了燕山路。大家已经做好了准备，在等着他们。

向衡与葛飞驰交流了一番，葛飞驰点点头，把李新武和另一名警员叫过来，自己到许塘暂住的那屋去了。他拐了个弯，进了不远处的一栋楼。

过了一会儿，葛飞驰打来一个电话，表示准备就绪。

向衡让顾寒山站在了许塘被杀那晚她接受问话时站的位置，他自己站到顾寒山的面前。一如当时他们面对面问话时的情景。

同样的位置，同样的环境，同样的光线，还有同样的视线遮挡——向衡。

李新武站到了顾寒山的身边。

顾寒山看了看他，没问他要做什么。

向衡对她道："我们需要重演一次当时的情景确认细节。你现在看着当时石康顺站的位置，能描述一下那个人的长相、衣着打扮吗？他会做一些小动作，我们也需要你把他的小动作描述出来。"向衡把手机开了免提，让葛飞驰也能听到这边的情况。

顾寒山按向衡的要求看了过去，那位置站了一个人。顾寒山道："身高一米七以上，短头发，眉毛颜色有些浅，粗，眼睛不大，单眼皮。他双手交握。有眼袋，鼻梁不高，薄唇。他右手伸出三指手指。灰色长袖T恤，他的左手食指在大腿上画圈圈。墙上有光圈闪了一下，这光圈比那个晚上的小，更亮一些。那人耳朵不太贴，耳垂小，他抬手挠了挠额头，用的食指中指两根手指。光圈又闪了一下，这次跟那天晚上有些像了。我就算盯着那人，也能看清墙上的情况。"

顾寒山语速很快，中间描述到不同情况也不带停顿的。

"好了，可以了。"电话里传来了葛飞驰的声音。

李新武这时候紧绷的状态才松了下来，他再看了看顾寒山。

顾寒山问他："你是来跟我同步观察，确认我是否说谎？"

李新武有些不好意思："没有怀疑你的能力，就是，想试试看我能看到多少。"

"你对这个感兴趣呀？"顾寒山问。

"是呀。"李武新有些不好意思。

顾寒山又问他："你只能看清这个男人，是吧？"

"呃，是的。"李新武更不好意思了。

"这很正常。"顾寒山道，"我愿意跟你聊聊这个，你想听吗？"

向衡："……"

顾寒山你今天是在第一现场受了什么打击，现在疯狂输出拿人练手。

李新武挺高兴："想听。"

顾寒山道："你知道'看不见的大猩猩'实验吗？"

李新武："……"他是被嘲讽成看不见东西的大猩猩了吗？他求助地看了一眼向衡。

顾寒山道："就是30秒影片，两个球队打球，实验者要求观察者数清楚白队进了多少球，但是过程里有个演员扮演大猩猩进球场捶了几下胸口，做了很大的动作。最后大多数的人都数清楚进了几个球，但却完全没看到那个显眼的大猩猩。他们坚信自己没看错，在第二次观看影片看到猩猩后还指责实验方更换了影片。"

"哦。"李新武懂了，原来他不是大猩猩，站在那边当目标一直做小动作的同事才是大猩猩。

顾寒山道："向警官和葛队长故意让我盯好那个人，描述他的外貌动作，因为许塘被杀那晚，我指控石康顺后，也很有可能注意力全在石康顺身上，看着警方如何逮捕他。所以才做了这个设计，以考验我看到墙上光影这个证词是否可靠。"

李新武彻底明白了。

可顾寒山还在继续说:"但向警官他们不明白我能看到墙上光影并不是因为我没有受到大猩猩的干扰,这是普通人就能做到的事。"

向衡:"……"顾寒山你又开始了啊,克制一下别显摆、别打击别人。

"我们看到的所有东西,都需要视觉皮质大规模地并行运算。"顾寒山道,"你们知道,视网膜中心有个巨大的洞,那是视觉盲点,视网膜里还有血管,它只包含了极少数对颜色敏感的视锥细胞,可就算这样,我们还能看到完整清晰、色彩丰富的画面,是因为视觉皮质大量的神经元被触发并连接,对视觉画面进行了加工。视觉皮质,位于大脑后部的枕叶。"

顾寒山指了指视觉皮质的位置。

李新武有些愣,这怎么突然开始讲课了?

"当我们移动的时候,比如走路、奔跑,视网膜上应该只能出现一片模糊,影像不断摇晃颠倒,而内耳的运动传感器以及运动指令同样触发神经元连接,对我们的行为和环境连接产生了预测,同时对视觉画面进行了加工,所以我们运动的时候,看到的空间也是稳定的。"顾寒山道,"我的大脑神经连接能力是普通人的两到三倍,所以我能看到并进入大脑进行处理的画面、处理的速度,都要比普通人多很多。"

"那我们这些普通人……"李新武听得还认真起来,打算提问了。

向衡打断他,把话题拉回来:"如果墙上确实有光影,那就意味着,有人给石康顺提示,让他赶紧走。"

李新武一愣。

顾寒山也看了看向衡。

向衡回顾寒山一眼。别显摆,泡小哥哥的招少练练。

李新武反应过来了,赶紧接向衡的话:"可石康顺突然跑起来的动静太大了,警察肯定会追的,他还袭警,最后还不是被抓了。"

向衡摇头:"那个让他逃跑吸引警方注意的人没被抓,我们甚至之前都不知道他的存在。那个人就是'看不见的大猩猩'。我们的关注点被石康顺突然的逃窜干扰了。"

葛飞驰在电话里道:"向衡,你上来。"

向衡应了一声,他挂了电话,问顾寒山:"石康顺跑了之后,你有没有看到从那栋楼里出来什么人?"他指了指斜角那边灰色墙的老楼。那楼门被前面这栋楼挡住了,但是万一呢。

"看不到。"顾寒山淡定道,"神经连接再多再快也不能穿墙透视。"

向衡:"……"

顾寒山就差直接说"你傻呀"。

这是没让你讲课你就不高兴了吗?

向衡看了看顾寒山,顾寒山回了他一眼。李新武在一旁有些紧张,生怕他们吵起来。

但两人都没说话。

向衡转了一圈,确认了各个视角情况,上楼与葛飞驰会合。走之前听到顾寒山对李新武道:"小李警官,你猜哪只手里有糖?"

向衡脚下差点一踉跄。

向衡上了楼,去了许塘生前最后住过的地方,也是段成华租下的屋子。

葛飞驰一脸严肃在等着他。

向衡在屋子里走了一圈,这屋子里空荡荡的,基本没什么东西。

葛飞驰跟着他,道:"我听到了,神经连接,所以八个屏1.5倍速,她完全可以,对吧。"

向衡点点头:"我会找机会问清楚她到底在地铁监控视频里找什么。"

葛飞驰道:"大猩猩的实验,我觉得有道理。如果顾寒山的证词没有错,那么石康顺当天就有两个任务。一个是把胡磊送到现场,确保他能完成谋杀。第二是做好善后,观察现场情况,掩护到这个屋里来的人顺利离开。"

向衡看完了,停了脚步:"但掩护离开不需要袭警,我仍然觉得他袭警也是任务之一。这个暂且不论。先说潜进这屋里的人,这个人不是段成华。"

"对。"葛飞驰道,"按物证,段成华的痕迹在这之前就已经留在了逃跑的下水道里,时间对不上。按推断,那个时候他应该还被囚禁在燕子岭那个小白楼里,怎么算都不会是他。"

"但还无法排除杨安志或者刘辰。"向衡道,"并不能证明有幕后别的人存在。"

葛飞驰叹气:"就是不知道他们从这屋子搜走了什么。"

向衡道:"也许他们什么都没搜走,但他们留下了那个存储卡证据。"

葛飞驰指了指大门脚垫的位置:"当时是在这里搜到的。"

"许塘手上什么证据都没有,如果有,他也会随身带走。那伙人让胡磊杀死许塘时,并没有让石康顺从旁协助抢包,所以我认为他们知道,许塘手上什么实证都没有。在杀许塘之前,他们就已经确认了。"向衡道,"他们到这个屋子里来,是想布置现场的——留下段成华的指纹,抹掉自己的痕迹,以及留下那个存储卡证据。"

葛飞驰道:"我今晚准备准备材料,明天我们再去撬一撬石康顺的嘴。他现在是唯一活着且在现场拍到的人了。"

"好的。"向衡道,"能安排上也下午了吧?"

"对。"

"那我明天上午先处理顾亮的案子,让顾寒山到所里来正式做个笔录。另外孔明的病历资料,还有新阳的那个基金会情况,你多催着点,给新阳和简语多一些压力。"

"催着呢。"葛飞驰提到这个有些不高兴,"别看新阳表面上说得特别配合,但实际执行起来慢得很,流程比我们还复杂。简语倒是不出面拦,那个院长石文光各种问题,要求检查我们这文件那手续,完了又各种理由需要时间什么的。"

"嗯,那先看看情况,随机应变吧。"向衡道。

两个人讨论了一会儿案情。分局那边来了电话,吴凯乐的案子连夜审讯,G市那边刑侦队明天一早坐飞机赶过来,今晚需要葛飞驰回去处理一下。葛飞驰就带向衡和顾寒山回去做个笔录。

两人下了楼,顾寒山刚挂电话。

她到向衡跟前:"向警官,简教授刚给我打电话,他想约我聊聊。"

向衡愣了愣:"聊什么?"

"他说聊聊我的学业和生活。"

向衡皱起眉头,在警方正在调查、顾寒山与媒体谈了合作的这种时机里,聊聊学业和生活?

"我答应他了,明天上午他在医科大有个公开课讲座,我跟他课后谈。"

"为什么在医科大?"

"私人谈话。"顾寒山道,"以前我爸常带我去医科大听简教授讲课。你去吗?我正好也有话跟他说,你帮我看看他表情。"

当然去。

向衡道:"我和黎茪都去。"

第二天,向衡一早到派出所,他的脸果然如顾寒山所说,淤青颜色加重了。同事们对他的脸发生了什么事很感兴趣。向衡简单解释说遇到了通缉犯。

黎茪昨天已经研究了一遍顾亮的案件资料,做了一些自己的分析笔记,今天一心想找向衡讨论这个,倒没太八卦向衡的脸。

向衡把顾寒山跟第一现场谈合作的事与她说了，分析了目前的情况，告诉她简语跟顾寒山今天要见面，而他要与黎莞一起出外勤去看看。

黎莞眼睛发亮，居然可以出外勤，哈哈哈哈，可太棒了。自从怀孕之后，她就一直待在办公室，没什么出门的机会，差点憋坏。

"走，走，走。"黎莞兴高采烈地在前面带路。

走到楼梯口，遇着了刚从所长办公室下来的钱威。钱威看着这两人："干什么去？"

黎莞理直气壮地说："队长，我出个外勤。没有风险，不需要体力，非常安全。"

钱威无奈地看着她。黎莞嘻嘻笑："真的。"

向衡解释道："分局那边要把顾寒山爸爸的案子与许塘案合并侦查，交给我们负责了。"

钱威道："这事我知道，刚才所长就是找我上去说这个。分局葛队那边跟所长说了，让安排一下你的工作，时间精力主要还是放专案组这边。顾亮的案子，前期侦查你负责，让所里配合。"

向衡点头："我跟黎莞去见见顾寒山。"

钱威想说什么，但看了他们都要出门，像是已经安排好的样子，便道："那行吧，等你们回来再说。"又嘱咐，"黎莞，你小心着点。"

"放心，放心。"黎莞精神抖擞带着向衡走了。

钱威看着他们的背影消失，这才转身回办公室。

医科大。

今天简语的公开课题目是"大脑的秘密"。

这个人体最复杂、运行机制最神秘的"机器"里，藏着许多未知的谜团。

它是怎么运行的？它能控制意识，还是意识控制它？我们每天产生很多想法，是我们让大脑这么想的，还是大脑让我们这么想？大脑如何产生记忆，它把记忆藏在了哪里？它又是如何产生情感，它怎么控制情感……

简语的课生动有趣，通俗易懂。他脑子里储备了许多案例，信手拈来，趣味十足。他在医科大的教学口碑非常好，公开课的消息早早发了出去，今天整个阶梯教室坐得满满当当，还有人站在教室后头和过道里。简语讲到有意思的地方，教室里会传来阵阵的笑声。

顾寒山是在课讲到一半的时候进来的，她就站在靠窗边的过道里。简语邀请一位同学互动的时候，看到了顾寒山。他微笑着对顾寒山点了点头，然后继续讲课。

顾寒山听过很多堂简语的课，不止公开课，有些他带的研究生的课程，她想听的，他也让她进教室，还会提前留个好位置给她。

顾寒山又想起爸爸。

那年她十四岁，接受简语的治疗已经四年。简语让顾亮带顾寒山来医科大，他们一起带她逛校园。

简语对顾寒山的恢复状况很满意，他非常有成就感。但那时顾寒山对人对事还是冷淡，不爱说话。顾亮跟简语说起他正在用想象联结的办法帮助顾寒山培养一些对情感的理解和感性的认识。他具体说了说都做了什么，简语觉得挺好。

那时候他们走在一条林荫道上，有学生坐在长椅上读书，有学生在路边站着聊天，还有学生骑着自行车经过，还有一些三五成群奔跑着大笑。

简语便问顾寒山："你看到了什么？"

顾寒山看了看那街，道："三十四个人，穿着不同款式衣服，其中两个男生长得几乎一样，是双胞胎。行进中的自行车有六辆，其中两辆带着人，全是女生，另外四辆是男生骑。路边还停着十四辆。十六棵树，六张长椅，三个垃圾桶……"

没等她说完，简语和顾亮就都笑了起来。

顾亮道："我看到了朝气蓬勃、青春浪漫。"

顾寒山没表情，对这些完全没感觉。

简语道："我看到了希望。这些孩子，是未来医学界的希望。"

阶梯教室里。

顾寒山忽地脑子嗡的一下，回忆的片段失控，杂乱地向她袭来。顾寒山下意识地闭上了眼睛。

不止过去的回忆，还有现在教室里所有人的脸、发型、服饰、表情，所有细节，一起朝她卷了过来。

顾寒山缓了一会儿，终于平复。她睁开眼睛，看到简语正看着她。

教室里有一瞬间的安静，大家似乎正疑惑，但下一秒简语正常讲课，一切都恢复如常。

顾寒山拿出手机，把黑猫警长图片调出来看了看，然后她干脆玩起了手机，倒腾了好半天图片，给自己手机换了个桌面。完了她看了看窗外，天空蓝得像刚刚洗过，白云卷得蓬松柔软。顾寒山冷静地看着它们，挺好看的，没有两片云是完全一模一样的，但它们都是云。没有两个人做过的事是一模一样的，但他们都是凶手。

顾寒山转头看向讲台上的简语。

终于等到下课。

顾寒山贴着墙站着，等人群从她前面走过，没人挤了，顾寒山这才慢慢走了出去。

简语还在教室里，有好几个学生趁下课跑到讲台上问问题，简语耐心地给他们解答。有学生表示要考他的研究生，简语便鼓励他好好学习，说等着他的申请。

顾寒山听着教室里叽叽喳喳的声音，脑子里浮现了向衡的脸。

又等了好一会儿，学生们终于簇拥着简语出来。简语跟助教打了个招呼，助教把学生们都拉开了。简语朝顾寒山走来。

顾寒山站直了，招呼道："简教授。"

其他学生都往她这边看，顾寒山也不在意。

简语示意她一起往另一边走，和蔼问她："等很久了吧，你应该告诉我你也来听课，我让人给你留个位置。"

"没关系，我也不是听课，就是早到了一些。"

"一起吃午饭吗？"简语问她，"虽然现在早了点，但我们可以慢慢聊。"

"不吃饭了，去茶室吧，那里的果味气泡水我可以喝。"顾寒山道。

"行。"简语答应了。

等跟着简语一起出了教学楼，离开了人群，顾寒山远远看到向衡和黎荛，她对他们招招手，这才跟简语道："向衡警官和黎荛警官来了，跟他们一起聊，简教授不介意吧？"

简语愣了愣，他看到向衡和一位女警走了过来，他问顾寒山："你叫来的？"

"是的。"顾寒山坦然应。

向衡和黎荛转眼便走到眼前。顾寒山向简语介绍："这两位是凤凰街派出所的民警。这位向衡警官简教授认识的，这位是黎荛警官，我参加派出所的反诈宣传活动也是黎荛警官一直在照顾。"

"你们好。"简语保持住了风度。

向衡与黎荛也与简语打了招呼。

简语轻柔且耐心地问顾寒山："为什么会想着叫你的朋友来呢？"

他没有用警察这个词，说的是朋友。

顾寒山道："武兴分局要调查我爸爸当年的意外身亡，这事交到凤凰街派出所了，由向衡警官负责。"

简语掩藏不住地惊讶道:"你爸爸的意外身亡?要调查什么?当年不是都查清楚了,确认是意外吗?"他转头看向向衡,"发现了新证据?"

向衡观察着他的表情:"目前还在调查阶段,案子细节我们不好透露。"

简语敛了眉,道:"那变化还是挺快的。上次我们见面的时候还没有这个情况。"

"确实是。"向衡道,"每天都发生很多事。"

简语默了一会儿,又看看顾寒山:"我需要跟你聊一些你的私人情况,你确定要让警察在场吗?"

顾寒山道:"他们需要多了解我的状况,我也没什么好隐瞒的。"

"好的。"简语也不再推拒,"那就一起聊聊吧。"他领着大家朝前走,"顾寒山想去茶室,我们就去那里吧。"

向衡和黎荛客气应了句。

简语一路走一路跟顾寒山闲聊,问贺燕知不知道警察调查的情况,问顾寒山贺燕有没有找过她,又聊了几句刚才他在课堂上讲的内容,还回忆了一番当初顾亮在这校园里与他讨论过的话题等等。

黎荛跟在一旁,听得比顾寒山还认真。她没有插话,只是仔细观察着简语。简语果然如他的资料里说的那样,学者气派,风度翩翩。说话的语调、语速、手势以及表情都非常和蔼,很容易让人亲近。

简语问起了顾寒山复学的情况,说话间茶室到了。

简语熟门熟路地进了包厢,帮顾寒山点了她要的果味气泡水,接着又把餐牌转给向衡和黎荛。黎荛点了跟顾寒山一样的,向衡点了壶茶,简语也要了一壶茶。等服务员下去了,简语这才继续聊。

顾寒山说她们学校系里并没有同意让她复学,说她休学太久了,另外一个理由,是因为她的病史,学校担心她复学后再犯病,怕担责任。她介绍了她回学校交涉的过程,找过谁,校方又是具体怎么说的。

简语认真听完,道:"他们这样做也可以理解,真的可惜。"

顾寒山不说话。

简语又问她:"那你还想上学吗?"

"想吧。"顾寒山的表情和语气看不出她想,但她道,"我答应过爸爸,要拿到毕业证,还要穿着学士服和他一起拍照。"

向衡想起顾寒山家茶几上的那些照片。

顾寒山道:"合照不行,单人照还是可以的。"她看了看简语,"简教授有办法帮我复学吗?"

简语露出为难的表情:"我是认识几个A大的教授,但跟历史系不沾边,恐怕是完全说不上话的。"

服务员把茶和气泡水端了上来，为大家倒好一杯茶，放好后又下去了。

简语看着杯中茶水轻荡的纹路，静默了一会儿。

顾寒山又道："那简教授说约我出来聊聊生活和学业，就是问一问我复学失败的事吗？"

这语气，似乎在说简语光问又不帮忙，还让她跑一趟。

向衡看了看简语。简语一如既往对顾寒山的没礼貌相当包容，他道："我当然是希望了解清楚你的现状，帮助你。"

顾寒山便又道："怎么帮呢？是不是你能说得上话的地方，就能帮上我的忙了？那转到医科大，跟你学神经科学？"

向衡都替简语尴尬，顾寒山这是怎么好意思说出口的，你一个历史系的，就念了一学期，转学就算了，还跨专业。一个历史一个医学，沾边吗？

黎莞也道："这不行吧？"她看了看简语。

简语为难地笑笑："确实不符合规定。"

"特长生转校不行吗？特殊人才引进。"顾寒山问。

向衡忍不住递了个白眼，你什么特长，特别气人吗？大学是有规矩的好吧。

简语看到他的表情，笑了笑："顾寒山只是说说，要真把她弄来学医，她也是不愿意的。她爸还在的时候，我就劝过几次，顾寒山很有天赋，是学医的好材料。但她爸爸觉得学医的压力大，顾寒山自己也没意愿，所以选了历史。如果她愿意学医，当年就直接考进来了。"他顿了顿又补充，"她当年高考分数很高的，超过医科大录取分数线很多。"

顾寒山顺着这话想从前："很难考。因为我爸说压着点，考成前三甲会有媒体采访，太麻烦。但是他又想我分数好看一点，他说当爸的总想自己孩子成绩好。我当时答题不发愁，控制分数到成绩好但是不能进前三甲这个程度比较发愁。谁知道别人答得怎么样，对吧。"

黎莞忍不住问："那最后你第几名？"

"六十六。"简语帮她答了。

"哦。"黎莞点点头，那可以的，运气不错，这名次还挺吉利。

顾寒山道："我当年不想学，现在想了。简教授你要帮我吗？"

简语道："转校还跨专业，还是文理不同科的，可能性不大。"

向衡观察着这两人，怎么回事，聊上学是聊真的吗？他也故意掺和进去，道："顾寒山，不行你就再考一次，你这种脑袋，能考上的。"

顾寒山皱眉："高考好麻烦的。"

向衡瞪她:"有比你折腾为难其他人更麻烦?"

没等顾寒山说话,简语帮她解释:"她不觉得的。她没有麻烦别人不好意思这种想法。"

向衡不说话,虽然知道简语说的是实话,但听上去像是批评吐槽顾寒山,向衡不爱听。

简语又继续道:"顾寒山当年高考,吃了很多苦,不是你们以为的记忆好就能考试好。她去人多的地方,每一次都是冒着很大风险。你们不能理解也正常。"

这话向衡也不爱听。像是在说其他人都不能理解顾寒山,只有简语自己能。

向衡看了一眼在顾寒山,顾寒山也正巧看过来。两人目光一碰。

顾寒山没说话,向衡觉得她大概也在琢磨简语约她过来到底想说什么。她话都递过去了,简语还这么端着,是不是见有警察在场,有些话不好忽悠?

简语点的茶点小吃上来了,简语招呼大家吃。

大家吃了一会儿,简语道:"向警官,顾寒山从小读书就不是走的正常途径,她没法正常上学。她爸都是找关系做安排,请老师一对一上课,或者让她自学。她没正经坐在课堂里上过完整一学期的课。她有学籍,但经常请病假,到了考试时候就去考。她有医生证明,成绩又很好,所以也一直挺顺利。"

"医生证明就是你开的证明?"向衡问。

"是的。"简语道,"虽然她爸爸也会找别的医生给顾寒山看病,但我这边配合度上更灵活一些。"

向衡心想,难怪不合规矩任性妄为的事,顾寒山张嘴就来,都是惯犯了。顾亮和简语,都很惯着顾寒山。

顾寒山道:"除了我爸之外,简教授应该是这世上最了解我的人了。"

简语笑了笑。

但顾寒山下一句话迸了出来:"所以简教授,你有没有参与杀害我爸?"

黎莞一口水差点喷出来。

向衡赶紧坐稳了,唤了声:"顾寒山。"不提醒她一下真的不行,怎么这么沉不住气。

顾寒山没搭理他。

倒是简语对向衡摆了摆手:"没关系。"他泰然自若,是他们四个人当中表现最沉稳的了。向衡不禁皱了皱眉。

简语和蔼地转向顾寒山:"当然没有。"

"也毫不知情?"顾寒山又问。

简语再答:"对,我确实不知情。我认同当初警方的调查结果,觉得你爸的死是个意外。"

顾寒山看着他的表情。

简语回视着她。

"你没有怀疑过?"顾寒山问。

"没有。"简语道,"这两年我们做过很多次咨询,我们聊过这个话题。如果我觉得这里头有任何的问题,我一定会追究的。"

顾寒山再问:"即使我告诉你,我觉得我爸的死是谋杀,你也坚持认为是个意外?"

简语严肃地道:"既然警方在调查,那么我等警方调查的结果。在今天之前,我从来没有听说过任何有关这件事不是意外的线索或者证据。"

"你是否怀疑过是我谋杀了我爸?"顾寒山问。

"没有。"简语飞快地答,听上去非常惊讶。

"你是否怀疑过贺燕谋杀了我爸?"顾寒山又问。

"没有。"简语的眉头皱了起来。

"你是否怀疑或者知道你的医疗团队里有人谋杀了我爸?"

"没有,顾寒山,没有。"

"那你是否怀疑或者知道你认识的任何人,谋杀了我爸?"

简语叹气,道:"没有,顾寒山,没有。"

顾寒山盯着他的脸,不说话。

简语看了看顾寒山,再看看向衡。向衡也一直在盯着他。简语道:"在测谎吗?想看看我有没有说谎?我说的都是真话。"

向衡道:"如果我有任何的问题,我会再找简教授谈的。"言下之意,目前他只是旁听而已。

简语再看看顾寒山,一脸的包容和无奈,道:"这个事情,从前我跟顾寒山沟通过。2019年1月25号我给顾寒山看诊后,就出差去了美国,顾亮是31号出事的。我当时在国外,是2月7号回来的。"

黎荛记着笔记,忍不住道:"简教授把日期记得挺清楚呀。"

"是的。"简语道,"顾亮的死对我来说也是非常巨大的打击。我有个习惯,每个月底复盘一次当月的诊疗资料,尤其是顾寒山的。25号那次之后,我差不多有半年时间,没再给顾寒山复诊,所以每次看的都是那一份。每次看,都会想起顾亮已经去世,所以日期我都记得。"

简语说到这里停了一会儿,后又道:"那时我从美国回来后,休息了两天。然后我联络顾亮,想约他们父女出来走走。我记得那天是10号,初六,春节假期最后一天。我打通顾亮的电话，却是贺燕接的。她告诉我顾亮去世了，顾寒山去了第四医院。我赶紧去了顾寒山家，见到了贺燕，她把事情详细跟我说了说。我是那个时候才知道发生了什么。"

黎荛问："然后呢？"

简语看了看顾寒山，道："贺燕说了什么，以及当时的详细情况，我回头再跟你们细聊吧，我不想刺激到顾寒山，也没必要在她面前重复这些。"

黎荛点点头。

顾寒山没有表情。

简语再看看她，柔声道："顾寒山，前两天，我跟你妈妈通过电话。"

顾寒山的眼睛动了动："你是说，生下我的那个？"

简语微微点头："许思彤。"

"哦。"顾寒山道："原来如此，所以你要约我出来，你想做什么呢？"

简语默了一会儿，斟酌着怎么说："你妈妈非常关心你，她问了我你目前的情况。因为你爸爸生前要求她不得打扰你，所以她想通过我跟你沟通协调。她很想修复跟你的关系。"

向衡心一跳，在这种时机关节上，突然冒出一个多年未联络的亲生母亲，简语打的是什么主意？

顾寒山的想法跟向衡一样，她盯着简语："是她想，还是你想？"

简语面不改色道："当然是她自己的意愿。她其实一直很关心你，但之前她没有能力照顾你，再加上你爸爸并不允许她靠近你，所以她也就没好与你亲近。我与她沟通了你目前的状况，她知道你出院了，情况稳定，能独立生活。她还知道贺燕与你有矛盾，知道你卷入了命案调查里，她在美国生活也很平稳，你们两人都跟以前不一样了。所以她想尝试与你共同生活一阵子，她想弥补过去亏欠你的照顾。"

顾寒山道："你让她直接给我打钱就行，人就不必掺和进来了。"

简语道："她想先过来看看你，如果你们相处得不错，她希望能带你出国，跟她一起生活。"

向衡看向顾寒山。简语这是打算用亲情打动顾寒山，将顾寒山送到国外去？

可简语不是最了解顾寒山的人吗？他应该知道，这是下下之策。这招对顾寒山不太可能管用。还是说，他确实知道不管用，所以这并不是他的真实目的。

简语还在继续说："你妈妈定居的城市，有很好的大学，那里的医学科系也很有名，我跟那边学院有个研究合作，如果你真的想继续读书，愿意学医，其实过去看看也是不错的。或者不想学医，读别的专业，也可以选择。我知道这个想法对你来说有点突然，也不是让你马上做决定马上就走，你可以把它当作是未来的一个选项。等你妈妈过来，你们试着相处一阵子。你说过你想成为一个普通人，过普通人的生活，这就是普通人的生活。这是你在这里得不到的。因为这里有太多的负面联结，你的压力会很大。换一个环境，对你的状态，对你的未来也许都有好处。你换个地方，可以继续读书，享受生活，完成你爸的遗愿。"

顾寒山看着他。

简语继续道："你也不必担心治疗的事，在那边有与我关系很好的脑科医生，非常优秀，我们可以与他的研究所签好保密协议，我可以与他远程合作，你的病情现在挺稳定的，只要按时复诊和吃药就行，而且我也可以经常过去看看你。"他顿了顿，"如果你需要的话。"

顾寒山忽然笑了笑："你放弃我了？不想继续研究我的大脑吗？"

简语道："我永远都是你的医生，顾寒山。你爸爸生前将你托付给我治疗，我这一生都会尽心尽力帮助你。无论你在哪里，我都会关注你的病情。就如同当初你被贺燕送到第四医院，没有得到很好的照顾，我也是想尽了办法，把你转到新阳来。你现在能有这样的健康状态，我非常高兴，但我也有担忧。你进入社会的速度太快了，我跟你说过，不要这么快，放慢节奏，不要失控，但你现在甚至还有成为网红的趋势，这对你的健康非常不利。我真的建议你，放慢步调，不要再参与更多活动。警方做调查，就放手让他们做，你自己不要参与。我不清楚目前案件细节，但我知道陷进去对你的病情没有好处。"

简语看了看向衡，再转回看顾寒山："之后我会跟警方了解一下具体情况，看看能怎样帮助你。但我现在说的，是你生活的另一个选项。你出去走走，跟你妈妈相处一阵子，如果你在国外情况不好，我保证会把你转移回新阳。而且去国外也只是让你暂时换一个环境，对你的病情有益。你可以读读书，然后回来考研，这些我可以为你安排。"

顾寒山没理他这些话，只道："既然你并不执着于对我大脑的研究，那我下面的话应该不会刺激到你，不然我也会不好意思的。"

向衡的心又提起来，顾寒山这语气，太让人担心了。

顾寒山对简语道："我昨天跟第一现场开过会了，我们已经初步达成了合作意向。他们出钱出力，我提供个人资源，一起合作拍纪录片，或者别的形式的节目。作为世界上有医疗记录的最特殊的超忆症患者，我可以授权他们调阅我的病历和诊疗记录，并对我进行跟踪采访。他们可以用我的素材和病历包装成节目，我本人也会配合出镜。只要他们把那个诱骗我爸爸跳河的姑娘找到，送到我面前，我就给他们独家授权。"

简语僵住了。

"顾寒山。"向衡皱了眉头,非常不赞同顾寒山刻意刺激简语的行为。

顾寒山不理向衡,继续道:"虽然上次跟你稍稍提过一点,但这次是正式谈好了,明确了双方的意向。我就等他们出具体方案和合同。"

简语道:"顾寒山,你不能这样做。你爸生前费尽心思来保护你,他泉下有知,一定不会同意你这么做的。"

"那他就从泉下上来阻止我啊。"顾寒山道。

简语顿时噎住。

顾寒山道:"谁也不能阻止我,你不能,贺燕不能,许思彤不能,警察也不能,这是我的权利。我会用尽所有的办法,把那个姑娘找出来。"

向衡非常不高兴,把警察拉出来说事就过分了,而且你还没摸清简语的底就胡乱亮底牌,这是觉得自己过得太舒服了,嫌命硬是吗?

向衡双臂抱胸,黑了脸给顾寒山看。

顾寒山眼角都没飘过来。向衡不介意,他知道顾寒山能看到,并且能记住他脸部的每个细节。她读不懂没关系,回头他解释给她听,这就是对你超级不爽的表情。

"顾寒山,你爸当初做这个决定是有原因的。如果你的病历公开,媒体会踩烂你家的门槛,你的电话会被打爆,脑科学界会对你深感兴趣,就算各国做研究的没直接联系到你,你的脑部扫描图,你的基因报告,你的所有身体状况成长情况都会被传阅,你长什么样,身高多少,体重多少,喜欢吃什么,有什么别的病,例假什么时候来,正常不正常,有没有生育能力……一切隐私,都会成为研究的目标。而普通大众则把你当新闻看,当娱乐看,会有电视节目来找你,你一走出家门就会有人追着你拍……"

简语一口气说了这么多,他停下来喘口气,缓和缓和情绪,再道:"你的人生会毁掉的。"

顾寒山看着他:"我的人生是我爸爸给的,无论是生命还是生活。可是有人把他夺走了。"

简语被噎得死死的。

黎荛的本子被一滴眼泪浸湿了,她悄悄把它抹掉。

简语沉默了很久。他与顾寒山大眼瞪小眼。

向衡和黎荛都不说话。

简语终于再开口,他道:"好了,我就不多说了,道理你都懂。你爸在世的时候,肯定都与你谈过的。你自己再考虑考虑,反正还有时间,这事也不是这么简单就能操作的,你别着急,慢慢来。另外呢,你要小心贺燕,她毕竟跟你没有血缘关系,你爸不在了,你们又有经济上的纠纷,你还是要留些心眼,多注意周围的人。你爸案子调查的事,就交给警方,你也听听他们的意见,他们才是专业查案的。你自己别乱行动,不然有可能伤害了自己还阻碍调查进度,是吧,向警官?"

冷不丁被拉出来挡事的向衡淡定地应:"嗯,我会跟顾寒山好好谈谈。"

顾寒山冷冷道:"谢谢简教授,谢谢向警官。"

简语忍不住又插一句:"想想你那个做普通人的人生愿望,你已经快要实现了。"

顾寒山摇头:"我现在已经很适应做一个特殊人了。我做不了普通人。我所有能实现的目标,就连交个朋友这么简单的事,都是靠我的超能力达成的。我很庆幸我有这样特别的脑袋。"

简语一声叹息。

顾寒山却又道:"简教授,你之前跟我爸签过保密协议,绝不公开发布和使用我的病历资料。"

简语点头:"是的,我一直严格遵守与他的约定,无论他是不是活着。"

顾寒山道:"既然这样,那我想简教授一定不会介意,我后头跟第一现场签约的时候,再跟你补签一个协议。虽然媒体制作有关我的节目时,使用的诊疗资料都是从你那里拿到的,还对这些资料进行了公开,但这并不意味着你也有权发表和使用这些资料,包括论文、文章、图书、授课、演讲和采访等全部范围。"

简语僵在那里,就像被人打了一巴掌。

顾寒山不管他的反应,继续道:"因为我爸当初的保密协议里没有涉及我授权媒体公开后,是否就默认了你们医生也可以使用。条款内容还不够严谨,所以我希望能加上这条。"

黎荛觉得如果自己是简语,都能跳起来给顾寒山一拳。这羞辱性太强。媒体满世界播我的研究成果,我自己却不能提——太欺负人了。

向衡很生气,非常生气。

顾寒山你绝了!

如果简语跟你爸的命案有关,或者就是幕后主谋,你说出这话的这一秒,已经排在死亡名单第一位了。

你是嫌案子不好查,查出来罪名也不会太重判不了死刑,所以你想自己死一死弄成命案是吗!

"还有……"顾寒山道。

居然还有。一时间三个人都沉默了。

顾寒山道:"既然是对我个人的深度专访,我又是这么一个特殊病例,媒体也一定会采访你。到时为了节目效果,我希望你能配合一下,我需要医生证明,这个病例和治疗过程的真实性。"

向衡气笑了,想给顾寒山鼓掌——要求别人给你作嫁衣,还不给别人利益。你那些利益公平交换的原则呢?你就是摆明了想气死简语。

但简语说话了:"可以,没问题。我同意签那个补充协议,我也会帮你向媒体证实你确实是个很特殊的超忆症病人。具体的细节,到时候你让第一现场找我吧。"

向衡心一沉。太好说话了,可怕。虽然以后的事还不一定,到时简语也能有许多方法去阻挠具体执行,但这当场情绪控制这么稳,真是厉害。

向衡看向顾寒山。

顾寒山不知道什么叫害怕,她对简语笑了笑:"谢谢简教授。"

简语对她的感谢并不受用。他对顾寒山道:"顾寒山,我对你爸爸的死也很遗憾,他是我见过的病人家属里最了不起的一个。我非常尊敬他。无论有没有那个补充协议,无论他是不是活着,我都会遵守与他的约定。我答应你的要求,并不表示我赞同你的决定。"

"但你说得对,你有权利做出那样的授权。如果第一现场联络我,我会跟他们好好谈。我也建议你再好好谈谈。商业的事你不懂,虽然你很聪明,但你的想法、你的行事方法跟正常人不一样。正常人在你我现在的状况下,已经足够翻脸好几次了。你是一个病情很特殊的病人,你把最好的医生得罪了,对你没有好处。"

顾寒山没表情,只是看着他。

向衡也看着他,用眼神提醒他,谨言慎行。虽然顾寒山真的很欠揍,但是警察在这里呢,最好别说什么威胁恐吓的难听话。

简语看了看向衡,再看着顾寒山,他摇摇头:"顾寒山,正因为我太了解你的情况,所以我们这场谈话才能进行下去。但是别人不会像我这样包容你的,你要学习的事太多了。如果你真的觉得自己这段时间过得不错,交到了朋友,跟警察关系友好,大家愿意帮助你,你就以为可以控制媒体,那你太天真了。你并不完全了解正常人的世界……"

"简教授。"向衡打断简语的话,"我不赞同你用否定和打击的态度来跟一个病人对话,尤其你刚刚强调了自己医生的身份。"

"让我说完吧。"简语转向向衡,"依顾寒山对我的疑虑,不知道下次有机会跟她这样面对面认真谈话得等到什么时候了。我怕来不及。我不是否定和打击她，我希望她对自己面临的状况有所警惕。我了解她，她跟正常人的世界隔着一道玻璃墙，她能看清所有人的一举一动，但她不能辨认内心。她不在乎别人的感受，所以会产生盲目的自信感觉。只是读读书过过生活，这些都是小问题，但她现在要跟唯利是图的资本家比手腕斗策略，盲目自信会害了她。她对利益社会的规则一知半解，会吃亏的。那些媒体躲在背后，有强大的资本支撑，而她作为个人，一旦亮相，资料曝光少许，那都是覆水难收，后悔都来不及。"

后面这些话真是说到向衡心里，但他也知道有些事光靠说是不行的，还得有措施。只是这种情况下，他不可能帮腔简语。

向衡道："顾寒山今天能说出这些话，相信她很清楚后果是什么。"

"对，她很清楚，但她不在乎。"简语看着顾寒山，"这才是最大的问题。顾寒山，疑惑和仇恨会一直刺激你，你会恶化的。你最近发病的次数是不是频繁了？刚才上课的时候有发作吗？"

顾寒山不说话。

简语沉默了一会儿，似自言自语："我不应该同意你出院的，我还为了你能出院而高兴。"

顾寒山仍不说话，别人的高兴对她来说不重要。

向衡观察着她。

简语又道："那今天先这样吧，确实不适合再谈下去了。你回去好好休息。另外，鉴于你现在的状况，我会推荐别的医生给你……"

向衡一愣，这是看情势不妙，要撇清关系了？他问："鉴于她什么状况？"

简语答："她不再信任她的医生，这个很危险。这样在诊疗的过程里，她会隐瞒她的真实感受，隐瞒她的发病情况，还会出现擅自停药、擅自换药之类的行为，这对她的康复不利。如果她出现了被害幻觉，而她又不能与医生沟通，那么不但不能及时处理病症状况，还会累积精神压力，加重病情。这样恶性循环，情况会越来越恶化。"

黎尧记笔记的手一顿，哇塞，前面说那么多都是铺垫吗？这一段才是重点？

黎尧抬头看了一眼简语，这也太厉害了。

前几分钟这个简教授还像个嫌疑人一样被顾寒山压着打，现在他轻轻松松三言两语又把局面给扭转回来了。

这么温和又理性，还处处为病人着想。刚才顾寒山那些出其不意的猛攻，就像孩子一样的无理取闹，而简语有理有据，最后这一下处理的，以后要是再把顾寒山抓到医院去，那也是理由正当，还有警察做见证的。

黎尧偷偷看了一眼向衡，很想知道向衡怎么想的，现在到底是什么情况。简语的反击，会不会太快了点？

别说顾寒山这种不谙世事的带病小姑娘，就是她一个做警察的，也觉得所谓正常人的世界太险恶了些。

向衡没什么表情。他在看顾寒山。

顾寒山也很稳得住，就跟简语一样。

两个人都攻击了对方，两人都没恼羞成怒。

向衡问简语："简教授，你的意思是顾寒山现在病情不稳定吗？"

"不，我只是在说病人不信任她的医生有可能会引发的后果，所以我会推荐别的医生来为她继续看诊。"

很好，滴水不漏。

向衡继续问："可你从前不就知道顾寒山怀疑你？你说过她怀疑身边的每一个人。现在你才考虑到她对你的不信任会影响她的病情吗？"

"她从前并没有这么鲁莽和具有攻击性。她会伤害她自己的。"

向衡一副公事公办的口吻："所以你觉得顾寒山现在神志清楚吗？有被害幻觉吗？她的状况是否足以稳定参与案件的调查？"他给简语递出了攻击顾寒山的工具，看他怎么用。

但是简语没有接他这个话，却是向顾寒山发问："顾寒山，你出院到现在，有按时按量吃我开的药吗？"

顾寒山稳稳地道："有。"

她说谎了。向衡看出来了。简语真是高明，他不直接下结论，而是让顾寒山自己展现出她的问题，证明她的状态并不适宜参与案件调查。

简语也看出顾寒山在说谎，他道："我现在还没有想到合适的医生人选，我回去再考虑一下。在此之前，你要继续吃我开的药。如果你有不舒服，要及时告诉我。顾寒山，你这么辛苦才恢复到现在的状况，不要前功尽弃。你也懂神经科学，你也懂大脑，你确实是特殊人才，你比我带的那些研究生都强，所以你自己也可以判断，我给你开的药，是不是都对症有效。"

黎荛顿时想起他们推断的，顾亮认为跳水的是他女儿，其中一个条件就是那段时间顾寒山的状况不稳定。药物，可以是其中一个手段。

简语转向向衡："向警官，关于顾寒山父亲的意外，回头我们再详谈。"

向衡应了。

简语又对顾寒山道："顾寒山，我和你爸爸的目标是一致的，我改变不了你的大脑结构，但我们都希望能让你过上正常人的生活。我一直在为这个目标努力，你要相信我。如果你愿意聊聊，随时打我电话，好吗？"

"好。"顾寒山终于开口。

"那我先走了。"简语简直迫不及待，但他仍有风度地拿走了点单卡，买单后离开。

顾寒山安静地坐在那里，一动不动。黎荛和向衡当然也没心情吃吃喝喝。

黎荛有些拘谨，她坐在那看笔记，也不知道说什么好。

向衡道："走吧。"

顾寒山过了好一会儿才道："我没力气了，缓一缓。"

黎荛看了看向衡，见向衡似乎有话要说的样子，便道："我去把车子挪过来。"

向衡点点头，黎荛便出去了。她走出包厢时，还特意跟服务员提了一句里面还不用进去收拾，别打扰。

包厢门关上，向衡拉了椅子坐到顾寒山身边。

屋子里就剩下他们两人，墙上挂了个时钟，滴滴答答的声音居然还挺吵。

向衡忽然之间，气都消了。

"你还好吗？"他问。

顾寒山缓了一会儿道："我觉得就是他，他肯定是凶手之一。他有动机，有动手的能力，他能换掉我的药，还有机会给我爸做心理暗示，然后他一走了之，让他的团伙在他出差的时候动手。这种犯罪，不在场证据毫无意义。"

"别做傻事，顾寒山。"向衡道，"我们已经在做调查了。"

"不会有任何证据的。"顾寒山抬头看向向衡的眼睛，"不然我早就找到了。只有一个办法，激怒他，让他再次动手。可这个人，就连激怒他都得找时机想办法。"

"我有些后悔告诉你可以合并侦查了。你现在有恃无恐，太冒险了。"

"跟这个没关系。"顾寒山道，"你们不侦查我爸的命案，总该侦查我的命案吧？"

"顾寒山。"向衡压低声音吼她。

"你看看我的脸。"向衡指着自己，"这种表情叫生气，非常生气。"他是真的怒，这姑娘简直，完全不按常理出牌，自己的生命是这么用的吗？

顾寒山还真的看了看他的脸："我看懂了，可我不怕。"

向衡暴躁。

顾寒山道："你不必生气，我知道应该小心，我只是不怕死，但并不想死。我还没有找到那个跳水姑娘。"

"顾寒山。"向衡愤怒，无奈，却也心疼。

顾寒山认真审视他的表情，向衡一时也不知还能说什么，卡在那里。

顾寒山看着看着，眼眶忽然红了。

向衡的气一下便泄光了，怎么突然来这招。

"我在我爸爸脸上，看到过一模一样的表情。他说他恨铁不成钢的时候，就是这种表情。我问过他那究竟是什么情绪，他说无法形容。愤怒、失望、无能为力、心疼、自我厌恶、挫败、不甘心……我觉得真是神奇，这么多的情绪能同时出现。不同脑区的神经递质突然产生大范围的联结，大脑过载，而大脑的主人无法觉察。"

向衡的心更软了，他觉得最神奇的是顾寒山。为什么会有人一边差点落泪一边能说出这么冷静的话。

"他快露马脚了，向警官，你们一定要抓住机会。"顾寒山道，"我把孔明捅出来，他有些慌了。你看，他居然想诱骗我出国，他居然找许思彤。他怎么会以为许思彤对我能有半点影响力。他想不到别的办法对付我了，他一定会有所行动的。"

向衡道："你不要着急，并不一定是因为这个。但你说得对，无论是谁，你这样到处乱撞，肯定已经引起注意了。你很危险。另外，我不希望你公开你的病历，顾寒山，这一点我与简语的意见相同。我虽然没有他了解详情，但既然你爸爸这么努力地想保护它，那它肯定非常值得保护。"

顾寒山没说话，向衡看着她的表情，似乎又看到了她脑中的画面汹涌。然后他注意到顾寒山的指尖有些颤抖，向衡伸手紧紧握住她的双手。

"我也在水里，顾寒山。我会把你拉出来。"

"我没在水里。"顾寒山摇头，"我看到的是镜子。"

"什么镜子，可以把我带过去吗？"

顾寒山道："我刚才谢谢他的时候，对他笑了。"

"我看到了。非常好，非常自然。"向衡道，"这次真的笑得好。"那种无所畏惧和挑衅，自然得像是个正常人的情绪表达。

"他完全没有注意到。"顾寒山道，"如果我没有戳到他的痛处，让他严重心虚分神，他会为我这个巨大的进步惊讶。"

向衡不说话，他现在不能鼓励任何顾寒山对简语的怀疑。

"我每天都在练习笑，但是从前的练习与现在的意义不一样。我爸总希望我能多理解一些情感，我能理解的。我真的，真的进步很多。我那天对着镜子练习了好久，我练习笑，练习说我爱你。我爸说，当别人说我爱你的时候，你应该能听出来里面蕴含的感情。我想我对他说的时候，他能听出来。"顾寒山看着向衡，向衡脸上又有了爸爸从前的表情，爸爸总是能理解她，向警官也可以。

泪水在顾寒山的眼眶里打转,她咬着牙,无数的镜面朝她袭来,那是她一次又一次的练习,有温暖的,有仇恨的。

"我练习了这么久,我对着镜子说我爱你,我做好了准备,等着我爸回来的时候就对他说,那将是我第一次对他这样说,以后也会有无数次,我知道他会高兴,他会狂喜,他肯定喜欢听。"眼泪滑过顾寒山的脸颊,"我也是会有感情的,我会向我爸证明,我会告诉他我爱他。"

顾寒山的脑子里涌现无数个当时镜中的自己。虽然只过去两年,但仿佛时光已经游走了无数个年头。可无论过了多久,她都能记得清清楚楚。

她能看懂当时镜中自己的笑容,是真心实意,是甜蜜的,是满怀期待的。她真能看懂,就像现在她能看懂向衡的表情一样。

她练习得那样努力,她甚至记得面部肌肉的每一处收紧和放松。她记得镜子中自己的眼神,她有些紧张,她非常认真地练习。

"我爱你,爸爸。"

她期待看到父亲的惊喜,期待得到他的夸奖。看啊,爸爸,我也能体会情感,我进步多大。

顾寒山看着向衡的脸,仿佛看到了爸爸,她无法再看,把脸埋在向衡胸前,她的眼泪洇湿了他的衣襟:"可是他再也没有回来。"

他看不到了。

她都没有机会,让父亲看看她的笑容。

"顾寒山。"向衡不知道能说什么,他只能唤她的名字。寒山、寒山,那是她爸爸为了鼓励她而改的名字,而她也真的了不起。

"你笑起来很好看。"向衡道,"你爸爸会为你骄傲的。"

她当然懂得感情,向衡觉得不该怀疑。没有感情的人,怎么可能会为了爸爸坚持到现在。她孤身一个人,在一个她深度怀疑、危机四伏的环境里,寻找机会,寻找帮助,坚持到了现在。

虽然他不是医生,但他也会觉得,不会再有第二个顾寒山了。这世上独一无二。

向衡抱紧她,轻轻抚摸她的头。

顾寒山渐渐安静下来,她耳朵下面正是向衡的胸膛,她听到了"咚咚咚"的心跳声。

跳得很有力,有点快。

很好听。

顾寒山认真听,不哭了。她想起小时候,她犯病哭闹,她爸抱着她,那时候她小小的,脑袋枕在爸爸的胸膛,她也听到了这样的心跳声。

"咚咚咚咚……"顾寒山平静下来，她的呼吸都要与这个心跳的频率协调一致了。

向衡见得她安静了，抚摸她的手停下，正准备放开她，却听到顾寒山道："向警官。"

"嗯？"

"再抱一会儿。"

向衡："……"

向衡差点以为自己听错了。

"你说什么？"他往后挪了挪，想把顾寒山挖出来看看。

"别动。"顾寒山道。

向衡："……"还挺凶呢。他定住了，没动。

顾寒山把脑袋挪了挪，想重新找到刚才那个位置，但是感觉已经不一样了。

向衡就看着她像猫一样在他怀里蠕来蠕去，忽然意识到他俩的这个姿势非常暧昧。

可她的后脑勺看着这么可爱，刚才的手感也很好，他又想摸一摸了。

向衡握了握拳。咳咳，你是警察，注意点影响。啊，刚才是他先动手的吗？

顾寒山抱着他的腰，又稍稍蠕动了一下。

向衡两只手掌握拳放在身侧，一副正人君子，坐怀不乱的模样。可顾寒山的姿势举动让他想起了小猫，于是他想到了黑猫警长。

这是顾寒山给他套用的形象、昵称，她还夸他眼神如电，神探气质。

突然，顾寒山坐直了。

向衡吓得火速板脸。

那笑容收得不够快，表情扭曲。

顾寒山不满地瞪着他。

向衡不确定她是否看到了刚才自己的表情，他心虚地清咳一声，一时之间有些哑巴。

顾寒山与他大眼瞪小眼一会儿，问他："你刚才想什么？"那语调，太适合审讯了。

眼睛瞪得像铜铃……

向衡被这问题打得有点蒙，下意识地道："黑猫警长。"

顾寒山："……"

那表情，让向衡觉得非常丢脸。

向衡迅速反应过来他回答了什么，忙补救："我想起了我作为警察的责任，

...179

所以在考虑案子。"

"说谎不能抓起来,对吧?"

向衡:"……"这怎么就嘲讽上了呢?

"不然可以先把简语关起来审个三天三夜。"

向衡:"……"你这话的主语出来得有点迟,让人心情一上一下的。

"没有证据的情况下最多24小时。"他纠正她。

"把你跟他关在一间屋里……"顾寒山又说。

"好了,闭嘴。"向衡不乐意了。

顾寒山瞅着他。

向衡转移话题:"好些了吗?可以走了吗?"

顾寒山还蹙着眉头,过一会儿道:"你再抱我一下。"

向衡:"……"

"要不我再抱你一下,你别挣扎。"

向衡:"……"

这词用得,还挣扎。

向衡无力吐槽。刚才确实是他一时情不自禁,啊,不对,情不自禁这个词严重了,就是一时失控,是他先动的手吗?好像是,那他不对。但现在你主动要求再来一遍,还要求我不要挣扎,很有占我便宜的感觉,你觉得呢?

顾寒山肯定不觉得,因为她看着向衡,似乎在等他的回答,或者等他摆好被抱的姿势。

向衡无奈,道:"你不是不喜欢被抱着吗,觉得会被控制?"

"说得好像你会打针似的。"

向衡:"……"这是看不起谁。打针很难吗?把针头扎进肌肉里,一推针,完事,多简单。对,他是没给人打过,但是一点都不难好吗!

"我有手铐。"向衡吓唬她。

"我能打开。"

向衡:"……"一点都不想让她试试看,也不想问她为什么能。

真想领她去给他家双亲看一看,这就是别人家的孩子,比他还能气人,你们俩惜福吧,你们儿子实在是太亲切太懂事太成熟稳重了。

"好了,没事就赶紧回去,我还一堆事呢。还有,你赶紧把笔录做好了,我们警方办事也是有流程的,现在等你恢复真是浪费了很多时间。"向衡摆出埋怨脸。

顾寒山道:"怎么可能浪费,在我身上花的每一分钟都是你赚到了。"

向衡凶巴巴："警告过你了啊,那些泡妞书上的话别老在我身上乱试,你这是骚扰公务人员。"

顾寒山的眼睛跟着他的身影打转,道:"你怎么总能猜到是书上的呢?"

向衡没好气:"你我还不知道?"

他转头看顾寒山一眼,拿了纸巾给她,印了印她的眼角,觉得不妥,又把纸巾塞她手里:"自己擦一擦,眼泪鼻涕擦擦干净。"

顾寒山还真擦了。泪痕没多少,她擦了一把,然后擤了擤鼻子,很大声的"嘶"的一声。

向衡:"……"他心里叹气,再拿两张纸巾给她。

擤鼻涕这么大声,在他面前毫不遮掩,那个"抱一下"大概也就是"抱一下",根本不可能有别的意思。

向衡站起来:"我们送你回所里,然后你跟黎荛仔细说一遍你爸的案子,她给你办手续、做笔录。我得跟葛队去看守所,审石康顺。"

"行。"顾寒山乖乖点头。

"晚上我们约了贺燕,我下班前肯定能回所里。"向衡道,"你就在所里等着我,不要乱跑。"想了想还是生气,"你给你自己招惹的那些危险,我回去再跟你算账。"

顾寒山犹豫了一下,向衡瞪着她,顾寒山还是说:"下班前才回来?那不是还要很久。我总不能一直干等着,我的时间也很宝贵。"

"你花在我身上的每一分钟都是赚到了。"向衡学着她刚才的语气,"你悠着点你的小命吧。"向衡领着她往外走,"你刚才也不知道得罪的是老好人医生兼同伙还是犯罪团伙老大,如果犯罪动机就是为了你的这颗脑袋,你直接把人家的希望堵死了,那不得先弄死你。杀人动机里有一条是泄愤知道吗?反正得不到,那谁也别想得到。"

"所以这不是先把你叫过来了。"顾寒山理直气壮地道,"那也还得把你跟黎荛灭口吧。你们出来的时候是不是说来见我?那还得把整个派出所灭口吧。"

"你还挺会找垫背的。"向衡嘲她。

"你对重要证人说话怎么这语气呢?"顾寒山吐槽他,"你是我接触过的人里,对我生气频次最多的。"

"不是你爸?"

"你能跟我爸比?"

向衡都懒得瞪她了,可是不敢跟你爸比。

顾寒山道:"我爸都是死人了,你怎么跟他比?"

向衡："……"

这话都没法接。向衡大步往前走，顾寒山乖巧跟他身后："可是我还是喜欢跟你在一起。"

向衡没表情，知道她是在背书上台词，内心很难再起波澜。

"你是我熟悉的人里，第一个把我当正常人对待的。"顾寒山道，"别人知道我有病的，像简教授，就会用那种'你有病，我知道，所以我在包容你'的态度。我爸以前也是的，我有病，所以我做什么都可以。其他知道我能力的人，要么就是害怕，像宁雅；要么就是觉得我虽然很厉害但就是不正常，像葛队长。但是你不一样，你是按正常人来要求我的，就是'有病了不起吗？现在不是挺好的吗？那就跟别人一样懂点事'那种意思。"

向衡又好气又好笑："这位超能力同学，你刚才的那些话，是在说自己犯贱。"

顾寒山回道："那也是进步，我又更像正常人了。"

向衡这个正常人觉得被羞辱了。

向衡停下脚步看了看顾寒山。顾寒山也看着他。

她的目光坦坦荡荡，眼神清澈干净。这长相气质神态，真的，不知道的人，真觉得她是小仙女。

对小仙女来说，犯贱是个中性词，放别人身上表示自取其辱，放她自己身上，代表着进步。

向衡忽然笑了出来。

顾寒山看着他的笑，抿了抿嘴角，那嘴角上扬的弧度，也像个微笑。

向衡把脸板起来："我跟你说，你今天闯大祸了。我现在和蔼可亲不表示我原谅你了，我很生气，等我有空了，我再好好跟你算账。"

"那你要是忘了就告诉我，我会提醒你我们今天都说了什么。"

忘了什么？忘了生气吗？

"不可能忘。"向衡斩钉截铁。她真是，顶嘴第一名。哦，还有泡妞。两项技能，并列第一名。

简语走出餐厅，朝着自己在学院里的办公室走去。走了一半，他又改了主意，转身朝学校东门方向去，他打算去"简在"工作室。

走着走着，忽然有人叫住了他。

简语听到声音，把脸沉了下来，然后这才转身。

第十六章
危局

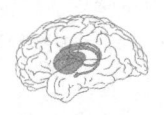

黎芫去了停车场,当时她跟向衡不太熟悉校园里的路,所以停的地方还挺远的。她现在知道地方了,可以把车挪得近一点。黎芫溜溜达达去停车场,半路上竟然看到了简语。

简语正在跟一位姑娘说话。因为那姑娘打扮很年轻,又是在校园里,黎芫觉得这个姑娘也就二十多岁不到三十,研究生的样子。简语的表情非常严厉,他压低着声音,不知道在说什么。那姑娘低着头,给人感觉很委屈,可怜兮兮的。

黎芫警惕地躲在一棵树旁,她想悄悄拍张照片,但刚拿出手机举起还没能点开屏幕,那姑娘忽然转头看到了她。

黎芫知道自己身上的制服太惹眼,赶紧按了手机键进行"熄屏快拍",同一时间简语也顺着那姑娘的视线方向看到了黎芫。

黎芫迅速放下了手机,若无其事地对简语笑了笑。

简语缓和了脸色,再对那姑娘说了两句。那姑娘乖顺地点了点头,好奇地再看了黎芫一眼,转身走了。

简语朝黎芫走来。黎芫快速按开手机拨了快捷键出去,转眼简语就到了面前,黎芫把手机放回口袋,表情从容地抬头。

"你好。"简语打招呼。

"简教授好。"黎芫也招呼。

"你怎么在这儿?"

"我去停车场。"黎莞笑笑。

"停到这边了？"简语问。

黎莞笑着，心想难道是跟踪你吗？"停在湖边那个大停车场了。"黎莞指了指，又道，"简教授呢？我以为教授早走远了。"

"有个学生问些问题。"简语应得也很镇定。他打量着黎莞。

黎莞能感觉到他这会儿的态度与面对顾寒山时完全不一样。现在的姿态虽然仍儒雅温和，但多了些锐利。

"那教授你忙，我们回头见了。"黎莞转身要走。

"等等。"简语叫住她，"你刚才是在拍我吗？"

"没有。"

"我很介意别人未经允许乱拍我。"简语道。

"那教授放心，我没拍。"

"介意我看看你手机吗？"

"介意。"黎莞微笑着，"我又不是您课堂上玩手机的学生。"

简语刚要说什么，黎莞的手机响了，黎莞对他抱歉地笑了笑，转身把手机接起："嗯，向衡，我还没到停车场呢，车子会飞我又不会，好了，马上就到了，别着急，再等我一下。"

黎莞挂了电话，对简语道："我真得走了，今天谢谢简教授了，回头我们再联络。"

简语看着黎莞："黎警官，刚才没太记清，你叫什么名字来着？"

"黎莞。黎明的黎，莞字是草字头，下面尧舜禹的尧。"

"凤凰街派出所的。"

"是的，教授。"黎莞点头。

"好的，我知道了。再见。"简语指了指方向，"湖边的停车场，从这条小路过去更近一些。"

黎莞转头看了看，对简语笑道："好的，那我走了。谢谢教授。"

黎莞挥手告别，她朝那条小路的方向走，努力控制着脚步，要显得从容自然一点。她也克制着不要回头，别好奇简语会怎样。

简语一直站在她身后看着她，等远远看到黎莞走上了小路，踪影消失，他这才转身离开。

简语待走远了些，周围没人，他拿出手机拨了电话："贺燕。是我，简语。顾寒山说警察要对她爸爸的意外死亡立案调查，你是不是还瞒着我什么事？"

贺燕道："不是都告诉你警察找我问过话吗，你不是说找你也问过，现在干吗要装得这么惊讶？"

简语皱眉头："问话是问话，立案是立案，这是两个概念，性质完全不同。想了解某件事，当然要到处问话，但是问话不表示有什么情况。立案就不一样了，那是有了线索和证据才会立案。"

"是吗？那我就不清楚了。我早说了有情况，你也不愿意好好跟我聊，说不到两句转头就走，这会儿跟我说这些也没用。"

简语道："你建议换掉顾寒山的药，让她入院，我不可能接受。你这样太过分了，我当然会走。"

"别乱栽赃，你现在跟谁在一起？说话可要注意点。我只是想跟你沟通一下顾寒山的身体状况，可没说任何违背道德良知的话。我是顾寒山的继母，我当然是关心她的。我觉得她情况不太好，希望她在稳定安全的环境下接受治疗和看护。"

"行了。"简语道，"我一个人，周围没人。"

"我信不过你，简教授，你是一个虚伪的人。但这世上每个人都虚伪，所以我也不在意。只要我们有共同利益，那就可以坐下来好好聊聊。你想知道警察查到了什么吗？"

"我想的。"简语道，"我得知道顾寒山陷入多深，有没有被害幻觉，她今天跟我有些撕破脸，她不再信任我，就不会好好按我的医嘱吃药，这是件很严重的事。我想知道她到底跟警察说了什么，警察查到了什么，是真的还是假的，对顾寒山有什么影响。但她不会再老老实实告诉我了。"

"你看，不管你的理由编得多正当，其实最后想要的结果还不是跟我一样。我们都希望顾寒山好，希望她能够远离不安全的环境，安安稳稳地好好养病，别找麻烦，所以我们得一起合作。"贺燕道，"我会打听清楚的，有消息告诉你。"

黎莞走出了好长一段路，看到了停车场，这才点开手机看了看。这一看，她立刻懊恼地叹口气。太可惜了，手机没对准，居然只拍到了那个姑娘的半个身子，而且还是从耳朵到后脑勺那一半，脸没拍上。

万一这个女生也是有关联的人呢？受害者之一？本来可以找到她了解了解情况，这下不知道该找谁去。不过简教授带的学生应该不会太多吧，到时再查查看。

黎莞再次拨了快捷键，对方秒接。

黎莞语气轻快："老公，我没事了。"

... 185

卓嘉石在家里，电脑开着，他正煮咖啡，准备开始工作："刚才怎么了？"

"被人缠住了。嘿，你配合及时，么么哒。"

卓嘉石轻笑："你在哪儿？"

"医科大。"

"你出外勤了？"

"是呀。"黎莞兴高采烈。

卓嘉石被她的语气逗笑了："恭喜恭喜。"

"哈哈哈，我接了一个超级大的案子，正走在成为神探的道路上。"黎莞很有干劲，"我不是跟你说过，我走大运了，我们所里来了个超厉害的刑警，我要跟他学东西。结果神探都是自带大案体质的，我的巴结有了好的成果。"

"好的，神探，你走在康庄大道上的时候，顺便照顾好自己和咱们女儿好吗？"

"没问题。我觉得你的新书可以写一个孕妇神探的故事。"

卓嘉石笑出声："那还是叫辣妈神探吧，这故事要是能写出来咱们闺女估计都成年了。"

"哇，你怎么这样呢，对自己、对老婆这么没信心。还有，咱们孩子也可能是儿子。"

"生男还是生女是爸爸决定的。"

黎莞哈哈笑，说得他真能决定似的。

"另外，请神探不要偷喝奶茶好吗？"卓嘉石又道。

"没有，绝对没有。刚才有个绝佳喝奶茶的机会我都忍痛放弃了，非常有自制力，绝对值得骄傲。我喝的果汁气泡水。"黎莞邀功。

"好。为你骄傲。"卓嘉石很配合地夸她。

"那挂喽。我正忙呢。"黎莞道。

"好，拜拜。"

黎莞挂了电话后，再看了一眼那张没拍成功的照片。黎莞上了车，给向衡打了电话，招呼了一声，然后开着车沿着刚才那姑娘离开的方向走了走，走了挺长一段路，没有再看到那个姑娘。从这个方向过去有校图书馆，有球场，还有一个食堂，再过去是连着的三栋宿舍楼。

黎莞逛了一圈，没什么收获，她把车开到茶室附近，接上了向衡和顾寒山。

两人一上车，黎莞便把刚才看到的情况说了。

顾寒山问她："那个女生长什么样？"

"挺高挑的，梳个马尾。"黎莞答，"没戴眼镜，背了一个单肩背包。清清秀秀的，年纪看着比你大，但又不像老师，所以我觉得应该是研究生之类的吧。"

向衡看了看车窗外头，个子高挑梳个马尾的女生可不少，没戴眼镜、背单肩背包的也有，黎荛说的这个年龄段，在大学里也挺多。

黎荛知道他的意思，她把手机递给向衡："我勉强拍了张照片。"

向衡看完，道："是挺勉强的。"

黎荛没好气地把手机抽回来。

"给我看。"顾寒山道，"我比他擅长。"

黎荛把手机递到后座："给，就指望你了，山山。你认人最厉害。"

顾寒山看了一眼："后脑勺？"

向衡笑出声。

黎荛再次把手机拿回来，辩道："不止后脑勺，还有一点侧脸，能看到脖子，还有耳朵，水钻耳钉、马尾也看得清楚，还有她的衣领、肩膀。肩膀上的背包带子也能看到。"

只不过耳钉是最普通的满街一样的款式，马尾发色也是正常黑色没什么特别，背包带子也是普通棕色皮革没有特殊标记。

顾寒山道："元素挺多的，但我认不出来。"

黎荛启动车子："好了，我知道这张照片很优秀。但我记得她的样子，如果再见到她，我能认出她来。"

向衡问："有什么很特别的举动吗？"

"没有。"黎荛道，"要是很特别我就冲上去了。就是普通的谈话，态度挺严厉，那个姑娘有些怕他，委委屈屈的样子。有可能简教授在顾寒山这里受了气，转头找个学生撒气。"

顾寒山道："简教授对学生和蔼起来很和蔼，严厉起来很严厉。良师益友，人好得不得了。"

黎荛从后视镜看了她一眼。

顾寒山道："我爸一开始非常非常喜欢他，尤其头几年，简直是崇拜。后来时间长了，我爸觉得简教授太好了，好得像假人。他说这世上没有完美的人，除非是装的。贺燕还笑话我爸说他吃醋，因为简教授对我有求必应。我要什么，我爸不肯给，简教授转头就会给我弄来。我爸对这个也挺不爽。后来那两年我爸也考虑过给我找新医生，但确实没有比简教授更合适的医生。那两年是我病情稳定、进展神速的两年，我爸也不想因为他的多疑，或者说是心里的一点点不舒服耽误我的治疗。"

黎荛问："简教授知道你爸有这个打算吗？"

"我爸委婉提过，不同的医生会有不同的方法，我爸说是想让我尝试更多的新办法,并不是要换掉简教授。当时简教授的反应还是挺积极的,他也希望能跟厉害的同行多沟通交流,可是因为签过保密协议,所以他也没办法。但如果有新的医生加入团队,他觉得有可能对我的治疗有帮助。反正他是这样说的。但最后他也没找来合适的合作医生。"

黎茺又问:"从前你爸在的时候,简语跟贺燕交流得多吗?"

"不多,我的事都是我爸亲自管的。"

黎茺心里叹息,越发心疼起顾寒山。向衡与黎茺交代了些下午给顾寒山做笔录的事,还有晚上与贺燕见面前需要准备的一些材料,黎茺一一应了。

三个人在路边小馆随便吃了个午饭。向衡跟葛飞驰联系,确认了下午去审石康顺的时间,又告知了顾寒山上午勇捅马蜂窝的事迹,让葛飞驰安排人员对简语进行监控,对顾寒山进行人身保护。葛飞驰一口答应。

"对了,有个事跟你说一声。"葛飞驰道,"葛婷婷,就是昨晚你和顾寒山救下的那个姑娘,她们今天给我们这儿送了锦旗,说是也做了你们的那一份,今天要去你们那送锦旗表示感谢的。"

"是吗?"向衡没在意,"到时所里有人接收的,没事。"

结果这顿饭还没吃完,向衡接到了徐涛的电话,说是有对母女拿着锦旗和鲜花来找向衡,说向衡昨晚和一位叫顾寒山的姑娘救了她们,她们特意来表示感谢。

向衡正要说那代收就行,徐涛又道:"她们特别有诚意,等了一个小时了。我说你出外勤去了,不一定什么时候回来,她们就一直等着,午饭也不愿意去吃,生怕跟你错过了。我这看着不好意思,就给你个电话,问问你什么时候能回来。"

向衡听得也不好意思,赶紧催着黎茺和顾寒山回所里去。

黎茺一听有这事格外起劲:"这么热情?师父你昨天是不是特别英勇?"

顾寒山在旁边道:"我只看到他跑得特别快。"

向衡没好气,这话是句实话,但怎么听着这么别扭,这么有歧义呢。

黎茺哈哈笑:"是追得特别快吧。"

"对,追得特别快。"顾寒山从善如流,"学习了。"

黎茺笑得更大声。

一进派出所接待大厅,向衡就看到了葛婷婷母女。

她俩被人群簇拥着,实在是有些显眼。巨大的花束,亮眼的锦旗,非常吸睛。母女二人还认真打扮过，显示出了十万分的诚恳。周围有群众围着问话，葛婷婷的母亲陈玉仔细述说着自己和女儿死里逃生的经历，母女俩心有余悸，周围群众听得动容。

向衡见得此景，分外想逃。顾寒山却径直走了过去，清脆唤了一声："你们好，我来了。"

向衡实在是无语，顾寒山同学你怎么了，你看看那个人群，人这么多你不怕吗？你到底是社交恐惧属性还是"社牛"属性？

黎荛已经跟了过去，其他同事也赶紧过来。负责宣传的小赵警官拿着单反相机蹲守多时，此时此刻当然也要猛冲在前。

向衡无奈，只得跟过去。

葛婷婷和陈玉看到顾寒山赶紧站了起来，一抬眼，又看到了后头的向衡。

陈玉拉着葛婷婷扑通一声跪下了："向警官，顾同学，谢谢你们。"

如此大礼，向衡和其他警察吓了一跳，赶紧伸手去扶。

顾寒山稳稳站着，看着葛婷婷和陈玉给她磕头，毫无压力。

"快起来快起来。"向衡一把握住陈玉的胳膊，要把她架起。他看到顾寒山不动如山那样，又喊："顾寒山。"

顾寒山这才动作："快起来快起来。"语调跟向衡差不多。

众人七手八脚把葛婷婷母女俩拉起来了，一顿客套。市民们围了个圈，陈玉和葛婷婷一人拿花一人拿锦旗，郑重其事地要给向衡献上。给向衡献完了，再给顾寒山献。

向衡平常声音挺大说话硬气，此时很有些局促，接过的时候差点同手同脚。大家笑着鼓掌。

顾寒山倒是沉稳冷静，毫不客气，接过来得很快，感觉也很新鲜。她捧着花，拎着那锦旗，看了半天。

所长程清华闻讯赶来，宣传办公室的人也到了。这么好的事情，一定要宣传宣传呀。

大家张罗着让向衡、顾寒山跟陈玉、葛婷婷拿着锦旗一起到派出所门口拍张照，要把派出所的名字照上。

向衡："……"

但陈玉和葛婷婷都愿意配合，顾寒山领头往外走，向衡想不到拒绝的理由。

于是向衡、顾寒山站在了葛婷婷母女俩中间。黎荛特别来劲，还拿了遮瑕霜给向衡抹，要给他盖住眼角和脸上那些被揍的淤青痕迹。

向衡："……"

夸张了，至于吗？而且孕妇为什么还随身带化妆品？

向衡正抗拒，黎茺对顾寒山说："山山，你抹点口红，上镜好看有精神。"

顾寒山接过了黎茺的口红和另一个女警递过来的镜子。

向衡："……"

对面拿着相机的小赵喊着："准备了哈，站近一点，注意表情。"

"等一下等一下。"有人冲上来给顾寒山手里的花调整位置，有人指挥着向衡把锦旗拿高一些。气氛热烈，群众热情，向衡差一点就有了自己在拍婚纱照的错觉。

有人大叫："笑啊，向衡。"

向衡下意识地看了看身边的顾寒山，她已经弯起了嘴角。虽然眼中没有笑意，但这已经是一个自然友善的表情。

向衡看向镜头，扬起笑容，脑子里响起了简语对顾寒山说的话："你那个成为普通人的梦想……"而顾寒山说："我已经习惯做个特殊的人。"

向衡笑得露齿，顾寒山，你会越来越好的。

咔嚓咔嚓好几声响，照片连拍好几张。

黎茺拿着手机也在一旁拍，拍得笑到肚子疼。

旁边的徐涛道："明明大家都下班，为什么有些人下个班都这么精彩？"

向衡想着，因为有顾寒山啊。

警民友爱工作终于做完，葛婷婷和陈玉了了心愿，满意离去。

顾寒山追着小赵警官看拍好的照片，挑了两张，也很满意。她抱着花和锦旗上了楼，跟着黎茺走，准备做笔录。

向衡看她挺珍惜的样子，跟着上楼，给她找了个窄纸袋。进接待室的时候，他听到顾寒山跟黎茺说："那天我爸出门的时候，说会赶回来给我煎牛排吃，还会带一束花回来。"

向衡脚步顿了顿，心里遗憾，可惜顾亮最后没能回来。向衡推门进去，帮顾寒山把那束花插到窄纸袋里，这样便可以直立在桌面上："现在你也是有人送花的姑娘了。"

顾寒山把花摆在面前，又把锦旗从盒子里拿出来欣赏了一会儿，一副挺高兴的样子。

向衡看了看她，再看看时间，终于要走："我去看守所了，你保证乖乖的？"

"放心吧。"顾寒山和黎茺异口同声。

看守所。

葛飞驰、向衡带着李新武提审石康顺。

这次葛飞驰准备充分，他拿了厚厚一摞文件夹，上面几页是石康顺的个人调查情况，下面就是其他相关的内容。他又准备了几张照片夹在文件夹里，照片上是许塘被害当晚的现场执法记录仪画面，里面混着一张墙上的手电筒光影照片。

手电筒光影照片做了些处理，弄得跟执法记录仪的画面效果一样。

葛飞驰一开场就很有气势地道："石康顺，我们都调查清楚了，你后面的情况会怎么样，就看你配合的程度。"

石康顺仍是一副无辜茫然焦急的样子："警官，我知错了，你让我配合什么我都配合。"

他看着向衡，又道："警官，那天晚上是我不好，我太紧张了，我真的太紧张了，我是怕你抓到我才会动手的。我以后再不会了，你能不能原谅我？我们和解行不行？"

很明显的转移话题。向衡道："你律师是谁？他没告诉你，袭警不适用刑事和解和治安调解吗？"

石康顺嚅嗫道："律师说，还没移交检察院，没起诉，就还有机会的。"

向衡道："确实还有机会的，就看你要不要把握了。我们已经查清楚了，袭警不过是个手段，你们非法囚禁，合伙杀人，还有别的事，你进来是有目的的。"

石康顺迅速看了一眼向衡，然后露出了惊讶的样子："啊？什么？我什么都没做呀。"

葛飞驰把文件夹打开，照片散落出来，他没管照片，只拂了拂，又拍拍文件资料："看看，都是有证据的。"

石康顺的视线落在了照片上，他看到了自己当时张望的截图，还有一张是他微微抬头看向墙面的。葛飞驰随手拂那一下，让石康顺抬头看墙面的照片下的另一张照片露出半截，那是墙面上映着手电筒光影的画面。

另外还有许塘、胡磊、杨安志、段成华等人的照片。

石康顺目光闪了闪，垂下头盯着自己面前的桌面，不再看葛飞驰，也不看向衡，不看桌上的任何东西。

葛飞驰观察着他的反应，然后装模作样说了些对石康顺的个人调查情况，最后道："你们有分工，你把胡磊送到现场，观察他的行动过程，确保他顺利完成任务。你还要掩护另一个同伙到楼上许塘住的屋子去，布置证据。当你看到墙上光影信号后，就突然逃窜，制造混乱，故意袭警，以让楼上的那人顺利离开。我们查得清清楚楚，燕子岭那小白楼我们也查到了。你们这伙人，一个都没能跑掉。现在，轮到你来交代了……"

葛飞驰话还没说完，石康顺便打断他："你说什么我都听不懂，我什么都没做，我不想再重复了。我什么都没做。"

葛飞驰喝他："抬头说话。"

石康顺抬了头，看了葛飞驰一眼，又看了向衡一眼："我什么都没做，你们别想栽赃我。因为我打了你，你们就想整我，公报私仇。我什么都没做，什么都没做。"

之后无论葛飞驰说什么，石康顺都低着头，一言不发。

向衡盯着石康顺，沉思着。

葛飞驰在看守所耗了半天时间，明明手里掌握着证据，知道这人捣鬼，但却没取得任何进展，真是一肚子气。

回到分局，罗以晨和方中也带来了他们的调查情况，大家开了个小会碰了碰头。许塘、段成华的案子暂时没什么进展，顾寒山这边，葛飞驰听了向衡的报告，派了人去盯简语，又叫来了陶冰冰，把保护顾寒山的工作交给她。具体怎么执行，让向衡做安排。

向衡道："先等顾寒山做完笔录看看，她有两件事瞒着我们。一个是八个屏1.5倍速，一个是诈骗电话号码，现在合并侦查给她正式做笔录，她也许就愿意说了。"

葛飞驰道："你不在她能愿意说吗？"

向衡扫他一眼，什么意思？

葛飞驰不吭气了，这不是觉得只有向衡才能搞定顾寒山嘛。

向衡道："这跟我在不在没关系。顾寒山是个特别能权衡情势、计较利益的人。她做的所有事，都是为了能完成她的目标。现在时机很合适了，她肯定得把所有知道的事都说出来。这是她爸爸案子的第一份以谋杀为侦查方向的正式笔录，她知道重要性。而且我们所里有个女警，叫黎荛，她很优秀，特别有办法。她来处理就好，我不在，她更好发挥。估计现在差不多能做完了。"

凤凰街派出所。

向衡一走，黎荛就给顾寒山做工作："山山，向衡是我师父，你知道吧？"

"不知道。你们官宣过？"

"那我现在跟你说哈，我要拜向衡为师，特别想在他面前表现表现。"

"为什么？他又不是你领导，能让你升职？"

"他很优秀，我很欣赏他，崇拜他，想学到他的本事。"

"上一个跟我这么说过的是贺燕，说的是我爸，然后她就把我爸追到手了。可你不是都结婚了吗，这样可以吗？"顾寒山就事论事的口吻，完全没有道德讨论的意思。

黎尧非常耐心："我也特别欣赏你，崇拜你，想拥有你的本事，但我不想跟你搞基。"

"哦。"顾寒山点头，"你继续说。"

"我师父交给我一个任务，今天给你正式做笔录，你说的话都要记录在案的，以后要是上了法庭，是要做证据的，你明白吧？"

"明白。"

"所以你不能说谎，也不要有隐瞒。"黎尧揽着顾寒山的肩，"你上回在我们这里看八个屏，究竟想找什么，还有你跟师父说过的一个想查的诈骗号码，又是什么？一会儿笔录的时候，你得告诉我们。"

顾寒山看了看她。

黎尧揽着她的肩膀轻轻晃："好不好嘛，要告诉我们实话哦。"

顾寒山问她："你在撒娇吗？"

黎尧眨眨眼睛："你吃这套吗？"

顾寒山淡定："不吃。"

"那我没有撒娇，我在跟你温柔地进行协商。"黎尧若无其事地对顾寒山亲昵道，"接下来我们进入摆事实讲道理的环节。"

顾寒山点头："这个我比较擅长。"

黎尧不理她的自夸，道："情况是这样的哈，做笔录是很严肃的流程，问题和回答，所有你说的话，都会记录下来，一旦我点了提交按钮，它进入了系统，就是受保护的了，你明白吗？任何对系统里的记录做的改动删除，都会被系统记录下来。所以，如果你有什么为难的地方，有什么情况不能提，你现在先跟我讲明白，不要等一会儿做笔录的时候出状况。你是来报案的，来给我们提供线索侦查你爸爸死亡真相的，不是给自己挖坑、为侦查设置阻碍的，你明白吧？"

"明白。"顾寒山看着黎尧，"这份笔录，会进系统，对吧？"

"对。"

"之前平江桥派出所那里做的记录，虽然最后没立案，但也进系统了。那是唯一一份对我爸的死亡有调查记录的正式文件，今天做完这份，也会同样留存系统，不能更改删除，能跟那份调查记录肩并肩排排坐了是吗？"顾寒山道。

"是的。"黎尧道，"以后有新的发现和情况，也会跟这份笔录合并到一起。"

顾寒山默了一会儿："好呀，那快做吧。"

黎莞一听有戏，赶紧道："那你等等，做笔录得两个人，我去找个同事一起来。"

黎莞想去叫徐涛，进了办公室却遇上了钱威。

钱威问她在做什么，顾寒山有什么事。黎莞把情况一说，钱威便道："我这会儿有时间，我跟你一起吧。"

黎莞忙道："我负责的啊。"

钱威失笑："行，没人抢你的工作。"

笔录非常顺利，黎莞担心的情况没有出现。顾寒山把她知道的所有情况都说了，但她也很克制地没有胡言乱语把猜疑当事实讲。对简语的猜疑她也只是说了已经发生的事情，并没有加上她自己的主观判断。

钱威对顾寒山爸爸的事略有耳闻，不太清楚细节，所以他的问题多一些。顾寒山很耐心地都回答了。

大家都很关心她八个屏1.5倍速到底在找什么，顾寒山道："梁建奇自己有车，但他隔一段时间会去坐地铁，我觉得挺可疑的，就跟踪他。他坐地铁的目的地并不是都一样，但大多数都是在解放路东站下车。下车之后，他去了一家酒吧，那是一家同性恋吧，叫彩虹的光。我没看到他跟谁见面，不知道他在酒吧做了什么。他出来之后仍带着那包，但重量变了。"

"包里有什么？"钱威问。

"不能确定，我没能看到包里的物品，但我怀疑是现金。"顾寒山道，"梁建奇是做财务的，有自己的会计公司。酒吧这种地方，很好洗钱。"

钱威皱了眉头。黎莞认真做着记录。

顾寒山继续道："我见到过两次，他进了车厢之后站到角落，有人把一个背包放在他的脚边，他在解放路东站下车的时候，身上就多了一个背包。但因为隔着距离以及角度问题，我没看到给他递包的人具体长什么样，只看到衣领还有衣服一角。那个人应该也是在朝阳步行街车站上车的。我想找的，就是那个人。"

"那个是什么人？"

"不知道。我只是记住了他的样子。"顾寒山道，"也许以后用得上。"

钱威想了想，问："你没见到他递包，没见到他的样子，你怎么找人？"

"找包呀。"顾寒山理所当然地道，"包和服饰、体形对得上，就是他了。"

钱威有些不好意思，觉得自己问了个傻问题。

黎莞道："我们把视频文件再播一遍，你能找出那个人吗？"

"可以的。2月8号4号机位第21分钟，3月16日6号机位第16分钟，3号机位第25分钟。"顾寒山说了三个监视器视频的编号，两个日期，三个时间点，"在这三个时间里，能看到他的脸。两次的衣服不一样，但他都戴着帽子，帽子一样，灰色的棒球帽。四十岁左右的男人，中等个头，一米七左右吧，比较壮实，单眼皮，没什么精神。2月8号是蓝灰色的圆领长袖T恤，3月16号是卡其色的夹克外套，两次包都是一样款式，单肩棕色公文包。衣服和包包都非常普通，衣服看着挺旧，便宜货，但干净。包包有个八成新吧，没有明显标志特征。"

　　黎莞非常振奋，敲着键盘记录着。钱威也在自己的本子上做着笔记。

　　黎莞又问："你还遇到过什么别的事吗？"

　　她没有直接问诈骗号码，向衡交代，他觉得顾寒山当初说被这个号码诈骗过应该是随便编的理由，还是给顾寒山机会自己说。

　　顾寒山看了看黎莞，道："我爸还在世的时候，跟我说过他被一个号码骚扰过，好像是个诈骗号，但具体情况我不是太清楚。我前一段时间想起这事，拨过那号码，那号码已经停机了。"

　　黎莞"嗯"了一声，公事公办的口吻："号码是多少？"

　　顾寒山把那个尾号3078的手机号报了出来，黎莞记下了。

　　黎莞和钱威把所有问题问完，又跟顾寒山过了一遍，确认记录的都没问题。黎莞非常满意，向衡交代的任务都完成了，连最难搞的两个秘密内容都拿到手了，她果然可以被委以重任。

　　黎莞把记录上传系统，钱威跟她商量了一下分工，让她去查那个诈骗号码，自己去找地铁监控视频，截那几段背包人的影像。

　　"那不用。"黎莞道，"这些都是小事，动动手就搞定了。钱哥你去忙大事吧，今天出警情况多不多？"

　　两个人说着朝办公室的方向去，黎莞还叫上顾寒山："山山你等我一下，我办公室有点心，我给你拿，你先吃点休息一会儿，我给向衡打电话。"

　　顾寒山把锦旗又拿出来欣赏了一下，折好放进她包包里，拎着她的鲜花纸袋跟在黎莞后头："我想先回一趟家，一会儿就回来。"

　　黎莞回头看她："干吗去？"

　　"放东西呀。"顾寒山抬抬手，亮出鲜花纸袋，"这个得插起来，晚上还得见贺燕，不想拿这么多东西。"

　　"先放我这儿呗，下面有花泥不会坏。"黎莞道，"你不要乱跑，就在所里待着。我一会儿联系向衡看看怎么去，是我带你过去会合还是他先回来。"

　　"行吧。"顾寒山跟在黎莞身后进了办公室，把手上的花放在了她的桌面

... 195

上。一转头,她看到了向衡的桌子。

顾寒山看到了向衡桌角摆的快递盒和袋子,她怔了怔,走了过去。

黎荛撑在桌面上用自己电脑处理些公务,分神转头看了她一眼,见她只是去向衡桌子那看快递,便也没在意。

顾寒山摸了摸那个袋子,透明的,黄色袋子。这是一个鞋袋,带提手,印着LOGO,里面装着一双拖鞋,看尺码是双男士拖鞋。鞋子包装精美,崭新靓丽,透过鞋袋还能看到鞋上的标签都没剪。下面的快递盒还没有扔,上面写着向衡的名字、电话和地址,显然这是他新网购的拖鞋。

顾寒山坐在椅子上,捧着那双鞋,隔着袋子端详。

黎荛打电话给向衡报告了笔录的情况,把那两个消息报了过去。向衡听到彩虹的光一顿,他很重视,说他在分局那边处理视频截图,尽快查清那人身份。他让黎荛先查一查那个电话号码,如果是停机的号,得走流程向运营商提出协查申请。

黎荛应了,向衡问顾寒山在干吗,黎荛看了看,道:"她在欣赏你买的新拖鞋。"

向衡在电话那头默了一会儿,然后道:"挂了啊。"

挂得那叫一个快速,跟顾寒山对那双拖鞋感兴趣一样让人觉得诧异。

黎荛在系统上输入了顾寒山说的那个电话号码,果然查不出什么了,这就是个空号,停机太久了。黎荛决定趁这会还没下班,赶紧走手续,快的话明天就能找运营商查去。

顾寒山隔着鞋袋还在琢磨那鞋,黎荛过来说了一句:"现在的鞋子越做越好了,向衡还挺讲究。你等我一下,我去处理个公文。"

顾寒山却对她喊:"我要回家一趟,很着急。"

黎荛没在意:"别急哈,先等等,我很快就回来。"

五分钟后,黎荛回到办公室,顾寒山却不见了。

武兴分局,会议室。

向衡挂了电话,大家看着他。

"你挂电话的表情有点微妙。"葛飞驰提醒他。

向衡的手指点了点桌面:"我有个消息更妙。"

"说来听听。"

"合并侦查的条件,齐了。"向衡眼里有光。

葛飞驰顿时坐直了。

向衡比画出一根手指:"许塘的死,有可能跟他之前调查的那个超能力团伙有关。关队怀疑这个团伙有可能跟范志远有关系。"

"嗯嗯，第二呢？"葛飞驰着急。

向衡比画第二根手指："范志远谋杀秦思蕾的案子里，有一个重要线索，秦思蕾失踪前接到过一个人头号码打来的电话，于是她放弃了自己叫的网约车，步行去了酒吧旁边无监控的地方，从此失踪。还有一个失踪者，叫熊英豪，表面上与范志远是无关的，但他也是接到了同样一个人头号码后，从此失踪。最近市局查到一个线索，一家酒吧。"

听到这里罗以晨明白了："对，我们最近在查一家酒吧，熊英豪生前去过，叫彩虹的光。因为怕打草惊蛇，没有太张扬调查。"

向衡点点头，伸出第三根手指："顾寒山八个屏1.5倍速要找的，是一个男人，那男人悄悄把一个背包在地铁上交给了梁建奇。然后梁建奇拿着这个包，去了解放路的一家酒吧，彩虹的光。他们应该是在站台寻找彼此，然后进车厢交包，所以我们当时审看站台上的影像，没有看出梁建奇有什么异样。但顾寒山一路跟踪，她知道有包，但没盯到人。"

"所以她才借查猥亵的名义，要站台的监控影像。"葛飞驰明白了。

"范志远案有可能关联到熊英豪失踪，熊英豪失踪有彩虹的光这条线索，梁建奇也与彩虹的光有关？"罗以晨琢磨着，这张网也太大了。

"绕了个圈，他们都是一伙的呀。"方中叫道。

向衡道："顾寒山不知道包里是什么，但她说梁建奇离开彩虹的光时，包的重量变轻了。她怀疑是现金，洗钱。总之，彩虹的光肯定有问题。"

葛飞驰很兴奋，一脸的期待："那顾寒山找到那个交背包的男人了吗？"

"找到了，她给出了具体的镜头编号和时间，我们按这条件在视频里直接截图就有他了。"向衡答。

葛飞驰高兴得直拍大腿："还得是顾寒山啊，真是神了，神犬寒山啊。"

向衡："……"

其他人也盯着葛飞驰，武兴分局的人用眼神提醒着葛飞驰，队长，你忘形了。

葛飞驰忙道："啊，口误，口误，我是想说，神奇的顾寒山。"他转头找李新武，"小李，去视侦那里把之前顾寒山要看的那些地铁监控视频找出来，你向师兄把镜头编号和时间线告诉你，把那个男人找出来。"

向衡道："我去看一看吧。"

罗以晨也道："我马上跟关队报告一声。"

葛飞驰有些坐不住了："这个熊英豪，还有范志远的事，跟我再详细说说。

这里面千丝万缕啊。"

向衡与李新武到了技术科，让视侦那边翻出了之前在地铁管理处拷贝回来的监控视频，向衡说了顾寒山提供的镜头编号和时间线，技术员找出了相关视频，正在调整软件定位时间，向衡的手机响了。

向衡接起，黎荛火急火燎的声音传来："师父，我发誓我就是出去跑了个公务流程，五分钟，回来山山就没了。"

向衡愣了愣："没了是什么意思？"

"她跑了，她说她要回趟家。"黎荛道，"我让她等着，结果回来就不见了。我打她电话问她在哪里，她说她在出租车上。"

向衡皱起眉头："是出了什么事吗？她走之前说过什么？"

"她说她要回家放东西。"黎荛有些懊恼不解，"可是我说把花先放我这儿，她也答应了呀。花还在呢。"

黎荛忽然转头瞪向向衡的桌面："啊，拖鞋，你的拖鞋没了。"

向衡："……"

拖鞋？

向衡简直无法形容自己的情绪，是更生气一点还是更好笑一点。

"好了，没事。"向衡道，"我来处理，你忙你的。"

"行。"黎荛松口气。

向衡挂了电话，正准备给顾寒山打过去，却收到了顾寒山的信息。

那是微信的"共享实时位置"。

向衡一愣。

实时位置正在移动，并不是从凤凰街派出所到顾寒山家小区的最佳路线。

向衡心一沉。

向衡并没有鲁莽地打电话过去。

他回了一个句号，表示自己收到，然后他迅速奔下楼，去了会议室。李新武见他表情不对，也赶紧跟了下来。

会议室里，葛飞驰正与罗以晨、方中还有几个分局同事在讨论案情安排工作，见到向衡的样子吓了一跳。

"远山路，派最近的巡警赶过去。顾寒山可能出事了。"

葛飞驰虽然没明白具体情况，但还是赶紧打电话，让指挥中心调人去远山路。

向衡看着手机，顾寒山的下一条信息发过来了。

"出租车，红色大众，车牌号XXXXXXX。"

向衡发信息："可以说话吗？"

顾寒山那边在输入信息。向衡等着。

过一会儿，信息发过来了："八个屏1.5倍速监控里的那个背包男人，如果我遇害，凶手就是他。"

向衡的心一下子就拧紧了，怎么回事，她上了贼车吗？

向衡慌而不乱，他拉过最近的一名警员桌上的纸笔，把车牌号写了下来，对葛飞驰道："查这辆出租车的底细、司机情况。还有，我需要去指挥室看实时监控。"

葛飞驰赶紧应："行。"

聂昊打电话给楼上指挥室做安排。

葛飞驰拉过那张纸看了一眼："小李。"

李新武很有眼力地奔过来："我去查。"

葛飞驰把写着车牌号的纸交给李新武。向衡对着罗以晨、方中一招手："跟我走。"

两个人二话不说，马上站起来。

葛飞驰带着聂昊等人，向衡带着罗以晨和方中，一众人朝着楼上指挥室跑。

向衡一边跑一边问葛飞驰："巡警派过去了吗？远山路。"

"已经通知了。"葛飞驰被向衡的态度镇得有些慌。

"给我准备对讲机和出警装备。"向衡喊道。他给顾寒山发消息："巡警马上到，你撑住，冷静点。"

指挥室转眼就到。

向衡冲进了指挥室，指挥室主任和技术员已经做好了准备。

一面墙的大屏幕，有四块小屏已经转到了远山路画面。

"你们要看什么？"主任问。

向衡看了一眼手机里顾寒山的定位："往前，他们到东里街了，还在继续向前。"

技术员赶紧操作。

向衡抬头紧紧盯着屏幕，很快，他看到了。

葛飞驰与向衡几乎是同时指向了屏幕上的那辆红色出租车："这辆车。"车子的速度很快，正在超车并线，试图右拐进小道。

这个方向，再往前就是文兴路。

向衡脑海中灵光一闪。

这车子要去平江桥。

顾亮去世的地方。

这是要顾寒山的命啊!

这时候,向衡的手机响了,居然是顾寒山的来电。

向衡赶紧接起。

"向警官。"电话里是顾寒山冷静的声音,"我今天心情很好,没有犯罪意图,但我得进行正当防卫。依照我们的约定,我通知你一声。"

"顾寒山!"

向衡的呼唤卡在被挂掉的电话里。

"盯紧它,别跟丢了。"向衡指着屏幕上的出租车喝道,"通知交警,在它前面堵它,守住通往平江桥的各条道路,不能让它去那!"

一旁有警员递过来出警用的对话机和腰带等物,向衡接过,对罗以晨道:"你在这里看着。"又转向方中,"小方,你开车,我们走。"

方中火速跟着向衡往外奔,两人刚到门口,却听到葛飞驰大叫一声:"向衡!"

向衡回转身,只见屏幕上那辆红色出租车突然失控猛地歪向了车道中间,迎面一辆卡车差点撞上。红色出租车再紧急向右拐回来,它后方一辆正常行驶的轿车刹不住,直直撞向出租车车尾。

出租车被撞翻,在地上打了个滚,最后侧着立起,一路摩擦着冲到路边,撞到路边的大树,再重重倒了下来。

屏幕里,车子落地,狠狠震了一震。

虽然没有声音,但大家仿佛都听到了那声巨响。

所有人目瞪口呆。

指挥室赶紧通知交警和附近巡警,又联系了救护车。

向衡愣愣地盯着屏幕,一时竟动弹不得。

顾寒山!

过了好一会儿,却见后车厢车门动了。

有人推开了车门。

向衡紧张地看着。

过了一会儿,一个人头探出车厢,双手扒住门框往外爬。正是顾寒山。

"走。"向衡果断转身往外跑。

顾寒山在派出所看到向衡买的拖鞋的时候有种说不出的感觉。

大脑究竟是怎样制造出这种复杂的情绪的？真是神奇。

她告诉向衡要自备拖鞋的时候，其实并没有寄予太大期望向衡会照办。她从前对许多人说过自己的想法和要求，但对很多人来说，这些想法和要求是荒诞的、不合理的。或者说，她有什么想法和要求根本不重要，没人在意，没人当真。因为她有病，神经病。

但爸爸告诉她，就算她想要的和计较的东西跟正常人不一样，她也一样可以提，不用管别人，她自己的需求和感受最重要。

顾寒山也觉得是这样，她并不在乎别人想什么，但她很难再碰上一个会尊重她那些"不合理要求"的人了。

这世上她只有一个爸爸。

可买拖鞋这么小的事情，小到其实她自己也并不是太在意，对她来说也不是什么原则性问题——后来向衡再来她家，虽然她看着他不穿鞋会有些别扭，但她也没再提了。但是向衡居然真的买了。

他这么忙，居然记得，真的买了。

顾寒山简直太高兴了。那种兴奋就好像她用车碾着那个通缉犯，一脚下去就能取他性命的那一刻一样。那一刻，她听到了警笛声。警察来了。

顾寒山这一天做了很多事，收获也很大，付出也很多。她知道自己站在危险的边缘，她蠢蠢欲动跃跃欲试，非常期待。从前爸爸说过，别担心有麻烦，有时候必须出点麻烦才能看到问题所在，一潭死水只会掩盖肮脏，直到发烂捂出臭味人们才会发现，那时候会太迟。毫无波澜的时候用力搅一搅，垃圾才会浮上来。

顾寒山知道危险，她不怕危险，但她讨厌麻烦。她讨厌与人交际钩心斗角，讨厌身体的不适、大脑的负担。但今天她觉得一切的努力都有回报。她看到了正式立案的希望，她知道无论如何，这案子一定会有警察记住，一定会有警察追究。

不再是两年前了。

然后，她看到了拖鞋。

她想也许全世界只有爸爸能理解她此刻的心情。

微不足道的东西，却非常珍贵。

顾寒山很高兴。

她迫不及待，想把这双拖鞋摆在鞋架上面看一看。

顾寒山抱着鞋袋子，飞快离开了派出所。她就是回家一趟摆鞋子，一会儿就回来，绝不会耽误任何事。

顾寒山奔到路边，那里停着一辆等客的出租车。顾寒山的手机响，她一边低头拿手机一边绕到了出租车的后门。手机接起,她上了车。

电话是黎莞打来的,她问她在哪里。

顾寒山告诉了她,然后挂了电话。她抱紧了拖鞋袋子,向司机报上了自己家的地址。

她有些高兴,又不全是高兴。

那种复杂的情绪还在。

司机把车子开了起来。顾寒山打开了袋子,把拖鞋拿出来看了看,比隔着袋子看更好看。这颜色款式她喜欢。真好,是双好拖鞋。

顾寒山拿着拖鞋看了又看,再郑重地仔细摆回袋子里。她把袋子口扣好,再抬头时,看到后视镜里司机的目光。

那司机迅速将视线挪开,顾寒山看不懂那眼睛里的情绪,但她觉得那双眼睛有点熟悉。

单眼皮,眼睛不大,有点疲倦。

顾寒山下意识地看了看车窗外头,她脑子里突然划过刚才上车前拿了手机抬头一瞬看到的情景。

那一瞬,她看到了司机的脸。

这张脸,她见过。

这辆出租车车牌,她也见过。

朝阳步行街。

地铁站内。

梁建奇。

车子曾经出现在朝阳步行街,就在她跟踪梁建奇下地铁的那几天。司机的脸,她在八个屏1.5倍速的监控画面里看到过。

许多画面在顾寒山的脑子里闪过,她闭了闭眼。

顾寒山在后座看不到司机的正脸,只能盯着他的后脑勺。

她审视的目光让司机紧张起来。车子越开越快,但并不是顾寒山想去的方向。

顾寒山若无其事地掏出手机,给向衡发信息,她先发了一个自己的位置共享。

向衡回了她一个句号。

顾寒山的心情很轻松,向警官真的让人很放心。认识他真高兴。

司机通过后视镜看到顾寒山在玩手机,更加紧张,他试图干扰顾寒山,他大声问:"姑娘,你是去翡翠居小区,还是去翡翠路?你刚才说的是翡翠居,没错吧?"

顾寒山淡淡地道:"去哪里都没关系,反正你开的方向都不是往这两个地方去的。"

顾寒山一边说,一边按着手机,要把司机的身份信息告诉向衡。

司机咽了咽唾沫,道:"我开车不太久,对路不熟。"

"那我告诉你怎么走吧。"顾寒山道,"前面路口左拐。"

司机没听她的,前面路口正好绿灯,车子疾驰直直向前。

"导航就是这么导的,我没走错。"司机辩解着。

顾寒山道:"全市的交通地图都在我脑子里,你骗不了我。"

司机不说话了。

"你知道我是谁吗?"顾寒山问他。

"我不认识你。"那司机道,"我等客呢,你上车,你说要去哪儿,我按你的要求开车。"

"你怎么知道我在派出所的?"顾寒山继续问。

"我就是正常在趴活呢,开到哪儿是哪儿。你想说什么?"司机的车速很快,他也在争取时间。

"你打算怎么样呢?"顾寒山继续写着信息,她终于把内容写完,点了发送。然后她抬起头,看到司机在后视镜里的双眼。

那眼神有股狠戾的决心,顾寒山不太能看得懂。对她来说就是没什么善意,其他的也无所谓了。

两人在后视镜里对视两秒,司机先移开目光,他大声道:"你把手机放下。"

"不然呢?"顾寒山冷冷地问,"你打死我?"

司机不说话,车子越开越快。他很紧张,但好在没遇上交警,他干脆把油门踩到底,闯了红灯。

"我知道你是谁,我已经告诉警察了。"顾寒山继续道。

"没关系。"司机道,他突然抽了抽鼻子,似乎紧张又悲伤。他在后视镜里再看一眼顾寒山。这姑娘很奇怪,她太镇定了,他有些害怕。

顾寒山读不懂他的情绪,但他紧张还是悲伤,对她都没有意义。

车子继续向前开,司机没再试图与顾寒山交流,没什么好装的了,两个人心里都明白。

顾寒山扣上了安全带,把拖鞋袋子抓紧。她看了看外头的路,突然问:"你想开去平江桥吗?"

司机握方向盘的手一僵。

"然后让我从桥上冲下去？假装成交通事故？"

司机抿紧了嘴不说话。

顾寒山再问："你知道杀了我你也跑不掉吗？我已经都告诉警察了，他们知道你是谁，他们会找到你。"

"没关系。"司机再次说。这次他的语气坚定了许多。

"我爸爸就是在平江桥去世的。我到那里会发病，你再弄点意外，我必死无疑。所以我不会给你机会活着把车开到那里，你不想死就现在靠边停车。"顾寒山冷冷地道。

司机没回应。

顾寒山顿了一顿，再道："靠边停车，不然去死。我说得够明白了吗？"

司机紧张地握紧了方向盘，冷汗冒了出来。他一言不发，并没有打算停车的意思。

"好的，我知道了。"顾寒山道。

她拿起手机拨电话，对方飞快接起。顾寒山冷静地道："向警官。我今天心情很好，没有犯罪意图，但我得进行正当防卫。依照我们的约定，我通知你一声。"

司机听着这话，踩着油门的脚都抖了抖，他又惊又疑。但出租车里司机位置有安全护栏，她又坐在后座，她不能把他怎么样。

司机安慰着自己。他在后视镜里看了一眼，顾寒山挂了电话，把手机放进了包包里。她看上去一点都不害怕。

司机大声叫着："我也是迫不得已，我是有苦衷的。"

"关我什么事。"顾寒山的声音毫无波澜。她从包里拿出一个矿泉水瓶，拧开了瓶盖，把瓶子里的液体使劲泼洒到前座。

司机吓得大叫："你这是什么东西！"

顾寒山再掏出一只打火机，咔嚓一声，把打火机打着了。她语调平静得像是在聊天："我没有苦衷，我就是想你死。"

顾寒山两脚踩稳，握住了车顶侧边的把手，同时把打火机朝司机扔去。

司机转头一看打火机砸来，厉声大叫，他身子一歪想躲，方向盘根本把不住，车子朝着路中间冲过去。

一辆大卡车迎面而来，出租车司机吓得魂飞魄散，他本能地转方向盘，车子已经失控，拐着曲线朝着路边撞，车后一辆轿车紧急刹车，但还是来不及，车子狠狠撞上了顾寒山坐的这辆出租车。

出租车腾空翻转。顾寒山被猛烈的撞击和车子惯性甩了起来，安全带将她紧紧一勒。她的头撞到司机位置的护栏上，再被安全带扯回来。她的小腿踢到座椅，胸口被勒得喘不上气……

天旋地转，身上剧痛。顾寒山睁着眼睛看着这一切。

世界在她眼前颠覆，然后又打回原形。身上的痛楚告诉她这短短一瞬间的变化里，世界还是这个世界，但她受伤了。

"砰"的一声巨响，出租车斜着撞上了路边的大树。

耳旁有行人的尖叫。

四周喇叭声不停响起。

顾寒山缓了好一会儿才缓过神来。她看到司机趴在方向盘上，也不知道情况怎么样。顾寒山没搭理他，她费了一些劲，解开了自己身上的安全带。她四处寻找，找到了那个拖鞋袋子。袋子掉在后座下方，一只拖鞋掉了一半出来。

顾寒山把拖鞋袋子拉出来，拖鞋塞好。她推开车门，这时候听到了司机的痛苦呻吟，他正在挣扎着坐起来。

顾寒山没管他，她爬了出来。头上有血流到面颊，糊了她的眼睛，她伸手抹去。腿上很痛，但她没看具体伤势——必须赶紧离开。

顾寒山回身，从车上拖出拖鞋袋子，一手抱着袋子一手撑地，从地上站了起来。

她一瘸一拐地往车后走。她看了看怀里的鞋，再伸手擦一把额上的血。

旁边有人对她大喊，问她有没有事。有人喊报警，有人喊叫救护车，还有人大叫着朝出租车跑去："车里还有人，快救人！"

分局指挥室里，葛飞驰惊讶地瞪着屏幕："顾寒山手里抱着什么？"

没人回答，指挥室里没人知道。

葛飞驰对一旁的警员喊："通知到现场的巡警，小心那个黄色的塑料袋。"

他用步话机跟向衡道："向衡，顾寒山安全出来了，她受了点伤，看上去问题不大。但她抱着一个黄色袋子，爬出来了还回头抢袋子，不知道里头是什么。你们到了现场当心点。"

向衡和方中已经飞驰在奔向顾寒山的路上。

方中油门踩尽，车顶警灯闪烁，车子"呜哇呜哇呜哇"跑得相当有气势。

车上两人听到葛飞驰的话，方中认真盯着前路，嘴里问向衡："会是什么？"

向衡不说话。

这他妈的说出来谁信？是他花了二十五块高价在网上买的拖鞋。

"向衡，向衡。"葛飞驰还在叫。

一旁的罗以晨知道向衡的脾气和做事的习惯，忙报告："已经与巡警确认到达现场后扣押司机，周边会做封锁。还有，通知了远山路派出所出警协助。目前没有看到同伙，周围有群众围观，有人试图上前救援车辆，没其他异常情况。"

"顾寒山在做什么？"向衡问。

"她正在行走，朝着车后方向离开……"罗以晨报告着，却突然停了一停。

向衡心里一紧，下一秒听到葛飞驰大叫："那司机把车子启动起来了，他在掉头，他还想撞顾寒山……"

向衡气得拍车子。

方中无奈："油门踩到底了，我们不会飞啊，老大。"

"巡警到了吗！"向衡在步话机里大吼。

"到了！到了！"罗以晨回道，"到路口了，正在接近他们。"

向衡又拍车子。

接近？巡警离顾寒山近还是出租车离顾寒山近！

当然出租车更近！

顾寒山听到身后的动静，缓慢回头。

身后有人尖叫，有人骂，还有车子启动的声音。

顾寒山的头很疼，腿也很疼，她的动作比较慢。等她回过头来的时候，那车子已经完成了掉头，正朝她的方向加速驶来。

车子离她并不算远，一脚油门就能将她撞飞。有人拍着车窗大声叫着，试图阻止，要让司机停车。

司机一脸是血，他驶着车子，看着顾寒山。他已经意识到刚才受骗了，他还想完成他没完成的事。

顾寒山笔直站着，冷冷看着司机。

有位大叔大吼着朝顾寒山冲来。

司机一咬牙，用力踩下油门。

顾寒山忽然向司机甩出了手里的拖鞋袋子。

旁边的大叔一把抱住顾寒山将她扑到一边。

袋子撞向车玻璃，嘭的一声。司机原本全神贯注，被这么一吓，车头又是一抖。

车前已经没了顾寒山，更多的人将手里的东西朝车子砸来。

司机看不清前路，他精疲力竭，彻底崩溃，车头歪向一边飞速撞去，再次撞到路边花圃，撞到大树。

顾寒山倒在地上，听到周围嗡嗡的人声，她看到许多的脚，还有人脸，还有远处更多的人。

"轰"的一声巨响，车子在她不远处燃烧起来。

更多的声音和影像朝顾寒山扑来，顾寒山再撑不住，她忍住作呕的感觉，闭上了眼睛。

顾寒山觉得自己是清醒的，但她有短暂的迷糊，她听到有人喊着控制住她，有人要把她抬起来。她开始挣扎，她挣扎起来力气很大。

有人被她推开，还有人上来按着她的腿和手臂。顾寒山尖叫出声，她一拳挥开一人，一脚踢开了一只手，她绷紧了身体拼尽全力抵抗。

更多的人和手压过来要控制她。

顾寒山的手臂被压着，她转动手腕用指尖狠狠按住一人腕部上方的尺神经，那人又麻又痛，惨叫出声，瞬间放手。

顾寒山手臂挣脱，另一人急忙上来补位要抓她，顾寒山速度极快地抓住他的手指一拧，同时用头撞向按着自己肩膀那人的眼睛。同时两声惨叫，那两人松开了顾寒山。

周围一片混乱，有人大声叫着："按着她，快拿镇静剂。"

顾寒山刚坐起又被人压住，顾寒山怒吼。

忽然一个熟悉的声音传来："放开她，别按着她。放开她。"

那声音很快就到耳边，顾寒山身上的压力消失了，周围的人被拨开。那个声音继续喊："顾寒山！"

顾寒山看到了向衡的脸。

两个人四目相对，顾寒山心跳得快。

"顾寒山，我要送你上救护车，我需要移动你。"向衡对她说。

顾寒山瞪着他："向警官？"

"是我。"

顾寒山试探着向他伸出手，向衡握住了："是我。"

顾寒山放松下来，她低语："别让他们绑我。"

"不会的。"向衡道，"我守着你，不让他们绑你。"

"不要打针。"

"好，不打针。"

"我没事。"

向衡道:"你撞到头了,身上也有伤,需要检查一下。"

顾寒山想了想:"可以。"

向衡弯腰把顾寒山抱起来,顾寒山窝在他怀里:"我想吐。"

"吐吧。没关系。"向衡声音轻轻的,他把顾寒山放在救护床上,让她侧着躺。

顾寒山缓了一会儿,感觉精神好多了:"不想吐了。"

向衡对一旁的医生点点头,医生把床推上了救护车。向衡一直握着顾寒山的手,跟着她上车。

"我的耳机呢?"顾寒山问。

向衡转头看地上,没有看到她的包。周围有很多人,更多的警员已经赶到,正在隔离人群。

向衡对方中道:"找找她的包。"

方中点头,转身去找了。

向衡等了一会儿,医生开始催。

向衡跟顾寒山道:"先去医院,找到了会送来给你,可以吗?"

顾寒山皱着眉:"我伤不重,我难受是因为太吵了,我现在没法控制。"

向衡再看看外头,一团乱。别说包,方中也不见了。

向衡果断用手掌盖住顾寒山的耳朵:"好了,借你用一下,离开这里就不吵了。医生,开车。"

车门关上,车子很快启动起来。顾寒山瞅着向衡,向衡觉得她的眼神有点哀怨。

怨个屁。

看她挺精神,向衡的心放下了。

向衡粗鲁地对顾寒山道:"闭上眼睛吧,省得我想骂你。"

顾寒山没闭眼,她审视着向衡的表情。

医生上来检查顾寒山的伤。向衡把手放开了。

"你时间挺短的。"顾寒山道。

"什么!"正经开玩笑都没学会就学会讲黄段子了?

"你说借我用一下,这一下确实挺短的。"顾寒山道。

向衡不想接她的话,他对医生道:"先检查一下她脑子。"

医生忍着笑,拨开顾寒山的头发查看她头上的伤。

别的地方没什么,就是额头上的口子有点大。医生道:"得缝个两三针。"

顾寒山问向衡:"拖鞋呢?还能找到吗?"

向衡不理她，只对医生道："她应该没事，还经得起再打一顿。"

医生看看顾寒山，再看看向衡，笑了笑。

顾寒山认真看着医生的笑容，问："医生，你笑是觉得他幽默吗？"

医生笑意更深，他没回答顾寒山的问题，只道："放心吧，你这个口子挺整齐，好缝，只要不是疤痕体质，不会留疤的。刘海挡一挡就行。"

"不用挡，给她留个教训。"向衡又道。

医生再笑了笑。

顾寒山看看医生的笑，这次没发问。医生检查了顾寒山的外伤，没什么大问题，又询问了她一些症状，最后宣布等回医院拍个片子，确认有没有颅内出血或者骨折，没事的话应该不用住院。

顾寒山道："不用住院，我必须回家。"

向衡懒得理她。

过了一会儿顾寒山又道："那个拖鞋，我可以赔给你。"

向衡不说话，忍着不骂她真的很辛苦。当着医生的面，给她留点面子。

"还有我的锦旗，在包里，还能找到吧？"

向衡不回答。

顾寒山见向衡不理她，又道："你帮我告诉黎荛，我回不去了，让她到点下班吧。还有贺燕，告诉她得改天再约，别说我受伤了，不然她会很吵。"

向衡终于没忍住："别操心了，你嫌别人吵，你自己最吵。"

顾寒山不说话了，但过一会儿又说："得通知我的律师。"

"干吗？"向衡没反应过来。

"谁想扫描我的脑子，都得让律师知道。"

医生写出诊病历的手都停下了。啊？在说什么？

向衡没好气，可把你牛坏了。他说："闭嘴。"

顾寒山闭嘴了。

向衡瞪了她一会儿，发现她还敢一直回瞪，又说："闭上眼睛。"

顾寒山闭上眼睛。

挺听话。

向衡正满意，顾寒山就悄悄睁开了一只眼睛，单眼偷偷瞅他。

装什么可爱！

向衡板起脸，用手掌把顾寒山的眼睛挡住。顾寒山眨了眨眼睛，但看不到他。

向衡感觉到她的眼睫毛刷了刷他的手掌心，他笑了笑。

眼角余光看到医生似乎在看他们，向衡又把脸板起来。

"还得通知耿红星……"

向衡把手掌侧过来，一掌就能按住她全脸。

顾寒山闭嘴了。

过了一会儿，向衡把手掌收回来，叹口气，开始打电话。确实有一堆事要联络，不是拌拌嘴的。

顾寒山过了一会儿，又问了："那个司机呢？"

这次回答的是医生："上一辆车送走了，烧得很惨，应该是不行了。"

向衡轻声喝道："医生。"

医生这才反应过来，闭嘴了。这么惨烈的事，不要吓到人家小姑娘。

小姑娘刚想发表一下看法，也被向衡喝了："顾寒山。"

顾寒山看了看医生，再看看向衡，终于不再说话。

车里只有向衡打电话和发信息的声音。

气氛有些压抑。

医院很快到了。

医生把顾寒山推下车，安慰她道："这位警官是你男朋友吧？他只是担心你才凶了点，你别往心里去。"

顾寒山问他："你怎么看出来的？"

医生愣了愣："不用特意看啊，他当然是关心你的，所以才着急。"

"他对罪犯也着急。"

"什么罪犯？"向衡打完电话过来。

顾寒山告状："医生说你是我男朋友。"

向衡横了一眼医生。

医生："……"不是吗？

顾寒山继续道："我告诉他，你对罪犯也是这个态度。"

向衡："……"

医生觉得他没猜错，小姑娘埋怨呢。

医生把顾寒山推到急诊科的一间单独的观察室，安排好后续就走了。

顾寒山看着他的背影，还在问："他还没说清楚他为什么会觉得你是我男朋友。"

"顾寒山。"向衡没好气。他手机一直在响，回复信息之余，他还要应付顾寒山的蠢问题，"对于误会这种尴尬的事，你可以这么应对。"

"什么？"

"不猜测、不研究、不讨论。"

"那他误会了不应该向我认错吗？"顾寒山振振有词。

向衡："……"

算了算了。

他才应该不猜测、不研究、不讨论。他俩说的根本就不是一个话题。

急诊室这边有另一位医生过来给顾寒山看诊，他看了救护车那位医生的出诊诊断，又检查了顾寒山身上的伤，开了单子，要给顾寒山做外伤处理，还要拍片子检查。

向衡跑了一圈办手续，回来的时候看到顾寒山坐在床边椅子上，她额头上的伤口已经缝完了，医生剪开了她的牛仔裤，在处理她腿上的外伤。以向衡的标准来说，这个伤不严重。

向衡便插着这个空给黎莞打了电话，说明了现在的情况。黎莞听得大吃一惊，非常内疚，觉得是自己没有看好顾寒山。

"我现在能做什么？"黎莞问。

"那个3078尾号的号码查了吗？"

"空号了，已经提交手续申请，等所长签字，完了找运营商。"

向衡道："那你等等，我先看看顾寒山的伤情怎么样，今天有新情况，恐怕我们得再碰一碰。"

"好的，我整理好所有资料，等你电话。"

向衡又打给贺燕，告诉她顾寒山遇袭受伤，他们现在在医院，今晚不能赴约了，希望贺燕来医院一趟。

贺燕在电话那头沉默了好一会儿，问道："她伤得重吗？"

"意识清醒，目前只知道皮外伤，有没有内伤情况还需要进一步检查。"向衡答。

贺燕再问："袭击是什么情况？在哪里遇袭，谁伤害了她？"

"详细的情况你到医院了我们再说。"

"我现在就必须知道。"贺燕态度强硬。

"到了医院再说吧。"向衡的态度更强硬，他报上了医院的名字和地址，让贺燕马上来，然后挂了电话。

向衡进了急诊观察室，仔细看了看顾寒山的伤，看起来确实没大事。医生处理伤口时顾寒山没什么大反应，没呼痛没闪躲，配合度很高。向衡不禁想起顾寒山说过她经受过很多痛苦，耐受力很强。

向衡没来由地一阵心疼。他的手机响了，葛飞驰打来的，应该是想问问情况，向衡便出去找了个安静的地方接。

待沟通完情况再回来，顾寒山的伤已经处理完毕了。她靠在床头，戴上了耳机，闭着眼睛在休息。她的包包放在病床上，锦旗盒子露出一角。向衡目光一转，忽然发现他买的拖鞋赫然放在床边地上。

真是神奇了。他就是太烦顾寒山总问，就给方中发信息提了一嘴，结果这小子太能干，还真给找到了。

方中在不远处打电话，见到向衡回来赶紧过来，压低声音道："那个司机伤势过重，已经确认死亡。"

"嗯。"向衡点点头。

这事情不好办。莫名其妙突然冒出来一个要杀顾寒山的人，却被顾寒山反杀，他们连问话都问不到，不知道后头还有什么在等着。

向衡看到顾寒山睁开了眼睛，她像是知道向衡就在附近似的，准确转头找到了向衡。向衡努力维持面部表情——她刚从鬼门关回来，就别让她太担心。

"尸体转送法医办公室了，分局那边已经确认了司机的身份，他叫张益，38岁，怀南县人，有个儿子。个体出租车司机，挂靠万盛出租车公司管理。没有前科，交通违章都很少。葛队那边已经派人去他的住处和出租车公司，在查了。"

"好的。"向衡再点头，这个情况葛飞驰刚才跟他说了。

提起这个他就想到了顾寒山对他们警方的隐瞒，表情是维持不住了，心里的火气腾腾腾冒了上来。这姑娘真是可以的，不见兔子不撒鹰，这下把自己坑惨了。如果她早点说出这个出租车司机，说出彩虹的光，他们就能早一步调查，就不会发生今天的事了。太气人了，对她保持耐心需要顽强的意志。

顾寒山没管向衡的臭脸，她摘了耳机放回包包，对向衡招招手。向衡跟方中交代好工作，过去了。

"拖鞋找到了。"顾寒山告诉他。

向衡骂她又骂不出来，只得在心里骂拖鞋不争气。

顾寒山挪坐到床沿，把脚塞进他的拖鞋里。

她试着扶着椅子站了起来，踩在了拖鞋上，然后她吐了一口气，很舒服的样子。

向衡看着她那模样，很不服气，但是气确实没了一半。

顾寒山试着走了几步，痛，但是能行动。向衡怕她跌倒，扶了她一把。

顾寒山用老佛爷的姿态踱了几步，回到床沿坐下："刚才贺燕给我打电话，问了问我情况，还批评你态度恶劣。"

向衡："……她态度也没多好。"

顾寒山道："她说既然我没事，她就不过来了。她还有点事要办，晚一点再来找我们。到时她会打你电话。"

向衡闻言默了默，他看了看顾寒山："为什么不是到时打你电话？"

"我电话摔坏了。"顾寒山道。

向衡："……那她是怎么给你打电话的？"

顾寒山道："你告诉她医院名字，她打到医院急诊科查有没有我这个病人，然后护士来告诉我，我借护士手机跟她聊了聊。贺燕说你不愿意告诉她我的情况，还挂她电话，她得核实真伪。"

向衡又默了一会儿。为什么他总被贺燕告状？这位贺燕女士已经失去了丈夫，继女一脚踏进了鬼门关，他要求她到医院来，有什么问题吗？

"不用担心，她今晚一定会跟你见面的。"顾寒山道。

"我不担心。"向衡道，"她不来我也会去找她。不是她愿不愿意的问题，是她必须接受问话和调查。"

"还挺霸气，不过贺燕不吃这一套。"顾寒山忽叹了口气，"可惜了，本来今晚要让她请客吃大餐的，我想去我爸带我去的那家餐厅。我自己花钱舍不得。"

向衡没好气："你的脑子里现在是美食画面了吗？"

"对，还有我爸啃排骨的脸。"

"你的脑子还真是……"向衡话没说完，顾寒山看他一眼，向衡把后半句改了，"变化莫测的。"

"只能让葛队请客了。"顾寒山说着，但表情并没有愉悦。

葛队招谁惹谁了？向衡道："如果你没有私自跑出来，现在你既不会受伤，也还有两顿大餐。"

顾寒山道："我就是看到拖鞋很高兴，就想回家，把它摆在鞋架上看看。"

神经病一样的思维，语气平平淡淡的，但向衡听着，却觉得心被戳了一下。

一双拖鞋而已，她要特地跑一趟摆起来看看，这么郑重其事，好像这事有着特殊的意义。

是因为这么小的要求，有人重视并办到了吗？她的想法，有人会尊重，这对她很重要，是吗？

这时候护士把轮椅推来了。

向衡把顾寒山扶到轮椅上坐。顾寒山腿上有伤，坐下去的那一下有些吃痛。拖鞋太大了，从顾寒山脚上掉了下去。向衡蹲下身，把鞋再套到顾寒山脚上，还帮她把脚踏板扳好，让她踩稳了。

向衡抬头看着顾寒山。

"可惜还没能看到，中途就出事了。"顾寒山懊恼。

"等你回家了就能摆上去了。"向衡安慰她。

"可还是被打断了。"顾寒山仍不高兴。

向衡站起来，拍拍她的脑袋。现实总有许多不如意，好好适应吧姑娘。

护士看了看顾寒山，觉得她怪怪的。一双拖鞋多大事？

向衡瞥了护士一眼。

向衡作为警察的眼神还是凌厉，护士下意识走远两步。向衡推着顾寒山朝放射科去。

顾寒山道："这是双好拖鞋，我喜欢。我爸的拖鞋也是土黄色的，是我给他挑的，颜色比你这双亮，更好看。不过他的东西全被贺燕拿走了。我那天去她那儿，看到她穿着我爸的拖鞋。"

向衡不知道该怎么接话。女儿和后妈抢遗物拖鞋这种事，他这个外人不好置喙。他换了个话题："脑部CT还是拍一下吧，万一真撞出什么好歹来，还能及时发现处置，不然很危险。你之前想吐，也不知道是发病还是脑震荡什么的，还是查清楚好。"

顾寒山沉默了一会儿："行吧。"

向衡低头看看她："别担心，我们会跟医院交涉好，你的病历和片子不能外泄。"

"嗯，先简单查一个，要是有情况再回新阳做详细检查好了。"顾寒山道，"新阳有以前的病历和脑部扫描图对比，遇上复杂情况比较好下诊断。"

"你现在还有什么不舒服吗？"

"还好，就是没精神，觉得很累。"

"行，先排除危险再说。"

"你有给简语打电话吗？"

"没有。但你刺激他之后，我让葛队那边派人去监视他的行踪了。目前还没有报告说他有什么异常，当然这种事打个电话就行，也不需要怎么异常，总之现在还不能确定这事是否与他有关，只是时间点上太碰巧了。你中午跟人家撕破脸，六个小时后就遇到袭击。"

顾寒山没说话。

向衡问她："现在你知道错了吗？"

"错哪儿了？"顾寒山反问。

向衡按捺住脾气："你行事鲁莽，太随心所欲了，做事之前没有计划，没有跟我们警方商量。他约你谈，你就好好听他说，把他的想法套出来，然后回来我们再讨论对策和办法。结果你直接亮底牌，把自己陷入了危险境地。这次你走运，捡回一条命，下次就不一定了。"

顾寒山反驳道："我不出牌他也不会出，他又不傻。难道我什么都不干，他就会把真相都告诉我们让我们有时间慢慢回家商量吗？他也是想套我的状况，我当然也得给他一些反应，这样才是正常的。"

向衡被噎得："所以你一点没觉得自己错了？"

顾寒山道："我爸说，有些事只是方法不一样，不代表错。"

向衡："……"你爸简直了。

向衡非常佩服自己的耐心，他温和道："对，方法不一样，不代表错，但有可能自己吃亏，所以你做什么事之前记得跟我商量一下，我们做好安排再行动，可以吗？"

顾寒山在轮椅上转头看向衡脸色。

向衡看着她。

"行吧，我总结经验。"顾寒山道。

这语气！向衡想把她跟轮椅一起扔掉。

顾寒山又道："别担心，我没事。一会儿CT结果出来你就知道，我真没事。"

向衡都懒得回她。他一点都不担心！着不起这个急！

"我的头很金贵的，轻易撞不坏。如果能撞傻就好了，这么多年，这种好事我就没遇上过。"

"你还挺遗憾是吗？"

"嗯，我小时候自杀过。我去撞火车。"

向衡停下脚步，他脑子里已经有了小小的顾寒山被病痛折磨的画面，他觉得难过。

顾寒山没有情绪地继续道："我爸冲过来把我抱开，火车停下来，司机下车把我们臭骂了一顿，后来我爸赔偿了一笔钱给他们。我还试过洗澡的时候用头撞墙，撞伤了，肿了一大片，还流血，但就是没傻。我还跟受伤前一样，什么都记得清清楚楚，撞墙的痛也记得很清楚。"

向衡："……"她死不悔改的倔强就是这么练出来的吗？痛着痛着就习惯了，无所谓？

"我还想过割腕，也是洗澡的时候，被贺燕发现了。后来我就没机会单独洗澡，贺燕会搬个椅子坐在玻璃房外头看着我。"

向衡忽然明白顾亮为什么需要再婚了。他的女儿需要照顾，而他是异性，女

...215

儿长大了，总会有些不方便的地方。

顾寒山看着向衡的眼睛。他的眼睛真好看，特别有神，他看着她的目光，让她想起爸爸。

顾寒山道："今天有位大叔救了我。那出租车要撞我，大叔跑过来把我扑到一边。"

"我听说了。"向衡心有余悸，"我会感谢他的。"

顾寒山眨了眨眼睛。

向衡冷静地改口："我会让你感谢他的。"

向衡继续走，这回没再跟顾寒山说话，他把顾寒山推到了放射科。有警察开路，又是急诊的单子，放射科给顾寒山插了队。

做完检查，向衡把顾寒山推回急诊观察室。拿检查结果的事他使唤方中跑腿，而他趁着这会，坐下与顾寒山谈谈原本应该在派出所谈的话题。

"顾寒山，你现在有生命危险，你已经明白了，对吗？"

"找出那个司机的身份了？"顾寒山问。

"他叫张益，就是个出租车司机。葛队已经安排人去调查了。"

"他怎么样了？"

"伤势太重，去世了。"

"可惜。"顾寒山的语气里毫无对人命的惋惜，只有对失去一个调查线索的遗憾。

"顾寒山。"

"我并不愧疚，我也不难过。"顾寒山道，"我答应过你的，我做到了。我给过他机会，我让他靠边停，他不愿意，他想杀死我。而且他知道我的情况，我对平江桥有恐惧症，靠近那边我会发作，我会没有反抗能力，也许用不着他制造掉江的意外我就因为恐慌发作死掉了。"

顾寒山捏紧拳头，脸色发白。向衡用力握她的手："别想那画面，顾寒山。别去想。"

顾寒山大口吸气，她伸手拿包。向衡赶紧给她找水，但是这屋里没有。

顾寒山拿出一个药瓶倒出两粒药，没有水也吞下去了。向衡奔出观察室，飞快给她接了一杯水回来。

顾寒山接过水，喝了两口，道："没事，我吃药超级熟练，饭吃不下药都能吞下。"

她拿水的手都有些抖。向衡把纸杯放到一边，忍不住把她抱在怀里。

顾寒山又找到了那个位置，她听到了向衡的心跳声。

她的心跳也慢慢平缓下来，呼吸顺畅了许多。

"我包里常备着一瓶水,今天浇到那司机车上了。"顾寒山道,"我吓唬他,其实一看就是水,但他还是会上当。"

"嗯。"向衡能想象,顾寒山冷酷的样子很能唬人的。

顾寒山停了很久,她抬起头,看着向衡,认真道:"不是他死就是我亡。我不后悔。"

"我们会查清楚究竟是怎么回事。"向衡问道,"那司机有没有跟你说什么?"

"没透露什么。他只说他有苦衷。"顾寒山道,"但我知道他,他跟梁建奇是一伙的。"

"我怀疑他们洗钱。"顾寒山道,"出租车司机到处跑,去各种地方载不同的人,都不会引人怀疑。然后梁建奇通过财务手段处理资金,酒吧、医疗服务公司,都是洗钱的好地方。做研究,很费钱的。"

"顾寒山,我要跟你谈的就是这个,你有生命危险,你不能再对我们有任何隐瞒。"

顾寒山道:"在我这里有用的消息已经全告诉你们了。我知道轻重,就算我出了事,你们也掌握了我所知道的有用线索,我都有安排的。"

"你安排什么了你安排。"向衡气呼呼,你差点把自己安排到河里去——这话怕刺激她没有说。不能骂人,向衡更生气了。

"这不怪我,就算我告诉你你也不会想到这司机突然冒出来杀我。"

"那也比什么都不知道的强。"向衡凶巴巴,"顾寒山,我要保证你的人身安全,等你死了再查凶手,这算什么事啊?许塘当初也是这样,关队说保护他,他骗了关队跑了,转头人就没了。别太高估自己了。这次算你走运,要是直接上来给你几刀,你现在就跟许塘、胡磊他们在法医办公室当邻居了。"

"他们还没被火化呢?"顾寒山疑惑。

"顾寒山!"

"好了好了,保护就保护,让你保护,我家有房间,给你住,不要夯毛。"

向衡一噎,突然心跳跳快了几拍,然后又气起来:"谁夯毛是为了住你家。"女孩子家家的,有点性别防范意识好吗?

顾寒山道:"不用住我家?那就好,我也觉得会不适应,一时没想出来怎么拒绝才好。"

向衡:"⋯⋯"

"你继续说。"顾寒山一脸坦然。

向衡平复了一下心情,道:"我们警方可以提供安全的住所,我希望你能暂时搬过去,等到⋯⋯"

他没说完，顾寒山就道："不行。"

向衡："……"刚才谁说不知道怎么拒绝的。

"我会害怕的。"顾寒山道，"离开家，我会害怕的。"

害怕呀，这个词由顾寒山这种冷冰冰的人说出来，格外让人怜惜。向衡瞬间心软了，他柔声道："克服一下，你就当住院一样……"

顾寒山再次打断他："我住院的时候每一天都感到恐惧。前面被推上救护车的时候我就说了，我不能住院，必须回家。"

向衡噎住了。

顾寒山看着他，道："向警官，我很高兴你能把我当成一个正常人对待，但我暂时没办法答应你。这也是我当初没办法去住校的原因，离开家我会害怕。我可以在外头逗留，去办事、去学习、去做我应该做的事，我都是当任务去完成的，而且我都鼓励自己做完了就能回家了。"

向衡想到她发病的样子，一时无话。

"我住院的时候是没办法，对我这种患病的人来说，其他地方都没有安全感。我在医院度日如年。我靠着一定要为爸爸报仇的决心才撑过来，你无法想象那样的感受。就算我的身体是自由的，我也会感到像是被绑在了病床上，我只能瞪着天花板，那上面是我一生的画面，里面全是我爸爸，还有我的家。向警官，我要住家里。无论家外头站的是警察还是持枪歹徒，对我来说都是一样的。我不害怕杀手，但我不想离开家，我好不容易才回来。我一直以为会回不来了……"

"对不起。"

顾寒山停下了，她很惊讶向衡会突然说对不起。她知道她的这个理由对正常人来说是荒唐的、不可信的——就像她突然想回家摆拖鞋——但对她来说却是最真实的。她不知道该如何让别人理解，但向衡却突然说"对不起"。

他理解她吗？

"对不起。"向衡再次说，"我应该想到的。"

如果可以离开家，她早就实现对她爸爸承诺的目标了——住校一段时间。他应该想到的。

顾寒山与向衡四目相对，他的眼神安抚了她，他懂她，他相信她。顾寒山紧绷的神经放松下来，急促的心跳渐渐平缓。

"你还好吗？说这些会让你难受吗？"向衡问。

顾寒山看着向衡。

向衡有些紧张："哪里不舒服？"

"向警官，我真喜欢你啊。"

向衡："……不要花言巧语。"

"我说的是事实。我跟黎荛姐可不一样。"

向衡没好气，黎荛知道你这样评价她吗？

顾寒山忽然神秘兮兮："黎荛姐今天跟我撒娇。"

向衡："……"这话题转的，这是提到"黎荛"两个字触发了她脑子里所有黎荛的画面了吗？

顾寒山问："你会吗？"

向衡一字一顿："我不会。"

顾寒山默默盯着他的脸看。

向衡赶紧道："把你脑子里的画面抹掉。"

"抹不掉的，都是关于你的记忆。"

向衡："……顾寒山！"还说不是花言巧语？你就是个行走的情话机器。

"不过我们见面的时间太少了，那些记忆播一轮很快就结束了。"

看吧，就是的。向衡觉得顾寒山这盆冷水泼得好，他的心一下安定许多。警察就是时间少啊，所以他才会没心思找对象谈恋爱，更别提长远的组建家庭计划。万一以后爱人对他抱怨见面时间少，他真是不爱听。

"但是我可以多播几遍。"顾寒山又道。

向衡才放下的心猛地收紧，用力跳了一下。

"播个五六七八遍。"顾寒山认真说。

顾寒山道："可以轮着播，还不带重样的。"

向衡忍不住道："不是说我们见面的时间少，怎么还能不带重样？"

"因为我控制不住画面啊，会有跟你相关的其他人和情景闪进来，比如黎荛、小李警官，还有梁建奇、葛队长……"

真扫兴啊。向衡不高兴，为什么这些乱七八糟的人要插进他的内容里。全网独播却乱插广告，简直了。

"还有拖鞋、锦旗、我家的地板、照片，还有爸爸，这么一算，所有的一切都可以跟你有关联。"

向衡的吐槽和抱怨都没有了。

所有的一切。

她所有的一切都可以跟他有关联。

叹息，还有欢喜。

向衡过了一会儿才发现自己一直和顾寒山四目相对。他被一种陌生的愉悦感包围着，连带着觉得顾寒山的表情都柔和许多。她的表情越来越丰富了，他真为她高兴。她一定可以实现目标的，像其他正常姑娘一样好好生活。

"顾寒山。"向衡的语气里有他不知道的温柔，"我总不可能时时刻刻跟着你，所以你要照顾好自己知道吗？"

顾寒山认真看着他，看了好一会儿，她也柔声道："向警官，你明明会撒娇啊。"

向衡："……"

"说得我都心软了。"

向衡："……"他说什么了！你心软什么？你这句才像撒娇。

"好吧，给你。"顾寒山从包包里掏出一把钥匙，递给向衡。

向衡："……"发生什么事了吗？顾寒山认为他撒娇撒得好，所以赏了他房门钥匙？还是她想给他房门钥匙，所以故意说他撒娇撒得好？

"我愿意接受你的保护。你来我家救我的时候，就不用撞门了。"顾寒山道。

向衡无语。我真是谢谢你哦，不用撞门了。

观察室里沉默着。这时方中闯了进来："老大，结果出来了。没有骨折，没有脑出血，没有脑震荡，就是皮外伤。你们可以回家了。"

"你们"可以回家了。

呵，这话说得。

向衡看了看方中。方中缩缩脖子，他哪里说错了吗？方中试探道："我送你们回去？"

顾寒山看看向衡。

向衡能说什么？难道不要送？

不猜测、不研究、不讨论。作为警察，他是很有原则的。

于是向衡让方中开车把他们送回了翡翠居小区。

向衡把楼宇周边环境检查了一遍，上楼后，楼梯间也检查了一遍，进屋前又检查了门锁，然后各房间里里外外看了一圈，这才让顾寒山进来。

顾寒山的脚腕包扎着绷带，她穿着向衡买的拖鞋，一瘸一拐地进了屋，不着急往里走，却先把拖鞋脱下，放在了门边的鞋架上，认真观赏了一番。

方中看得一脸蒙。这姑娘确实是有点毛病。

向衡对他挥挥手，示意他可以走了。

方中转身走，向衡却又叫住他，递给他一把钥匙："去我家把我笔记本电脑拿来。"

"行。"方中接过钥匙，走了。

走到门口,手刚握住门把,向衡又叫住他:"去都去了,帮我收拾两套换洗衣物来。"

方中怔了怔,又道:"行。"

"别想歪。"向衡警告他。

方中:"……"

本来没想的,现在忍不住多看了两眼顾寒山。

顾寒山丝毫没觉得有什么不对。方中走了,她终于舍得把拖鞋从鞋架上拿下来,递给向衡:"给你。"

向衡:"……"作完法,开过光了是吧?

向衡把拖鞋拿到洗手间洗了洗鞋底,擦干净,这才郑重放到地上,一脚踩了进去。

黄色家居拖鞋,鲜艳又稳重,真实踩屎感,成功人士必备。这一双拖鞋非常争气,不但得到了顾寒山同学的真情托付,跟顾寒山同学建立起了生死友谊,还博得了急救出诊医生的浪漫误解,加加减减就是误会中的定情信物了。

真的是绝世神拖。

向衡脚下使劲,狠狠踩那拖鞋。他真是多事,闲得买什么拖鞋,顾寒山差点为这个丢了命。

他盯着那双拖鞋看了几秒,终于吐槽结束,算账时间到。

向衡调整好心情和语气,唤了一声:"顾寒山。"

非常严肃和严厉。

但顾寒山没事人一样,正翻冰箱,然后道:"你手机借我用一下。"

"做什么?"

"叫宁雅过来做饭。"

向衡:"……"

这哪里像是个刚经历生死的人,哪里像是个刚与人搏斗间接导致他人死亡的人。

宁雅?这是故意叫她过来的?

向衡把手机掏出来递给她。

顾寒山打了电话给宁雅。宁雅听了要求,表示自己可以过来做饭。

顾寒山也没多聊,说完事就挂了。

她把手机还给向衡,然后一瘸一拐找自己的包,把锦旗从里面翻出来了:"它也没事。"

顾寒山挺高兴,让向衡帮她把锦旗挂起来,挂在茶几对面的空墙上。

向衡照办了，找了工具，搬了椅子，比画了半天，把锦旗正正挂在顾亮照片的对面。

"爸爸，我有锦旗了。"顾寒山对顾亮的照片说，"我很喜欢。"

向衡把椅子搬回原位，工具放回工具箱，转头就看到顾寒山坐在地板上对着顾亮照片轻声低语。

"我昨天救了一个人，今天杀了一个人。"顾寒山继续道。

向衡觉得这话不妥，想张嘴阻止她，又觉得自己这样也不妥。顾寒山的措辞不严谨，但张益确实是死了。这是她的家，她的生活，她的爸爸，她想说什么就说什么。

何况，她当着他的面，什么都敢说，这也让他有些安心。

顾寒山又道："向警官虽然容易着急，爱生气，但他买了拖鞋。"

向衡："……"这两者之间有什么逻辑联系吗？

"我很喜欢向警官，爸爸。"

向衡脸一热，觉得拖鞋都烫脚。顾先生，你女儿说话跟普通人不一样，她说的喜欢不是那种喜欢，这个你知道的吧？

鬼都不理他。

向衡站在那里看着顾寒山，走开也不是，不走开也不是。

"我也很喜欢那双拖鞋。"

向衡："……"行了，他不用走开了，他冷静了。向衡忽然想起来，他之前是不是要跟顾寒山算账来着，然后被她一打岔，没了？

顾寒山没搭理他，她就看着顾亮的照片，过了一会儿道："我今天差点没命了，爸爸。我体会了一次你那天的感受，这让我感觉离你很近。"

向衡更冷静了，他的心往下沉。

顾寒山今天得到了立案机会，得到了尊敬感谢，得到了鲜花锦旗，得到了拖鞋，一切都这么好，但是有人要她的命。

所以，就算她被那些美好的东西打动，有一点点的动摇，也都被杀意扳回去了。

好的，顾寒山，我听懂了，我会很努力很努力的。向衡想。

这个时候，门口传来了开锁的声音。

门开了，一个三十多岁的妇女走了进来。

向衡审视来人。

那进来的女人看到向衡吓了一跳，比向衡更惊讶。

"你，你好。"宁雅看到向衡有些紧张。顾寒山是没有朋友的，而这个男人高大英挺，英俊威严，有一种……想到贺燕跟她说的顾寒山跟警察有往来的话，宁雅就觉得，这个男人身上有警察的气质。

宁雅不指望顾寒山像个正常主人一样帮他们互相介绍，她赶紧道："我是顾寒山家的家政工，我叫宁雅。她让我过来做饭的。"

"你好，我是凤凰街派出所的民警，我叫向衡。"向衡跟宁雅打招呼。

果然是警察。宁雅局促地笑笑。

顾寒山还坐在地板上，安静看着他俩。

"不好意思。"宁雅道，"我不知道你们在这里谈事。我打扰你们了吗？需要我晚一点再上来吗？"

"没关系，你去做饭吧。"向衡比顾寒山更像这屋子的主人。

宁雅看了看顾寒山，点头答应了。

宁雅把包包放在门口置物架上，套上了鞋套，转身进了厨房。

向衡转头看着顾寒山："你回房间休息去吧。"

顾寒山没反对，但她动了一下，脸皱了起来："起不来了。"

向衡一脸黑线，过去扶了她一把。顾寒山腿上的伤让她动作有些僵，但很快恢复了行动力。向衡也没放手，就扶着她进房间，把她放到床上安顿好，摆好她的伤腿，把门关上。

顾寒山默默看着他的动作，没吭声。

向衡关好门回到床边，压低声音问她："她怎么会有你家钥匙？"

"她是家政呀，她从前在我家做事的时候就有钥匙。我既然请她回来，当然要再给她钥匙。"顾寒山也学他压低声音。

向衡瞪着她："你给我钥匙的时候说过什么？"

向衡说完才惊觉他这话的语气和内容像是在质问负心汉，有点丢脸。可是话已经出口，收不回来了。

好在顾寒山不具备"善解人意"的能力，她干巴巴地开始背："我愿意接受你的保护。你来我家救我的时候，就不用撞门了。"

向衡："……对，我来救你的时候是不用撞门了，但是坏人来杀你的时候也不用撞门了。"

顾寒山默了默，她转头看了看门口，声音压得更低："那个司机用那么有风险的办法来杀我，而不是拿了钥匙进屋埋伏等我回家给我一刀，是不是说明宁雅跟他们不是一伙的？"

"不一定。那个有风险的办法能制造意外效果，等你回家给你一刀就很明显是谋杀了。"

利用顾寒山的恐惧症，只要把车子开到平江桥附近，顾寒山就会发病，毫无反抗能力。司机将车撞到桥下，抓紧时机从车里逃出来游上岸，而顾寒山会跟顾亮一样命丧江中。这个推测过程向衡就不说了，他怕顾寒山发病。

顾寒山不说话，一直看着他。

向衡道："不能让她拿着你的钥匙。"

"那我问她要回来？"

"如果她真有心，早就配了好几把了。"向衡对顾寒山真是生气，她到底神经有多粗，胆多大，能活到现在真是不容易。

"没关系，现在我有你呀。她知道我们住一起，有这贼心也没贼胆。"

向衡没好气："我们没住一起。"

"不是说要保护我？不住一起怎么保护？"

"葛队那边安排了陶冰冰警官保护你，她跟你住。"

"她不爱说话，不好亲近。"顾寒山道。

向衡瞪着她："你还喜欢话多的？你还亲近人？"骗鬼呢。

顾寒山道："当然不是谁都行，但你可以。我们关系不一样。"

向衡继续瞪她："有什么不一样！"花言巧语对他无效。

"我家有你的拖鞋。"

向衡："！！！"就这拖鞋戏多，一会儿就扔掉它。

"别人一看我俩就觉得是情侣。"

向衡："！！！"那医生眼瞎。

"我非常信任你，我能在你面前笑，还能哭出来，我还抱你了，你送我上救护车我都没打你。"

向衡："！！！"谢谢你没打我。

"我俩是同居关系。"

向衡："！！！"同居了半小时吗？

"我为你破了好多例，第一次都给了你。"

向衡终于忍不住了："差不多就行了！"

顾寒山你真的厉害，我俩这么纯洁的警民关系都能被你说出了上过床的效果。

"我句句属实。"顾寒山道。

"故意曲解的事实。"向衡反驳。

"不要为了达到自己的目的就去乱占别人的便宜。"向衡苦口婆心，他亏死了好吗，明明亲都没亲过。

顾寒山看着向衡，向衡很想把她脸挡住。还学会撇嘴了，装什么可爱。向衡把目光从她唇瓣上移开，人民警察小哥哥不吃这一套！

顾寒山道："没占你便宜。你又没女朋友，算起来我比较吃亏，我都没计较。"

"你怎么知道我没女朋友。"向衡凶巴巴。

"葛队说的。"

"他对我不够了解。"

"那就是你有女朋友？"顾寒山问他。

向衡被问得有些紧张，他没回话，先观察着顾寒山的反应。

"把你女朋友介绍给我呗。"

"要干吗？"试探他吗？想戳穿他？

"我比较讨女生喜欢，她应该会比你喜欢我多一点。你看黎莞就比较喜欢我。"顾寒山道。

向衡："……"向衡简直无力吐槽，泡不到警察小哥哥就去泡他女朋友吗？

顾寒山一脸无辜地看着他。

向衡吐槽她："那人家陶冰冰警官怎么没那么喜欢你呀？"

顾寒山问："你女朋友是这种类型的？"

向衡一噎："不是。"

"那是哪种类型？"

"哪种都不是。"向衡有些恼羞成怒，"我没女朋友。"

"那就是啰。"

还"啰"，向衡粗声粗气扯开话题："刚才说到哪里了？"

"说到你觉得宁雅有我家钥匙不安全，但是我觉得你跟我住一起，她没有伤害我的胆子，如果我告诉她你是我的男朋友……"

"等等。"向衡截住她这话，"我为什么是你男朋友了？"

顾寒山道："你不是呀。这不是假装告诉她嘛。"

向衡："……"

顾寒山："但是我觉得她不会信，她对我太熟了。上次我跟贺燕说要追你，她也没信。你说你长得挺好看的，又这么优秀，有人要追你不是挺正常的吗，怎么不信呢？不过你这样的条件，都不年轻了怎么还没有女朋友？算了，这些不重要，我还是得靠自己的实力。"

向衡："……我28岁，非常年轻，谢谢。"

有人要追他当然正常，但她说要追他就没人信，他自己就不信，难道问题不在她身上吗？好好反省一下自己吧超能力姑娘。

"我今天会把你的锁换掉。"向衡觉得没法跟顾寒山聊别的,对她进行人身保护的事,还是用他的方法办。

"那你自己买锁哈,我家没有。"

这个抠门。向衡给方中打电话,让他过来的路上顺便买套大门防盗锁。

顾寒山等他讲完电话,道:"我还有个事。"

表情还挺严肃的,向衡心一紧:"你说。"

"我今天做了太多的事,情绪波动大,大脑负担太重了,我还吃了药,现在有点扛不住,我得睡一会儿。你会一直在这里保护我的,对吧?"

向衡:"对。"

"好的。"顾寒山顿时放松,心安理得地倒下睡了。

向衡简直无语。

姑娘,你怎么就这么没心没肺的呢?

第十七章
试探

厨房里，宁雅给贺燕打电话："喂，是我。顾寒山让我上来给她做饭，她跟一个男警察在一起，就是那个向衡。他们看上去，好像很亲昵的样子。顾寒山对他很耐心，态度很不一样。他们现在，还躲到卧室去了。"

电话那头，贺燕给宁雅下了指示："你去跟那个警察聊一聊，打听打听他们现在是什么情况。"

宁雅有些慌："要打听什么？我不知道怎么问。而且他们现在在卧室里头，我没法搭上话的。"

"你不是在做饭吗？他们总要出来的。你摆菜上桌叫他们吃饭不就能搭上话了，这还要教吗？"贺燕说话很有威严感，"你就问警察为什么要到顾寒山家，你觉得好奇，因为顾寒山不接待客人的。"

宁雅犹豫："这个……"她想了想，道，"对了，顾寒山受伤了，她腿上和额头上都有伤，绑着绷带，也许是因为这个警察才来的。我觉得我要是问了，也打听不到什么。"

"那就问她为什么受伤。"贺燕道，"没什么难的，她告诉你怎么受伤的，你再顺着往下问，就能问到他们在查什么，目前什么进展。"

"这些算调查机密吗？警察不会说的。"

"让你问顾寒山啊。顾寒山只要乐意，没什么不敢说的。"

宁雅没马上答应。

贺燕道："机会难得，今天正好有问话的条件，如果能问出来有用的东西，我马上给你加钱。"

"那行吧。"宁雅终于应了。

"你得加把劲啊，宁雅。"贺燕道，"上回你说拍顾寒山手机的内容，一直也没拍到。"

宁雅辩道："这才两天，总得找到合适机会。我也不是天天上来的，来得太勤会被怀疑。还有，顾寒山的手机坏了，她放在茶几上，我刚才看了一下，屏幕摔裂了，黑屏不能显示，我拍不到什么。"

"那你也拍一张她手机屏幕摔了的照片给我，我怎么知道你是不是在找借口拖延不干活。"贺燕道，"还有，一会儿他们出来，在客厅聊天，你把手机放旁边录一下，我听听他们在一起都说些什么。"

"啊？这个……"

"就是把手机设成录音，然后把屏幕休眠，放到一边就好。做得自然一点，他们不会察觉的。"

"可是，那是警察。"

"你打扫卫生，擦一擦柜子，把手机忘在电视柜上了，怎么不行？合情合理。能录多少是多少，我就随便听听。"贺燕道，"你离开的时候，把手机拿走。今晚我们见个面，我听一听，当面给你付现金，然后录音就删掉，他们根本不会知道。而且这又不是什么害人的事，就是打听打听情况，我也得防着点他们算计我，对不对？你帮了我，我会记得你的好的。你需要帮忙的时候，我也会帮忙的，何况我还给你钱。"

"我，我看看有没有机会。"

"行。"

贺燕刚应声，宁雅就听到了卧室门开的声音，她赶紧道："好了，我挂了。回头再打给你。"

宁雅把手机放进口袋，火速转身开始洗菜，手刚沾上水，就听到厨房门口传来了脚步声。

宁雅拿着菜转身，看到了向衡。

宁雅挤出笑容："警官好。麻烦再等等，我做饭很快的。"

"没事，不着急。"向衡打量着她。

"好的，好的。"宁雅转身，继续洗菜。

她竖着耳朵，没听到向衡离开。她紧张得动作有些僵硬，只好再转过头，看到向衡一直在观察她，便没话找话："对了，顾寒山怎么身上有伤，出了什么事吗?"

"今天她受到了袭击,有人要杀她。"

"啪"的一声,宁雅手里的菜摔到地上。她恍过神来,手忙脚乱把菜捡了起来。

向衡道:"她没事,医生检查了,没大碍。"

宁雅把菜捡起来,扔回菜盆里,好半天才问:"袭击她的,是什么人?"

"正在查。"向衡道。

宁雅不说话了。

向衡问她:"你知道顾寒山有什么仇家吗?"

宁雅忙摇头。

"或者她惹了什么麻烦,你知道吗?"

"不知道。她很少跟我说话。"

"或者她家人,有什么仇家或麻烦吗?"

"我不知道。我只是个做家政的。"

向衡点点头:"我猜也是。"又问她,"你在顾寒山家做家政多长时间了?"

"以前做了三年,后来顾寒山住院,我就被辞了。然后上个礼拜,顾寒山来找我,我就又回来了。"宁雅小心答。

"那做了挺长时间了。"向衡道。

宁雅打开水龙头,洗了洗手,缓了缓紧张情绪,关掉水龙头后,这才答:"我不多问雇主家的事的。"

"没事。顾寒山说要睡一会儿,我也没事干,就随便聊聊。"

"好的。"宁雅擦了擦手,拘谨地站着。

"没事,你继续做你的事。"向衡安抚她。

宁雅勉强笑笑点头,她从冰箱拿出鸡翅和鸡蛋。

向衡问她:"顾寒山很信任你吧?所以她找你回来。"

宁雅把鸡翅解冻,答道:"她不太喜欢交际,不喜欢接触陌生人,对熟人放心一些。"

"当初是顾亮雇的你,还是贺燕?"

"顾亮。"宁雅道,"顾先生雇的我。"

"他们一家人对你好吗?"

"很好的。"

"顾亮是什么样的人?"向衡继续问。

宁雅转头看看他:"顾先生挺严厉的,对做事的要求很高。平常非常忙,雷厉风行的样子。看很多书,学识特别渊博。为人挺好的。"

"他严厉?平常骂人吗?对你们这些做事的态度好吗?"

宁雅斟酌了一下,答:"顾先生对我的工作是满意的,所以我才能连着干三年。"

"你的上一任呢,他家的家政,为什么被辞,你知道吗?"

"那人打听顾寒山,还私下里调侃她。"宁雅道,"顾先生不喜欢别人对顾寒山太好奇。"

"你知道顾寒山具体是什么病吗?"

宁雅停下手上的工作,问向衡:"为什么问我?你想知道顾寒山的病,应该去找她的医生。"

"我问过她的医生,现在在问你。我得知道顾亮是不是真的信任你。"

宁雅有些警惕,但还是答:"就是孤独症的一种,叫什么斯什么伯的。"

"阿斯伯格综合征。"

"对,好像就是这个。"宁雅道,"我来的时候顾先生就跟我说过,说顾寒山脾气会怪一点,思考方式跟别人不一样,让我安静做事,不要打扰她。如果有事就找他或者贺燕,不要问顾寒山。"

向衡再问:"顾亮和贺燕感情好吗?"

宁雅紧张地捏起手指:"我觉得挺好的。"

"听说他们经常吵架。"向衡若无其事地道。

"我那时候是两天来一次,并不住在这儿,他们私底下怎样我就不知道了。但我在这儿工作的时候,觉得他俩还挺好的。"

"那贺燕对顾寒山好吗?"

"我觉得挺好的。"

"宁雅。"向衡唤宁雅的名字,他的语气仍旧轻松,但给人的压力完全不一样了,"我是警察。虽然我跟你客气说随便聊聊,但是你应该明白不是随便聊聊的,对吧?"

宁雅一愣,说不出话。

"所以请不要对我说谎。我都会记着的。"

宁雅再捏了捏手指,紧张地道:"我没有说谎。我在这里的时候,看到的确实是他们一家人都挺好的。顾先生跟贺燕关系融洽,贺燕对顾寒山也不错。虽然他们三个人说话都比较硬气,有时候听上去像是争执,但他们没发生过什么冲突。他们一家,都是有修养的人。"

向衡看着她。

宁雅继续道:"嗯,你认识顾寒山,跟她接触过。那你应该知道的,顾寒山说话就是那样冷冰冰的,好像对谁都不高兴似的,但她其实就是那样,没什么表情而已。她人其实不错的,不难相处,所以我也习惯了他们交流的那种态度,我不觉得他们家里有什么矛盾。"

"好的。"向衡继续问,"顾亮去世后,你被辞退了,后头他们家人还有再跟你联络吗?"

"没有。"宁雅道,"贺燕和顾寒山跟我没什么私交。"

"就是说你跟她们任何一个都不是可以谈心聊天的那种朋友关系?"

"对。我就是来做事的。"

"那么顾寒山请你回来,贺燕知道吗?"

宁雅被问得一噎,她张了张嘴,在否认和承认之间摇摆了一会儿,最后还是担心警方能查出来,便道:"她知道的。"

"为什么她会知道?"

宁雅紧张得愣了愣,道:"我们,联系过。"

"顾寒山请你做事,你为什么要跟贺燕联系?"

"她是顾寒山的监护人啊。"宁雅脑子转过来了,"我就是问问顾寒山的病是不是好了,我过来做事方不方便,有没有问题。"宁雅暗暗提醒自己一定要跟贺燕对好口供。

"她的病没好会有什么问题?"

宁雅再一噎,而后道:"就是,我们上门服务的,总会顾虑安全。"

"你前面不是说顾寒山人挺好的,很好相处,你已经习惯她的交流方式。为什么会觉得不安全?"

"我就是例行问一问,没有觉得不安全。"宁雅差点无力招架,然后她想起来了,"那个,顾寒山被送到精神病院的时候,确实挺暴力的。当时她还打伤了警察,你可以去查一查。我那时候被吓到了。"

"好的。"向衡对她的辩解没有深究,可宁雅答得很心虚,精神紧绷。

向衡突然再问:"你跟贺燕联络,她有对你提出什么要求吗?"

宁雅差点没喘上气。她觉得向衡紧盯着她的目光像是透视了一切,但她又觉得只是自己的错觉。

"我们就是简单聊了几句。她当然也会担心顾寒山,让我如果发现顾寒山有什么情况可以告诉她。"

"今天顾寒山受伤了你会告诉她吗?"

宁雅抓住了机会,问:"这不是什么需要保密的事吧?可以告诉贺燕吗?她跟我说的时候,我觉得她确实挺担心顾寒山的。毕竟顾寒山一个人住,以前她从来没有单独一个人住过。她爸爸一直把她保护得很好。"

"可以告诉贺燕,这有什么。"向衡答道,"我们警方也得通知她的监护人的。"

宁雅顿时松了一口气:"好的。"这样应该没人会怀疑她了。宁雅觉得自己很笨,确实没什么好心虚的,贺燕就是顾寒山的监护人,有事告诉她很正常。

宁雅看着向衡,他看上去也没什么别的想法,还对她说:"那你忙吧,我去看看顾寒山。"

宁雅点头应好,她看着向衡转身,决定给贺燕打电话的时候告诉她,没办法偷偷录音,这个警察问了很多问题,她不能引起他的怀疑。

向衡突然回头,宁雅吓了一跳。

向衡问她:"你知道顾寒山对平江桥有恐慌症吗?"

宁雅摇摇头。

"恐慌症严重发作的时候是会要命的。"

宁雅再摇头:"我不知道,我没听说过这种病,没听说过顾寒山有这病。"

向衡道:"今天要杀顾寒山的那人,就是想把顾寒山载到平江桥,让她恐慌发作。你心里有没有嫌疑人人选,觉得谁可疑?"

宁雅用力摇头:"我不知道。"

"我们怀疑,顾寒山今天被袭击,和顾亮被人杀害,幕后凶手应该是同一个人。"

宁雅僵在那里,她结巴起来:"什,什么?"

"我们怀疑,顾寒山受袭击,和顾亮被杀害,幕后凶手应该是同一个人。"向衡重复了一遍。

宁雅好半天才找回声音:"顾,顾先生被杀害?"

向衡道:"幕后凶手是熟悉他们这个家庭的人。"向衡盯着宁雅看,"他知道顾亮的职业和行踪,了解顾寒山的病情。"

宁雅惊得张大了嘴:"我,我不了解。"

向衡和蔼笑笑:"当然不是你。他们家出事了,你就失业了,对你没好处。而且你刚才不是说,顾亮是个好人,是个好雇主。"

"是的,是的。"

"那贺燕呢?"

宁雅努力维持镇定:"她也挺好的。"

"那与他们家相熟的朋友、亲戚之类的呢?"

"因为顾寒山生病的缘故,他们基本不让亲戚、朋友来家里,我不了解他们的交友情况。"宁雅用力捏着手指,"对不起,警官,我帮不上什么忙。"

向衡点点头："好的，我知道了。如果你有发现任何情况，你就告诉我，可以吗？"

"好的。"宁雅赶紧答应。

"还有，你跟贺燕联络的过程中，如果她有提出什么要求，或者你觉得她有可疑的地方，你也告诉我，好吗？"向衡再道。

宁雅点头："没问题。"

"谢谢你配合调查。"向衡这次说完，真的离开了厨房。

宁雅呆站了好一会儿，才缓过神来继续动手做菜。

黎荛接到向衡电话，赶紧把顾亮的所有资料以及顾寒山报案笔录的文件都整理出来了。她再次研究了一遍，正准备收拾东西，钱威过来了。

"黎荛，你怎么还没下班？"

"顾寒山今天遇到袭击受伤了，向衡让我整理了一下她的案件资料。"

"遇到袭击了？"钱威很惊讶，"跟她今天报的她爸爸的案子有关系吗？"

"现在还不清楚，还在调查。"

"向衡呢？"钱威又问。

"跟顾寒山在一起吧。"

钱威皱了皱眉："这案子看起来复杂得很，工作量肯定大，你也不能总加班呀。"

这话黎荛不爱听，但她没顶嘴，只道："没事，这案子并到分局，我们这边就是做做配合，不会太累的。"

"嗯，等明天我见着向衡了，再跟他聊聊。"钱威说到这儿，欲言又止。

黎荛看他表情，便问："钱哥，还有事吗？"

钱威道："今天所长找我，问你工作的安排。你也知道，怀孕之后就得调到内勤去。之前你一直说工作没问题，继续在三队干，我也是这么帮你跟所长谈的。但现在向衡让你出外勤，还丢案子过来，所长今天就问怎么回事。他的意见，还是想让你调到内勤那边去。"

这个黎荛就不能忍了："钱哥，我在三队也一直没怎么出外勤了，很多事都不让我办，我就是协助大家理理文件、办办手续。我是怀孕了，又没残废。"

"今天不就出去了吗？"

"今天就出去了一会儿呀，跟逛街没什么区别。"

"现在你又加班。"钱威道，"以后是不是还得加班？不加班，是不是会影响案子进度？如果大家照顾你，就耽误了案子，不照顾你，到时你身体吃不消，出了什么状况，所里怎么担得起责任。"

黎荛没吭声。

钱威道:"所有女警都这样的,你看哪个所里不是这样。怀了宝宝是件大好事,所里肯定是要照顾的,你转内勤,到档案管理去,也是一样做工作,一样为所里做贡献。等你生完了孩子,休完产假,还回三队来,这个我跟所长谈好的。到时肯定让你转回来,你这么能干,我肯定要让你回来的。"

黎荛想了想:"所长现在在吗?"

"下班了。"钱威道,"我原本想明天找你聊的。刚才一看,你居然还在,所以才问问你。"

"那我明天跟所长聊聊,可以吗?"

"行,你放心,你想待在三队,我肯定帮你协调。但岗位就这么多,你以后月份大了,有些工作太紧张,确实怕给你造成压力。总之等你休完产假回来,我一定把你再调回来。"

"好的,我都明白。谢了,钱哥。我明天跟所长聊聊。"

"好。"钱威道,"那今天你这边的事,我能帮上忙吗?"

"已经都弄完了,正准备走呢。"黎荛道,"今天先这样吧,我们明天再说。"

"好的。"钱威点点头,"那就这样。"

黎荛收拾好东西,出了派出所,打了辆车,朝着顾寒山家去。

宁雅一边做菜一边伺机出入客厅,她发现向衡坐在沙发上,一直在轻声打电话,或者刷手机,也不知道在忙些什么。

后来宁雅找话题问:"警官,顾寒山呢?"

向衡用下巴指指顾寒山房间的方向:"睡着了。"他答完看了宁雅一眼。

那眼神有些犀利,宁雅心一慌,想假装自然靠近向衡聊几句的步子停了下来,只点头应了一声,赶紧转身回厨房去了。

等宁雅饭菜都做好时,有个年轻男人上门。宁雅没见过他。向衡跟这人很熟,叫他"小方",这个小方没穿制服,但听起来也是警察。

宁雅更不敢多说话,尽量把自己藏在厨房。但她也借机进进出出,小心观察着他们,看这些警察在做什么。

小方给向衡带来了一个小小的旅行袋,向衡从旅行袋里掏出了一部旧手机。然后宁雅看到向衡从顾寒山摔坏的手机里把手机卡拆了出来,装到了他的那部旧手机里。

装好后向衡宣布:"好了,这下如果有人有急事找她,起码能打通电话。"

向衡把手机放茶几上,问宁雅:"顾寒山以前也这样吗?"

"什么？"

"手机乱扔。"

"对。"宁雅点头，"她很少用手机。有时候她爸出去了，她想找她爸才会用一用。"

"那别人找她呢？"

"没人找她。"宁雅道，"如果她爸找她，手机没人接，他爸会打贺燕的电话。顾寒山从来没有一个人单独待过。"

向衡看着宁雅笑笑："现在不一样了。"

"嗯。"宁雅轻轻应了一声，垂头布置饭桌，把菜一盘盘摆好。

向衡看菜都好了，便对着卧室大吼一声："顾寒山，起来吃饭了。"

宁雅道："她爸从来不喊她起来的。我给她留了一份菜了，等她醒了热一热就能吃。"

向衡道："我又不是她爸。"正准备再大吼两声，宁雅又道："她睡眠不好，很难睡着，有时吃药都不管用，所以她爸从来不喊她。"

向衡吼到嗓子眼的声音又咽回去了。她很难睡着吗？刚才他明明眼睁睁看着她一秒就睡着了。

算了，不叫就不叫，让她自然醒。

向衡翻出了工具箱，开始倒腾大门。他拆了旧门锁，装上新的。方中在一旁帮忙。

宁雅在一旁看着，忍不住道："你还是等顾寒山起来再弄，问问她同不同意。"

"她同意。不信你问她。"向衡一句话把宁雅噎回来了。

向衡换好门锁，对宁雅道："顾寒山现在遇到了危险，所以得加强些防卫措施。不是针对你，请别介意。你手上的房门钥匙没用了，你扔了吧。"

宁雅刚要问，向衡又道："如果需要你上门工作，你打顾寒山电话，家里有人你再来。这也是为了你的安全考虑，如果歹徒潜伏在这屋里，你上门容易遇害。"

宁雅又惊又疑，但还是点头答应了。

向衡又道："对了，贺燕手上是不是也有这屋子的钥匙？你跟她联络的时候告诉她一声，让她也把钥匙扔了吧。今后没有顾寒山的允许，她进不来了。"

宁雅抿了抿唇，她感到了很大的压力，犹豫两秒，点头答应了。

宁雅没敢再多说话，收拾了东西告辞。向衡问她："要不要跟顾寒山打声招呼再走？"

"不用。"宁雅道，"她醒着的时候也未必理睬别人的招呼。"

宁雅把旧锁的钥匙轻轻放在鞋柜上，走了。

方中做了一个惊叹的表情，指了指卧室门口："这个姑娘这么酷的吗？"

向衡道："别听那个宁雅瞎说。她认识的顾寒山跟我认识的不是同一个。"

宁雅认识的顾寒山在顾亮去世之后就不存在了，现在这个是2.0版。

方中不在乎谁认识的是真的，他问："你今晚要留在这儿吗？"

"嗯。"向衡严肃脸。这种表情非常公事公办。他也是迫不得已，为了履行警察保护市民的职责才打算睡客厅的。

"我跟你调班吧。"方中主动帮忙，"你白天还去派出所值班，总熬大夜不行。我跟老罗负责这个案子，我们轮着来。这边还得调个女警来。"

向衡道："葛队那边派了个叫陶冰冰的女警。"

方中想起陶冰冰是谁，点头："那在分局里见过了。"

向衡道："稍晚些顾寒山情况稳定了，葛队让她到分局做个笔录，把详细情况说说。到时候再让陶警官一起回来。"

"行，我都没问题。你让我干什么我就干什么。"方中觉得自己沟通好了，他坐到餐桌前："我可以吃吗？"吃饱了好干活。

向衡朝卧室走去："我去看看她。"她家里会多出几个人，提前跟她打声招呼吧。

卧室里，顾寒山还在睡。她怀里抱着个枕头，身上的被子还是向衡帮她盖的。

这姑娘真是用事实证明她在家里能多有安全感。

一个认识不太久的男人，和一个嫌疑人在房间外头都不能让她警觉一点保持清醒，刚才他们在外头又是装锁又是说话的，她也没醒。这个家简直就是她的堡垒。

向衡走到顾寒山床边，她看上去睡得挺香的，脸窝在枕头里，睫毛长长的，头发乱七八糟地散着。

还真是，挺漂亮的。

向衡看了一会儿，小声唤她："顾寒山。"

她没动，但是仔细听，能听到小小的呼噜声。

向衡忍不住笑了。

向衡在床边椅子上坐下，撑着下巴听了一会儿顾寒山的鼾声，见她真的没有要醒过来的样子，便出去了。

方中还坐在餐桌前，向衡道："等等她吧。"

方中："……"进去了这么久，还以为已经叫起来了。

"让她体验体验正常人的礼节。"向衡道。

正常人什么礼节？肚子饿的时候会坚强地等别人起床一起吃饭吗？方中很想表示他羡慕不正常的人。

向衡勾勾手指，方中听话地跟他一起去沙发上坐，远离那些饭菜。

向衡对他道："说说，刚才看出什么问题来了。"

方中摆个苦瓜脸，不给饭吃，还要考试？

他看了看向衡，前任老大好像是认真的，便道："那个保姆，挺可疑的。"

"哪里可疑？"

"她表面上看很关心顾寒山，但其实并不真正在意顾寒山的安危。"方中道，"她又不认识我，但却没问我姓名和身份。"

"她有问必答，却没有要求看我证件。她是个很容易镇住，好控制的人。"向衡道。

方中点头，继续道："顾寒山睡着了，她都没有进去看过。也许不是睡着了，是死在里面了呢，那她也不知道。走的时候你问她要不要去打声招呼，她竟然拒绝了。她没有确认顾寒山的安危就走了。"

"对。"向衡当时就是故意问的。

"两个陌生男人换掉了她雇主的门锁，她虽然说了一句，但并没有真正阻止，最起码可以叫物业来看看。在这过程里她没有联络任何人，你说让她通知贺燕，她也没有打电话。她明明有正当理由马上打个电话，打给任何人都行。她并没有试图保护顾寒山的心思。"

"没错。我让她联络我，她答应了，但她都没问我要号码。她心不在焉，连敷衍都没有用心。"

"难道她心虚？"方中问，"她在这事情里头也掺了一脚吗？"

"我们的嫌疑人可太多了。"向衡叹气。真的佩服顾寒山，人家一点不愁，钥匙乱给，到处捅刀，生怕没人暗杀她。

张益的租屋。

葛飞驰正带着警员在做屋内的搜查以及对小区物业和邻居的走访调查工作。

张益租的屋子是一室一厅，陈设非常简单，家具少且旧。里面没有什么值钱的东西，也没有藏现金，没有笔记，没有可用的线索。

租房子给张益的业主也住在同一个小区。经这位房东的确认，屋子里的家具都是他原来屋子里有的，张益没有添置任何东西。

房东说张益为人老实，交房租都很准时。他对房子和家具也爱惜，平常也爱干净，屋里头都打扫得干干净净。而且没见他带过什么朋友和乱七八糟的人过来，所以他们对张益这个租客挺满意的。

房东又说张益有个生病的孩子在老家，曾经到这里来治过病，动过手术，现在应该还在老家怀南县休养，所以这三年房东从来没有涨过张益的房租。张益对房东也感激，他老婆从老家寄来的特产，他总会送给房东。

"我没见过他有什么朋友，不了解，人家也没告诉我。不过他总是很疲倦的样子，我问过，他开出租，一天工作十几个小时。平常也很节省，钱都给孩子看病了。"

又是看病。葛飞驰心里发紧，这背后究竟是个什么邪恶变态组织，拿病人下手，真是太过分了。

葛飞驰给聂昊打电话，将这边的情况跟聂昊说了："手机的通话记录、人际关系什么的还得再查。你们到了怀南县，查清楚他们家里的经济情况、孩子的病情等等。"

聂昊应了。

翡翠居小区大门外。

宁雅一口气走到外头，越走越快。她没有去车站，闷头只管往前走，走到两条腿有些疼，这才停下。她站在墙角里，看着路边的街灯亮起，一对情侣在她面前笑嘻嘻地跑过，一个带孩子的大妈推着婴儿车路过，还有各种各样的人，衣着光鲜，神态愉悦。

宁雅看着他们，觉得没了力气，她靠在墙上，发了好一会儿的呆。她有些不能确定她现在是什么处境。她很后悔，她不应该一时心软就答应顾寒山回来照顾她。

明明事情已经过去了，她应该彻底忘掉，不该再跟顾寒山接触。那个司机小刘警告过她，她答应得好好的，也执行了，但是顾寒山一上门，她又冲动了。

宁雅咬咬唇，顾家一向大方，顾寒山开口就是两倍工钱，她听到就心动了。她真的是，糊涂，看看现在她把自己卷进了什么麻烦里。

人人都想利用她，人人都在逼迫她。

而且她这份工作，也干不了了。

她没法在一个被怀疑的环境里工作，警察这么查下去，迟早会查到她的。

宁雅拿出手机，看了看微信，没人给她发消息。她刷了刷朋友圈，看到老公王川宁发的照片，那是一家卡拉OK的包房，王川宁和两个朋友一人搂一个姑娘在唱歌，上面附的语句是：天未黑，已寻欢。后面是几个大笑脸。

宁雅胃里一阵翻滚。她把手机屏幕关掉，然后靠在围墙上闭上眼睛。

她的人生为什么会变成这样？明明她这么努力地工作，任劳任怨，勤勤恳恳，为什么还会这样？

她明明是一个好人呀。

宁雅的手机短信声音响了，她拿起一看，是个陌生号码，上面写着："我是向衡，你答应有消息就告诉我，但你忘了问我要号码。这是我的号码，请保存。多谢。"

宁雅顿时像是被人狠狠刺了一下，心里有种被打脸的难堪。她咬咬唇，把手机丢回包里。过了一会儿她扛不住压力，把手机拿出来，给向衡回复了信息："收到，谢谢向警官。有情况我一定第一时间向你汇报。办案辛苦了，我们保持联络。多谢。"

宁雅很用力地按着屏幕，一边输入文字一边唾弃自己的怯弱虚伪。但她没本事不搭理警察，她没本事跟任何人撕破脸。她是个小人物，太小了。

宁雅心里充满了不安、愤怒与烦躁。刚发完信息，手机响了，她吓了一跳。

是贺燕。

宁雅想了想，把电话接了起来。

贺燕问她："工作完了吗？"

"嗯，我在外头了，正准备回家。"宁雅努力让自己的声音显得有气势些。

"你探到消息了吗？"贺燕非常爽快，直接进入正题。

宁雅深呼吸几口气，道："我问到了。顾寒山今天遇到袭击，有人要杀她。警察问了我许多问题，我觉得他们可能怀疑你跟今天袭击顾寒山的事有关，还怀疑你是杀害顾先生的凶手。反正就是说幕后凶手很熟悉你们家。"

贺燕那边沉默了几秒："是吗？他们还挺有想象力的。还说了什么吗？"

宁雅道："重点的意思就是这个了。"

贺燕道："你录音了吗？"

"没有，没有机会的。那个警察看人的眼神很可怕。"

贺燕再问："他们有没有透露目前掌握了什么线索情况？"

"没有，没说。"宁雅咬咬牙，"但那警察给了我联络方式，让我有什么消息就告诉他。"

"你能有什么消息？"

宁雅道："我没有，但这样我就可以趁机帮你打听他们的线索和进展。"

"嗯，那挺好。"贺燕道。

宁雅道："你该付我钱了。我刚才已经透露了一些内容给你了。"

贺燕道："那我们见个面吧。"

"今天不行。"宁雅道，"明后天吧，我再给你电话。我们见面的时候你给我现金，然后我才会帮你继续打探消息。"

"好吧。"贺燕道，"但是要尽快，拖久了，消息就不值钱了。"

宁雅抿了抿嘴又道："还有，警察把顾寒山的门锁换了。"

"哦。"贺燕扬了扬调子。

宁雅听得她的这个语调，心里又有了几分把握，她捏了捏手指，克制自己的紧张，道："这些消息很重要，警察都在怀疑你了。"

"嗯。"贺燕等着她继续说。

"所以……"宁雅顿了顿，"我要两万块，要现金。"

贺燕那边沉默了。

宁雅捏紧手指，等了一会儿，忍不住道："这价格很便宜了。你是嫌疑人，我帮你打听警方的消息，我就成了共犯了。才两万块。"

"你一直在加价呀，宁雅。"

"因为你要求我做的事越来越危险了。"

"你说今天不能见面，是担心我拿不出现金？"贺燕轻笑。

宁雅不说话。

贺燕又道："钱没问题，但还是那句话，要快。我得知道警方都怀疑什么我才好处理。时效一过，你什么钱都拿不到。"

"好的。"宁雅道，"那就明天，你一早去银行取好钱，等我电话。我拿到了钱，就马上联络顾寒山，我还可以联络那个警察，你想知道什么我都可以打听到的。"

"好的，那明天见。"贺燕道。

宁雅挂了电话，深呼吸一口气。

贺燕把手机丢在桌上，转动办公椅，面朝着落地玻璃，看着天边黄昏的晚霞，发呆了许久。

黎茇到顾寒山家的时候，顾寒山还没有醒。

黎茇很知道人情世故那一套，半路上买了很多吃的，还有水果、鲜花等等，还给顾寒山买了个拐杖，探望病人的诚意摆得很足。

向衡、方中和黎茇三个人都没吃饭。向衡说饿死顾寒山都不能饿着孕妇，必须开饭了。于是他和黎茇一起去喊顾寒山起床，顾寒山这回迷糊醒了，但是不高兴，踢了一脚空气，把伤腿踢疼了，哼哼着一边喊疼一边迷糊倒向另一边。

向衡也不管她了,他带着黎茪出去,让方中把饭菜热了,大家先吃。

吃得差不多,顾寒山出来了。

向衡转头上下打量她一番,脸色有些白,但精神不错,看来睡一觉是有用。

"我们吃好了,你那份在冰箱。"向衡道。

"我去帮你热一热。"黎茪赶紧起来。她看了看顾寒山的走路姿态,把拐杖给她拿过来。

"不至于。"向衡道,"年轻人复原很快的,她拄拐要是习惯了反而不容易好。"

黎茪不理他,去帮顾寒山热饭去了。

顾寒山拄着拐玩了玩,感觉挺新鲜,但确实不方便。她玩够了,就放到一边去了。她继续走,多走几步,习惯了这些疼痛也就不太瘸了。

向衡观察着她,这姑娘确实挺坚强,很能忍痛。

黎茪很快拿了饭菜出来,顾寒山指指茶几上的花束,还有餐桌上的那些吃的和水果:"是你拿来的?"

"对。"黎茪扶顾寒山到餐桌边坐下。

顾寒山道:"有老婆真的好。"

黎茪哈哈笑:"麻烦加个定语,有我这样的老婆真的好。"

"真的吗?"向衡强烈怀疑。

黎茪琢磨了一番:"可能也没这么真。我对我老公就没这么好了,那是自己人,不用太客气。"

顾寒山点头:"学习了。"

"你学什么了你学。"向衡吐槽她。

顾寒山道:"学习怎么对老公。"

"你用得上?"向衡继续吐槽。

"只是学习人的情绪和交际。书上也有说,对人的态度不一样,会引导对方自己摆正位置。"

"对对。"黎茪哈哈笑,"多使唤一点,不用太礼貌。"

向衡:"……"孕妇果然是靠不住,还指望她给顾寒山多教点好的,结果她都教些什么。

向衡转了话题,去问黎茪:"你先生做什么的?"

"漫画作家,这两年重心在童书上,说想画给我们宝宝看的。"黎茪说起老公两眼放光。

"是作家?"向衡道,"你们两口子差别还挺大的。"

"对。他比我细心多了，但就是管得多，爱唠叨。"黎莞道，"要不是我们早恋，当年年纪小，我不知道他以后会这样，估计放现在才认识他我就看不上他了。"

"我就没这种烦恼。"顾寒山道，"我只可能早逝，不可能早恋。"

向衡吐槽："人家黎莞说反话，秀恩爱。你学习一下。"

"学习说反话秀恩爱？"顾寒山问。

黎莞大笑。

向衡叹气，孕妇的笑点太奇怪了。他对顾寒山道："学习体会不同语境和语气的真正含义。"

"哦，有学呢。"顾寒山道，"刚才我就巧妙运用，你上当了。"

向衡："……"

黎莞再次大笑。

顾寒山道："你看，黎莞多可爱。我每次讲笑话，她都能抓到点子上。你就体会不到。"

方中一脸茫然，他也体会不到，哪里好笑？

顾寒山继续总结："所以人家黎莞可爱就能早恋，你就不行。"

"你怎么知道我没早恋过？"

"那就更失败了。人家早恋还结婚了，你早恋没结果，现在只能争取晚婚，还不一定成不成。"

向衡："……我谢谢你的祝福。"类似的话他母亲大人还真说过。

"对了，我忘了通知你了。"顾寒山开始吃饭，没吃两口，又道："你要在我家住的话，得自备床褥、枕头和被子。我不习惯让别人用我的东西。"

身负保护证人重任的警察们顿时一愣。

向衡真是一口气噎住，就你这样的，争取个黄昏恋估计都有难度。

方中向向衡投来一瞥。向衡对兄弟太熟悉，知道方中是不认同顾寒山这种态度，那眼神就是"怎么有这种人"的嫌弃意味。向衡心里更气，这个顾寒山根本不用学什么怎么对老公，还使唤不用礼貌，这就是她一贯对人的态度，全世界都是她老公。

被褥枕头的事最后是黎莞解决的。她打电话给她先生，让他过来接她的时候把家里新买的两套带过来。

卓嘉石非常周到，问清楚几个人睡，睡在哪里，还问需不需要准备替换的内衣裤，要几套洗漱用品，要不要准备吃的，等等。

黎莞一一问了，向衡还补充要带拖鞋。这屋子里只有两双拖鞋，一双顾寒山自己的，现在穿在黎莞脚上，一双向衡买的。其他人，包括顾寒山都是光脚晃来晃去。

黎莞转告卓嘉石。卓嘉石确认了过来接她的时间，便去准备去了。

方中忍不住夸："黎莞你老公可以，真是细心体贴，贤内助。"

黎莞得意："你们学着点。"

顾寒山的目光瞥向向衡，向衡宣布今天好老公这个话题不能够再出现。

黎莞哈哈大笑。

这时候手机铃声响，大家反应了一会儿，向衡才想起这是他旧手机的铃声，现在那手机里是顾寒山的卡，所以是找顾寒山的。

顾寒山去接了，是耿红星的来电。

"你好，耿红星。"

向衡听到招呼声做了个手势，让顾寒山不要跟耿红星聊。但顾寒山拍开向衡的手，转身走远一点接。

向衡皱眉不悦，跟过去了。

耿红星说他们公司扫网上热点的时候看到网友拍的视频片段，有个姑娘坐出租，翻车后又被那出租车追着撞，画面不是太稳，但看上去那姑娘是顾寒山。

"是我。"顾寒山答，"我今天遇到袭击了。网上居然有视频？热度怎么样？"

向衡一听，赶紧转身对方中打个手势，道："让网监查一查，都删掉。"

"真的是你？吓到我们了。网上有留言也说好像是反诈小仙女。转发量挺高的，但还没到爆的程度。"耿红星不好意思说他们平台为了流量已经开始下场了，他又道："我和猴子轮流打你电话，结果都说用户已关机。"

"嗯，手机摔坏了。"

"伤得重吗？现在情况怎么样？"侯凯言在一旁插话问。

"伤得不重，在医院检查过了，现在我回家了，和警察在一起。"

"那就好。"电话那头的侯凯言和耿红星都松了一口气。

默了两秒，耿红星有些不好意思地道："顾寒山，你能就这个事情接受我们的采访吗？这事后头一定会有热度的，我们想尽快准备好，出个小报道。现在网上已经有些谣言了，说是在出租车上有争执什么的，乘车姑娘不给钱还在车上撒泼，所以司机发怒失控。还有一些别的不好听的话，不知道你方不方便亲自说明一下事情发生经过。"

"要采访？行啊。"顾寒山一口答应。

向衡在旁边道："不行。"

向衡的声音太大，耿红星那边也听到了，他们"啊"了一声，问："你旁边有人？"

"向警官。你们见过的。"顾寒山道。

"哦哦，向衡警官。他不同意你接受采访是吗？"

"我有自主权的，我愿意接受采访。"顾寒山回道。

向衡摆出一脸怒气："不行，不能采访。"

顾寒山干脆转个身不理他，问耿红星："你们想什么时候采？"

"越快越好，你看今晚可以吗？趁还没有别的媒体报道，我们想抢个先，拿个热度。"耿红星道。这是领导安排的任务，许高锐还把问题单子都列给他们了："我们都准备好了，随时可以出发，到你家里也行的。"

"我家里不太方便。"顾寒山道。

向衡听到顾寒山拒绝，刚想松一口气，结果顾寒山道："我一会儿得去武兴分局做今天这个案子情况的笔录，可能一会儿就走，等不了你们。如果你们愿意，我们在分局门口碰头怎么样？可能需要你们等我，等多久不一定。你们晚点再出门，我们电话联系。"

向衡的脸沉了下来，顾寒山你真是越来越可以了，还把记者招到分局门口去了。嫌事情不够大对吧！

向衡移动脚步，把脸摆到顾寒山跟前，让她看到自己生气的样子："不行！听到没有？不行！"

顾寒山一掌按到他脸上，手掌不够大，盖不住全脸，力道也不够，推不开脑袋，顾寒山便把自己的头撇向另一边，果断利落地对电话那头说："不用理他，就这样吧，我们分局门口见。"

方中和黎荛无语地看着向衡和顾寒山转来转去。向衡跟堵墙似的戳在顾寒山面前，顾寒山就跟无厘头喜剧电影里的动作一样，伸掌扭头作失恋悲伤状。当然这个形容的是姿态，顾寒山的表情一点也不悲伤，那是相当地嚣张。

顾寒山挂了电话，向衡一掌拨开她按在自己脸上的手。

方中和黎荛顿时会动了，两个人同时忙碌起来。

向衡看了看这两人，对顾寒山道："回你房间，我们需要聊一聊。"

黎荛赶紧过去劝："有话好好说哈，别生气，别骂孩子。"

谁是孩子？顾寒山吗？

向衡怒道："不生气，我一点都不生气。"

顾寒山竟然也同时冷静地道："我不怕。"

行咧，真不错。黎莞马上识时务地给他俩开好房门："你们好好谈。"

向衡和顾寒山进去了。

顾寒山行动不便，向衡只好自己去关门，关了门再绕回顾寒山面前，气漏了一半。

"你现在处境非常危险，你不能接受什么媒体采访。"向衡凭着一半的气先发制人。

顾寒山应道："第一现场里也许就有嫌疑人，我必须接受他们采访，必须与他们保持密切联系。"

"他们只是想剥削你的流量价值，你什么都查不到。那两个小毛头什么都不知道，你利用他们，公司也利用他们，他们俩的处境你考虑过吗？你自己身陷险境，还给他们带来危险。"

"就算没有我，这世界里也满是危险。好人总是输就是因为他们总想跟坏人比善良。"顾寒山语气平静，但话很冷酷，"他们是成年人，自己过马路、自己做工作、自己做判断，我不为他们负责。"

向衡噎得，火气腾腾往上冒。

顾寒山又道："我作为目击证人的时候，我有没有危险？葛队说如果我不站出来指认，凶手逍遥法外，会给更多的人带来伤害，所以就算背负危险，但是有所收获，当然也值得。你们不能这么双重标准。"

"顾寒山，你这属于强词夺理。"向衡可没被她带偏，"不同情势下当然有不同的处理办法。有危险和自找危险是两回事，遇到危险和制造危险又是两回事。"

"那还不是一样吗？别管危险怎么来的，重点是解决问题，而不是责怪别人。"顾寒山言之凿凿。

哇，你真的是，歪理一堆堆的。真跟你讲起道理来得摆上两张桌子开个辩论会。

"顾寒山，你这样真的不行。"向衡想起刚才方中那眼神，心里不满更盛："你知道自己的问题在哪儿吗？"

顾寒山默了默，然后试探着道："我小气，懒惰，狂妄，任性，自私，斤斤计较，没有礼貌？"

向衡："……"她对自己的认识这么深刻吗，但用的问句语调是不服气还是怎样？

"还有吗？"向衡故意问。

"明知故犯,死不悔改?"

向衡没脾气了:"谁总结的?"

"贺燕。"顾寒山看他表情,补充道,"我爸说不用改。"

向衡冷哼:"我对你的要求和期待,比你爸高一点点。"他还用手指比画了一个"一点点"。

顾寒山看着他的手指,再看看他的脸,道:"我觉得,高出挺多的。"

"不行吗?"向衡道,"我怎么也是你的监护人之一,监护人当然会有要求。"

"你早过期了。"

"那怎么也算是前任。"

顾寒山没说话。但向衡自己噎了一噎,这话怎么听着怪怪的。

向衡定了定心神,道:"顾寒山,你现在做的所有事,是不是只有两个目的。一是找出杀害你爸的真凶,为他报仇。二是达成你爸生前对你的期望,像个正常人一样生活,让你爸泉下有知也开开心心的。"

顾寒山道:"很难两全其美,所以只要可以达成第一个,我愿意放弃掉第二个。"

向衡摇头:"要达成第一个愿望,你必须先做到第二个。跟警方好好合作,获得朋友的帮助,你才能为你爸爸讨回公道。"

顾寒山道:"我已经做到了。"

"你没有。"向衡道,"对你来说,做到第二个,比做到第一个更难,对吧?你错误理解了交朋友的方法和定义。你以为交朋友就是利益交换,对你不好的,你就让他们看到利益,对你好的,你就得寸进尺。"

顾寒山不说话,她不觉得这样哪里不对。不然呢,还能怎样?

向衡继续道:"黎荞、葛队、聂警官、小李警官、小陶警官,以后你可能还会接触到别的人,他们对你好不是应该的,他们包容你也不是必需的。他们除了完成工作范围之内的事,额外的部分,都是他们善意的付出,你应该心存感激。"

顾寒山沉默着,她不懂感情,没有感激。她可以把"谢谢""感恩"挂在嘴边,但就是词句而已,所以贺燕说她是白眼狼。她知道字面的意思,每一个字都能理解,但要融到心里像正常人一样地感受,她觉得不行。

她想要警察帮忙,所以她也会帮他们,大家交换了。她觉得这样很公平。

"顾寒山,你在进步,我很高兴。我希望有一天你也能表达出对别人真诚的感谢,而不是只有利用。你要有耐心,也要有信心。"向衡道,"我也很希望能对你说不用改,但不行。没人能照顾你一辈子,这很残忍,但这是事实。我也不能时时刻刻守着你，你去住校，不是住在房子里就行了，你是跟舍友一起生活。所以一样的，我一个人保护不了你，我需要同事的帮忙，可不是每一个人都像黎尧那样好脾气。别管你是不是有超能力，别管你是不是世界第一特殊，你对别人不好，别人感受不到善意，也会用同样的方式对你。那你怎么交得到朋友呢？光有利益，那是不行的。"

"我知道啊，我还特意看书学习。"顾寒山道。

向衡想起她看的那些泡妞书，顿时无语。

顾寒山道："你说的那些，不是成为一个普通人。你要求的，是成为一个好人，一个善良宽容、感恩豁达、讨人喜欢的好人。"

向衡一愣，是吗？他辩道："没要求这么高。"

顾寒山不说话，只看着他。

向衡忽然很后悔自己跟她说这些。他想了想，转移话题："总之这样吧，第一现场这边你先冷处理，缓一缓。梁建奇明天就出来了，我们从他这边下手找突破。还有，贺燕这边能带给我们一些新突破，我今晚见过她再做后头的安排。"

顾寒山仍盯着他看。

向衡对自己转话题有些心虚，但话说到这里，他就继续："你并没有把所有事情都告诉我们，对吗？宁雅应该排在你的仇恨值前几名，但你对她丝毫不防范，让她自由出入你的房子，让她在你身边晃，你手机乱丢，我猜还跟以前一样不设密码。我跟她询问案子的事，说到贺燕她就紧张，不是你在对付她，是贺燕是吗？"

顾寒山道："你这么快就去审宁雅了？你应该耐心一点的。"

向衡道："我非常耐心了。贺燕不停跟我兜圈子，搞拖延，我都没步步紧逼。"

"明明是你们把她的优先级放在后面，觉得她不重要，还有别的很多重要内容需要查，才会让她一直拖延。"

向衡摇头："顾寒山，你有没有察觉，你把所有你需要对付的人，都带到我面前，因为你看不懂表情，你没有把握，你需要我帮忙，你非常积极地做安排。但是只有贺燕，你虽然答应帮我约，但效率很低。"

"这事效率低点有什么重要？"

"很重要。"向衡道，"我不希望你的某些激进行为和想法是受到了别人的鼓励。你爸爸走了，受伤害的不止你一个，也许有复仇想法的也不止你一个。我不希望你被别人教唆利用。顾寒山，不要去刺激嫌疑人对你动手，这不只是你会有人身安全问题，还会有负面刺激在不断强化你的偏执想法。你是很可爱的姑娘，你这么优秀，独一无二，你应该受到尊敬，得到美誉，你应该获得很多鲜花和锦旗，有很多朋友喜欢你，你也可以给大家传递很多知识，体现你的魅力。用走上绝路的方式来复仇这种念头，不该种在你的脑子里。"

顾寒山默了好一会儿，似在琢磨他这话，末了问："你看的是哪本书？"

向衡想拍她脑袋。

顾寒山又道："贺燕没有利用我。"

向衡道："等我见到她就知道了。"

顾寒山看了看他："你也不着急啊，是不是有安排了？"

"先解决你的问题。"向衡道，"你得听话，顾寒山。"

顾寒山盯着他，默了好半天，冷冷应道："不。"

"顾寒山。"向衡又怒。道理讲遍就是讲不通对吧！

顾寒山看着他的眼睛："我爸说，凡是要求你听话的，尤其是男人，再喜欢都让他们滚蛋。"

向衡："……"不是，不对吧？

顾寒山转身走了，腿脚因伤有些不便，但走得还挺有气势。

开门，关门，干脆利索。

向衡看着她的背影，觉得她生气了。他反应了一下，真的不对呀，他俩说的是一回事吗？！她肯定是记仇了，又把话题跳回前头了。

向衡正琢磨，手机响了，他一看，是罗以晨打来的。

向衡让罗以晨定位贺燕位置，跟踪她，观察她今晚的行踪行动。现在是发生什么事了吗？

向衡接了。

罗以晨道："贺燕离开办公楼之后，去了附近的银行，在取款机上取了钱，她准备了一个牛皮纸袋装着，看上去不少钱。然后她就回家了，到现在还没有别的动静。你确定你的推断是正确的吗？贺燕为什么要取这么多现金？这该不会是买凶钱吧。"

向衡道："不会错的，你先盯着她。她不肯去医院，却说处理完事情会联络见面，她一定有些安排，盯好她。"

罗以晨道："可她一直在家里……等一下，是她的车子，她出来了。挂了。"

电话挂掉了。向衡知道罗以晨跟了上去。

向衡开门出去，看到顾寒山没事人一样坐着吃苹果。

可能因为他们进屋的时候气氛不太好，现在方中和黎莞也比较谨慎小心，客厅里安安静静。

黎莞看向了向衡，向衡对她招了招手。

黎菀再看一眼顾寒山，过去了。

向衡与黎菀进屋里单聊，黎菀小声问他："你们什么情况？"

向衡道："没事。我就是有些事先交代你。"

"好，你说。"

"顾寒山今天报案笔录里的那个诈骗号码，你要重点查一查。不只那个号码，包括从前在凤凰街派出所立案没立案的那些诈骗号码，都得仔细过一遍。"

黎菀听出了一些端倪："诈骗号码有什么问题吗？"

"你知道范志远案吗？"

"知道个大概。"这个案子太有名了，黎菀把自己了解的情况说了说。

向衡点点头，把黎菀不知道的部分说了，又点出了今天他们的新收获——通过顾寒山发现的张益线索，将范志远案、顾亮案与许塘案联系起来了。

然后他道："这几个案子里，都出现了人头号码，这是诈骗的重要工具。顾寒山要查一个诈骗号码，当然也不会是偶然。"

黎菀忽然灵光一现："师父，你来我们凤凰街派出所也不是偶然对吗？"

向衡笑笑，没说话。

黎菀道："诈骗遍布全国各地，海外作案的也有，那些人头号码，还不一定是哪里来的。可你让我查，我只能查到我们所的，你还说了没立案的也查，何况是两年前。两年前你还在市局，你们已经查过了。"

黎菀顿了顿："你们已经查过了，觉得问题出在凤凰街派出所，所以你来了，是吗？"

"你非常优秀，黎菀。"向衡道，"我们也查过你。我和你搭档不是偶然，不是因为我来了之后你对我照顾，也不是因为你跟顾寒山投缘。是因为你就是这样的人，这些事在你身上一定会发生。你准备好了，所以机会出现的时候，就是你了。"

"哇。"黎菀感叹一声，"你真是近朱者赤呀，跟顾寒山在一起多了，跟她一样会说话了。"

向衡一脸黑线："不是，你吐槽谁呢，顾寒山这样的叫作会说话？"

黎菀哈哈大笑。

向衡："……"孕妇的笑点真的低。

但是孕妇很靠谱，笑完了便回到正题："但今天钱哥跟我说，所长想把我调走，档案或者户籍。"

"那正好，选档案。"向衡道，"我们需要查的，是过去没立案的诈骗案。"

"你具体说说。"

"范志远案里，他们用人头号码来实施犯罪，这样他们的通话记录里就是清白的。人头号码跟人头账户一样，通常是诈骗组织批量收购用来发信息、收款洗钱用的。我们当时查到受害人秦思蕾失踪前收到的最后的电话就是来自一个人头号码，她接到电话后，走向了凶手指定的地方，离开了监控摄像的范围。这个号码跟另一个失踪者熊英豪接到的电话号码是一样的。"

"嗯嗯。"黎荛点头，认真听着。

"熊英豪接到那个电话后不久也失踪了。我们找到了秦思蕾的尸体，但没有找到熊英豪的。能把他们两人联系在一起的，只有那个人头号码，但那个人头号码却没能与范志远关联上。我们追查这个人头号，注册人是一个念大一的学生，他注册了好几个电话号码，全卖了，一个五百。他是在网上看到了收购信息，他不明白这里头的危害，贪图小利。我们追查到他，拉出一条诈骗产业链，但是没能查到跟范志远的联系。"

黎荛懂了："所以关队才会找许塘卧底，因为许塘就是做诈骗的，那个圈子他路子熟。"

"是的。许塘查到一个线索，就是那个人头号的源头上家，叫柯正海，已经逃出国了。那人的一批号码被举报到凤凰街派出所，也就是有人报案到凤凰街派出所，说有人非法买号疑似诈骗，结果不了了之。柯正海大摇大摆出国去了，再没回来。这事在他们圈子里传看。可我们在系统里没有查到报案记录，没有柯正海被举报的信息。不但没立案，连报案信息都没有。"向衡道。

黎荛道："那就是当时笔录之后就没录入电脑留存，没有上交系统。不然，在系统里删除也会留有删除记录，可以查到谁删的。"

"对，所以才会可疑。"向衡道，"凤凰街辖区接过很多诈骗的报案，比这案子小的记录都有，鸡毛蒜皮的小事也有，偏偏这个没录入。而且据说没调查，柯正海收到风声直接一走了之。当然这个消息我们也不能断定真伪，但事情就这样没了痕迹，却也是事实。"

"我明白了。"黎荛道，"那我就去档案室。"

向衡道："这事得秘密调查，不要声张。"

"这我懂。"黎荛又问，"今天山山遇袭跟咱们所的人有关吗？因为她来报案，她说出了八个屏在找什么，如果所里有内鬼，就能看到我传到系统里的笔录文件。他通风报信，所以幕后凶手派了那辆杀人出租车过来。"

向衡摇头："我觉得不是。一来现在下手太晚，如果为了这个原因，当初顾寒山看八个屏的时候他们就该动手了。二来既然知道了顾寒山在地铁监控里找张益，就不会派张益来，顾寒山会认出来的。"

"好吧,有道理,那不是我们所里。"黎荛松了一口气,她可不想所里的兄弟姐妹里出一个这种人渣,"那会不会是简语?"

"今天跟简语谈完之后,我让葛队安排人监控简语的行踪了,目前没有发现什么特殊和可疑的情况。当然也不能排除。"

黎荛问:"那不审他吗?"

"先等等他的动静。"向衡道,"你老公一会儿到了,我就带顾寒山去分局,你留下查一查她屋里的情况。摄像头、监听器这些我查过了,没有。你再查查她的衣物、箱包这些,一来排除危险品,二来,我们之前分析的那些,杀害顾亮的人,长期监视他们家庭,对顾寒山和顾亮的生活和行踪了如指掌。要让顾亮在那瞬间觉得跳河的是顾寒山,她必须和顾寒山有一样的体型、发型、衣着打扮。顾寒山每天穿什么可不是固定的,当天观察到之后再去准备肯定来不及。"

黎荛点头:"他们有顾寒山所有的衣服鞋帽,随时准备着。"

"是的,只有这样才能有充分的时间作案。"

"好的,明白了。"黎荛应了。

向衡和黎荛出来,顾寒山在沙发上偷偷瞄了他们一眼,见到向衡看过来,马上把视线转走。

方中跟向衡报告:"网监把视频删了,分局那边发了一个案件正在侦查中的公告。不过因为顾寒山之前有几个视频挺火的,有些人气,所以这事现在在网上还有些热度。"

向衡还没来得及开口,顾寒山却开口了,相当淡定:"不用担心。只要没有持续的营销维护,网民很快就会把我忘了。每天都发生很多事,大脑能关切注意的有限,转头就不记得了。记忆是最靠不住的东西。"

看把你能的。

向衡走到方中身边坐下了:"视频呢,我看看。"

方中把向衡的笔记本电脑推到他面前。

向衡点开了视频,这视频是从车子第一次撞停后开始拍的,估计这个严重车祸吓到了周围人,有人抓住了机会拍摄。

这是向衡第二次看到顾寒山死里逃生的画面。

第一次是在分局的指挥室,他当时着急出发,心情紧张,只顾得上确认从车里爬出来的就是顾寒山,也没多想别的。

这一次再看,向衡觉得连呼吸都扯得心脏有些发紧。

差一点啊,真的就差一点。

如果不是顾寒山够冷静，如果不是她那张冷冰冰的脸能唬人，也许他现在就在法医办公室按着郭义研究顾寒山的死因。

　　向衡彻底没了脾气，他的心情已经平复，他按了重播，再看一遍。

　　他看得这么认真，顾寒山在一旁端不住了，她从沙发上挪了过来，坐到旁边探头。

　　咦，不生气了吗？向衡把她脑袋推开："别看。"

　　"我不会受刺激的。"顾寒山还探头。

　　"那也别看。"向衡再推开。

　　顾寒山坐直了："其实我也不是太稀罕看。我自己的经历我最清楚。"

　　向衡问她："你当时有没有看到什么别的人？"

　　顾寒山有了兴趣："满街都是人，你想找什么人？"

　　黎荛和方中又看他俩，刚才他俩进屋谈判前"仇恨值"5分，出屋后"仇恨值"8分，现在没事了？

　　向衡道："可疑的人，具体一点，就是监督行动的人，你有看到吗？"

　　顾寒山想了想："没有，没想到。"

　　向衡转向方中："今天在现场，我让负责的那个巡警记录目击者证词，你联络他，跟进一下他们做了多少，把目击者联络方式拿到。另外，我跟指挥中心沟通过了，让他们把顾寒山的行踪路线，从凤凰街派出所门口开始，经远山路到东里街，全程的监控内容都取出来，我们得在这里面找一找有没有行动监控人。胡磊杀人时，石康顺是监督者，现在这个张益杀人，也总要有人确认他是否听话照办，办得怎么样。那个监督者得开车跟着张益。你催一下指挥中心，这事得赶紧办。"

　　方中应着，全都记了下来。

　　向衡又跟黎荛道："看看你老公到哪儿了？"

　　"好的。"黎荛打电话。

　　向衡转向顾寒山："你打给耿红星，不能到分局门口，那太不合适。在新华街东口，那有个街心公园，凉亭那儿会面。不要带别人，就他俩来，我来跟他们谈。"

　　顾寒山看看他。

　　向衡便补充："你也一起。你的目标和我的目标是一致的，只是我们的方法不一样，我们也需要考虑耿红星他们的想法和行动力，不然那就是我们一厢情愿，最后什么也没办成，还耽误了时间，也许就错失了机会，你说呢？"

　　顾寒山点头，严肃脸："但是你不能要求我听话。"

向衡噎了噎:"好的。"

后半句"但是"还没来得及说出口,就被顾寒山截话了:"你比我爸反省得快,他最少撑够一天才搭理我。"

向衡:"……"这种表扬就不需要了。

"但是。"向衡很执着地把后半句话说完,"你不能一意孤行,需要参考听取别人的意见。而且现在是警方办案知道吗?不是过家家,不是你爸陪你做治疗还有商量余地。警方办案,是有流程、规章和法律规定的。"

"所以我才说有些事警方来办不如我们小市民灵活,我自己会更方便。"

向衡忍了忍,忍不住:"你怎么还顶嘴呢。"

顾寒山道:"也可以不顶嘴。你说什么我都'好的,警官''谢谢警官',你想要哪种?"

向衡:"……"算了,还是继续顶嘴吧。

向衡转向黎荛:"你老公什么时候到?"

黎荛觉得自己成了挡箭牌:"马上,几分钟。"

顾寒山还不依不饶:"向警官,你还没选呢。"

向衡严肃地对顾寒山道:"给耿红星打电话吧,我们一会儿走。"这时他手机响起,他也不等顾寒山再回话,板着脸到落地窗那边背着他们打电话去了。

黎荛和方中都不敢说话,怕怕的。

顾寒山若无其事再拿一个苹果。

黎荛提醒她:"他让你打电话。"

顾寒山:"不着急。"

黎荛放弃调解,好的,她也不着急。

落地窗前,向衡接着罗以晨的电话。

"贺燕在往解放路的那个方向开,我猜她大概想去彩虹的光。"罗以晨道。

向衡问:"关队他们什么安排?"

罗以晨答:"关队今晚就在彩虹的光行动。"

"让贺燕去。"向衡道,"你跟紧了。通知关队一声。"

解放路,彩虹的光酒吧。

这个时间点还不是酒吧上客高峰的时候,但酒吧灯光已经亮起,停车场陆续有车辆开进来,已经相当热闹。

关阳带着一个年轻小警察,穿着便装,开车在这酒吧周边绕了一圈,打探好了基本情况，把车子停在了酒吧后头的小巷子里，借着从巷子路口走过来的路线，又把酒吧周围观察了一番。

"关队。"小警察第一次执行这样的任务，又紧张又觉得好笑。但搭档是关阳，紧张比好笑更多。

"叫什么？"关阳的声音冷冷的。

"老关。"小警察赶紧改口。

"好的，小田，别再叫错了。"关阳说着，伸手揽住了他的肩膀。

田飞宇机灵地扶了扶关阳的腰，小声提醒："注意你的表情，老关。"揽肩膀能揽出押犯人的感觉，真的也是没谁了。

关阳很快调整状态，两人状似亲昵地走向酒吧门口。

酒吧门口有两个穿着酒吧制服的男人，门口每一个入内的客人他们都要审视一番。有些显然是熟客，跟那两个男人打着招呼，说笑几句。

关阳走过来，那两个男人看了过来。

关阳触碰到他们的目光，察觉到了里面的警惕，他轻声对田飞宇道："别停下，继续往前走。"

田飞宇很配合地道："我们还是去吃烧烤吧。"

"行啊。"关阳应着，带着田飞宇走过酒吧大门，没有进去。

关阳留意着身后，那两个男人仍警惕地注意着他们，待走得远了，拐弯时再回头看，那两个男人已经跟别人继续在说笑。关阳松了口气，还好没有坏事。

田飞宇斗胆评论："关队，你太像警察了。"

关阳扫他一眼，田飞宇闭了嘴。但他仍想着，还是那种很凶很古板的警察，一看就不可能混花花世界。

所以行动失败全怪关队。

关阳脸色很不好看。

宁雅转了两趟公交车，去了医科大旁边的"简在"工作室。

天已经黑了，"简在"院落大门处的顶灯亮着，映着"简在"两个字很有些艺术韵味。

宁雅抬头看了看，大门两边的监控摄像头很是显眼。门边有一个可视对讲门铃，宁雅犹豫了一会儿，过去按了门铃按钮。

不一会儿，对讲响了起来，里头有一个年轻男声问："你好，你是哪位？"

宁雅有些紧张，她捏紧手指再凑近一些，对着摄像头道："你好，我是顾寒山家的家政工，我找简教授。"

那边的年轻男声道:"请说全名,请问有预约吗?"

宁雅听到这话,心里松了一松,那就是说简语现在就在工作室?那真是太好了。除了这里,她也不知道去哪里找他更合适。

宁雅报上了名字,道:"没有预约,情况比较着急,是有关顾寒山的事。简教授见过我的,你一说他就知道。"

"好的,请稍等。"

对方挂掉了对讲,再没有声音。

宁雅等了一会儿,看了看巷外车水马龙的大街。大街上路灯明亮,这"简在"的灯光与之一比,显得阴暗了些。宁雅觉得是因为自己太紧张而产生了错觉,大街上的人声车声都有些远。这一方院落,与繁闹仅十多米之遥,却似藏着秘密的暗角。

里头的人仍没有出来开门,宁雅来回走了两圈,忍不住上前再次按了门铃。

第十八章
要挟

葛飞驰刚回到办公室就接到了电话,那是他安排监视简语的警员来电。

"葛队。"那警员道,"顾寒山家的保姆,那个叫宁雅的,来找简语。"

"在简语工作室?"

"是的。"

"什么情况?"

"看起来不是约好的。她过来了按门铃,有人在对讲门铃上应了,但很久没开门。宁雅看上去挺焦虑,来回走。"警员停了一会儿,"门开了,是简语的司机开的门,宁雅进去了。"

"好,先观察,盯好他们。"

"简在"工作室。

宁雅第二次按门铃后,被司机宋朋请到了接待室。宋朋对她很客气:"简教授在打电话,他让你稍等一会儿。"

"好的。"宁雅努力让自己不要显露出紧张。

宋朋出去了,他很快再进来,端进来一杯水。他把水放在了宁雅面前的桌面上。宁雅道了谢,并没有喝那水。宋朋也没管她,转身出去了。

屋子里只有宁雅一个人。宁雅走进来的时候也没有看到其他人,现在都下班了,没人也是正常的。宁雅安慰自己。

但她还是有些怕的。如果她死在这里,是不是都不会有人知道?她那个老公,肯定是不知道的。如果他半夜回到家的时候没有太醉,如果他能发现她不在,也只会愤怒地乱猜她是不是在外头出轨,会准备好等她回去暴打她。他不会关心她的安危,他只会在乎没人帮他做早饭。

宁雅胡思乱想着,接待室的门忽然开了。宁雅从思绪中抽离,吓了一跳。

简语走进来,看到一个脸上显露慌乱的妇女。

他认识她,这女人确实是顾寒山家里的保姆。

宁雅看到简语赶紧站了起来:"简教授,你好,我是宁雅,是顾寒山家里的家政工。"

"你有什么事吗?"简语在离宁雅有一段距离的地方停下了。他没有靠近,也没有坐下。

宁雅也不好意思再坐下,她就站着,既尴尬又紧张,但她想到老公王川宁对她的种种,想起她拿起的菜刀,她咬咬牙,给自己打气。必须放手一搏。

宁雅也不绕弯子了,她对简语道:"警方在调查顾寒山父亲的死。"

简语没说话,等着她往下说。

宁雅停了停,见简语没反应,只得硬着头皮道:"警方现在怀疑贺燕,我知道不是她。如果你愿意给我一笔钱,我会帮你保守秘密,把警方的怀疑更多地引向贺燕。"

简语盯着宁雅看,沉默着。

宁雅看了看简语的脸色,道:"警方今天问了我许多问题,我能听出来他们怀疑贺燕。但我还知道一些别的事,我没有告诉警方。事情过去这么久了,我说出来对顾寒山也没有好处。她需要平静的生活。我文化水平不高,不懂你们医学的那些,但我也能看出来,她比两年前情况好太多了。这两年她一定过得很辛苦,既然这样,就该让她好好过日子,读读书,做些自己想做的事,我不想把事情弄得太复杂。"

简语终于开口,却是道:"我没明白你过来的意思。"

宁雅噎了一噎。

简语问她:"我为什么要付你钱,引导警方怀疑贺燕?"

宁雅紧张地辩解道:"不是引导警方怀疑贺燕,是警方本来就怀疑贺燕。我只是,我可以不去打乱警方的怀疑,就让他们继续怀疑贺燕。"

"警察调查警察的,关我什么事?"简语道。

宁雅再噎了一噎,最后一咬牙道:"如果我把我知道的事都告诉警察,那警察就会怀疑你了。你经得起查吗?"

简语没说话，他皱起眉头看着宁雅。

宁雅撇开视线，不与他对视，她酝酿好了勇气，继续道："我也不想这样，那对我没好处。而且顾寒山已经很可怜了。你是这世上仅有的真正关心她的人。贺燕丢下她不管，还与她争财产，警察当然会怀疑贺燕，他们对贺燕的调查也不会影响顾寒山什么。但是你不一样，你是她的医生，如果你惹上了麻烦，顾寒山不再信任你，甚至警察逮捕了你……也许你不怕，你有钱有势有名望，什么政要、学术圈，多的是朋友帮你出头，可顾寒山不会再让你做她的医生了，到时候顾寒山怎么办？她犯了病，会再被送进普通医院关起来吧。"

简语久久不语。

宁雅顿了顿，咬牙继续道："顾先生已经去世了，顾寒山一入院，贺燕会不会趁机抢走财产，甩掉顾寒山这个包袱？到时你就算摆脱了官司，可是你的名誉会不会受损，你的事业也会遇到麻烦。你也顾不上再管顾寒山了。你过得不顺，她也受折磨。没人会再细心照料她，没人知道怎么正确治疗她，她会彻底疯掉，被关起来，绑起来，拿她解剖，做实验，她会死的。"

宁雅用力捏紧自己手指，她想不到还能说什么，她紧张得脑子有点乱，但已经说到这一步了，必须得把事情谈完。

简语忽然道："你坐下吧。"

宁雅一愣，坐下了。

简语也拉过一把椅子，与宁雅隔了一段距离，坐下了。

"你说得对。"简语道。

宁雅稍稍松了口气。

简语观察着她的表情和姿态，又道："现在这世上，大概真的只有我是真心对顾寒山好的，愿意好好照顾她。"

宁雅再松一口气，自己还是抓对重点了。

简语看着她，道："我不需要你做什么，不需要把警察引向贺燕。警察做他们的工作，是有他们的步骤和程序的，他们掌握的东西远比你这个被询问者知道的多得多，所以不去干扰他们的工作才是明智的选择。说多错多，这个道理你明白吗？一不小心，你会把自己卷进去。"

宁雅顿觉被提醒到了，赶紧点头。

简语又道："所以，让警察去怀疑贺燕这一点我们翻篇吧。不需要这样做，这么做是错的。你没必要横生枝节，给自己招惹麻烦。但你问我要钱这事，我想知道，你是有什么难处，需要帮助吗？"

简语的语气很有安抚人心的作用，他前面一番话句句在理，也为她着想，给她解了围。后面的那句为她搭好了台阶，没有责怪怒骂她，没有编派她的罪名，甚至那关心但又保持着距离的姿态都让宁雅有了些许安全感，情绪有了宣泄出口，宁雅的紧张忽然卸掉了大半。

"我，我是有难处。"宁雅小声道。

"没关系。谁都有遇到难处的时候。"简语只说了这一句，便停了停。

宁雅的目光转到简语脸上，她终于敢与简语四目相对。她以为她来要挟他，他会恼羞成怒，但她有他的把柄，她愿意搏一搏，反正她已经对贺燕干过一次了，没什么可怕的。再难再紧张，也没有回到那个家面对殴打和强奸更让她痛苦。

宁雅不知道该怎么进行下去了，她只是想要钱而已。

"你生病了吗？需要筹集医疗费？"简语温和地问。

宁雅想摇头，但犹豫了一下。这个借口似乎是最体面的，但对方是医生，恐怕在生病这事上撒谎很快会被揭穿。

宁雅最终还是低下头，摇了摇头。简语比她想象中的要好说话，她得好好把握住机会。但她该怎么要钱？

简语见她摇头后没说话，便道："我也遇到了难处，今天你过来还真的挺巧的。你能理解我让我很意外，而且你点醒了我，我得谢谢你。"

宁雅诧异地看向简语。

简语道："其实顾寒山调查她爸爸去世的事，警方已经找过我了。"

宁雅张了张嘴。

简语安抚地对她笑了笑："顾寒山确实对我有怀疑，我不清楚这个怀疑是从哪里来的，我也不知道为什么顾亮救人意外去世会让他们觉得是谋杀。"

宁雅紧张地抿紧了嘴角，她不自觉地又捏了捏手指。

简语看着她的表情和动作，道："警察跟我问过话了，那警察叫向衡。跟你问话的人是他吗？"

"对，是叫向衡。"

简语道："我不想影响警方办案，同时也被顾寒山的怀疑伤了心，再加上，如果病人对医生不信任，那就不会配合医生的治疗方案，比如不会执行医生安排的复健活动，不会吃那个医生开的药。所以我当场就跟顾寒山说，会把她推荐给别的医生。"

宁雅更吃惊了，简语居然会放弃顾寒山？

"但我对顾寒山说了那些话之后，我心里一直不舒服，我也说不上来哪里有问题。为了让警察安心调查，为了让顾寒山安心继续治疗，理智告诉我，我的决定是对的。"简语看着宁雅的眼睛，温和地道，"但是你刚才告诉了我，我错在了哪里。"

宁雅心里一动。

"顾寒山在这世上已经无依无靠，我作为最了解她的人，最能帮助她的人，最适合照顾她的人，为了摆脱嫌疑……"他说到这儿笑了笑，问宁雅，"是不是在这件事里，所有人第一反应都会觉得医生为了能研究病情，会把阻碍铲除，会觉得我能从顾亮的死里获益？"

宁雅没说话。

简语不动声色观察着她，道："我知道警方怀疑我什么，所以认真想想，我那个当场反应，有一部分是为了避嫌，我怕惹麻烦。既然觉得我会为了研究病人而杀人，那我不要这个病人总行了吧。"

宁雅不敢皱眉头，她其实听不太明白。顾寒山是有多特殊，不是自闭症的一种吗？她刚才说了一堆什么实验品，都是胡说的，电视上是这么演的，难道现实里真有？

简语继续道："但是你刚才说得对，如果我在这种时候退缩，不再管她，那她很可能会病情恶化，又或者遇到真正居心不良的医生。我应该更冷静地处理，承担起责任。调查是需要时间的，警察会还我清白，而我应该在这段时间里照顾好顾寒山，让她病情稳定地度过这一段考验。是你提醒了我，我现在想通了，心里舒服多了。"

宁雅赶紧点头，但不知道该如何接话。

简语忽然问她："你需要多少钱？"

宁雅一愣。

简语道："你眼下的难关，如果不好说没关系，但你需要多少钱来处理眼前的状况？除了钱，还需要什么？"

简语真诚且温柔，似真的关心。宁雅眼眶一热，差点落下泪来。

"你一定是遇到了很难的事情，才会硬着头皮来找我，我知道这对你来说很艰难。你还没有想好怎么办，但钱是必需的，对不对？"

宁雅点点头，眼泪落了下来。她用手抹掉，吸吸鼻子，头低了下来。

简语站起来，拿了一包纸巾放到她的手边，又把桌上的水杯往她跟前推了推，然后他回到自己刚才的座位坐下了。

这样的距离和姿态，能让宁雅有安全感。

宁雅抽了纸巾擦了擦眼泪，又喝了一口水，然后冷静下来了。

宁雅道："简教授，警察的调查确实需要时间，但你是名人，如果有什么嫌疑说不清，或者风言风语传出去，对你影响不好。我不是要挟你，我只是在说事实。"

"没关系，你继续说。"简语柔声道。

"你是好人，我对你没有恶意，但我确实遇到了很大的难题。我知道顾寒山做事情是这样的，有来有往，等价交换。这是她爸爸教她的，我也听过一些。你这么了解她，你肯定也知道。所有的事，都是利益。我需要钱，所以我也会帮你的。"

简语道："你不必交换什么我也可以给你一笔钱先应个急。但你得说要多少？"

宁雅摇摇头："让我说完吧。"

简语道："好的，你说。"

"虽然警方在怀疑贺燕和你，但从我的角度看来，你的嫌疑比贺燕要大。我不知道顾先生去世是不是意外，但是既然要查，就最好什么把柄都不要有，对不对？"

简语点点头。

"当年，简教授你给过我一年多的钱，让我帮你观察顾寒山的日常情况，你说对治疗有帮助。当初顾先生为了面子，还有太宠女儿，在一些日常治疗上不是太配合，你想了解真实的情况，就让我盯一盯，几天汇报一次。"

简语露出了惊讶的样子："我怎么不知道有这事？"

"你那天带了两个学生到顾寒山家里，事先跟顾先生约好了，好像是想了解一下顾寒山的家庭状况。我不记得具体日期了，但是顾寒山肯定记得的。那天是我做的菜，简教授你还夸我做菜好吃。"

"这个我记得。但说我付你钱让你监视顾寒山，那肯定是没有的。"简语道。

宁雅接着说："当天你们离开之后，晚上我下班离开顾寒山家小区时，见到了跟你一起来的那位年轻医生。他说正好在附近买东西，这么巧遇到我了，就跟我聊了几句，要了我的联络电话。"

简语问："是哪个医生？"

"姓常的。"

简语点点头，没说话。

宁雅继续道："后来他就找我，说你有这样的医学上的观察需求，但因为顾先生不同意，所以想找我帮忙。他知道我家里有困难，他说是你的意思，会付我钱，如果我需要，还会帮我找律师什么的。"

"找律师？"

宁雅拉开了衣袖，露出了上臂上的瘀伤："我丈夫一直在对我家暴。我决定要离婚了，但我可能会有生命危险，我需要钱安顿生活，避一避。"

简语看着那伤，沉默了。

宁雅道："顾先生对我一直不错，顾寒山也是个可怜的姑娘，我愿意帮助他们。我觉得常医生说的有道理，我帮忙，既能让医生更好地掌握顾寒山的病情，帮她治病，我又能有一些收入，确实不错，我就答应了。因为我的手机总被我老公翻看，账户上的钱藏不住，所以我想要现金。常医生就安排了你的司机，每周跟我联络，给我送钱。"

"外头那个男人？"简语指了指接待室门口。

宁雅摇头："不是。"

简语道："那你弄错了，跟你联络的不是我的司机。我的司机就是外头那个，他叫宋朋，做我的司机好几年了，我一直没换过人。"

宁雅沉默了一会儿，道："那司机叫小刘，不论那人是不是你的司机，常医生是你带来的，人也是他安排的。我每周监视顾寒山，报告她的情况，然后拿到一笔现金。就这样维持了一年多，你们掌握了顾寒山和她家里的所有情况，顾寒山的治疗也越来越好，我一直都没起疑过。但最后那段时间，顾寒山不知道怎么了，情况不太稳定，小刘司机就经常让我报告顾先生出门的情况，最后那天，也就是顾先生出事去世那天，还让我用顾寒山的电话给顾先生打电话，说顾寒山跑出去了，说要去平江桥，说什么消失之类的。"

宁雅说到这里停了下来，抬头看简语："后来顾先生跳水救人，出意外死了。简教授，你说，整个事情听起来，你们是不是嫌疑很大？"

简语一脸震惊："我完全不知道有这回事。"

宁雅垂下眼睛："那时警察来问话，我什么都没说，我很害怕。当天顾寒山就被送到第四医院去了，她整个人崩溃了。事后我就更不敢说了。我听说顾先生的死是救人出了意外，最后警察也确定就是这样。我松了一口气，觉得事情结束了。"

"你没质问一下那司机？"

"我问了，我告诉他警察来问话了。他说没事，顾先生去世跟我们的监视类型医学调查完全没关系，就真的是意外。他让我别多想，也别给自己惹麻烦。后来我被解雇了，再没有去顾寒山家里。那司机又给了我三个月的钱，后来我们就断了联系。"

"你知道他的名字吗？"

"只知道姓刘，我都叫他小刘司机。"

"能认出他的样子吗?"

"应该可以。"宁雅道,"如果我把这些告诉警察,简教授,你的嫌疑就坐实了。"

简语苦笑:"如果你说的是事实,而常医生又打着我的名号做事,我确实是会很麻烦,很难解释。"

"所以,这些值五万吧?我想要五万。"宁雅原本也想像对贺燕一样要个两万,对他们这样的人来说,不多不少,拿得出来,又犯不着为了这点钱追究计较。但简语看上去比贺燕好说话,她心一横,多要了些。

宁雅道:"简教授,我有我的难处,我过得太苦了,非常痛苦,这两年我不但忍受家暴,也饱受你们带给我的愧疚的折磨,我做这个决定确实很艰难,但就当是你给我的精神赔偿吧,我特别特别需要这笔钱,我每天都生活在地狱里,我需要钱逃出魔爪。"

"我能理解你。"简语道,"但你如果不告诉我这些,我给你钱还方便些,或者当我借你都可以。你告诉了我,我给你钱,好像这些事真是我做的,我得给你封口费。"

宁雅的脸有些火辣辣的,她就是打着这主意。要封口费可比借钱容易多了。

向衡电话沟通完工作事宜,黎荛的老公卓嘉石也到了。

卓嘉石非常贤惠地拿着大包小包,还拖着一个行李箱,物资准备相当充分。

向衡和方中都上前帮忙。

黎荛一改以往勤快热心的形象,站在一旁光看着。顾寒山站在她旁边,看看卓嘉石,再看看黎荛。

黎荛也转头看她一眼:"怎么了?"接着反应过来了,道,"哦,这种时候当然是老公劳其筋骨,老婆袖手旁观。"

顾寒山没发表评论,她也站着不动。

向衡还等着她说"学习了",她没说,向衡松口气。向衡向她招手:"顾寒山,这夫妻口号跟你没什么关系。你过来,人家好心过来帮忙,你不打声招呼?还有,这些吃的放哪里?"

顾寒山蹙着眉,想了想,还没来得及动,卓嘉石已经主动过来,向顾寒山伸出手:"你好,我是卓嘉石。"

"顾寒山。"顾寒山很酷地与他握手,礼仪完成。

向衡看着,没说什么。黎荛一个劲地冲他使眼色,向衡回她一眼,没研究出来那眼色是什么意思。

黎茺白他一眼，道："好了，你们有事都先走吧，这里交给我来收拾。山山，来。"黎茺揽过顾寒山的肩，"你告诉我东西都放哪里合适。"

黎茺拉着顾寒山走了，向衡没多话，他和方中继续帮着卓嘉石把袋子里的东西整理出来。

黎茺最后把顾寒山带回了她房间，问她衣柜里哪些衣服是新买的，哪些是她爸爸去世之前的。又询问顾寒山意见，她是否可以察看一下顾寒山房间和整个屋子里的东西。

顾寒山没明白她的意图，只道："向衡他们检查过了，安全的。"

"我看的和他们不一样。"黎茺道，"他们排除危险，而我想确认一下那个跳水姑娘模仿你的事。"

"行，你随便看。"顾寒山应道。

黎茺给顾寒山拿包包，这包摔过又蹭了一地灰，显得又脏又破。黎茺让顾寒山看看要不要换个别的包，提醒她要记得带药，又问她鞋子怎么穿，脚踝有绷带，有没有不带后鞋帮的鞋。

顾寒山换包的时候黎茺在一旁看着。她包里的东西还挺多，一堆日常用品，甚至还有一套不锈钢餐具。

顾寒山收拾完包包又梳了个头，她给自己绑了个马尾。

这一顿张罗又多花了几分钟，最后黎茺把顾寒山带出来，让向衡他们准备出发。

方中先走了，跟大家告辞。

接着是向衡和顾寒山。

"我俩的事明天再聊。"黎茺对向衡道。

向衡一边换鞋一边吐槽她："你说话注意着点，你老公就在旁边呢。我俩可清清白白的。"

卓嘉石闻言笑了笑："放心，我很难对她有误会。"

黎茺骄傲地抬抬下巴。

卓嘉石看她那样又笑："初中时她就能为了跟个男生辩论我到底优不优秀传了半节课的字条，最后被老师罚站。同学们都以为他俩早恋。"

听上去是很甜的八卦，夫妻二人恩爱秀一脸，可惜钢铁直男和钢铁直女毫无反应。

钢铁男向衡问："她是正方？"

黎茺不乐意了："这不是废话吗。"

钢铁女顾寒山冷静平淡地道："人都是会变的，事情都过去这么久了。随着时间增长，她对你的行为数据收集到的越来越多，对你的评估和研究结果就会有变化。初中时候的单一偶发事件，对现在几乎没什么参考价值。时过境迁，物是人非。"

"好了，你俩赶紧走。葛队等急了。"黎荛赶人。

向衡给顾寒山开了门，又对黎荛道："早点回去休息，别让人家以为我们虐待孕妇。"

"放心吧，我明天肯定精神抖擞见所长的。"

向衡和顾寒山走了。

黎荛关上门，看了看老公，忽地双手握拳，轻轻蹦起："Yes！"

卓嘉石看着她笑："怎么这么高兴？"

"我是百里挑一，天选之子！"黎荛兴奋，"可不是我赖着要拜师的，是人家早就相中了我。"

"简在"，简语工作室的接待室里。

简语看着宁雅。

宁雅不能确定简语这话里的意思是拒绝给钱还是只是觉得为难，又或者他察觉到了什么。

宁雅觉得非常难堪，也很紧张。她的背后冒着冷汗，她的脸涨得通红。她等了等，简语没说话，于是她硬着头皮道："简教授，这些事我是不会跟警察说的，不存在封口费的问题。"

"那你告诉我你掌握了这些又是为什么呢？"简语问。

宁雅的背后更觉得凉飕飕的，这个简教授，真的比贺燕厉害太多了。宁雅很慌，但是事到如今，她得继续谈下去。

宁雅咽了咽唾沫，轻声道："简教授，其实，嗯，因为我害怕。我以为……"其实简语的言外之意，就是她是来敲诈的，她能听懂，而她无法反驳。

究竟该怎么说才好。

宁雅把心一横，道："简教授，我之前一直以为，这些事情都是你让常医生找我做的，是你让我监视顾寒山……"

"宁雅，我并不知道这些事。"简语打断宁雅的话，他道，"我没有让常医生联络你监视顾寒山一家，我也不认识你说的那位姓刘的司机。这些事与我无关。"

宁雅道："我以为你是知道的，所以我说出来与不说出来，你心里都有数。而我想告诉你，嗯，当初，我有给自己留条后路……当初所有的这些事情，我都留了证据。"

简语表情不变，没有惊慌，没有愤怒。

宁雅道："简教授，你说得对，事情真相怎么样，警察会去调查，他们一定能查个水落石出。但不管教授你有没有参与这件事，知不知情，你一定是有嫌疑的，毕竟常医生就是你带来的，他用了你的名号做这些。你德高望重，你是名人，肯定会有些对手想抢你的资源，想整你，如果你有什么丑闻，有什么坏事情闹出来了，你的名声、前途，所有的一切就都毁了。如果你真的不知情，那你也是受害者，我告诉你这些，是帮了你的忙。"

宁雅顿了顿，觉得自己急中生智拐了个弯说的话很在理。

"所以，"宁雅道，"不是什么封口费。如果你是无辜的、不知情的，你可以感谢一个向你报信的好心人。我也是冒着很大风险的，你看，现在你知道常医生竟然做过这样的事，如果你要处理他的问题，我还能帮你跟他对质，我还可以在警察面前为你做证。嗯，就是说，我们是互相帮忙的关系。简教授，你愿意帮助我吗？当借钱也可以，我给你写欠条。我是个很努力工作的人，我不知道顾先生有没有跟你说起过我的工作，我很勤快的，不怕吃苦。等我成功离婚，脱离危险，生活安定下来，工作不受影响了，钱也能存下来，我会还给你的。"

简语没说话，他没有指出宁雅这些话里的自相矛盾。她给人报信，把雇主害了，却还想找雇主为她佐证她是个勤劳踏实的好员工。

多讽刺，但这就是人性。

既害怕又勇敢，既贪婪又老实，既笨拙又聪明。

简语终于开口，他问宁雅："你想借五万块？"

"对，对。"宁雅道。

"那你为什么不跟常医生谈谈呢？事情是他做的，不是吗？"

宁雅一愣，而后她反应过来了："我，我没有他的联络方式。找你比较好找，而且，我真以为是你安排他这样做的，你是老板，你说了算。"

"你不是跟那个姓刘的司机有联络，怎么没联络方式？"

"他的手机，他的手机停机了。"宁雅道，"我前几天还遇到过他，在菜市场。他说他已经不在你这里干了。"

"前几天还见过他？"

"是的。"

"他说了什么？"

"就是问了问我的情况。我又回去帮顾寒山做事了，他劝我不要，他说他都辞职不干了，不想给我他的新联系方式，怕惹上麻烦。我想跟你取得联络，他说会帮我问问你的意思,但他一直没有联系我。"

简语皱了皱眉:"他骗了你,他不是我的司机。我周围亲近的工作人员,这两年也没有辞职的。"

宁雅道:"我只知道他说他是你的司机,小刘司机。"

简语再问:"那这位小刘司机还做过什么吗?除了让你提供顾寒山的消息和给你钱,还有没有谈过别的事,有没有给你介绍过别的人?或者你还有别的联系人吗?"

"没有。"宁雅道,"一直都只有小刘司机跟我联系。"

"不是还说要给你介绍律师,有吗?"

"没有。"宁雅道,"当时日子还能过,我没有要求他们介绍了。"

那时候她得知老公王川宁将要继承一笔巨额财产,而且他有时候也会对她不错,他也常说等有了钱,他们一起过好日子,所以她觉得日子还是可以过下去的。但现在她才知道真相,她不可能拿到钱,她不可能跟着王川宁过上好日子。

王川宁知道她的心思,他还用这个羞辱她。他嘴里说着离婚,但她知道不可能,他上哪里找一个像她这么蠢、打得这么顺手的女人。而她是真的要离婚,但她得有些保障措施。

简语沉默了一会儿,道:"我可以借给你钱,你给我打个欠条,慢慢还。"

宁雅顿时惊喜,能借钱当然比敲诈好:"好的,谢谢简教授,我一定会还的,我保证。"

"但有钱就可以了吗?你还需要请律师吗?或者别的帮助?"简语柔声问,"顾亮去世我很遗憾,我不希望看到顾寒山身边的人再遇到麻烦。你离婚的事,你有什么计划吗?你跟你的丈夫谈过吗?"

"没有。我们没有正式说到离婚的事。但我知道后果,所以我想先做好准备,找好住处,有了退路,有藏身的地方,再跟他提。"

"你有其他家人、朋友可以帮助你吗?"

"没有,我的家人都在老家乡下。"

"朋友呢?"

"就是家政中介,或者别的做家政的,我们平常没什么深交,我家里的丑事,我也没脸跟她们说。"

"你其他的雇主呢,有没有能帮助你的人?"

"没有。"宁雅低下头,"我跟雇主都不熟,我都是干完活就走。他们都是些普通人,好像也没什么资源帮忙的。"

"好的,宁雅。"简语想了想,道,"这事我知道了,我不会不管的。常医生的行为，我会跟他问清楚。但顾亮的去世，我们现在也不知道真相究竟是什么，就不要胡乱猜测，让警察去查吧。不然你监视雇主，贩卖雇主隐私，一旦曝光出来，这行你也做不了了，你以前的雇主可能也会找你麻烦。这点你知道吧？"

宁雅张了张嘴，这个她还真没想过。

"好的，好的。我知道了。"宁雅来之前就琢磨了，如果这事情真是犯罪，那她就是共犯。可她坦白从宽，举报立功，再加上她当初也是被骗的，肯定判得轻，甚至有可能不会坐牢。而简语这种身份地位的人，失去的会比她多太多，他会比她更紧张。他给她钱，他去平息这些事，最后她也不会有事的。

宁雅做了最坏的打算。刚对付完贺燕她就过来了，就是想着一鼓作气，不然时间一过，她就没了勇气。没想到事情峰回路转，她也有好运的时候。

"那五万借款，转到你哪个账户合适？"简语问。

宁雅想了想，有些不好意思："那个，能不能麻烦简教授，给我现金。"

简语道："五万现金我现在可没有。"

宁雅犹豫了，如果改天，会不会简语就变卦了？但是打到账户，她老公王川宁就会知道的。

"你很着急吗？明天取了再给你行吗？"简语很耐心。

"行，行的。"宁雅有些紧张。

简语又问她："我还能帮你什么？你有律师吗？"

宁雅心思转了一转，问："简教授，你问常医生的时候，不要提起我，可以吗？"

"你怕被报复吗？"

宁雅点点头。

简语思考状，过了一会儿道："那我就说顾寒山家里的家政工还是两年前的那个，看起来还是老样子，我还跟她聊了聊之类的，试探他的反应，等他自己主动说。"

宁雅犹豫了一下，最后说"好的"。

简语看她的反应，便道："他们在与你接触的过程中有对你进行过威胁吗？使用过暴力吗？"

宁雅沉默了一会儿："没有。但顾先生死了。"

简语道："不要对自己不确定的事做假设，好吗？我们先处理你眼前的问题。"

"好的。"宁雅坐好。

"他们有任何让你感觉到会受伤害的话或者举动吗？"

"没有。"宁雅答完马上又补充道，"但我还是害怕的。"她顿了顿，再补充,"我手上有证据的,我也得保护自己。"

"他们让你做事的时候,你录音录像了?"

"对。通话记录、往来的消息我都存着。今天警察已经跟我问过话了,如果我遇到了什么事,警察肯定会查我的东西,到时就能看到证据。如果我好好的,那些证据自然也会好好的,不被别人发现。"宁雅说着谎,给自己壮胆,她道,"简教授,我的安全就是你的安全。"

简语看着宁雅,觉得人脑真的神奇。再聪明的人也会犯傻,但看着不起眼、总做蠢事的人,有时候精明得让人意外。

"而且,你帮助我,我也会帮助你的。比如,我可以告诉你顾寒山的消息,还有警方调查的消息。"宁雅有些紧张地看着简语,"顾寒山今天被人袭击了你知道吗?她没事,但受伤了。好几个警察在她家里。袭击她的人,知道她对平江桥有恐慌症。"

简语的脸僵了僵。

向衡与顾寒山进了电梯,两人都没说话。

向衡偷偷看顾寒山表情,最后不得不承认,只要顾寒山愿意,她就能让你看不出表情。

向衡想了半天开场白,最后挑了一句问:"那个,你脚上的伤很痛吗?"

"痛。"顾寒山冷漠干脆,很有"那又怎么样"的气势。

向衡噎住。

顾寒山忽然转过头来,冷冷问他:"你的心痛不痛?"

向衡彻底噎住。

他又被撩拨了,不,又被狙了吗?

看他语塞的样子,顾寒山抬了抬下巴摆出个得意胜利的样子,那不就是刚才黎荛用过的表情。

向衡觉得好气又好笑,又因为顾寒山在表情上有小进步而为她高兴。

向衡清了清嗓子:"如果,我是说如果,我答痛,或者不痛,你会怎么反应?"

"如果什么?我的问题给了第三个选项吗?"

"我还可以沉默。"神探的自尊心很坚强。

"可你已经沉默过了。"顾寒山完全不给面子。

向衡:"……"

顾寒山盯着向衡的脸看。

向衡清了清嗓子："你还没有回答我的问题。"

"那你答一个看看？"

嘿，还挺会下套。

向衡先答："不痛。"

顾寒山回他一个白眼，把头扭回去了。

向衡："……痛。"

"活该。"顾寒山飞速应话，头也不回。

向衡撇撇嘴。

顾寒山忽然回头。

向衡撇歪的嘴僵住，在她的注视下，慢慢撇正回来。

顾寒山就一直盯着他看。

电梯门开，她还盯着，眼睛里还有了笑意。向衡忍无可忍，伸手按着她脑袋，扭正方向，押着她走出去。

又一次看到她眼睛笑了，她进步真的大，脾气也不小。

两人开车前往新华街。

路上向衡跟顾寒山交代："这次见耿红星，是要跟他们说清楚情势，让他们自己也多注意些安全。在谋杀你的真正凶手抓住之前，你不能再跟他们碰面。"

顾寒山道："可以，但这次我要接受采访。"顾寒山终于做了些让步，但也有所坚持。

向衡想说"不行"，忍了忍，换了方式，先听听顾寒山的想法："你接受采访想说什么？"

"就跟你们警方公告说得一样呗，确实有这么个事情，然后警方在调查。我不会说细节的，我又不傻。"

向衡道："这么简单的回答，对媒体来说没有意义，这个采访也是无效的。"

"但是我出镜了，证明第一现场确实联系上我了，只是我不能透露更多的东西。我可以说一些我自己的状况，比如司机没有去我想去的目的地，而我对平江桥有恐慌症，所以起了争执。然后我会告诉他们我为什么对平江桥有恐慌症，我爸爸的死，我爸爸是谁。"顾寒山道，"这样说总可以吧？"

她没等向衡给反应，又道："就当是我留下的遗言吧。"

"胡说八道什么。"向衡不高兴。

顾寒山道："我和第一现场谈的合作，就是他们帮我找到跳河的姑娘。他们很懂得操纵舆论导向和煽动网民的情感，我得多给他们留一些素材。如果我好好的，我会继续周旋，把他们害我爸的证据找出来。如果我真的遇害，无论他们内部谁有嫌疑，这个人血馒头他们不会不吃的，因为这是巨大的流量，正常媒体都不会放过。但他们又不能真的卖力去找那个姑娘，这里面有利益上的矛盾和冲突，那就容易露出破绽。向警官，到时候你们要把握好机会。"

"别再冒险了，顾寒山。"向衡沉下了脸。

"我没冒险，我这不是在接受你们的保护嘛。我只是要做好各种准备，以防万一。"顾寒山道，"你是不是让黎莞姐查一查我屋里有没有违禁武器？我没有，我没那么傻。"

向衡抿了抿嘴，是啊，她没那么傻，她只有一次机会，她非常珍惜，在她得手之前，她不能犯罪被捕。而他，得在她有机会之前，阻止她，或者，在凶手得手之前，阻止凶手。

两人之后默默无语，一直到了新华东街路口，再过一条街就是武兴分局，这里有一个街心公园，路灯明亮，跑道上有人夜跑，角落有人谈情。

向衡在不远处的路边停车位停了车，与顾寒山一起走到了凉亭那里。

凉亭里有情侣拥抱依偎着细语，顾寒山完全不觉得有什么不妥，直直就过去了。向衡一把拉住她："我们换个地方。"

顾寒山道："约好了在凉亭。"

"那里有人。"

"才两个人。"顾寒山道。

意思是地方够大多坐十个都没问题？向衡拉着顾寒山转向另一头："我们到那棵树下的椅子等。"

顾寒山没什么意见，虽然她觉得在凉亭等也完全没问题。"你觉得不好意思？"她问向衡。

向衡道："是礼貌。"

顾寒山道："他们选择在这里恋爱亲热就应该承担别人注视的结果，我们这些路人是被迫看到的。他们没有不好意思我们就更不应该有，所以我们过去等人完全没问题。向警官，你没必要自添烦恼。"

向衡："……我没烦恼。"他的烦恼就是她而已。

两个人坐在长椅上，顾寒山给耿红星打电话说了一下他们换了地方。而向衡收到了黎莞的信息，顾寒山家里确实没什么违禁武器，但她囤了两套便携的不锈钢餐具，叉子餐刀都有，女性刮毛器，带刀片的，还有辅食剪，中间有扣能拆开的那种，还有好几个打火机等等，全新未开封，东西都小巧便携，放进包里很方便。

向衡看完信息，回了一句："好的，知道了。"

顾寒山说她会做好各种准备，确实是，但她的所作所为也都在合理和法律法规允许的范围内，她非常会找机会。向衡忽然发现自己稍稍安心，今天出租车上的事起码证明了，顾寒山遇到危险的时候是有勇气和办法自保的。但是对方太了解她了，只差那么一点点，他就真得到河里去找她了。

用弱点来杀人，根本用不着凶器。而顾寒山的弱点，看起来不多，只是发作起来很要命。

"顾寒山，你以前发作的时候，就是脑袋里塞满了无数东西没法控制、脑袋要爆炸的时候，除了吃药，你爸还有什么办法帮助你吗？"

"太多了。我回头有心情的时候可以给你打印出一本书。"

向衡："……"认真的？还一本书！

"不用一本书，告诉我你最喜欢的一种方法就行。"

"看烟花。"顾寒山不假思索，双手还举向天空比画着，"就是砰的一声，在天上一朵朵地炸开，满天都是，绚丽多彩的那种。"

向衡："……"这么高的要求，上哪儿找去。"因为好看到转移了你的注意力？"

"不是，因为它会很快消失。那些塞满我脑子的东西，我把它们分着塞到烟花的火星里，砰砰砰砰，一拨拨地炸掉。"

向衡："……"他脑子里有画面了，顾寒山站在闹市里看到满街烟花，他的脸也在其中，还炸掉了。

顾寒山道："就是做想象联结，然后用意识把它们加工处理掉。我把烟花和那些过载信息做了想象联结。"

她看了看向衡的表情："这个方法挺管用的。因为我没什么情绪，我爸还会用这样的方法帮我培养点情绪体验。比如我高兴的时候，他就会给我一些美好的东西，让我把这种情绪跟美好的事物做联结，那样我对一些正常人觉得好的东西也会有好的体验。"

"比如呢？"

"花草树木，颜色香气，雨点彩虹……"顾寒山挥挥手，"就是你们普通人觉得美的东西。"

"那在你眼里是什么？"向衡问。

"物质。"

向衡："……"

"就是，不同形态、状态，不同性质的物质。"顾寒山还解释一下。

向衡："……"脑子里又有画面了。他这样一个英挺帅气的小伙子站在她面前，脸上没有五官只有两个字：物质。

而且还是有机无机混合的。

向衡仰天暗暗叹气。

"顾寒山。"

"嗯？"

"你抬头看。"

顾寒山学向衡的样子抬头，看到头顶上一株绽放的樱花。在路灯和月光的映照下，樱花粉嫩娇艳，俏丽多姿。

"你能想象联结了吗？"向衡问她。

"我在想你知道它是什么花吗？"顾寒山道。

向衡："……"

顾寒山转头看他，像在等他的答案。向衡噎住，他还真不知道。

钢铁直男不知道花的品种太正常了好吗！

"樱花。"钢铁直女宣布答案。

向衡："……"算了，不跟她计较。

他跳起来，站在花圃边上，伸手一拍花枝，花瓣轻飘纷洒，落在顾寒山四周。

有几瓣擦过顾寒山的脸颊，落在她肩膀，再轻轻飘到地上。

"你把脑子里过载的信息放在花瓣里，让它们随风飘散消失。"向衡道。

"可它们还在啊，没消失。"

向衡："……那你就想象一下，化作春泥更护花。它们会保护你。"

顾寒山眨眨眼睛："你应该记不住上一句吧，不然你会全念出来。"

向衡："……"

"浩荡离愁白日斜，吟鞭东指即天涯。落红不是无情物，化作春泥更护花。"顾寒山背给他听，还是一整首。

向衡："……"好了，聊天结束！"耿红星他们怎么还没到？"

正说呢，一辆红色比亚迪小车开了过来，车子在他们前面的路边停了下来，前车窗打开，耿红星探出头来对他们挥了挥手。

向衡站起来指了指方向："前面有停车位。"

耿红星再挥手，比亚迪继续往前开，过了一会儿，三个年轻人跑了过来。

耿红星、侯凯言和林美妮。

林美妮没见过向衡，大家互相介绍了一番。

林美妮道："他们不知道要等你多久，就约上我一起吃饭喝茶商量今天这

… 273

事来着,他们接到你电话我就当司机送他们一趟。如果你们不方便,我就回车上等。"

"没关系,没什么不方便的。"顾寒山道,"我今天差点被谋杀,那个司机要杀我,我跟他在车里起了冲突,逃脱了,没想到他还要开车再撞我,我被人救了,他死了,就是这么一个事。"

耿红星他们三个惊掉下巴,全都愣了:"要杀你?"

顾寒山点头:"牵扯比较大,可能跟我爸爸的案子也有关系,现在还不能下结论。因为警察还在调查,所以这个事情不能这么报道,我只能透露很少的一点。"

耿红星道:"不行就不采了,我们回头跟公司说一下。"

"采吧。"顾寒山道,"我跟向警官协调过了,我想留些素材给你们。但这是破案之前,我们最后一次采访合作。我也不确定后头还会不会遇到袭击,会不会有生命危险,所以这次我还是希望能接受访问。开会时你们说的那个策划想法,煽动网民情绪,把那个跳水姑娘找出来,如果我死了,这临死前的最后采访,也非常能煽动情绪了。"

侯凯言紧张又难过:"情况这么严重吗?警察不能保护你吗?"

向衡赶紧插话:"我们警方有安排,但不能透露,不要过问侦查情况和计划,你们得快一些,我要带她回局里的。"

顾寒山道:"我请求你们帮我一个忙。"

"你说,你说。"几个年轻人异口同声。

"如果我真的出了什么意外,帮我把消息炒起来,把那个姑娘找到,有任何线索,或者发现你们公司内部里任何人有可疑状况,请第一时间通知向警官。"

耿红星忙从口袋掏出一张纸:"你上次不是说,想找那个离职编辑柳静雨,我从她以前的同组同事那里问出来了。这是她的电话,还有她现在的工作单位。她在一家资讯公司做营销总监,听说混得很好。但我觉得你们去找她可能作用不大。"

侯凯言道:"我们在公司会议里多次提到柳静雨,因为许哥也很想拿到当初的事件线索,把那姑娘找到了直接跟你把合约签下,所以他说他联络了柳静雨。柳静雨说完全不记得这事了,她也不认识卖视频的人,没有印象了。许哥查了公司对外征稿的客服邮箱,当时是有收到投稿邮件,可能是从这里联络上了,收的视频。"

顾寒山接过那纸条,看了一眼,转手给了向衡。

向衡也看了一眼,收进口袋。这信息对他们来说没什么用,因为他们很容易也能查到，麻烦的就是"不记得了""不知道""完全没印象"。

对外征稿的客服邮箱收到投稿，跟胡磊打给新阳总机咨询看病一样，全都是"不认识"的证据。

"简在"工作室。

简语惊讶问宁雅："顾寒山受到了袭击？"

"是的。"

"怎么回事？"

"具体细节不是太清楚，当时警察在，我没好意思多问，好像是撞车之类的吧，我看到她额头上有透明敷料，腿上也有包扎，警察提到什么恐慌症。"宁雅问，"简教授，你知道顾寒山对平江桥有恐慌症吗？"

简语怔了怔，声音很轻："我知道，我是她的医生。"他问宁雅，"她伤势严重吗？精神状态怎么样？"

宁雅道："她看起来还好，身上的伤都处理过，而且警察跟着她，都能回家，应该就是没事。"

简语再问："她有什么不良反应吗？头晕、呕吐之类的，暴躁、易怒、话多？"

宁雅摇头："没看到。我就是过去帮她做个饭，但我过去不久，她就进卧室了，后来就睡着了没出来。"

简语久久不语。

宁雅小心道："简教授，需要我帮你问问吗？我可以给顾寒山打电话。"

简语摇头："没关系，我们先处理你的事吧。你稍等一会儿，我回办公室看看手上有多少现金，余下的我之后取现了再给你，行吗？"

"好的好的。"宁雅很高兴，觉得简语真心愿意帮她。

简语点点头，起身出去了。

简语打开会议室门时回头看了一眼，宁雅正松了口气，拿着杯子喝水。

简语出了会议室，朝等候在大厅的宋朋摆了个手势，宋朋赶紧起身跟上，随简语进了办公室。

简语问他："盯梢我的警察还在门口吗？"

"在。"

"你确定是警察吗，会不会是什么别的人？"

"我找以前的同事查了车牌，外头那个应该是武兴分局的人。"

"不是市局？"

"不是。"宋朋道，"我打听了，关队今天在跑范志远案的调查。他确实没碰武兴分局这边的案子,跟向衡也没什么接触。我还听说……"宋朋欲言又止。

"什么?"

"我听调到市局的朋友说,局里对关队表现很不满,如果他手上的两个案子都没什么好结果,恐怕要对他做些处理。他队里的人都很不服他,尤其重案组那队人。现在重案组有人在武兴分局那个许塘案的专案组里,跟向衡又一起做事了,有可能他们想帮向衡回来。表面上看,关队把向衡弄下去了,但可能还没赢。"

宋朋原来也是警察,但刚入职没多久便在一次执行任务时受了伤,脑部受损患上癫痫。他痛苦不堪,无法工作,且治病治了很长时间也没能治好,宋朋年纪轻轻受此打击,差点丧失生活的信心。

宋朋的前上司参加简语的讲座,听完课后向简语讲述了宋朋的情况。虽然没有交情,但简语仍抽出时间接诊了宋朋,并花费了许多工夫将他治好,还在宋朋生活困难时,给了他一份工作,让他做自己的助理兼司机。这工作待遇不错,简语为人大方,对他也尊重,关心他的健康。

宋朋心里感恩。他跟随简语数年,对简语崇拜,忠心耿耿。

简语想了想,打开保险柜,从里面的现金里抽出一小沓。

宋朋看着他的动作,问:"这个宁雅,是来要钱的?"

"对。"

宋朋皱起眉头:"为什么要?"

简语道:"她以为抓到了我违法犯罪的把柄来敲诈。"

宋朋眉头皱更紧:"那要给她?"

"先稳住她。不多给,两千块,就算她被人盘查了,也说得过去。"简语数了二十张钞票,"你先去接待室收拾东西,关掉录音,就说让她稍等。一会儿我去跟她说说话,完了你把她送出去,留心看看外头盯梢的警察是继续守着我们,还是转而跟踪宁雅。"

"如果他去跟踪这个宁雅,我需要做什么吗?"

"不用,就知道他怎么做就行。宁雅来找我,那警察肯定往上报告了,上面会给他行动指示的。"

宋朋明白了:"好的。"他再问,"送她出去之前需要我搜身吗?说不定她自己就录音了。"

"我来解决,所以让你先把东西拿走。"

"好。"

宋朋到堂厅拿了玻璃水壶,去了接待室,他敲了敲门,推门进去。

宁雅正坐着，看到来人紧张地站起来。

宋朋对她和善笑笑："简教授又有个电话要处理，得麻烦你稍等一下。"

"好的好的，不急。"宁雅应着。

宋朋弯腰给她桌上的玻璃杯再倒了水，跟之前放玻璃杯时一样，他用身体挡住了宁雅的视线。他伸手在桌下的装饰隔档里摸出一个MP3模样的录音器，放进自己的口袋里。然后他转头对宁雅道："简教授很快就来，你再等等。"

宁雅再应好，宋朋出去了。

过了一会儿简语进来，手里拿着薄薄一沓钱和纸笔。他把钱和纸笔放到宁雅面前，道："我这儿没什么现金，先给你两千块应个急。万一你今天回家又遇到什么事，你跑出来手上也能有点钱。后头你真需要别的钱，我再准备了给你，你也别一下子弄几万块现金在身上，不安全。"

"谢谢简教授。"宁雅很高兴。简语不但愿意借给她钱，还为她考虑。

"麻烦你写个欠条。"

宁雅拿起纸笔开始写，她一边写一边道："你放心，我一定会还你的。"

"我也不怕你不还。像你说的，我人脉多门道广，找警察帮忙，找律师跟你打官司都没问题。"

宁雅手下的笔停了停，有些尴尬地笑了笑。

"这一笔的还款期限就写两年吧。这么少，两年时间总够的。"简语道。

"好的，好的。"宁雅真有了借钱的感觉，她认真写上了日期。

"如果你有紧急的情况需要帮忙，你再找我。一会儿你跟宋朋交换个电话号码，你有什么情况就找他。我太忙，有时上课，开会，进实验室，电话未必能接上。"

"好的。"宁雅把借条写好了，她递给简语，"你看看这样写行吗？"

简语随便扫了一眼："可以的。"他把借条放到桌上，道，"对了，你说之前跟那个姓刘的司机见面你会录音录像，这次你过来有录吗？"

宁雅吃惊地张大嘴，忙摆手："没有，没有。"

简语冷静地问："介意我检查一下吗？我只是不希望自己一番好心，最后有人录音后剪辑伪造成罪证诬陷我。"

宁雅声音都拔高了几阶："我不会的，不会的，我不是那种人。你搜吧，你检查一下，我真的没有。"

简语就站着，没碰她，只示意她打开包包。

宁雅把包包打开，把所有东西翻出来，各种零碎摆一桌。她又拍拍上衣裤子："我身上什么也没有。"

简语没碰她衣服，他仔细看过桌上的东西，又检查了包里没遗留什么，再让宁雅把手机屏幕刷开。

宁雅按开手机，显示给简语看确实没开录音程序。

简语点点头，道："不好意思，失礼了，希望你能理解。"

"我知道，是我上门太唐突了。简教授愿意帮我，我很感激的。"宁雅脸上火辣辣的，有些难堪。

"你把东西收一下吧。不好意思。"简语非常客气，一直与宁雅保持着礼貌的距离。他道："我希望这个小插曲不会让你不敢再向我求助。我明白你肯定也是克服了巨大的心理压力才会用这种方式上门，很不容易，我理解。"

宁雅低着头收拾东西，既难堪又有些感动，她眼眶红了。

简语看着她的表情，继续道："求救也是很需要勇气的，你很勇敢，宁雅。我希望你能继续勇敢下去。"

宁雅愣了愣，从来没有人这样夸奖鼓励过她。

她转头看向简语。

"没关系的。"简语道，"你要对自己有信心。生活总是会善待那些勇敢又勤奋的人，你要相信这一点。你遭遇过不幸，但一定会有转变的机会。你也要给自己机会，别做傻事，别轻易冒险。该离婚就离婚，该报警就报警，要相信警方。你既然找到我了，我也不会不管的，你有事就打电话，能帮你的我一定帮。我见过比你更艰难的人，他们都挺过来了，你也一定会过上你想要的生活。"

宁雅再忍不住，眼泪夺眶而出，放声大哭。

简语默默拿过一包纸巾，放在了她的面前，轻声道："我在外面等你，不着急，你慢慢收拾。"

简语出去了，宋朋就站在接待室门口等着。

简语对他道："我们谈完了。一会儿你跟她交换个电话号码，安慰几句，送她到门口。"

宋朋点头答应。

简语和宋朋一起站在门口等。不一会儿宁雅出来了，她已经擦干了眼泪，但眼眶通红，脸上有明显哭过的痕迹。

"别难过，一切都会好的。"简语对她道。

"谢谢简教授，谢谢。"宁雅是真心感激，她甚至为了自己之前的龌龊心思感到羞愧。

简语指了指宋朋："宁雅，我不认识你说的小刘司机，这位叫宋朋，他才是我的司机。你们交换个号码，有事联络。这回别再认错人了。"

宁雅涨红了脸："对不起。"

"宋朋，你把宁雅送出去。"简语嘱咐着，他又转向宁雅，"我还有事，就先去忙了。"

"好的，好的，打扰你了。"宁雅鞠躬。

宋朋领着宁雅往外走，一边走一边跟她交换手机号码。

简语看着他们离开，然后转回了办公室。

过了一会儿，宋朋回来了："外头那警察没跟着宁雅，还在巷口盯着工作室。"

"好的，知道了。"简语沉思一会儿，"把那个录音拿来，我听一听。"

宋朋捧过来一个托盘，录音器和宁雅用过的那个玻璃杯都在上面。宋朋把录音器交给简语，然后问："杯子取指纹吗？"

简语点头："取，留着备用。小心点，杯口和里面的水别动，有DNA。"

宋朋应了，捧着杯子出去。

简语给录音器插上耳机，打开录音认真听。

新华街，路边。

耿红星看了看顾寒山和向衡的表情，问道："那我们，拍采访吗？"

"拍。"顾寒山很坚决，她转向向衡，"你可以在一旁监督。"

可以监督，但不能阻止。

向衡虽有不满，但忍住了。

耿红星、侯凯言抓紧时间准备。耿红星与顾寒山快速对了一遍要说的内容，侯凯言和林美妮在合适的灯光位置和景。

大家很快准备就绪。

侯凯言采了一段顾寒山微瘸的背影，又拍了些街景空镜之类的，林美妮替他打着补光灯。

顾寒山按耿红星说的位置站好，面向镜头和补光灯，头顶是明亮的公园灯光，身后是一片绿化带。

耿红星把采访话筒拿好，把"第一现场"的LOGO标牌方向摆正，站在了顾寒山身边。正式开始前，他对顾寒山道："你别紧张，就按刚才你说的那些说就好，我会用问题来引导你。"

顾寒山淡淡道："我不紧张。"

耿红星笑了笑，是，他看起来比顾寒山还紧张。事情太大，还有个警察在监督。

"那我们开始了啊。"耿红星道。

"行。"顾寒山应了。

向衡看了看侯凯言镜头里的顾寒山，上了镜之后她脸上的细节被放大了，虽然很漂亮，但是显得更冷漠。向衡很怀疑拍出来的效果。就顾寒山这样的类型，比较容易让人惊讶崇拜，但很难让人怜悯感动吧，还想煽动网民情绪？

耿红星很快开始了开场白，他简单介绍了一番采访事由。今天，4月27日周二发生一起交通意外，一辆出租车突然失控撞车翻转，后又直冲到路旁，场面非常惊险，有路人拍下了当时的画面。车后座的乘客幸免于难，爬出车子，但司机忽然掉转车头要撞击这名乘客，最后因为见义勇为的路人出手，乘客才被救下。此事引起网上热议，大家都不知道究竟发生了什么，各种猜测都有。

"我们找到了当时坐在车后座上的乘客，顾寒山，对她进行了独家采访，请她来说一说当时的情况。"

耿红星转身朝向顾寒山，与她寒暄招呼了两句后，话题引到那个车祸事故上。

"你能说说究竟发生了什么事吗？"

顾寒山点点头："我上车的时候司机的状态还挺正常的，态度也很好，但后来我发现他走的路不对，完全不是我要去的地方，我就质问他，他没有正面回答我，也拒绝调回正确的路线。"

"你们发生争吵了吗？"

"我要求他调回正确路线，我有些激动，因为他开的方向是去往平江桥，我对平江桥有恐慌症，病情发作我会有生命危险。我告诉他，但他不肯更改方向，他也很激动。他车头方向没把握好，插进了另一条车道，迎面驶过来一辆车，差点撞上，他紧张转回来又被后面的另一辆车撞到，我们的车子就翻转了一圈，直直冲到路边。我等车子停下了，就爬了出来。"

"你认识司机吗？"

"不认识。这辆车就停在路边，我上去了。"

"你爬出来后司机还要撞你，当时情况是怎样的？"

"我爬下车的时候司机趴在方向盘上一动不动，他的座位有那个保护网隔着，我没有察看他的情况，我以为他昏迷了。"

"所以他突然启动车子要撞你，你也很意外吧？"

"是的。"顾寒山答了两个字就停了下来。

耿红星等了等，决定提醒她："你当时一定很害怕吧？"

这是他们说好的内容，但是顾寒山却僵在那里没说话。

向衡皱起眉头，他看到顾寒山的手又紧紧握成了拳头。

耿红星又等了等,见她板着脸不吭声,便替她圆话道:"这一定是个很恐怖的回忆,抱歉,不该这么问。"

"我不害怕。"顾寒山忽然道,"我希望我能害怕。"

耿红星一愣,还临时改内容吗?

没等他再问,顾寒山道:"我爸爸说过,人很难无所畏惧,因为大脑结构限制了你必定要有恐惧。恐惧能保护你,让你警惕,让你远离危险;恐惧也能让人敬畏,少做一些错事。我如果当时能害怕,就会赶紧跑。但我不怕,所以我就站在那里,看着车子过来。"

耿红星其实不太懂,说自己因为害怕僵在那里不是更好吗?但既然顾寒山提到了爸爸,耿红星赶紧抓住机会:"你爸爸说的?你受伤后你爸爸一定也吓一跳吧?"

顾寒山的拳头握得更紧:"我爸爸两年前去世了。他为了救一个跳水自杀的姑娘,跳进了河里,然后他再没能上来。"

这是把两件事串在一起了。

耿红星拐回他们原来商量好的内容:"可你刚才说你对平江桥有恐慌症,现在又说你不害怕。"

"我爸爸就是在平江桥去世的,我的精神受到了很大刺激,住院了两年。这期间医生在治疗过程中发现了我对平江桥这个特定地点有恐慌症,他们对这情况进行了干预和治疗,但没能治愈我的恐慌,所以我不能去那个地方。"

"原来如此。很抱歉我们又提起这事。"

"没关系,我爸爸叫顾亮,他是一个很优秀的人,我很想念他。我从小就有病,是他坚持不懈地带我做治疗,养育我,我才能长大。我希望有一天我的病能好,虽然他再也看不到了。"

"那这次事故的具体情况可以详细说说吗?"

"抱歉,警察已经在做调查,我不能说太多,接受采访也只是想澄清网上的一些谣言。案件情况请大家等待警方的通报。"

"好的。"耿红星面向镜头,"我们第一现场也会继续追踪报道,关注这件事最后的调查结果。"

顾寒山面无表情地看着镜头,向衡的视线与她的在拍摄屏幕里对上。

采访结束,耿红星收了话筒,侯凯言看到向衡皱紧的眉头忙道:"警官,有什么不能说的吗?我们回去可以剪掉。"

向衡道:"我并不赞成顾寒山牺牲自己的隐私换一个可能没有结果的希望,那是她爸爸用尽一生去保护的东西。"

耿红星和侯凯言闻言，收拾东西的手都顿了顿，有些尴尬。林美妮看了看顾寒山。

顾寒山看着向衡。

向衡转头向那三个年轻人又道："你们自己也要注意安全，有任何情况就给我打电话。"

"好的好的。"大家连声应。

顾寒山突然道："我知道那个跳水姑娘那天穿的什么衣服，什么发型。我会拍一张照片给你们，如果你们能用上，就用吧。"

"你怎么知道的？"侯凯言惊讶地问。

顾寒山没答，转身走了："我们走吧，向警官。"

顾寒山家里，黎莞正在仔细翻着顾寒山的衣柜，她把衣服一件一件摆出来，分别拍了照。

卓嘉石陪在一旁，听她的指令帮她拿衣服收衣服，好奇地看着她的举动，问道："为什么要把人家家里翻个遍？"

"找找线索。下次像这样开放整个屋子给我仔细搜的机会应该是没有了，我先把东西都记好。"

"她不是受害者吗？"卓嘉石不太懂。

"她是。但她不吸烟，为什么包里会放着打火机？"黎莞道，"她今天靠着打火机捡回一条命。她事先并不知道会遇袭，但身上东西准备得挺周全。她包里还放着能当武器的餐具。"

黎莞停下拍照的动作，想了想，如果那司机没被打火机吓住，顾寒山会不会拿叉子刀子去扎他脖子？

"那为什么拍她的衣服、梳妆台、首饰这些东西？"

"顾寒山的东西虽然简单，但都是牌子货，挺漂亮的。如果有个人，为了模仿她，买下了她所有衣物、首饰、包包，也许会不舍得丢掉。如果有天我们找到嫌疑人，物品的对比能帮助我们确认情况。"黎莞对卓嘉石道，"现在先认清楚，省得日后手忙脚乱。"

"那找顾寒山认不就行了。"

"她脑子再好，也不是我的。我要把自己的工作做好，不能指望别人。"黎莞把最后一件衣服拍完，转向梳妆台，那上面有卓嘉石帮忙整理好的顾寒山所有首饰和化妆用品。

顾寒山首饰不多，几对水钻耳钉，葫芦玉吊坠项链，观音坠玉石项链，还有两条长长的木质佛珠手串。

"好了，都弄完了。"黎莞检查了一遍照片，忽然有什么想法在她脑子里划过，她停了下来，但那个念头没抓住。她转头对卓嘉石道："好了，收工。"

"简在"工作室。

简语听完录音，给自己倒了杯茶，把音频文件倒回头，认真再听了一遍。

宋朋把手上的事做完，过来候着，看简语还有什么吩咐。

"你坐下吧。"简语道，"你也听听看，告诉我你的想法。"

宋朋坐下了。

简语把录音从头又放了一遍。宋朋认真听完，道："我再听一遍。"

简语摆摆手，示意他自己操作。

宋朋把音频倒到头，重新播放。这次听完了，他皱紧眉头："常鹏他们……"

"警方现在正盯着新阳呢，顾寒山配合着一顿乱拳，都是有原因的。"简语冷静地道。

"那这个宁雅手上真有证据吗？"宋朋问。

"估计没有。"简语道，"如果她真是这么有准备的，就不会什么都不知道跑来我这儿。她这次蓄谋而来都没录音，两年前当然也不可能想着录音录像。"

"那她胆子这么熊，两手空空也敢来敲诈？"

简语轻叹一声，道："你找机会去查一查她的家庭情况。我觉得她说的是真的，她想脱离家暴。"

"如果是真的，她敲诈杀人犯都不怕，还怕个家暴老公？"宋朋真是无法理解，"她脑子有什么问题。"

简语沉默许久，道："这就是人啊，宋朋。"简语看着那个录音器，"这就是人性。你永远搞不清楚你最怕的是什么。"

宋朋也默了默，问："那如果是真的，要怎么办？真的给她钱吗？"

简语依旧沉默许久，最后道："我还没想好。先把事情全都查清楚了再说。"

"好。"

简语又道："凤凰街派出所，处理顾亮意外身亡的案子，向衡和黎莞，这两个人在查这事，你问问你凤凰街的那个同学，向衡他们具体都干什么了。"

"行。"

"报案的事是公开的，他们所里肯定互相知道。你别太直接，就八卦一下，听说向衡被贬到派出所，情况怎么样？堂堂重案组组长，整天跑社区处理纠纷，街上巡逻捡醉汉，能适应吗？"

"明白。他会跟我说向衡最近做了什么处理了什么案,这样顺着往下问。"

简语点点头:"那个黎荛身形看着似乎是个孕妇,向衡带着她跑外勤,算是个新鲜事。如果你同学乐意跟你聊八卦,肯定会提到她。你打听一下这个黎荛,家庭背景,还有为人情况。"

"好的。"宋朋应了,再问,"常鹏那边怎么处理?"

简语沉默了一会儿,慢条斯理地喝了一杯茶,反问:"范志远那边有什么情况吗?"

"他今天见了律师。"

简语道:"这么巧?他今天见律师,顾寒山今天就被人袭击?"

"说到这个,网上有个片段,我下载下来了。"宋朋拿出手机调出视频,"教授你要看看吗?是顾寒山今天出车祸的时候路人拍下的视频。"

简语接过手机一看,一下子就坐直了。他僵着脸皱着眉把视频看完,看着顾寒山从车子里一脸血地爬出来,看着那司机掉头过来想再撞她一次,看到最后有人将她救下。

简语脸色难看,他把手机递回给宋朋,不想再看第二遍。然后他按捺不住,站了起来,在屋子里走了两圈。

宋朋也站起来,看着简语。

简语冲他摆摆手,让他坐下。他自己又转了一圈,最后站在了窗边。

"教授?"宋朋有些担心。

简语摇摇头:"我不知道是这么严重的情况,这是铁了心要杀她啊。"

宋朋道:"我去问问情况吧,这案子上网了,有热度,消息肯定到处传。我问问那司机是谁。"

"不用问,另一个胡磊罢了。"简语皱紧眉头,"你打听得太勤快,会惹人怀疑。动手的人不重要,重要的是背后主谋,指使他的人。"

"那你要直接问问常鹏吗?"

"直接问就是翻脸了。"简语道。

宋朋心里"嗯"了一声,确实是要翻脸了。那可是顾寒山。他们想杀顾寒山,可不就是跟简教授撕破脸,但宋朋又觉得他们应该没这个胆子。

简语把窗户打开,看了看天上的月亮,过了好一会儿才道:"她一直没找我,伤应该是确实不重。"

"顾寒山吗?"

简语点头。

"可她不信任教授了,不找教授也正常吧。"

简语摇头："如果伤重只能找我。她虽然嘴硬，但她很珍惜她的脑袋。在她心里，天赋是她唯一有用的东西，她靠这个跟别人打交道，靠这个得到别人的重视。她用来要挟刺激我的，用来结交警察的，用来糊弄媒体的，全是她的脑袋。所以，她比任何人都在乎她的脑袋。她很自卑。"

宋朋撇了撇嘴："她还自卑？她是我见过最没礼貌、最冷漠、最狂妄的人。"

简语再次摇头："她当然自卑，她连自己都不太了解。她不能理解别人的情绪，也不理解自己的。但我了解她，她是被遗弃的孩子，她从来没有遗忘过这点。就算顾亮再爱她，对她再好，也弥补不了这件事对她的伤害。她长这么大，不愁钱不愁爱，可别人用金钱和情感与他人建立联系，顾寒山与他人的联系却是她的病。包括她爸爸，满脑子只有她的病。"

简语顿了顿，再道："她当然自卑。没有情感的人，其实潜意识里仍有渴望，但潜意识又知道这东西不会有。他们很自卑。顾寒山和范志远，他们是一样的，于是他们会从别的方面找补。"

宋朋问："范志远是杀人，顾寒山呢？"

"在今天之前，我觉得她不会走上这条路。"简语闭了闭眼睛，脑子里是刚才那个视频的画面，司机想杀顾寒山，车子不可能无缘无故撞上路边的，顾寒山肯定做了什么。她一脸血爬出来，头也不回地走。司机想再撞她，她就这么镇定地看着。

她不在乎别人的命，也不在乎自己的。

在她眼里，人命如草芥。

"她最好不要走上这条路。"简语似自言自语，"回不了头的。"

第十九章
线索

向衡开着车,把顾寒山往武兴分局带。

夜幕中,顾寒山的脸被一晃而过的路灯映出忽明忽暗的效果。

她盯着车窗外头的街景,好半天没听到向衡的声音,她转过头,看了看向衡。向衡有一张英俊的脸,浓眉、大眼睛、长睫毛、挺直的鼻梁,这种立体的五官,从侧面看更有优势。

向衡感觉到她的目光,迅速侧头回视了她一眼,又转回正脸对着前方路面。

"顾寒山,你是不是不舒服?"

刚才的采访让她握紧拳头,她又是说平江桥又是说爸爸去世,这让向衡非常担心。他不敢想她刚才脑袋里都堆满了什么画面——真想给她放烟花。

但上了车问她,她又说没事。

顾寒山不理他,再转脸继续看窗外。

"顾寒山,你生气一般生多久?"

这回顾寒山答了:"我没有遗忘的能力,记得吗?"

"记得。但是不生气了跟仍然记得为什么会生气不冲突。"向衡道。

"当然有冲突,因为想起来就气。"

向衡不吭声了,难道她刚才脑子里又播放他的画面了?

"顾寒山,我想让你不生气,我能怎么做?"向衡换了个方法,虚心请教。

"你问我?认真的?"顾寒山有些惊讶,"从来没人问过我这个问题。"

"为什么？"

"我不在乎别人气不气，怎么会知道怎么能让人不生气。"

对，他真蠢。向衡无语，顾寒山同学只知道怎么气人。

"那你爸当初怎么处理的？"向衡再问。

"我爸随便我气。"

"那你气多久？"

"想起来就气。"

"那你隔三岔五想起来就隔三岔五不理人吗？"

"怎么会，我不是一直还在理你？"

向衡："……"

过了一会儿，顾寒山给他建议："不然我去图书馆借那几本书你也看看？"

"什么书？"

"《把妹达人》《让女人心动的聊天术》《看透女人的心里话》……"顾寒山话还没说完，向衡就给了她一记白眼："算了，还是随便你气吧。"

"是吧？"顾寒山不在乎的口吻，"其实没关系的。"

向衡想再给她一个白眼，你这个没心没肺的坏蛋啊。

"放心，我记忆力还在，不影响你们工作的。"顾寒山道。

"我在乎这个吗？说的是这个吗？"向衡有点暴躁。

"你不在乎吗？如果我没有超忆症，不能帮上你们的忙，你们才不会搭理我。"顾寒山道，"我是凭实力赢得关注，这有什么不敢承认的"

向衡再度无语，她说的是事实，但并不是全部事实，可就是无法反驳，无从辩解。

车子里再度陷入沉默，顾寒山忽然真的生气起来，气鼓鼓地瞪着前路方向。

行了，向衡也不想问她刚才想到什么了。

向衡清了清嗓子，再清了清，待顾寒山狐疑地转脸过来看他的时候，他道："顾寒山，对不起，你不用改任何事。"

顾寒山："……"

车子驶进武兴分局停车场，晚上空车位不少，向衡很快停好了车。他下车，顾寒山也跟着下来，她一直盯着他看。向衡迎着她的目光，忽然想到自己没刮胡子。早知道应该刮一刮，帅一点比较好谈判。

"其实你就是个普通人，这世界，普通人不应该有标准。你只是脑子跟别人不太一样，有些人有六根手指，有些人没有胳膊，有些人身体里有肿瘤，有些人脾气大，有些人不爱说话……每个人都不一样，但受伤都会流血，遭遇挫折也会难过，所以你就只是个普通人。"

顾寒山认真看着向衡。

向衡有些不好意思，他带着顾寒山朝分局大楼走了一段，也整理整理思绪。

"虽然你生气不影响你的记忆力，但我仍然希望你能开开心心的。当然如果你能……"向衡差点又没管住嘴，他及时刹住，"没有如果，不用改，不用特意改，你有你舒服的生活方式，别人人生的道理，跟你无关。"

她有她舒服的生活方式，别人人生的道理，跟她无关。

"我说让你听话，不是那个意思。"

"听话还有别的意思？"顾寒山问。

"有区别的。"向衡想了想该怎么表达，"你爸爸让他滚蛋的那种，是想控制你的。而我，是想保护你。"向衡顿了顿，"完全不一样。你能分得出来吧？"

顾寒山忽然笑了。

顾寒山这一笑，向衡心里忽然就亮了，就像是有个小灯盏站在他的心尖跳起了舞。

顾寒山，真的会笑了。

虽然很短暂，虽然只是浅浅的笑，但是这笑容轻松，自然流露，真实，又有活力。

向衡也笑了。

真可爱啊，顾寒山。虽然总是冷冷酷酷，但单纯真挚。

她的脑子里也许堆积了许多纷繁杂乱的画面，丑恶、善良、阴暗、光明全都杂糅在一起，她的脑神经运行着比其他人都要复杂很多的程序，但她的心却是透明的。

她比任何人都要坦率真实。

这是他们这些融入社会遵从社会游戏规则的普通人很难拥有的品质。

向衡忍不住又笑了笑，他伸手揪了揪顾寒山的马尾辫。

"顾寒山。"他唤了她一句，后面的话没说出口。他很想再看一次她的笑容，就像刚才那个笑一样。

一定会再笑的，他希望很快。

向衡觉得要对顾寒山有信心。

顾寒山这时候已经恢复到一贯的平淡表情，她掏出了她的手机，就是向衡借给她的那部旧手机。她调出了手机里的录音APP，然后把手机递到向衡的嘴边，道："向警官，麻烦你把刚才的话再说一遍。"

向衡愣了愣："……顾寒山。"

这有什么好录的?

"不是这句,前面一句。"

向衡懂了,他又好笑又好气:"这是要干什么?为什么要再说一遍?你不是不会忘的吗?"

顾寒山理直气壮:"我是不会忘,可你会。我要帮你留着。"

向衡:"……"

他摇头:"我不需要。"

顾寒山很坚持:"需要的,你毕竟不是我,你肯定会忘。你忘记的时候我就放给你听。"

向衡默了默。

记仇小仙女的意思是哪天她心情不爽,想报仇想揶揄他的时候就放一遍给他听吗?

向衡道:"不用麻烦了。你这么折腾一下,我可记得太牢了,想忘掉都很难。"

"那你把那句话再说一遍,证明一下你还记得自己说过什么。"顾寒山一副不信的样子,"我帮你数过了,不计标点符号103个字。"

向衡:"……"

考试吗这是,还103个字?认真的吗?他哪有说这么多。

向衡悄悄弯起手指在心里开始数:"你爸爸让他滚蛋的那种……"

顾寒山看着他的表情,举起手指,一个字掰一根手指数给他听:"其实你就是个普通人,这世界,普通人不应该有标准。你只是脑子跟别人不太一样……"

向衡一听就傻眼了:"那不是之前的之前说的?"

"怎么之前的之前?就是刚下车的时候说的。"顾寒山拉起他的手,把他拖到他车子旁边。

"就在这里。"她还用脚尖点了点地,给他确认了具体位置。

向衡哑了。

"你看,你果然忘了吧。"顾寒山盯着他,"具体哪103个字记不住了没关系,你就说个差不多一样意思的话就行。"

向衡在心里默念了一遍,其实没什么难的,而且这段不是最肉麻的。哎呀现在回想起来他的话还都挺肉麻。

对着她的脸,说不出来。

向衡继续哑。

顾寒山认真看着他:"你现在的表情是什么意思?"

向衡还没来得及说话,旁边忽然有个声音道:"你们来了!"

向衡吓了一跳。他转头一看,葛飞驰站在旁边的入口处,两只手拎着好几个大袋子。

"你怎么在这儿?"向衡问。

葛飞驰道:"买夜宵,得买几家,外卖要等太久,我就自己去了,正好散散步换换脑子。兄弟们太累,一直连轴转,后头估计也没得休息,多吃点补补充充体力。"

向衡走过去,接过他手里的东西,帮他分担了一只手的重量。

顾寒山面无表情,一瘸一拐溜达着跟了过去。

葛飞驰看看向衡,再看看顾寒山,一边领着他们往里走一边道:"顾寒山,你的伤怎么样了,痛不痛啊?"

"痛的。"顾寒山答得干脆。

"哦。"葛飞驰有些后悔问这个。正想找话安慰两句,顾寒山反问了:"你的心痛不痛啊?"

向衡:"……"

他脚下步子不由得一顿。

葛飞驰吃了一惊,他火速看了向衡一眼,向衡回他一个白眼。葛飞驰莫名其妙,你突然停下来害我差点撞到,你还好意思给我白眼。

但老刑警毕竟是老刑警,葛飞驰一边镇定地回了向衡一个白眼,一边回复顾寒山:"痛啊,顾寒山。市民遇袭受伤,我们做警察的心老痛了。一会儿上楼你多吃点,补回来。我买的有凤爪,以形补形。"

向衡不想搭理他。

顾寒山却饶有兴味,她继续问葛飞驰:"有多痛?"

葛飞驰再看向衡一眼。

向衡回他一个微笑。

葛飞驰答:"……就像母鸡看到烤凤爪这么痛。你就是我们警察的左膀右臂,幸好你没事。"

葛飞驰一边说着,一边走快了两步,悄悄给了向衡一脚。

向衡停下脚步,把那几个死沉死沉的夜宵大袋子塞回葛飞驰的手里,他自己弯腰拍了拍被踢到的裤腿。

葛飞驰的白眼要翻到天上去。

顾寒山在后头唤:"葛队。"

"哎。"葛飞驰一边应一边给向衡打眼色。向衡装没看到,他拿回那几个大袋子继续向前走。

顾寒山继续向葛飞驰提问："葛队，如果刚才的问题你扭扭捏捏不肯正面回答，表示什么？"

"我没有扭捏啊。"葛飞驰一头雾水，非常警惕。

"我是说如果。"

"那不能有如果。我一大老爷们，人民警察，一个小姑娘问我对她受伤心不心痛，我但凡有半点扭捏、惺惺作态那都是作风问题。"葛飞驰猛摇头，"没有如果。"

顾寒山不说话了。

葛飞驰暗暗松了口气，他加快脚步，恨不得插上翅膀一下飞到办公室。

葛飞驰走得快了些，向衡的脚步更快，始终走在葛飞驰的前面，而且越走越快。看那背影真是肩宽背挺，身姿潇洒，道貌岸然的。

葛飞驰心里狂吐槽。

很快到了办公室，一群加班的刑警饿狼般扑上来抢夺夜宵袋子，动作不太友好，气氛非常热烈。葛飞驰吼着："斯文点，斯文点，注意些影响。"

说话间，顾寒山的身影出现在门口。众警察"哦"了一声，也不算在意，但声音和动作都小了一些。

葛飞驰顾不上吃，他安排人员给顾寒山做笔录去，要把今天那个司机张益意图杀害顾寒山的情况都了解清楚，还得找一找这事与许塘、胡磊以及新阳的关联。

陶冰冰把顾寒山领去了询问室。另外两名警察与葛飞驰确认了案情细节，商定了问话策略和方案，很快也往询问室去了。

葛飞驰跑前跑后，安排这个布置那个，把所有事情都协调好，这才能在办公室的案情板前安定坐下。这案情板上贴满了各种线索图片，写满了笔记文字。

葛飞驰拍了拍身边的椅子，招呼向衡坐下了。

两个人一起看向案情板，向衡正琢磨着上面的笔记内容，葛飞驰突然问："你跟顾寒山怎么回事？"

"啊？"向衡一时没转过弯来。

"就是你们在停车场，干吗呢？"葛飞驰道，"刚才当着她的面我没好问，你们两个之间是有什么情况吗？"

"没什么情况。"向衡道。

"那为什么又揪辫子，又扳手指，大手牵小手走到门口，还点点脚。"葛飞驰盯着向衡，像是抓到了他的小辫子，"我跟我老婆当年谈恋爱的时候也这样。"

向衡没说话，有些意外葛飞驰居然在旁边看了挺久，而他没有注意到。

葛飞驰压低了声音，又道："我跟你说，顾寒山挺漂亮，又有气质，脑袋还特别聪明，是挺吸引人的。你也不年轻了，血气方刚的，喜欢上个姑娘太正常了。但是吧，你要是真想跟她发展发展，我劝你等到这案子结束。如果因为你在不恰当的时间发了春，给案子侦查制造了阻碍，增加了麻烦，我肯定不能放过你的。"

向衡懒洋洋道："你跟顾寒山说的烤凤爪你留了吗？别都被人吃光了。一会儿顾寒山出来了问你要怎么办？"

这话题岔得！

但葛飞驰还是赶紧去看了一下，还真没了。总不能把爪子从人家嘴里抢回来。

葛飞驰大踏步回到案情板前，向衡一副"我就说吧"的表情。葛飞驰没好气地狡辩："我那是说的客气话。"

"顾寒山听不懂客气话。"

葛飞驰想想也是，但他觉得这事应该没什么问题："小仙女肯定对啃鸡爪没兴趣。"

"万一呢？"向衡凉凉地道，"而且她就算自己不啃，她也想拿到你承诺给她的东西呢？"

葛飞驰默了一会儿，忽然一拍大腿："向衡你别岔话题，我在跟你谈一个非常严肃认真的事。任何会给案子拖后腿的人，都是我的敌人。"

"放心吧。"向衡摆出一张正经脸，道，"我和顾寒山之间清清白白，没有超越任何不该超越的边界，也没有产生什么情感纠葛。"

"不是，这话跟刚才我目睹的情况不一致啊。"葛飞驰没好气。

"怎么不一致？我今天说错了话，跟顾寒山之间产生了一些误解，影响了警民合作，我得跟她解释清楚，把她情绪哄稳定了，这样她后续配合才不会出状况。"

葛飞驰盯着向衡不说话。

向衡看看他："真的。"

"要是真的就糟了。"葛飞驰道，"你向天笑哄女人，这得分类到恐怖片里。"

"不信也没办法。"

"不是，我怎么信啊。"葛飞驰道，"顾寒山还问我心痛不心痛这种问题，还说什么扭扭捏捏，她说的是不是你啊？"

"她确实也问过我同样的问题，但我没有扭扭捏捏。"向衡继续正经脸。而且那都是之前的之前的之前的之前，过去起码两个小时了，谁知道顾寒山怎么突然又研究追究起这一段了。

"我的天。"葛飞驰受到了惊吓,"你们认识也没多久,你把持一下行不行?争口气!"

"都跟你说了不是那么回事。"

葛飞驰的眼神明显不信。

向衡便道:"那你就这么想吧,就算是,你又能怎么样?"

哦嚯,这是要起无赖来了?

葛飞驰一口气噎住,他还真不能怎么样。一个向天笑,一个顾寒山,这两个人在案子里太重要了。神探加神犬啊,他的宝贝。

"行。我信你。"葛飞驰语气豪迈。不就是睁眼说瞎话吗,他也在行。

葛飞驰还想说什么,却见向衡的目光停在了他的身后。

葛飞驰从椅子上转过身来一看,是顾寒山。她正走过来。

顾寒山走到他们跟前,她眼睛亮晶晶,虽然没有明显表情,但仍能看出她的心情很不错。

"向警官。"顾寒山道,"我知道了。你在电梯里那个表情,是害羞!"

葛飞驰:"……"

向衡:"……"

葛飞驰都不忍心看向衡的表情。

我信你!兄弟!

顾寒山也没等向衡的反应,她说完这句,转头就走。在葛飞驰看来,这姿态,撩拨完了就绝情离开,像个花花公子,哦,不,花花小仙女。

反正多情又似无情,真的挺难形容。

此时顾寒山的腿脚微瘸,但相当轻快,轻快得走到门口还掉了一只鞋。

顾寒山利索地单脚蹦了两下,脚一勾,把鞋穿回脚上,一踏地面,潇洒地走了。

追着她回来,在门口等着她的那个女警陶冰冰想帮忙都来不及,只得对葛飞驰挥了挥手,赶紧跟上了顾寒山。

葛飞驰和向衡两人一直盯着顾寒山,直到她的背影从办公室门口消失。

葛飞驰轻咳一声。

向衡瞥了他一眼。

葛飞驰话到嘴边马上改口,装模作样道:"顾寒山的伤真的很不严重,是吧?我看她活蹦乱跳的。"

"说重不重,说轻不轻吧。痛是肯定的。"向衡就事论事。

... 293

葛飞驰努力提醒自己不要想歪。向衡的语气很正常，肯定没有心疼的意思。顾寒山跑得这么快，也肯定没有戳穿了向衡她自己也害羞的意思。不过相比起来，顾寒山的心思可真是比向衡的难琢磨多了。

嗯嗯，深不可测。

向衡继续道："她从前治病用过不同的方案，曾经有电击治疗，也许还有其他各种，我们能想象的范围之外的，会让她很痛苦的方法。"

向衡的话说得一段一段的，似乎真在想象顾寒山到底经历过什么。这回葛飞驰没想歪，说到顾寒山经受的病痛折磨，这话题沉重了。

葛飞驰默了默，听到向衡又道："她对疼痛的耐受力比一般人强很多。之前出车祸那里，她受了伤有点意识不清，他们想把她抬到救护车上，结果她挣扎反抗，几个人都按不住她。她受伤的那点痛，根本阻止不了她跟一群人拼命。现在人好好的，活蹦乱跳也很正常。"

葛飞驰回想当时情景，叹口气："太险了。真没想到会出这种事，一点防备都没有。我说，在查出谁想要顾寒山的命之前，最好能给她安排新住址。对方知道她当时就在派出所，知道平江桥是她的死穴，那肯定也知道她的家在哪里。虽然这次没有选择在她家下手，但下次就不一定了。而且只要守住她家，就掌握了她的行踪，半路截上她的可能性也很大。我们必须得把她藏起来。"

"她不行，她不想离开家。"

"这不是她想不想的问题，是必须这么做。我们不只要对她负责，还得对警员负责。负责保护她的警察，那不也是命？为了迁就她的任性，警员要是受了伤，丢了命，那可不行。"

向衡明白葛飞驰的顾虑和要求，他自己也执行过几次保护计划，正常情况下他也会像葛飞驰那样考虑，但顾寒山不是正常情况。

"是我没说清楚，顾寒山不愿意，也不能，离开家。"向衡认真对葛飞驰道，"顾寒山这人，说话没什么情绪，不太会修饰，后面没有感叹号，但她告诉我她不能离开家，就是不能的意思。我觉得务必要重视她的这个问题。她每一次离家，都是类似升级打怪的任务，赢了回家是奖赏，她靠着这奖赏的激励支撑自己打怪。她的家，是唯一能让她获得平静安宁好好休息的地方。"

"那她从前不是还出过国？"葛飞驰忍不住反驳。

"那时候不是有她爸爸嘛。"

葛飞驰闭嘴了。

是，那时候有爸爸。

向衡继续道："她爸爸在世的时候，曾经与顾寒山共同制定过打怪目标，就是顾寒山能离开家去住校几天，真正尝试一下独立生活。而那个打怪期限，也只是几天而已，可见离家的难度对顾寒山有多大。结果他们还没能开展这个挑战，她爸爸就死了。顾寒山被关到医院里，绑在病床上，她精神崩溃，非常痛苦。她咬牙挺过两年，把自己逼成一个正常人的样子，好不容易回到了家。在没有爸爸照顾的情况下，她被迫开始独立生活，就在她自己的家里。"

葛飞驰皱着眉头听着。

向衡继续道："葛队，我认识顾寒山的时间不久，但我已经见过她几次发病。毫无征兆，没法提前防备。那个司机张益想杀她，用的方法也是要先让她发病。顾寒山的致命弱点，就是她的病。"

这个倒是真的，葛飞驰同意，他点了点头。顾寒山天赋惊人，同时也非常脆弱。

"葛队，如果顾寒山说她不能离开家，那就是不能。我们没法预料离开家对她的伤害有多大，而对方是不是也早知道这一点，把这个当成谋害她的B计划。"向衡道，"如果对方什么都不用干，顾寒山就发病被送到医院，或者造成更严重的后果，那对我们侦破案件的打击也很大。那样，我们的保护计划就成了笑话。葛队，不是我在纵容她的任性，只是特殊情况特殊处理。既然无法一步到位，就先把保护措施安排起来，然后再视情况协调更优方案。"

葛飞驰"啧"的一声，这事确实棘手。他想了想，看看向衡，粗声道："你佩枪呢？"

"我明天回所里打申请报告。"

葛飞驰眉头皱更紧，声音更粗："你自己看着办啊，佩枪申请要赶紧的，别跟上回似的，拿支笔就跟歹徒拼。这案子越来越危险了，背后肯定不简单。"

"我知道。"

"还有啊，人身保护的事，你得跟顾寒山说清楚，对我们陶冰冰警官客气点。我们警花过去是保护她的，不是派给她做保姆的，她可不许欺负我们。还有，需要她配合的时候她就要配合，别叽叽歪歪。让她跑她就百米冲刺，让她趴下她就五体投地，知道吗？我们警察的命很值钱的，不比她的脑袋差。"

"知道，知道。"向衡应着。

葛飞驰嘟囔着："如果我们警花受伤了，我就算到你头上。你知道培养一个好刑警多不容易，还是个女的。进人的时候，给女警的名额很少，但办事的时候女警有用，我可珍惜着呢，重点培养对象知道吗！"

"知道，知道。"向衡没好气。他也有重点培养对象，还是个孕妇，他有显摆过什么吗！

葛飞驰默了默，转了话题："好了，那这事就这么定了。现在，你说说看，今天顾寒山这事，她被人袭击，你有什么想法没有？有推断出幕后主使是谁吗？"

"简语那边情况怎么样了？"向衡问。

"一直盯着呢。宁雅从他工作室出来后似乎心情还不错，简语的司机送出来的，还挺客气，暂时不清楚是什么事。我们的人还盯着简语这头，宁雅这边手机定位了，她已经回家了。"葛飞驰道，"要不要把她请回来，连夜审一审。"

"先等一等。"

"等什么？"

"等贺燕。"向衡把自己对贺燕的疑虑说了，"先看看她手上有什么。"

葛飞驰道："那传唤简语？要说嫌疑，他身上足够了，先拘他24小时，看看会怎么样。"

"你有实证证明对他的怀疑吗？如果没有板上钉钉的铁证，最好不要动他。"向衡道，"他现在也许就等着我们拘他。"

"为什么？"

"因为你只能拘他24小时，而他什么都不会说的。之前我们在新阳对他问过话了，你能问出他的破绽吗？如果不行，弄这24小时也不行。而一旦没有东西支撑你的怀疑和指控，他就能去找局长，找上头的人脉，委婉地投诉我们骚扰他、耽误了他的工作、破坏了他的名声。"

"投诉就投诉呗。老子还怕他。"

"投诉不过是结交的手段，他可能正愁没话题找上头领导聊聊天吃个饭。现在我们不动，他小题大做找人不合适，显得心虚。一旦拘了他，又没证据，最后灰溜溜放人，那时情况就不一样了，他就有了主动权。聊天吃饭理由正当，他还能反过来打听清楚更多的内容，还能让上头给我们使绊子。"

葛飞驰挠挠头，不说话了。

领导使绊子也分很多情况，葛飞驰有经验。也不是真的故意要破坏他们查案，而是对他们办事不力生气，所以对他们的要求提高，设时限设条件，事事过问，到时候束手束脚，确实会增加麻烦。

"现在确实没什么实证。"葛飞驰道。

向衡点点头，他太清楚了。关阳也没实证，也正是上述的那些顾虑让他没有对简语采取行动，只能演起了戏。

"简在"工作室。

简语跟宋朋道："这录音里头我的表现也不是很好，我让宁雅不要自行猜测顾亮之死，别给自己惹麻烦，这显得我心虚了。"

宋朋道："我觉得没问题，依你的身份，也不想自找麻烦，所以劝她不要乱想，因为她的想法是栽赃到你头上，这个解释合理的。"

简语摇头："警察不会这么想。我这句话确实不应该说，我该等你把录音器拿出来了之后再跟她说的。"

宋朋皱了眉："这还不能剪辑，技术科能验出来的。剪辑过的，就更可疑了。"他想了想，"但是录音是我们自己录的，就是怕这个保姆有什么问题才做这个准备，你知道在录音还敢这样说，那当然就是问心无愧，顾虑自己无辜被拖累……"

"不能是我自己录的，必须是宁雅录的。"简语道，"我自己录的，那我在里面说我完全不知情的这些话，就不可信了。所以这个东西只能是下下策，最后的手段。毕竟宁雅还在，她会否认她录过，就算上面有她的指纹和DNA。"

"那教授打算怎么办？"宋朋问。

简语道："你去查查宁雅家庭情况，她老公怎么回事，全都弄清楚了再做决定吧。宁雅这个人，其实也不难控制。"

"那常鹏那边呢，他们也太嚣张了，这样下去真的不行，教授你会被拖累死。"宋朋愤愤不平。

"别担心，我会解决这个问题的。"简语轻声道，"我会解决的。也拖不得了，到了不能不解决的时候了。"

武兴分局。

葛飞驰问向衡："那我们能怎么突破简语这个瓶颈？现在所有的事都跟他有关系，但就是差一点，我们怎么找证据，靠顾寒山行吗？"

向衡摇头："顾寒山气人就在这一点，她自作主张已经跟简语撕破脸了，都来不及阻止，她完全打乱了我们的节奏。她再做什么，简语都不会相信她了。现在简语很清楚顾寒山在查他，他提防着呢。"

葛飞驰叹气："行吧，那我们继续查下去，再想别的办法。"

"别太指望顾寒山，她刚才还接受媒体采访，我在旁边盯着，没说什么案情调查的事，但她百无禁忌，什么都敢做，而且喜怒无常，可能还会有些麻烦。"

葛飞驰："……怎么喜怒无常都出来了，顾寒山还有喜的时候呢？"

"她会笑了，是真心的笑，眼睛都会。"向衡的语气里不自觉地带出了老父亲的骄傲。

葛飞驰："……"完全无力吐槽。

向衡看他表情，道："简语这边也不是完全没办法，也许靠贺燕可以。"

"又是贺燕？"

向衡点头："我已经让罗以晨去盯着她了。她也答应，今晚一定会跟我见面的。"

"行吧，那我们再等等。"

向衡道："我们现在恐怕有个人得先动一下。"

"谁？"

"梁建奇。"

葛飞驰正待问，向衡的手机响了。向衡一看："是老罗。"

罗以晨在执行任务，那肯定是急事。

建南路，再有个三四公里就到解放路。

罗以晨开着车，小心跟踪着贺燕。他越来越确定，贺燕就是要去彩虹之光。

关阳在那头正安排行动，罗以晨已经通知他了。现在就等着看，贺燕到底要做什么。

在顾寒山被袭击后，她跑去这么个地方，实在让人起疑。

罗以晨的车与贺燕的车在并排车道，前后距离还隔了一辆车子，这样能确保视线清楚，又不会让她发现。

贺燕的车驶过路口往前开，罗以晨前面的车子却不动。他按了喇叭，那车子还不动，罗以晨观察路况，一边继续按喇叭催促一边准备找机会并线到旁边车道超车。

罗以晨车后的车辆也有按喇叭催的，但前面的车子仍未动。

在罗以晨摆动车头后，前面的车终于动了，但那司机开窗骂了一声："催个屁啊。"

车子缓缓前行，罗以晨驶过路口，前面已经没了贺燕车子的踪迹。

前面那辆车依旧开得慢，罗以晨并线超车，踩油门加速，唰地一下超了过去。

前方仍未看到贺燕的车，罗以晨继续加速。刚才挡着他的那车居然赶了上来。罗以晨的车速快，那车更快，它并线之后竟再次驶到罗以晨的车前，试图压着罗以晨的车。

罗以晨皱起眉头，居然在这种时候遇到个开车挑事的路怒刺头吗？

还没等他反应过来，前面那车突然刹了一下，罗以晨车速太快躲闪不及，"哦"的一声撞上了。

前车顿时停了下来。一个年轻男人下车，一脸怒容朝罗以晨的车子走来。

罗以晨坐在车里，快速给交管指挥中心报了案，说明了具体地点和对方的车牌号,让他们派人来。说完,他再打向衡电话。车子外头,那个怒气冲冲的年轻人用力敲他的车窗,大叫着让他下车。

"向衡,我这里遇到点麻烦,有人拦我的车,故意的。贺燕我跟丢了。"

向衡和葛飞驰闻言均吃了一惊,向衡忙道:"把拦你车的人扣下,让巡警押回来。你还去彩虹的光,我联络贺燕,关队在彩虹的光,能接应上的。"

"好。"罗以晨挂了电话,看了车窗外那人一眼。

那人骂得更大声,还在敲车窗,踢车子。罗以晨冷静地拨了关阳的手机。

手机里"嘟嘟"的待接通声音和车窗敲打声混在一起,那人骂得还特别来劲。罗以晨掏出警察证,一掌拍在了车窗上,正好挡住那人的脸。

外头顿时安静了。电话正好接通,罗以晨快速地把事情说清楚,他又问:"关队,你们那边什么情况?已经在酒吧里了吗?"

结果关阳很不耐烦地没答酒吧的情况,只应:"知道了,我把她留着,等你过来接。"说完电话就挂了。

哇,罗以晨看看手机,暗叹看来酒吧那边行动不顺。他就说嘛,那几个人点来点去,都没有合适去酒吧卧底的,看着要么就是臭警察,要么就是土老帽儿,一点都不是混酒吧的那种款。

罗以晨转头看向车窗外。那年轻男人老老实实站着,也没跑,就等着。

罗以晨推门下车,那年轻人客气喊着:"警官,都是误会。"

罗以晨点点头:"身份证拿出来。"

武兴分局。

向衡打贺燕的手机,贺燕不接。他连拨两次,贺燕都不接。

向衡奔去了询问室,葛飞驰跟在他后头。

两人进了询问室,打断了笔录,葛飞驰道他们现在有紧急情况需要处理,让陶冰冰他们先出去等等。

向衡坐下,问顾寒山:"贺燕要去彩虹的光是吗?你给她打电话,她现在有危险,让她别去那酒吧。在附近找个地方等着,我让罗以晨去接她。"

"她不会听我的。"顾寒山很干脆地道。她也不问向衡怎么知道的,也不好奇贺燕的行踪怎么会暴露了。

"顾寒山!"向衡的火气腾腾往上冒,"你知不知道事情的严重性,你今天才死里逃生,后面还不一定会发生什么,我们得安排警力保护你。贺燕跟你在做同样的事,也许幕后凶手已经察觉……"

"你是说简语吗?"

"不一定，包括但不限于他。也许不止一个，也许还有我们根本不知道的人。现在那酒吧究竟藏着什么猫腻，有什么背景都很难说。要杀你的那个出租车司机不是酒吧的人，他只是外围一个跑腿的，后面的组织结构我们还不清楚。贺燕去酒吧没用，而且她这样瞎撞很危险。"

"你都不清楚人家的组织结构，你怎么知道去酒吧没用？"顾寒山很酷地问。

向衡："！！！"她还顶嘴，啊，她居然还顶嘴。

顾寒山道："出租车司机不是酒吧的人，但钱是往酒吧送的没错吧。没人知道我认出司机了，所以没人知道我把司机要杀我的事联系上了这家酒吧，那么杀人未遂夜，这酒吧里会有什么情况发生？会不会有什么人碰头？司机是跑腿的，梁建奇是管账的，管账的进拘留所了，跑腿的他们也不要了吗？这个人跟胡磊一样，都不是专业杀人的，他以为成功杀掉我就好了，但他肯定会被灭口。所以后面他们打算怎么办？如果真在洗钱，那换个人跑腿吗？"

葛飞驰猛地一把握住向衡的手："你刚才接电话前想说的是不是这个？"

"对。"向衡道，"梁建奇。"

"他还有两天就出来了。"葛飞驰道，"而且你们到之前我就已经安排打报告了，最快明天就能去看守所提审他。"

"不，现在就联络拘留所，把他提出来，单独关押。"

葛飞驰一惊，反应过来了："他有危险？可他在拘留所里，那里头可比派出所门口安全多了。"

向衡总觉得哪里不太对劲，很有危机感："还是联络一下拘留所，让他们看好梁建奇。可以的话，把他单独关押。"

葛飞驰默了默："行吧，那我联系一下。那跟我们可不是一个单位，使唤不了他们干活，单独关押什么的，我去协调一下。"

"好，尽快。以防万一。"

"行。"葛飞驰应了。这事还得他亲自去沟通，葛飞驰往办公室去。

向衡转向顾寒山，再次要求："给贺燕打电话，阻止她去酒吧。你刚才说的那些有道理，你让她过来，我们一起协商。"

"你们不知道幕后主谋是谁，动手杀我的人也死了，酒吧里面未必能有什么情况，但万一有呢？贺燕去过那里，她只是再去看看。再说如果真有人对贺燕动手，逮个正着，不是正好省事。"

"顾寒山！"向衡怒了，"把贺燕叫回来，要查案子我们大家一起商量着办。道理我都已经跟你讲过了，这是谋杀案，你们这些普通老百姓不能跟穷凶极恶的歹徒斗,明白吗?谁的命都是命,不是你用来钓凶手的工具。"

顾寒山的脸色平静无波,她半天没有说话。

向衡自知失言,他这破脾气,怎么总是这样呢。

顾寒山道:"我已经很努力了,我费了很大的劲,我没有伤害任何人。我很努力了。"

向衡:"……"

询问室里有片刻的安静。

向衡没说话。

顾寒山没有表情。

两人四目相对。

几秒后顾寒山掏出向衡借给她的那部旧手机,"啪"地一下放在桌面,盯着手机还说了一句:"丑。"

向衡心一跳,还以为顾寒山发脾气要把他的手机丢过来表示不要他的东西,结果顾寒山却是当着他的面,点开了拨号界面,快速地输入手机号码,按了拨号,开了免提。

手机里传出了"嘟嘟嘟"的接通声音,跟向衡打这个号码对方死也不接不一样,顾寒山的这通电话很快就被接起。

"顾寒山,你又被警察按住了吗?"贺燕的声音传来,轻松自在,丝毫没有感觉到危险的紧张。

顾寒山冷冷地道:"向警官让我通知你不要去酒吧,到武兴分局来接受问话。"

"我干什么了他们要跟踪我?"贺燕问。

向衡皱了皱眉头,她怎么知道她被跟踪了?

"你长得好看。"顾寒山冷冷道。

向衡瞥顾寒山一眼,幽默吗?

顾寒山的表情显然也没觉得这话多有趣,一脸淡漠。她继续道:"你过来吗?向警官很关心你的安危,他在武兴分局等你。"

"让他等呗。"贺燕那头传来了关车门的声音,"我办完事再说。"

向衡心里一动,她已经到了?他低头给关阳发信息。

顾寒山还在说话:"我要求你马上过来。"

这语气,向衡瞥她一眼,心里叹气。

他的手机信息提示音响了一下,他一看,是收到了关阳的回复:"看到她了。"

向衡松了口气。

贺燕那头默了两秒，问："你追求小哥哥失败了？"

向衡挠挠眉梢，假装没听见。

"感情都破裂好几回了。"顾寒山煞有介事地答。

向衡无语，又拨了拨头发。顾寒山都没看他。

"好事。多大的仇你要追人家，说一说就行了，破裂了就安全了。"贺燕表现得跟顾寒山一样冷漠。

顾寒山道："向警官让我必须把你叫过来。"

"你给了他什么错觉让他觉得你可以使唤我？"

这简直是母女联手啪啪打他的脸，向衡把手放下，坐端正了，摆出淡定的样子。但顾寒山依旧没看他，只道："那我通知到了，你自己看着办吧。"

贺燕挂了电话。

顾寒山头也不抬，盯着那部手机看，还用手指使劲戳了戳。向衡觉得她是在戳他。

顾寒山不说话，向衡一时也不知该说什么。

他是失言了，话说得有些重，而且他还啰唆。这大概是顾寒山最讨厌最不耐烦的那一款，这些不中听的话可能还正好戳中了顾寒山的软肋。

也许，可能，大概，顾寒山同学曾经真的有做个毁天灭地终极大反派的念头，她被绑在病床上陷入无边无际的时间黑洞，满脑子都是爸爸生前画面的时候，她曾经有过什么样的想法都不足为奇。最懦弱的人都有被逼上绝路发狠的时候，何况是她顾寒山。

但她最终还是像个正常人一样融进社会，她使用的手段和方法虽然超出一般正常人的大胆，但也一直在法律的范围边界之内。她心里怀疑的那些人，她只是调查试探，并没有动用私刑，在得到确凿证据之前，她并没有真正伤害过谁。

她说她很努力了，向衡相信她说的是真的。

但生命和犯罪这两件事，没有半点余地，所以向衡觉得这次不能对她说对不起。她必须继续努力，如若必要，还得加倍努力，不能有半点松懈。

于是现在就僵住了。向衡有些懊恼，总该说些什么，夸她干得好？给她点赞？

向衡看了看顾寒山的脸色，看不全，因为顾寒山把下巴支在桌上，手机竖起来，挡在脸前面。小小的脸，被挡掉一半。

隐约见得她面部表情挺丰富，似乎撇嘴挑眉各种挣扎。

在干什么？做鬼脸吗？

向衡清了清嗓子，道："贺燕的事我来处理，你继续做笔录吧。"

顾寒山不说话，但刚才那些小表情没有了。

向衡又道："你要不要吃夜宵？刚才葛队说给你留的烤凤爪都被抢光了，你想吃吗？我给你再点一份。"把葛飞驰卖掉他丝毫不会愧疚。

顾寒山还是不说话，她趴在桌上，手指在手机上按来按去。

向衡再接再厉："点两份？或者别的？"

向衡的手机信息提示音响了，他一看，居然是顾寒山发来的。向衡再看顾寒山一眼，面对面的，居然不说话发微信。

顾寒山发过来的是个表情包——[我气得哇哇大哭]。

图片上是个坐在地上泪水喷涌的粗腿毛大汉。

向衡："……"

接着又传来一个表情包——[我知道了，下次还敢]。

图片上是个眼含泪水的小女孩。

向衡："……"

向衡看向顾寒山，顾寒山已经把手机放下了。

"没了？"向衡问她。

"只有这两张合适，其他都是撒娇的了。什么爱不爱，亲不亲的，黎莞发的表情包不行。"顾寒山认真正经地答。

"这样啊。"向衡也严肃脸，"那回头我给你找找。"

"行。"顾寒山道，"我想要特别气人的那种。"

"好的。"向衡应得很和蔼。气人的那种不用表情包，把你照片发过来就够了。

"你还有事吗？"顾寒山问他，"我要继续做笔录了。"

"没事了。"向衡站起来，有些舍不得走，感觉还有很多话要说。他看着顾寒山，顾寒山回视他。

两个人默了两秒，顾寒山突然道："要两份。"

向衡秒懂，马上接住话头："行。"

"加辣的。"

"可以。"向衡心跳快了两拍。顾寒山明明不吃辣，她喜欢的菜系都是偏甜口的，所以点两份加辣烤凤爪是要给他吃，整他吗？那也行呀，她高兴了就好。

向衡走出去，一边点进外卖APP，一边庆幸自己能吃辣。

葛飞驰没在外头，但刚才给顾寒山做笔录的两个男警察在外头等着，见得向衡出来了忙打招呼。向衡点头应，告诉他们可以继续了。那两位警察忙给陶冰冰和葛飞驰打电话。

向衡走到走廊尽头选外卖，点好了，又回到微信界面，进入与顾寒山的对话

...303

框看她的表情包。

这什么表情包，还真的，挺气人的。

向衡多看了两遍，想了想，也不知道想的什么，似乎就是发了会呆。忽然听到葛飞驰喊他："向衡！"

向衡一惊，忙把手机收起来。葛飞驰一脸狐疑地过来："你看什么？一脸笑。"

"我没有笑。"向衡否认。

葛飞驰盯他两秒："行，我看错了。"

向衡摆出严肃脸："拘留所情况怎么样？"

"让人去看了，梁建奇在他的囚室里，没事。他那屋子二十个人全都老老实实，没什么可疑的。把他提出来单独关押的事得往上报，在协调了，得等。我告诉拘留所的人务必把梁建奇盯好，他们答应了。肯定没事，放心吧。"

"好。"向衡的大脑恢复了正常运转。他想了想，确实也没想出来在那样的环境里梁建奇能有什么事。

贺燕挂了电话，正准备往酒吧里头走，忽然看到一个长得挺端正的年轻男人朝她走来。

贺燕停下了。

那年轻男人走到她面前，对她轻声道："你好，我是警察。我叫田飞宇，市局刑侦队的。"

"证件。"贺燕面不改色，也轻声道。

贺燕停车的这个位置是选过的，在酒吧的监控范围外，但田飞宇还是谨慎地侧了侧身，用身体挡住了动作，把手上的证件给贺燕看了一眼。

贺燕道："到车上说话。"她转身按开了车锁，自己率先坐进了驾驶室。

田飞宇愣了愣，打电话给关阳报告了一声，收到指示后，开车门坐到了后座上。

贺燕等他坐好，转身看他，问道："市局，不是分局，那你们在这酒吧外头做什么？有任务？"

田飞宇又愣了。这位女市民是什么情况？见到警察的反应居然是这样？

正想着怎么答，车门忽然开了，关阳坐进了副驾驶室。

田飞宇松了一口气。

"你是谁？"贺燕转向关阳。

"市局刑侦队，关阳。"关阳出示证件。

"你是领导啊。"贺燕认真对待关阳，"你们在这酒吧外头做什么？"

"你来这儿做什么？"关阳反问她。

"我约了人。"贺燕道,"有朋友在里面等我。"

关阳观察着她,她很镇定,不像说谎的样子。

"什么样的朋友?"

贺燕正要说话,电话响了,贺燕看了一眼,对关阳道:"我先接个电话。"

建南路。

罗以晨检查完面前年轻人的身份证,开始了他的盘问。

那年轻人有些紧张,一个劲地解释:"警官,真是误会,我不是坏人,我以为你是坏人。"

罗以晨盯着他。

那年轻人掏出一张名片:"我是安保公司的,我们是私家侦探。"

"私家侦探?"罗以晨接过名片,"不合法吧?"

"不不。"那年轻人忙摆手,"法律没有明令禁止,我们从事的是一般的民事调查活动,没有越界,我们不干违法的事。"

罗以晨盯着他,那年轻人有些慌:"我刚才说错了,我们提供的是保全和咨询服务,没有调查。"

"你故意拦我车想干吗?"

"我看到你跟踪我的客户,我以为你有不轨企图。"

罗以晨愣了愣,明白了。

啊,贺燕女士,她还真不是顾寒山。顾寒山单枪匹马,贺燕却是雇了帮手的。

新阳附近的一个普通小区,风尚景苑。

常鹏拿着一个行李袋,坐电梯上了五楼。他拿出钥匙开了门,一眼就看到了坐在客厅里的姑娘。

那张脸,正是黎莞看到被简语训斥的姑娘的脸。

"钟敏,你来了。"常鹏关好门,换上拖鞋。

钟敏抱着抱枕坐在沙发上,什么都没干,正发呆,见得常鹏进来,淡淡地道:"这么晚了,我以为你今天不回来了呢。"

"在那儿也没什么事了,回来休息休息,还想着约你过来呢。"

"我就是等你呢,也不知道你回不回来。"钟敏换了个姿势,侧身靠在沙发上,下巴抵在抱枕边,看着常鹏。她问:"新阳现在怎么样?"

常鹏道:"气氛不是太好,警察虽然都撤了,但上头管得很严,安保加了人,据说还要把安保监控系统整个升级。"

"有什么别的消息吗?警察还有没有进行后续的调查?"

"除了在等我们医院交出孔明的病历资料,还有基金会的那些文件外,好像没什么事了。"

"杨安志的电脑呢?"

"我找了找,没找到。可能胡磊并没有把电脑带过来。"常鹏朝沙发走去,挨着钟敏坐下了。

钟敏把头靠在他的肩膀,问他:"那能在哪里?"

"别担心,警方肯定也没找到,不然早闹开了。"

钟敏咬了咬唇没说话。

常鹏问她:"你今天打电话说,在学校遇到简教授了?发生了什么事吗?你很生气的样子。我当时开会,也没好跟你聊。"

提起这个钟敏脸便沉了下来:"他还能说什么?就是骂我呗。他对我怎么都不满意,孔明啊、胡磊啊、范志远啊,怪我把事情弄得一团糟。"

"他对我也很不满意。"

钟敏道:"他让我出国去。"

常鹏愣了愣:"是吗?"

"对,他说我导师手上有跟法国合作的研究项目,他去打招呼,让我出去。"

常鹏静默不语。

钟敏又道:"我问他那你怎么办,是不是也出国,他说你现在不能动,警方盯着新阳,盯着你,你短期内都不能出国。"

"他说得对,我现在但凡有点风吹草动都会引起怀疑。现在警方就是没有证据,我最好哪儿都别去,保持镇定,等警方调查完毕看情况再说。"常鹏顿了顿,"而且,我事情没办干净,得收拾收拾。"

"怎么了?"

"我和大熊处理胡磊和那个清洁工的时候,被孔明看到了。他试图说出来,但许光亮没听懂。"

钟敏皱起眉头。

"他还画了几幅画。"常鹏道,"虽然现在没人联想到我,没人明白那画的意思,可迟早会露馅的。风险太大了。"

"你怎么知道的?"

"我去重症楼想确认孔明看到我之后有什么反应,正好许光亮给简教授打电话说这事。他还让我帮他拿着画,他拍照给简教授看。"

"所以简教授知道了?"

"估计是不知道,许光亮自己都不知道,而简教授是听许光亮的报告。反正他没质问我,警察来调查之后他就一直都没联络我了,我们的项目最近都停了。"

钟敏哼道:"他想避嫌,想装成什么都不知道的样子。"

"他肯定也是警方的怀疑对象,他这么处理也正常。他现在跟我一样,不能轻举妄动。"

"他跟你不一样。他是人渣,我们是受害者。"

常鹏笑了笑:"都在不归路上。"

钟敏伸手抚摸常鹏的头发:"我不会离开你的。"

常鹏将她搂进怀里。

钟敏继续道:"我不出国,我不走。"

"没关系的。"常鹏轻声道,"趁着现在还有机会,走吧。留得青山在。"

"不,我不走。"钟敏道,"他想让我走,是想保全自己。这跟灭口没什么区别。"

"有区别的。活着和死了的区别。"

"我早就当自己死了。"钟敏看着常鹏的眼睛,声音轻得不能再轻,"从那时候开始。"

常鹏看着她,凑过去吻了吻她的唇瓣,道:"我跟你说过吗,你死了我都爱你。"

"你说过。"钟敏对他笑,"你是傻瓜。"

"都是傻瓜。"

"疯子。"钟敏补充。

常鹏笑起来:"治疗疯子的人,竟然比疯子还疯。"

钟敏也笑了。

两个人静默了一会儿,钟敏道:"我这两天,每晚都梦到顾亮。"

常鹏看看她。

"我梦到他站在讲台上,给顾寒山讲课。"钟敏道,"那不是顾亮和顾寒山做的事,但我清楚地看到了他们的脸。就是他们俩,教室里只有他们俩。我一直看着顾亮的脸,看得很清楚。"

常鹏沉默了一会儿,问:"顾寒山有认真听课吗?"

"并没有。"钟敏陷入梦里的情景,好半天才回答,"她不停地打断顾亮,她说,记住了,下一题。"

常鹏大笑。

钟敏也笑了。过了一会儿她道:"要是我们也能有一个像顾亮那样的爸爸多好。"

常鹏摸摸她的头，把她抱紧。

"如果我们的爸爸也像顾亮那么好，我们现在会不会就不一样了？"钟敏其实没想要答案，常鹏知道。

"你看了网上的视频了吗？"钟敏问。

"看了。张益失手了，他都没能把车子开到平江桥三公里之内。"常鹏道，"但我们还不清楚在车子里头发生了什么事。"

"那些不重要了。"钟敏道，"重点是，顾寒山从车里爬出来，就这样走了。而张益缓了半天才能重新启动车子。"

常鹏听懂了："顾寒山没杀他。"

"嗯。"钟敏道，"顾寒山先恢复了行动力，但她没杀张益。车子没能开到平江桥，肯定是张益在路上就表现异常，让顾寒山察觉了。"

常鹏接口道："就算顾寒山知道这个人要杀自己，她也只是阻止了他，没杀他。"

"她有机会的。真的想杀人，用包带都能把人勒死。她要是有心，能找到很多方法。"钟敏道，"她竟然没这么做。"

"她和范志远还是不一样的。"

"但是实验数据里，她的杀人意图指数非常高了。真可惜，她要是动手就好了。张益没杀死她，她也会被逮捕，这样她就再不能搞事情，她之前的证词也会被质疑推翻。"

"我们再找找别的机会。"常鹏道。

钟敏道："没机会了，所有的事情都已经安排好，明天过后，警局该炸锅了。真想看看他们的脸色。"

"还有简教授的脸色。"常鹏道。

钟敏笑了笑："他比我们紧张多了。他可是第一嫌疑人，他失去的会比我们多很多。他穿着名贵皮鞋，而我们是光脚的。"

【第一部完】

—未完待续—